IN HET NAUW

Van Lisa Scottoline verscheen eveneens bij Uitgeverij De Fontein:
Op de hielen

LISA SCOTTOLINE

IN HET NAUW

De Fontein

Oorspronkelijke titel: *Lady Killer*
Oorspronkelijk verschenen bij: Harper Collin's Publishers, New York
Deze vertaling is tot stand gekomen na overeenkomst met Lennart Sane Agency AB.

© 2008 Lisa Scottoline
© 2009 voor de Nederlandse vertaling:
Uitgeverij De Fontein, Postbus 1, 3740 AA Baarn
Vertaald uit het Engels door: Ineke de Groot
Omslagontwerp en Artwork: Mijke Wondergem
Omslagbeeld: Photolibrary Group Ltd.
Zetwerk: Text & Image, Almere
ISBN 978 90 261 2477 8
NUR 332

www.uitgeverijdefontein.nl
www.scottoline.com

Voor mijn hartsvriendin Franca Palumbo

Hates any man the thing he would not kill?

– William Shakespeare,
The Merchant of Venice, 1e bedrijf, akte 4, regel 66–67

I

Mary dinunzio zat tegenover de oude mannen en vroeg zich af wie ze het eerst neer zou schieten. Haar vader Matty DiNunzio was de meest logische keuze omdat hij het koppigst was, maar zijn drie vrienden maakten ook een goede kans. Ze zaten aan de vergadertafel aan weerszijden van hem, een driemansformatie Tony's: Tony de Duif Lucia, Tony uit dezelfde straat LoMonaco, en Tony Twee Voeten Pensiera, die Voeten werd genoemd, waardoor hij de enige man in Zuid-Philadelphia was wiens bijnaam een bijnaam had.

'Pap, we moeten daar even goed over nadenken,' zei Mary, haar wanhoop verbergend. 'Je wilt toch niet echt iemand aanklagen?' Ze keek haar vader in zijn lichtbruine ogen, vergroot door de bifocale glazen, terwijl hij daar aan de tafel zat met een geopende doos heerlijk ruikende notenkoekjes voor zich. Hij mocht van haar moeder niet bij haar langs gaan, ook niet op haar werk, zonder een dosis verzadigde vetzuren mee te nemen. Er stond ook nog een plastic bak met lasagne in de koelkast van het kantoor, voor het geval dat.

'Ja, dat willen we dus wél, liefje. We hebben erover gestemd en we willen een aanklacht indienen. Het is een kwestie van eer.'

'Eer?' Mary hield met moeite haar stem in bedwang. Ze hield zielsveel van hem, maar vroeg zich wel af of er een steekje bij hem loszat. Haar vader was zijn hele leven tegelzetter geweest en had altijd alles van de praktische kant bekeken – tot deze vergadering dan. 'Je wilt een aanklacht indienen vanwege je eer?'

'Nee, de eer van Dean.'

'Je hebt het toch niet over Dean Martin, hè?'

'Jawel. Dat was een fantastische zanger en een fantastische man.'

'En ook nog eens een fantastische golfer,' zei Tony uit dezelfde straat.

'Fantástische golfer,' zei Voeten ook. 'En Bernice heeft hem beledigd. In het openbaar.'

'Maar Dean was er niet eens bij.' Mary had bijna gezegd: hij is dood. Of: ben jij soms ook gek geworden?

Tony uit dezelfde straat knikte. 'Hij heette niet echt Dean Martin, moet je weten. Hij heette Dino Crocetti.'

Dat wist Mary. Dean Martin, geboren in Steubenville in Ohio. Was dol op zijn moeder Angela. 'Everybody Loves Somebody Sometime'. Ze was per slot van rekening de dochter van haar vader. Toen hij met pensioen was gegaan, had haar vader de Dean Martin Fanclub van Zuid-Philadelphia opgericht en de vier medevoorzitters zaten nu voor haar. Waarom er vier medevoorzitters waren? De vijfde had zich terug moeten trekken omdat hij last had van zijn prostaat.

Mary vroeg: 'Hoe kun je nu zijn eer verdedigen als je een aanklacht indient?'

'Mary,' kwam Voeten verontwaardigd tussenbeide, 'Bernice heeft hem beledigd. Ze zei dat hij een dronkenlap was!'

Mary trok een ongelovig gezicht. Haar vader schudde zijn hoofd. Tony uit dezelfde straat pakte nog een koekje. De slappe wangen van Voeten werden rood van woede, zijn Lipitor-tabletten hadden duidelijk geen effect meer.

'Mary, ze ging als een viswijf tegen hem tekeer, waar iedereen bij was. Niet te geloven gewoon. Dus Dikke Joe schreeuwde terug en voor we het wisten, grijpt hij naar zijn borst en valt op de grond. Ze heeft hem een hartaanval bezorgd.' Voeten schoof zijn zwarte brilletje omhoog. 'Dat kan toch niet zomaar?'

'Ik heb dat op *Boston Legal* gezien, dat noemen ze emotioneel leed.' Tony uit dezelfde straat veegde wat koekkruimels van zijn rode Phillies T-shirt, dat mooi bij zijn nogal heftig uitgevallen nieuwe haarkleur paste. Hij was weer vrijgezel, wat hij overduidelijk met zijn rode haardos liet blijken. Zo te zien had hij niet erg vaak in de spiegel gekeken.

'Zo gaat dat nu altijd daar,' zei haar vader. 'Ze gaan maar door over Sinatra. Volgens hen was Sinatra de allerbeste, maar Dean had wel een tv-show. Dat vergeten ze dan.'

'Dean was gewoon de coolste zanger,' zei Tony uit dezelfde straat, en Mary's vader draaide zich naar hem om.

'Begrijp me niet verkeerd, Sinatra was goed, mijn Vita is dol op hem. Maar hij was wel erg gek op de publiciteit. Nogal een opschepper.'

'Publieksgeil,' was Tony uit dezelfde straat het met hem eens, en Mary moest voor de duizendste keer in haar leven naar hetzelfde gesprek luisteren. Tony de Duif zat zonder iets te zeggen aan de andere kant van de tafel en doopte zijn koekje in de koffie. Met zijn één meter achtenvijftig leek hij meer op een winterkoninkje dan op een duif. Zijn kale kop was vreemd genoeg bruin verbrand, zijn donkerbruine wenkbrauwen waren dun en mooi gevormd en zijn kleine neus was zo krom als een snavel. Hij zei niet veel omdat zijn Engels niet zo goed was, en

Mary was daar heel blij om. Twee Tony's waren al erg genoeg voor een advocaat.

'Maar, pap,' zei Mary, die hen weer bij het onderwerp terug wilde brengen. 'Met Dikke Joe gaat het weer prima, en Bernice hád hem die hartaanval niet bezorgd. Hij weegt zo'n honderdvijfendertig kilo.' *Vandaar de bijnaam Dikke.* 'Als je haar daarvoor wilt aanklagen, zul je moeten bewijzen dat hij daardoor de hartaanval kreeg. En wat zij heeft gezegd, was daar niet reden genoeg voor.'

'Hoe kun je dat nu zeggen, liefje?' vroeg haar vader ontdaan. 'Voor ons is dat reden genoeg.' Onder zijn strohoed was zijn voorhoofd diepgerimpeld. Het mouwloze t-shirt dat hij aanhad was bijna doorzichtig, en verder droeg hij een donkere broek met een brede zwarte riem, en zwarte sokken en sandalen. Hij had zich voor zijn doen netjes gekleed.

'Mary,' viel Tony uit dezelfde straat hen in de rede, 'Dean dronk in zijn tv-show niet echt, hoor. Ze deden appelsap in zijn glas, geen sterke drank. Zo gaat dat in de showbusiness.'

Voetens wangen waren nog steeds rood. 'Ja. Dat is alleen maar een gemene roddel om Dean een slechte naam te bezorgen. Ze zijn altijd bezig zijn reputatie te bezoedelen. Kunnen we daar niet ook een aanklacht over indienen? Als Dean nog leefde zou hij zeker een rechtszaak beginnen, dus waarom zouden wij dat dan niet doen? Hij kan er ook niets aan doen dat hij niet meer leeft.'

Mary zuchtte. 'Rustig aan, heren. Een aanklacht is een kostbaar geintje. Zelfs als ik jullie gratis vertegenwoordig, zijn er nog de proceskosten en dat soort zaken. Jullie zullen een hoop geld moeten ophoesten.'

Voeten zei: 'We hebben geld genoeg.'

'Het zal een vermogen gaan kosten.'

'Er zit achtenzeventigduizend dollar in de pot.'

'Wát?' Mary kon haar oren niet geloven. 'Achtenzeventigduizend! Hoe komen jullie daaraan?'

'Dean heeft heel veel fans,' antwoordde Voeten.

Haar vader voegde eraan toe: 'Overleden fans. Angelo, de kapper aan Ritner Street, weet je nog? Zijn vrouw Teresa stierf twee jaar geleden en ze hadden geen kinderen. En Mario, die de garage aan Moore had, en Phil de Blazer, die een mooie schadevergoeding kreeg na dat auto-ongeluk. Die is helaas ook overleden, arme donder.' Haar vader was even stil. 'Ze hebben allemaal geld aan de club nagelaten. Daarvoor hadden we driehonderdtwaalf dollar, maar nu zijn we rijk. We kunnen alles en iedereen aanklagen als we dat willen.'

'Iedereen die Dean beledigt, klagen we aan,' zei Voeten.

'En het maakt ons helemaal niet uit of we verliezen,' zei Tony uit dezelfde straat. 'Het gaat om het principe. We zijn er doodziek van dat iedereen maar op Dean afgeeft. Het moet een keer ophouden.'

'Zeg dat wel!' Mary's vader sloeg met zijn stevige vuist op tafel en Tony de Duif keek op van zijn koffie. Haar vader en de drie Tony's zagen er vastberaden uit, hun gerimpelde gezichten leken net een Italiaanse versie van Mount Rushmore.

'Heren, wat zullen mensen wel niet denken als jullie een aanklacht indienen?' Mary wilde op haar horloge kijken, maar wist zich in te houden. Ze had het ontzettend druk en dit schoot niet op. 'De leden van de club zijn bijna allemaal mannen, toch?'

'Ja, dat klopt.' Haar vader haalde zijn schouders op. 'Het is nu eenmaal niet anders. Dean was een mannenman.'

'Dat komt door de Golddiggers,' legde Voeten uit.

Tony uit dezelfde straat zuchtte als een verliefde tiener. 'Die waren de moeite waard, nietwaar?'

Mary stelde de vraag, hoewel ze wist dat hij retorisch was. 'Zoals ik al zei, bestaat jullie club hoofdzakelijk uit mannen. Heeft de Sinatra-fanclub niet bijna alleen vrouwelijke leden?'

Voeten zei meteen: 'Dat is geen echte club, zoals wij hebben. Ze noemen het de Sinatra Social Society. Ze hebben zelfs geen reglementen, alleen maar feestjes.'

'Die naam slaat toch nergens op?' zei Tony uit dezelfde straat. 'Te veel s'en. Je zou ze eens moeten horen. Net slangen met een gebitje.'

'Vrouwen,' verzuchtte Voeten, maar Mary reageerde er niet op. Over haar vaders gezicht vloog een spijtige trek. Hij wist waar ze naartoe wilde, en dat klopte ook.

'Pap, stel nu eens dat je de Sinatra-club aanklaagt en dat jullie winnen. Wat zal men daarvan zeggen? Een groep mannen die een groep vrouwen verslaat? Wil je dat nu echt?'

Haar vader knipperde met zijn ogen.

Voeten en Tony uit dezelfde straat keken elkaar even aan.

Tony de Duif liet zijn koekje in zijn kop koffie vallen: *flats*. Er kwam meteen een nootje bovendrijven.

Mary ging door. 'Zou Dean dat hebben gewild?'

'Nee, zeer zeker niet,' zei haar vader na een paar tellen.

'Maar mensen mogen Dean toch niet zomaar beledigen?' vroeg Voeten.

'En we moeten bovendien het een en ander rechtzetten,' zei Tony uit dezelfde straat.

Mary kreeg een idee. 'Weet je wat? Ik bel Bernice op en vraag of ze haar verontschuldigingen wil aanbieden. Dan hoeven jullie niemand aan te klagen. Je kunt het zelfs in je fanclubblaadje zetten.'

'Je bent net je moeder,' zei haar vader met een weemoedig glimlachje. Mary lachte verrast. Haar moeder zou hebben aangeklaagd. Haar moeder was dol op een goed gevecht. Ze was iedereen, gewapend met een pollepel, te lijf gegaan.

'Bernice Foglia zal nooit van zijn leven haar verontschuldigingen aanbieden,' zei Tony uit dezelfde straat.

Voeten schudde zijn hoofd. 'Ze heeft al twee echtgenoten begraven. Die zijn allebei gestorven aan een hartaanval.'

'Ik ga een poging wagen, heren. Rustig aan maar.' Mary wilde dit zo snel mogelijk afhandelen. Ze had het razend druk. Haar dunne Black-Berry Pearl lag naast haar op tafel, het schermpje was zwart en de telefoon had ze uitgeschakeld. Ze vond het vreselijk om er afhankelijk van te zijn, maar het kon tegenwoordig gewoon niet anders. Mary raakte haar vaders hand aan. 'Pap, waarom gebruik je dat geld niet voor iets beters? Iets moois ter nagedachtenis aan Dean. Iets om hem mee te eren.'

'We kunnen natuurlijk wel iets voor het speeltuintje kopen,' zei haar vader, en hij hield zijn hoofd schuin.

'Of het softbalteam sponsoren,' zei Tony uit dezelfde straat.

'Of een feest organiseren,' zei Voeten.

Aan de andere kant van de tafel keek Tony de Duif meteen op. *'O andare al casinò.'*

En dat hoefde voor Mary niet vertaald te worden.

Een kwartier later had ze hen allemaal de vergaderkamer uitgewerkt, hen allemaal omarmd en gekust, en liep ze met hen mee naar de receptie. De liftdeur gleed open en de drie Tony's schuifelden de lift in. Ze omhelsde haar vader nog een keer, die zoals altijd naar mottenballen en cvs-aftershave rook.

'Ik hou van je, pap,' zei Mary, en tot haar eigen verbazing schoot ze even vol. Het was natuurlijk raar, maar elke keer dat ze afscheid van hem nam was ze bang dat ze hem nooit meer zou zien. Dat had ze als kind al gehad, maar nu was ze inmiddels over de dertig en kon ze het alleen nog gooien op een overdreven hang naar melodrama.

'Ik hou ook van jou, liefje,' zei haar vader zacht. Hij klopte haar op de arm en stapte de lift in. 'Ik ben zo trots op je...' zei hij net toen de roestvrijstalen liftdeur dichtging. Mary zag alleen nog haar eigen wazige spiegelbeeld in haar mooie blauwe mantelpakje, en een trieste uitdrukking op haar gezicht.

'Mary?' zei iemand. Mary vermande zich en draaide zich om. Marshall Trow, de receptioniste, kwam aanlopen in haar blauwe mouwloze hemdjurk en gele espadrilles. Ze glimlachte niet, wat ongebruikelijk was, en haar bruine ogen stonden bezorgd. 'Ik heb net een vriendin van je naar je kantoor begeleid. Omdat je een vergadering had wilde ik je niet storen.'

'Bedankt.' Mary zette haar BlackBerry weer aan en ze zag de ene na de andere e-mail binnenkomen, een onoverkomelijke berg die ze nooit zou kunnen beklimmen. 'Welke vriendin?'

'Ze heet Trish Gambone.'

Trish de Bitch Gambone?

'Je kent haar toch?' Marshall knipperde met haar ogen.

'Ja hoor, van de middelbare school. Maar is ze hier?' Mary kon dat niet zo snel verwerken. Trish de eh... Gambone vertegenwoordigde alles wat er niet leuk aan de St.-Maria Goretti High School was geweest. Mary was daar de bijziende voorzitter geweest van de National Honor Society, de Meikoningin, en degene die het meest in aanmerking kwam om heilig te worden verklaard. In die vier jaar was Trish Gambone gezakt voor godsdienstonderwijs, had ze al kettingrokend een keer Spaans over moeten doen en stond ze algemeen bekend als de grootste bitch op school.

'Ze zei dat ze je wilde spreken en dat het vertrouwelijk was. Ze was erg ontdaan.'

'Overstuur?'

'Ze huilde.'

'Echt waar?' Mary's hart ging sneller kloppen. De klassieke vecht-of-vluchtreactie, maar ze wist nog niet welke het zou worden.

'Ik zou haar anders niet in je kantoor hebben gelaten, maar ik kon haar hier niet laten staan, ze was helemaal hysterisch.'

'Nee hoor, dat heb je prima opgelost.' Mary stopte de BlackBerry in haar zak, waar die meteen als een gek begon te vibreren. Als ze hem in haar broek had gestopt, had ze er nog een hoop lol van kunnen hebben.

Marshall gaf haar een hele stapel telefoonnotities. 'Deze zijn voor jou. De post ligt op je bureau. O, en over een kwartier komen de Coradino's langs, en daarna de DiTizio's en mevrouw Yun.'

'Bedankt. Neem jij mijn telefoontjes aan?' Mary liep snel langs de receptie en het vergulde Rosato & Partners-bord naar de hal, waar haar beste vriendin Judy Carrier haar vanuit haar kantoor riep.

'Mary!' Judy stak haar lichtblonde hoofd om de hoek van de deur. Ze had grote, hemelsblauwe ogen, een pagekapsel en een brede glimlach, die haar ronde gezicht goed kon hebben. 'Zeggen we geen gedag meer? We moeten even ons weekend bespreken.'

Mary kwam meteen met het nieuwtje aanzetten. 'Je raadt nooit wie er nu in mijn kantoortje zit.'

'Wie dan?' Judy had een felroze T-shirt, een gele werkbroek en groene Dansko-klompen aan. Kortom, alsof ze gekleed was door iemand die kleurenblind was.

'Trish de Bitch Gambone.'

'Die trut!' Judy sperde haar ogen wijd open. 'Die is hier?'

'Helemaal.' Mary vond het heerlijk dat Judy zo haatdragend reageerde, ook al had ze haar nooit ontmoet. Alleen een echte vriendin zou iemand haten omdat jij dat ook deed. Daar waren vriendinnen ook eigenlijk voor.

'Wat een muts is dat,' zei Judy nadrukkelijk.

'Een hoer.'

'Een sloerie. Wat moet ze?'

'Geen idee. Marshall zei dat ze huilde.'

'Mooi!' Judy klapte in haar handen. 'Misschien zit ze hartstikke in de problemen!'

'Dat hopen we dan maar,' zei Mary vrolijk, maar toen corrigeerde ze zichzelf. 'Ho, even. Dat mag ik niet zeggen.'

'Waarom niet? Dat verdient ze toch?'

'Ik dacht dat ik lief was. Dus niet.'

'Zo zijn mensen nu eenmaal. We vinden het heerlijk als onze vijand lijdt. Leedvermaak noemen we dat.'

'De katholieken noemen dat een zonde.'

'Het is toch geen zonde om menselijk te zijn?' zei Judy glimlachend, maar Mary ging er niet op in. Natuurlijk was het een zonde, maar ze had het al lang geleden opgegeven om Judy's ziel te redden. Alleen al door haar kleding zou ze rechtstreeks naar de hel gaan.

'Niet te geloven dat Trish de Bitch mijn hulp nodig heeft. Wat moet ik doen?'

'Wraak is zoet?'

Maar diep vanbinnen was Mary alleen maar nerveus. Trish en de Akelige Meiden hadden haar gepest tijdens de lunch, de ochtendbijeen-

15

komst, de mis, overal waar je iemand maar kunt vernederen. Was ze de enige die aan haar middelbareschooltijd een trauma had overgehouden?

'Had je vader nog eten bij zich?' vroeg Judy hoopvol.

'Het staat in de vergaderkamer.'

'Yes!'

Mary haastte zich door de hal, langs Bennie Rosato's kantoor, dat verlaten was. Ze was blij dat Bennie deze week een rechtszaak had, want ze wilde niet dat haar baas haar slechte kant zag, waarvan ze tot op dit moment zich nog niet eens bewust was geweest. Ze had altijd gehoord dat boontje om zijn loontje kwam, maar had dat nog niet eerder meegemaakt.

Wraak is zoet.

Mary kwam bij haar deur, waarop een bordje hing met de woorden OVERHEMD VERPLICHT. Ze had de afgelopen tijd zo veel cliënten uit Zuid-Philadelphia gekregen dat het bordje geen overbodige luxe was. Ze was ervan overtuigd dat het een primeur was voor een advocatenbureau.

Toen ze de deur openduwde trilde haar hand.

2

MARY LIEP HAAR KANTOOR IN, dat naar parfum en sigaretten rook. Obsession met een vleugje Marlboro Light. Voor het bureau zat Trish Gambone in de leunstoel met haar rug naar de deur. Een zwarte bos haarextensies hing over de rug van haar trendy jack en ze droeg een zwarte catsuit en zwarte laarsjes met zulke hoge naaldhakken, dat ze bijna onder de wapenwet vielen.

Trish de Bitch? 'Trish?' Mary deed de deur achter zich dicht.

'Hoi, Mary.' Trish draaide zich om in de stoel en het was duidelijk te zien dat ze net gehuild had. Ze zag eruit als een ordinaire versie van Sophia Loren, maar haar knappe gezichtje was betrokken en haar perfecte huid zag er ondanks de bruinspray mat uit. Ze depte met een kletsnatte Kleenex haar donkerbruine ogen, die rood zagen van de tranen.

'Gaat het wel?' vroeg Mary zachtjes.

'Wat denk je zelf?' beet Trish haar met verstikte stem toe.

Mary kromp in elkaar, alsof Trish met een machete haar zelfvertrouwen afgehakt had. Ze zag hen beiden zo weer voor zich, in een spierwitte blouse met een rond kraagje, dikke blauwe trui met het schoollogo erop genaaid en witte maillot met blauw-witte schoenen. Net Britney Spears voordat ze het afkickcentrum in ging.

'Wat zie je er zakelijk uit.' Trish bekeek haar van top tot teen. 'Stukken beter dan op school.'

'Dank je.' *Geloof ik.* Mary moest zichzelf eraan herinneren dat ze geen vijftien meer was en dat er helemaal geen machetes bestonden die je zelfvertrouwen af konden hakken. Ze wist dat ze er beter uitzag dan op de middelbare school; de beugel was weg en ze had nu een mooie glimlach, uitstekende jukbeenderen en haar neus was mooi gevormd. Haar man had haar altijd knap gevonden, zelfs mooi. Ze droeg geen bril meer maar contactlenzen zodat haar grote bruine ogen beter uitkwamen, en haar dikke donkerblonde haar kwam tot op haar schouders. Ze was maar één meter achtenvijftig lang, maar haar figuur was goedgevormd en in proportie. Kortom, Mary leek totaal niet meer op een trol.

'Ga zitten, ja?' Trish knipperde haar tranen met haar ogen weg. 'Ik ben zo gestrest. Ik heb bijna geen tijd meer.'

'Wat is er aan de hand?' Mary liep om haar bureau heen, ging op haar stoel zitten en legde de telefoonnotities op de stapel post.

'Ik heb hulp nodig. Ik zit in de nesten.' Trish perste haar perfect gevormde lippen, waarvan de lipstick allang was verdwenen, op elkaar. Ze was altijd het meest sexy meisje in de klas geweest, maar ze zag er wel ouder uit dan ze was. Haar ogen waren omrand met zwarte eyeliner en ze had de kleine neus die zo typerend voor Amerikanen van Italiaanse afkomst was.

'Oké, vertel maar,' zei Mary.

'Je moet wel weten dat ik je gewoon kan betalen.' Trish depte haar ogen en boog zich in haar stoel naar voren. Haar trendy jasje viel open en toonde een fantastisch figuur: weelderige heupen, een smal middel en borsten die zelfs op de basisschool al cup C waren. 'Ik vraag je niet om een gunst omdat we ooit samen op Goretti hebben gezeten.'

Daar hoef je ook niet bang voor te zijn. 'Oké.'

'Ik ben de beste kapster bij Pierre & Magda. Ik verdien goed. Ik weet dat advocaten duur zijn en ik kan alvast wat vooruitbetalen, bij wijze van voorschot.' Trish pakte nog een Kleenex uit haar grote zwarte Gucci-tas.

'Daar komen we wel uit.' Mary werd zich ervan bewust dat ze Trish niet rechtstreeks aankeek, alsof net als bij Medusa oogcontact dodelijk kon zijn. Ze pakte haar pen en schreef op haar schrijfblok: *Stel dat ze angst kan ruiken?*

'Ik wilde jou omdat je altijd al zo slim was.'

Mary schreef op: *Waar je me altijd mee pestte, maar dat hindert niet.*

'Het gaat om mijn vriend, ik moet van hem af. Ik kan er niet meer tegen. Ik haat hem, ik haat hem gewoon.'

'Wat erg.' Mary schreef: *Wat heerlijk.*

'Hij is een tiran.'

Nu weet je ook eens hoe dat is.

'Mijn moeder had hem meteen al door, want mijn vader sloeg haar altijd, en mijn vriendinnen vonden hem ook niets. Maar ik heb niet naar hen geluisterd. Je kent ze toch nog wel? Giulia, Missy en Yolanda.'

'Tuurlijk.' Mary onderdrukte met moeite de neiging om haar ogen ten hemel te slaan. Giulia Palazzolo, Missy Toohey en Yolanda Varlecki. De Akelige Meiden, die dus nog steeds met elkaar bevriend waren.

'Ze hadden allemaal een hekel aan hem. Ze vonden dat ik bij hem weg moest, maar ze kenden niet het hele verhaal. Het begon ermee dat hij voortdurend als een gek tegen me tekeerging. Hij is vreselijk jaloers, hoewel ik daar echt geen aanleiding toe geef, en hij belt me zeker der-

tig keer per dag op mijn gsm. Als ik niet opneem, belt hij de zaak.' Trish'
gezicht betrok. Ze had geen aanmoediging nodig om door te gaan met
haar verhaal. De rest volgde als een waterval: 'Hij drinkt steeds meer en
dan wordt het nog erger. Hij noemt me een "varken", een "hoer" en ga
zo maar door.'

'Wat erg.' Mary had opeens een beetje medelijden met haar, hoewel
ze beter moest weten.

'Ik mag van hem nergens naartoe, behalve naar mijn werk. Het moet
thuis helemaal schoon zijn, het eten moet op tijd op tafel staan. Zijn
kleren moeten perfect gewassen zijn. Ik strijk ze zelfs.' Trish struikelde
over haar eigen woorden, zo snel wilde ze alles vertellen. 'Verleden jaar
is hij me gaan slaan, en dan had hij achteraf spijt. Nu slaat hij me de hele tijd en heeft hij geen spijt meer. Als ik iets verkeerd doe slaat hij me.
Als ik iets goed doe slaat hij me.'

'Slaat hij jou?' Mary was de zoete wraak helemaal vergeten. Trish was
wanhopig, en dat kon zij goed begrijpen.

'Hij pakt dat heel slim aan, hij slaat me alleen waar niemand het kan
zien. Stompt me in mijn maag, of rug. Schopt me tegen mijn achterste,
of mijn armen, als ik op de grond lig. Ik heb tegen mijn vriendinnen en
mijn moeder gezegd dat hij me af en toe een klap geeft, maar meer ook
niet. Ik heb ze niet verteld hoever het gaat, anders zouden ze witheet
worden. Verleden week was hij dronken en heeft hij dit gedaan.' Trish
pakte de rits van de catsuit beet en trok die naar beneden, zodat haar
decolleté zichtbaar werd. Ze trok een zware gouden ketting en de zwarte stof weg. Boven haar borst werd een grote blauwe plek zichtbaar. 'Zie
je? Hij heeft me tijdens de seks gebeten. Dat vindt hij lekker. Het windt
hem op.'

Mary was geschokt. Ze wist niet waar ze moest beginnen. 'Jullie hebben seks −'

'Hij dwingt me ertoe. Ik zal je de rest maar niet laten zien.' Met trillende lip ritste Trish de catsuit dicht. 'Verleden week zei hij dat me zou
vermoorden, en toen ik de blik in zijn ogen zag, wist ik dat hij het meende. Ik had zoiets in een stomme *Oprah Show* gezien en op dat moment
besefte ik dat ik misbruikt werd. Dat meisje op tv, dat ben ik.' Trish' stem
brak, ze onderdrukte een hartgrondige snik en hield het zakdoekje tegen haar neus. 'Niet te geloven, toch? Dat ik de hele tijd bang ben, als
een klein muisje? Net als jij?'

Mary had medelijden met haar, ook al had ze haar net beledigd. 'Heb
je foto's van de blauwe plekken genomen?'

'Ja, en ik heb ook een dagboek bijgehouden.'

'Mooi.' Mary schreef in gedachten al een dwangbevel. Ze had er inmiddels al twee voor elkaar gekregen, en in zaken die veel minder erg geweest waren dan deze. 'Ben je naar de dokter of naar het ziekenhuis geweest?'

'Mooi niet.' Trish veegde haar neus af. 'Hij zei dat hij me zou vermoorden als ik dat zou doen.'

'Jullie buren moeten het toch horen als hij tegen je tekeergaat?' Mary dacht aan eventuele getuigen.

'We wonen naast een Koreaanse winkel op de hoek. De mensen daar spreken geen Engels. Kun je je nog herinneren van school dat het mijn hoek was?'

'Dat weet ik nog.' Mary hing nooit op hoeken rond, zij was dan Latijn aan het leren. Maar ter zake. 'Kunnen ze hem in de winkel wel horen schreeuwen, denk je?'

'Nee, hij doet dat soort dingen 's avonds, als ze dicht zijn. Hij heeft trouwens een wapen, dat heeft hij altijd bij zich, een glock.' Trish snikte weer. 'Hij richt hem op mijn hoofd, houdt hem tegen mijn slaap aan. Gisteren stak hij hem in mijn mond, alsof hij me wilde laten stikken.'

Mary hapte naar adem.

'Maak je maar geen zorgen, ik heb ook een wapen, een beretta. Die heb ik voor alle zekerheid al lang geleden gekocht. En ik heb de meisjes en mijn moeder er met de kerst ook een gegeven.'

Normaal gesproken zou Mary daar een grapje over hebben gemaakt: vrede op aarde.

'Het punt is dat hij ermee om kan gaan, en ik niet. De enigen die me kunnen helpen om raak te schieten zijn de Roze Zusters.' Trish glimlachte opeens weemoedig, als een zonnestraaltje tussen de buien door. 'Kun je je die nog herinneren?'

'Ja, natuurlijk.' Mary wist ook een glimlach tevoorschijn te toveren. De Roze Zusters waren nonnen die in de wijk Fairmont woonden en die voor je baden als je een verzoek daartoe bij hun voordeur indiende. Zij hadden ervoor gezorgd dat Mary haar bul in de rechten had gehaald, dat ze was getrouwd, en ze hadden haar bijgestaan tijdens de begrafenis van haar man. Ze vroeg: 'Wanneer ben jij dan naar het klooster gegaan?'

'Nooit. Ze hebben een website waarop je een gebed kunt aanvragen. Niet te geloven, toch?' Trish glimlachte en droogde haar tranen.

Mary voelde zich heel even met haar verbonden. 'Inderdaad ongelooflijk. Heb je trouwens gehoord dat het voorgeborchte niet meer bestaat?'

'Ja, waanzinnig, hè?' Trish glimlachte, maar toen kreeg haar knappe gezicht weer een angstige uitdrukking en haar voorhoofd rimpelde zich bezorgd. 'Het is een hel, Mary. Ik loop de hele tijd op eieren. Gisteren zei hij dat hij een grote verrassing voor me zou hebben voor mijn verjaardag. Ik ben vandaag jarig.'

Gedver. 'Gefeliciteerd.'

'Ja. Echt een feest.' Trish' lip trilde, maar ze vermande zich. 'Daarom ben ik naar je toe gekomen. Ik weet me geen raad meer. Volgens mij houdt de verrassing in dat hij me een aanzoek doet en als ik nee zeg, dan vermoordt hij me. Vanavond.'

Mary had genoeg gehoord. Ze legde haar schrijfblok neer. 'Trish, zo hoef je echt niet te leven. Gebaseerd op wat er is gebeurd, en al helemaal omdat je een dagboek hebt bijgehouden, kan ik een dwangbevel regelen. De rechter heeft niet meer nodig dan een redelijk vermoeden van dreigend gevaar. We kunnen nu naar de rechtbank toe gaan en –'

'Nee, dat kan niet.' Trish' betraande ogen keken haar angstig aan. 'Ik kan niet naar de rechter stappen.'

'Waarom niet?'

'De maffia.'

'Hè?'

Trish haalde haar neus op. 'Waar ben jij opgegroeid, zeg?'

Ho! Mary schrok ervan. Iedereen in Zuid-Philadelphia had een haat-liefderelatie met de maffia, maar die van haar bestond grotendeels uit haat-haat en soms uit haat-angst.

'Hij verkoopt drugs voor ze, heroïne en cocaïne.'

Mary dacht: dit kan toch niet waar zijn?

'En hij roomt de boel af.'

'Wat is dat?' *Ik hoor dit niet, echt niet.*

'Hij houdt geld achter. Als ze daarachter komen is hij dood. Daar houden ze niet van.'

De media schilderen de Italiaans-Amerikaan wel erg gewelddadig af.

'Ik doe geen oog meer dicht. Ik zie steeds weer voor me dat ze de deur intrappen en ons allebei doodschieten. Hij stelt niets voor, dus we hebben geen bescherming. Hij speelt met mijn leven. Als hij me niet vermoordt, dan doen zij het wel.'

Dit hebben we allemaal aan Tony Soprano en aan Al Pacino te danken.

'En geloof me, hij weet hoe hij dat wapen moet gebruiken.'

Dat had je al verteld.

'Ik weet gewoon niet wat ik moet doen.' Trish' stem viel angstig weg. 'Ik ben straks dóód! Wat moet ik doen? Snap je mijn probleem?'

'Ja, je wilt weten hoe je van die crimineel af kunt komen, toch?'

'Precies!' jammerde Trish. 'Maar dat lukt me nooit. Wat moet ik doen? Ik zit eraan vast!'

Mary dacht razendsnel na. 'Wacht even. We kunnen toch naar de politie gaan? Je hebt vast interessante informatie voor ze, en dan kunnen we je in het getuigenbeschermingsprogramma zien te krijgen –'

'Ben je gek geworden?' Trish schreeuwde zowat. 'Hij vermoordt me! Zíj vermoorden me!'

'Dat weet je toch niet zeker?'

'O, dat weet ik heel zeker. Ben je soms achterlijk of zo?'

Mary ging daar maar niet op in. Er moest toch een oplossing voor zijn. 'Wil je echt niet naar de rechter? We kunnen een dwangbevel zien te –'

'Die stellen geen reet voor.'

'Maar misschien bij hem wel, omdat hij bang is dat je hem anders voor de rechter sleept. Hij wil vast niet dat alle ogen op hem gericht zijn.'

'Hij vermoordt me voordat ik daar naartoe kan gaan. Denk nou toch eens na! Hier heb ik geen bal aan.' Trish raakte weer overstuur en de tranen sprongen haar in de ogen.

'Rustig nou maar. We vinden er wel iets op. Je kunt toch de stad uit gaan? Je gaat gewoon weg.'

'Waar naartoe dan? Hij zal me altijd weten te vinden.'

'Nee, natuurlijk niet.'

'Nou en of, en wat moet ik dan, als ik eenmaal ergens anders ben?' Trish maakte een vertwijfeld gebaar. 'Wat moet ik dan in hemelsnaam doen? Dan ben ik mijn moeder, mijn vriendinnen en mijn baan kwijt! Het heeft me jaren gekost om dat allemaal op te bouwen. Ik wil dat niet allemaal opgeven.'

'Maar je leven staat op het spel, Trish.'

'Het lukt toch niet, Mary. Hij weet me wel te vinden. Hij zal het niet opgeven voor hij me heeft opgespoord.' Trish ging op het puntje van de stoel zitten. 'Mary, snap je het dan niet? Niets zal werken. Die man is een beest, en jij hebt het over de wet!'

'Ik ben advocaat,' zei Mary. Ze begreep niet waar Trish naartoe wilde.

'Nou, daar hebben we dus helemaal niets aan! Jij bent slim, verzin maar iets!'

Mary piekerde zich suf. 'Oké, hoor eens, als je geen wettelijke oplossing wilt, dan zal ik je zeggen wat ik zou doen. Ga zo ver mogelijk weg. Ga op vakantie. Ik leen je wel wat geld.'

'Dus dat is jouw oplossing, Einstein? Ga op vakantie?' Trish sprong overeind. 'En waarin verschilt dat van getuigenbescherming?'

'Dat is voor eeuwig, en dit niet. Ik zeg alleen maar dat je een maand of twee weg moet gaan.' Mary stond ook op, en ging vriendelijk verder. Ze had nog niet eerder meegemaakt dat Trish aan zichzelf twijfelde, laat staan dat ze instortte. 'Tegen de tijd dat je terugkomt, is hij afgekoeld en –'

'Dat kun je wel vergeten. Hij houdt van mij. Hij is door me geobsedeerd. Hij zal me nooit vergeten, Mary.' Trish schudde haar hoofd en verborg toen haar gezicht in haar handen. 'Ik kan gewoon niet geloven dat dit allemaal echt is. Ik kan gewoon niet geloven dat mijn leven zo verloopt. Hij was zo lief, zo leuk op school. Waarom heb ik het toen niet gezien?'

'Rustig nou maar, Trish –'

'We hebben altijd gedacht dat we zouden gaan trouwen, iedereen dacht dat.' Trish stopte haar hoofd weer in haar handen. Haar wangen waren rood aangelopen en haar ogen stonden wild. 'Hoe heeft me dit kunnen gebeuren? Weet je nog hoe leuk hij was? Hoe lief?'

'Ik ken hem helemaal niet.'

'Jawel. Hij zat op Neumann.'

Heel fijn. Bishop Neumann, de school van Goretti's broer, liet nu ook maffialeden toe. Mary had graag in haar schrijfblok *Ik zou wel eens willen weten welk cijfer hij voor godsdienst had* willen noteren.

'Weet je?' Trish ging met haar lange nagels door haar getoupeerde haar. 'Ik vond dat ik het echt had getroffen. Hij was zo sexy. We waren zo verliefd.' Ze zei zijn naam.

O, lieve hemel. Mary's hart stond even stil. De kamer werd een groot waas.

Trish ging door: 'We hadden in het laatste jaar van de middelbare school verkering, weet je nog?'

Wij ook.

'Ik maakte het een keer uit, maar ging toch weer naar hem terug. Stom van me. Hij was toen al helemaal door me geobsedeerd. Ik vond hem toen zo romantisch. Nu weet ik dat hij gek is.' Trish schudde haar hoofd en zei toen plotseling: 'Dus, wat moet ik doen, Mary?'

Mary vermande zich. 'Als je niet weg wilt of naar de rechter wilt –'

'Dat kan ik niet! Hij vermoordt me! Vanavond nog!' brulde Trish woedend. 'En jij zit daar maar en doet helemaal niets!'

'Het enige wat je kunt doen is –'

'Ik heb hulp nodig. Help me!'

'Ik doe mijn best, maar –'

'Je kunt mijn rug op, heilig boontje dat je d'r bent!' barstte Trish uit. 'Zo noemden we je altijd, wist je dat? Heilig boontje. Het voorbeeldige kind, dat was jij. Nou, je wordt bedankt!' Ze draaide zich om, pakte haar tas en beende op hoge poten naar de deur. Ze trok hem open en liep weg.

'Trish, wacht nou even!' Mary ging achter haar aan, maar Trish rende al door de hal naar de receptie.

'Wacht nou!' Mary kreeg haar bijna te pakken, maar toen zag ze hoe verbaasd de receptioniste zat te kijken. De kamer zat vol cliënten die voor haar kwamen en die voelden zich duidelijk opgelaten, dus ging ze Trish niet op de trap achterna. Dawn en Joe Coradino en hun dochter Bethann zaten daar, een goed gekleed gezin uit Shunk Street; Jo-Ann Heilferty, wier nieuwe tuin onder de loep moest genomen; en Elka Tobman, die een bedrijf wilde opzetten. Ze hadden het geschreeuw gehoord en wilden een verklaring. Mary vermande zich en produceerde een scheef glimlachje. 'Dawn en Joe, de dokter kan jullie nu behandelen.'

Ze ging hen voor naar haar kantoor. In de hal stak Judy Carrier opgetogen haar duimen omhoog.

3

MARY EN JUDY LAVEERDEN IN hun lunchpauze tussen de mensenmenigte op de stoep door. De mannen hadden een gekreukt overhemd aan en een stropdas om, en een oortje van de iPod en Bluetooth in. De vrouwen liepen met enorme tassen en piepkleine mobieltjes in groepjes te praten en te lachen. De zonnestralen piepten door de bladeren van de dunne stadsbomen heen, en iedereen behalve Mary genoot van de frisse koele dag, tot nu toe de fijnste, deze koude maart. Ze voelde zich ellendig na haar gesprek met Trish.

Judy liep door en trok haar neus op. 'Je hoeft je nergens schuldig over te voelen, hoor. Je hebt haar toch willen helpen, na alles wat ze jou heeft aangedaan? Ze heeft je leven op school goed verpest.'

'Dat is lang geleden.' Mary liep met gebogen hoofd, zodat ze zich naast Judy nog kleiner dan anders voelde. Haar hartsvriendin, die bijna dertig centimeter langer was dan zij en uit Noord-Californië afkomstig was, leek wel een wandelende reuzenpijnboom.

'Ik was toch ook geen pestkop op school, en jij ook niet.'

'Maar dit verdient ze nu ook weer niet.'

'Oké, daar heb je ook wel weer gelijk in.'

Mary kon het akelige gevoel niet van zich afzetten. Ze had de hele ochtend aan Trish gedacht, en had zich niet op de post, de e-mails, de vergaderingen en de telefoontjes kunnen concentreren. Ze was zelfs vergeten mevrouw Foglia te bellen over Dean Martin. 'Stel dat Trish gelijk heeft? Stel dat hij haar vanavond vermoordt?'

'Als zij geen hulp wil inroepen, houdt het verder op.' Judy keek ernstig. 'We zouden natuurlijk de politie kunnen bellen, maar daardoor zou ze alleen maar nog meer in gevaar komen. En bovendien is wat zij jou verteld heeft vertrouwelijk.'

'Ik heb de kapsalon gebeld, maar ze was er nog niet. En ze heeft thuis een geheim nummer.'

'Criminelen houden van hun privacy.'

Mary kon er niet om lachen en Judy legde haar hand op haar schouder.

'Maak je maar geen zorgen. Hij lijkt mij iemand die vrouwen in elkaar slaat, maar niet vermoordt.'

'Dat hoop ik dan maar.' Mary kon zich ook niet voorstellen dat hij een moordenaar was.

'En je zei toch dat ze zich op school ook altijd zo aanstelde?'

'Maar ik vrees echt voor haar. Ik heb het gevoel dat het niet goed zit. Net als mijn moeder dat heeft, weet je wel? Ze weet dat soort dingen ook altijd.'

'Dat gedoe met het boze oog, bedoel je?' vroeg Judy spottend. 'Je moet je niet zo druk maken.'

'Ik voel me schuldig.'

'Jij bent schuldig geboren.'

Mary wist een glimlachje tevoorschijn te toveren. 'Heb ik Trish laten zitten?'

'Nee. Het is haar eigen schuld dat ze in de problemen zit. Niet te geloven dat ze van zo'n stuk verdriet houdt.'

Mary bleef wijselijk stil en bestudeerde haar blauwe pumps. Ze was niet van plan Judy aan haar neus te hangen dat zij ook met hem uit was geweest, en dat hij de populairste jongen van de klas was geweest: een footballspeler met een waanzinnig gevoel voor humor. De meisjes waren allemaal gek op hem, en toen hij Mary uit had gevraagd, was ze ervan overtuigd geweest dat hij dat alleen maar deed om gratis bijles te krijgen.

'Waarom zijn slechte jongens toch altijd zo populair?'

'Hij was niet slecht,' wierp Mary tegen.

Judy keek haar achterdochtig aan. 'Kende je hem dan?'

'Niet echt goed, en dat was voor hij bij de maffia ging.'

'Echt, je hebt meer dan je best gedaan. Als Trish niet de stad uit wil, of naar de rechter wil stappen, of naar de politie, dan houdt het verder op. Je bent advocaat en het recht heeft zijn grenzen.'

Mary keek haar bijna opgelucht aan. Judy's dunne asblonde haar werd door de wind naar achteren geblazen. Ze was gek op rechten, was er door haar rechtenstudie in de ban van geraakt. Dat lag bij Mary anders, zij vroeg zich nog steeds af of ze wel advocaat wilde zijn. Op haar werk droomde ze van andere baantjes en 's avonds bekeek ze www.monsterboard.com alsof het een pornosite was.

'Mary, genoeg over Trish. Ik heb groot nieuws.' Judy bleef op de stoep staan met in haar hand een bruine zak met kliekjes van de Chinees. Terwijl de mensen om hen heen liepen verspreidde de geur van Ko Loe Yuk zich uit de opening van de zak. 'Marshall belde me afgelopen weekend omdat ze vastzat met de salarisadministratie. Dus ik ben naar haar toe gegaan en ik heb toen van iedereen op kantoor het salaris gezien. Van jou, mij, Bennie en Anne.'

'Dat is toch vertrouwelijk?'

'Als Marshall er hulp bij nodig heeft niet. Maar goed, weet je wat ik heb ontdekt?' Judy's blauwe ogen straalden. 'Jij brengt meer geld binnen voor de firma dan Bennie.'

'Hè?' Mary kon haar oren niet geloven.

'Jij werkt het hardst van ons allemaal. Zo'n beetje tweehonderdvijftien uur per maand, wat heel veel is. Anne en ik komen op zo'n honderdzestig uur elk en Bennie ook. We werken ons allemaal een slag in de rondte, maar jij, beste meid, werkt nog het meest en hebt ook de meeste cliënten, nog meer dan Bennie, en dat is al een hele tijd zo.'

'O, ja?'

'Bennie krijgt tweehonderdvijftig dollar voor elk uur dat je werkt, maar zij betaalt jou honderdvijfentwintig. Dat gaat voor Anne en mij ook op, maar wij werken voor haar, en hebben geen eigen cliënten zoals jij.'

Mary raakte een beetje in de war. Het was een lange ochtend geweest. Het gesprek kwam op haar een tikje achterbaks over. 'En wat wil je daarmee zeggen?'

'Dat jij een heleboel geld voor de firma binnenhaalt. Ze verdienen goed aan jou.'

'Dat kan toch niet kloppen? Ik heb niet één rekening hoger dan vijfduizend dollar en mijn zaken gaan allemaal over kapotte zonnedaken, dubbele ramen die lekken en garagedeuren die niet open willen. Vanochtend nog heb ik een ruzie tussen Dean Martin en Frank Sinatra bijgelegd.'

'Maakt niet uit, ze betalen allemaal.'

'Dat is wel waar.' Mary wist dat haar cliënten, die net als haar ouders kinderen van emigranten waren, hun rekeningen keurig op tijd betaalden, omdat ze geloofden dat ze daardoor hun reputatie hoog konden houden bij de Amerikaanse aristocratie, die overigens alleen in hun fantasie bestond.

'Jij hebt het afgelopen jaar meer verdiend dan Bennie.'

'Hè?' Mary was verbijsterd. 'Maar Bennie is de eigenaar.'

'Precies, en jíj bent degene die de zaak drijvende houdt, voor zover ik het kan bekijken.'

Mary kon het niet bevatten. Het was de omgekeerde wereld.

'Zo te zien gaan jouw cijfers nog omhoog. Bennie doet de grote zaken, hoofdzakelijk strafzaken, en daar krijg je hooguit eens in de twee jaar voor uitbetaald. Die Grondwet- en politiegeweldzaken, daar krijgen we pas geld voor als de rechter daar goedkeuring voor geeft. Geloof mij maar, want ik werk aan die zaken, en de afgelopen drie maanden heb ik nog geen rekening kunnen versturen.' Judy's ogen keken haar priemend en helder aan. 'Weet je wat dat betekent?'

'Nee.'

'Dat je Bennie zou moeten vragen jou partner te maken.'

'Wat?' Mary keek zenuwachtig om zich heen. Ze had het eigenaardige gevoel dat dit gesprek hoogverraad was. Gelukkig luisterde er niemand mee en de enige reden waarom er naar hen werd gekeken, was Judy's wilde kleding. 'Dat kan toch niet.'

'Waarom niet?' Judy grijnsde, maar Mary niet.

'Ik word er misselijk van.'

'Je zou je juist hartstikke goed moeten voelen. Jij trekt cliënten aan. Je zou partner moeten zijn.'

'Maar we zijn medewerkers.'

Judy schudde blij haar hoofd. 'Dat gaat voor Anne en mij op, maar niet voor jou. Jij bent de grote magneet van Zuid-Philadelphia. Zie je het voor je? Rosato & DiNunzio.'

Mary's knieën knikten. Ze keek om zich heen of ze zich ergens aan vast kon houden, maar het enige wat in aanmerking kwam was een nogal smerig uitziende brandkraan, waar ze zich toch maar op wierp. 'Au.'

Judy kwam met de geurige zak kliekjes bij haar staan. De voetgangers stroomden om hen heen. 'Ik mail je de documenten wel. Dan kun je zien wat jij en wat Bennie hebben ingebracht.'

'Doe nou maar niet. Ik wil dat soort dingen liever niet weten.'

'Je moet het er echt met Bennie over hebben dat je partner wilt worden.'

'Dan zou Pluto aan de zon moeten gaan vragen of hij net zo groot mag worden, terwijl Pluto niet eens een planeet is. Hij is gedegradeerd, net als Sint-Christoffel, voor wie ik altijd een zwak heb gehad.' Mary verstevigde haar greep op de brandkraan. Ze was misselijk. Dat kwam vast door de geur van de Koe Loe Yuk die haar kant op dreef. 'En nu is er ook al geen voorgeborchte meer. Straks is het vagevuur ook weg. Waar gaat de wereld naartoe?'

Judy keek haar onderzoekend aan. 'Mary, waarom wil je niet meer geld verdienen? Of in elk geval meer geld krijgen voor wat je in de firma inbrengt?'

'Ik verdien al genoeg,' zei Mary, maar ze wisten allebei dat ze graag een huis wilde kopen en zich nog geen aanbetaling kon veroorloven, hoewel ze na driftig sparen wel in de buurt kwam. Ze zette het van zich af. 'Daar gaat het niet om. Ik wil niet meer geld als dat ten koste gaat van Bennie.'

'Ze pakt het wél van jou af. Jij hebt het verdiend, het is jouw geld.'

'Nee, het is van haar. Ik werk voor haar.' Mary had dat nooit anders bekeken. Ze schreef het aantal uren op dat ze werkte, verstuurde op tijd haar rekeningen, en de rest regelde zich vanzelf. Ze was geboren om bij iemand in dienst te zijn. Het zou nog veel erger kunnen zijn, ze had voor de maffia kunnen werken.

'Ik wist wel dat je uit je dak zou gaan.'

'Ik ga niet uit mijn dak.'

'Echt wel. Je bent gewoon groen.'

'Dat is de weerschijn van je klompen.'

'Goh, wat grappig.'

'Dank je,' zei Mary met een buiging.

4

Mary ging te voet naar haar laatste afspraak van die dag, hoewel de veertig straten die ze moest afleggen haar wel moeite kostten. Zuid-Philadelphia was een dorp in een grote stad waar iedereen elkaar kende, ook al was men geen familie. Het was al aan het schemeren en de roodkoperen zon, die nauwelijks warmte meer gaf, zakte achter de platte, met asfalt bedekte daken. Schotelantennes en ouderwetse tv-antennes vervolmaakten het bekende silhouet tegen de donker wordende lucht, met hier en daar een scheefstaande telefoonmast en elektriciteitsdraden. Oude bakstenen huizen stonden aan smalle straatjes waarin oudere auto's geparkeerd stonden, en zwart uitgeslagen kauwgum en vuil lagen op de stoep.

Mary, snap je het dan niet? Niets zal werken.

Gefilterd licht scheen door de vitrage in woonkamers, waar op de vensterbank plastic bloemen, Mariabeelden en Italiaanse en Amerikaanse vlaggetjes stonden. Elk huis gaf zo hun eigen identiteit aan en met de auto gebeurde dat met een bumpersticker. Mary kende niet anders. Nieuwe immigranten – Vietnamezen, Koreanen en Mexicanen – deden precies hetzelfde, wat maar bewees dat kitsch in elke cultuur voorkwam.

Die man is een beest, en jij hebt het over het recht!

Het getik van Mary's hakken op de stoep begeleidde haar gepieker over Trish. Ze had haar nog niet te pakken kunnen krijgen en hoopte maar dat er die avond niets zou gebeuren. Opeens zwaaide rechts van haar een deur open die haar gedachtestroom onderbrak. Het blauwgrijze hoofd van de bejaarde Elvira Rotunno kwam tevoorschijn. Ze was gekleed in een gebloemde jurk met een schort erover, wat werd afgemaakt met badstof slippers. Zij was een van Mary's cliënten, en haar geloken ogen begonnen te stralen achter haar montuurloze bril. 'Mary, kom je voor Rita?' brulde Elvira.

'Ja.' Mary bleef staan. 'Ze heet Amrita, hoor, niet Rita. Ze komt uit India, niet uit Italië.'

'Weet ik toch, wat maakt het uit?' deed Elvira het met een handbeweging af. 'Ze hangt die Indiase godsdienst aan waarin ze denken dat God een olifant is. Kan mij het schelen. Ik heb een kat, en die denkt dat hij God is.'

Mary ging er maar niet op in. 'Leuk je weer eens te zien, maar ik ben al te laat.'

'Weet ik. Je had hier al een halfuur geleden moeten zijn, maar dat vindt Rita niet erg. Ik heb haar gezegd dat Matlock nog een puntje aan je kan zuigen.' Elvira wees met haar knokige wijsvinger naar boven. 'Zie je mijn nieuwe zonnescherm? Mooi, hè? Je hebt me twaalfhonderd dollar bespaard. Jij hebt er tenminste voor gezorgd dat zij er niet mee weg kwamen.'

Mary glimlachte. 'Dank je, Elvira.'

'Mary, waarom kom je niet even langs voor een hapje als je bij Rita bent geweest? Dom is vrij vanavond en er is tiramisu als toetje.'

'Ik kan helaas niet. Tot ziens.' Mary liep door. Ze wilde nooit meer gekoppeld worden en al helemaal niet met Dominic Rotunno, die nog steeds thuis woonde en al sinds de basisschool een lastpak was. Misschien zou ze celibatair moeten worden. Zuster Mary DiNunzio.

Hij heeft me tijdens de seks gebeten. Dat vindt hij lekker. Het windt hem op.

Ze kwam bij Amrita's huis, liep het trapje op en drukte op de zwartmetalen deurbel. Op de vensterbank in de voorkamer stond een kijkdoos die door een kind van een grijs en oranje Nike-doos was gemaakt. Het moest de ark van Noach voorstellen, met een doorgesneden frietjesdoos van McDonald's als een felgekleurd schip vol goedkope plastic beestjes: groene kamelen en roze leeuwen. De voordeur ging open en Amrita nodigde haar met een vermoeide glimlach binnen. Ze was tandartsassistente en droeg nog steeds haar werkkleding met glimlachende kiezen op rode gympen erop.

'Sorry dat ik te laat ben.' Mary stapte naar binnen.

'Hindert niet, ik ben zelf ook maar net thuis,' zei Amrita met haar Engels-Indiaas accent. Haar man en zij kwamen oorspronkelijk uit Londen en waren in Philadelphia beland toen haar man werd overgeplaatst. Ze streek een zwarte lok uit haar ogen en stak hem in haar lange paardenstaart. 'Hoe gaat het ermee, Mary?'

'Goed, en met jou?'

'Razend druk.' Amrita's grote, ronde ogen knipperden vermoeid en haar krachtige mond trok wat naar beneden.

'Hoe gaat het met Dhiren?' vroeg Mary.

Amrita wees achter haar terwijl ze de deur dichtdeed. Een jongen in een gestreept T-shirt en gele korte broek en met een bos krullend donker haar lag op een bank aandachtig met zijn GameBoy te spelen. Zijn benen, donker en mager, bungelden over een bank met drukke bekleding. Hij was negen jaar, en zat op school in de buurt, waar hij het niet redde.

'Dhiren, zeg eens gedag tegen mevrouw DiNunzio,' zei Amrita, maar de jongen reageerde niet. 'Dhiren, ik ben niet gediend van zulke slechte manieren. Zeg gedag.'

'Dag, mevrouw DiNunzio,' zei Dhiren met zijn schattige accent, maar hij keek haar niet aan. Amrita fronste haar wenkbrauwen en wilde hem al een standje gegeven, toen Mary haar arm om haar schouders legde.

'Laat maar. Ik wil toch eerst met jou praten. Trouwens, waarom heb je me niet gewaarschuwd dat Elvira me wil koppelen?'

'Ik dacht dat jij dat zelf wel aankon. Gillend wegrennen, dat is mijn advies.' Amrita glimlachte en liep met Mary door de eetkamer naar de keuken. De rijtjeshuizen in de straat hadden allemaal dezelfde indeling. Ze kwamen uit in een gezellige keuken, waar het naar vis en olie rook, en Mary ging op een van de houten stoelen zitten die rond een kleine tafel stonden waar twee plastic gele placemats op lagen.

'Heb je al gegeten?' Amrita trok de deur van de koelkast open. Hij hing vol met Dhirens krijttekeningen van honden en giraffen. Hij had ze gemaakt voordat het allemaal misging.

'Ja, maar bedankt,' loog Mary. Amrita had het al druk genoeg zonder dat ze ook nog voor haar moest koken.

'Een kopje thee dan?'

'Ja, graag. Maar zonder iets erin.' Mary haalde een dossier en een schrijfblok uit haar aktetas tevoorschijn. 'We hebben nog steeds niets van de school gehoord.'

'Dat dacht ik al.' Amrita vulde een mok met water, schuifelde naar de magnetron die op het aanrecht stond, zette de mok erin en drukte op een knop. 'Ze willen kijken wie de langste adem heeft. Zo doen ze dat.'

'Dat gaat bij mij niet op. Ik ben dol op dat soort tactieken.' Mary maakte zich grote zorgen over deze zaak. Dhiren kon amper lezen en schrijven.

'Ik snap niet waarom ze zo moeilijk doen.' Amrita stond bij de magnetron waarin de mok rondjes draaide, een bewegende schaduw achter het matglas. 'Het kind kan niet lezen. Dat weten ze.'

'Dat begrijp ik, maar we moeten hem laten testen. Zij zijn verplicht om hem aan te melden voor de test.'

'Ze zouden hem gewoon een boek moeten geven. Dan zien ze, net als ik, hoeveel moeite hij ermee heeft.' Amrita drukte op de knop om de magnetron te openen. 'Mijn ouders roepen het al jaren. Hij is dyslectisch. Weet je, ze zijn allebei arts.' Door haar boosheid kwam ze hooghartig over, maar Mary wist wel beter.

'De test is voor IQ, cognitieve vaardigheden en kennis.' Ze had zich verdiept in het speciale onderwijs en het opgezocht. 'Als er iets duidelijk mis is, dan kan hij in aanmerking komen voor speciaal onderwijs. Dat wordt vergoed.'

Amrita fronste haar wenkbrauwen. 'Ik heb je al gezegd dat zijn IQ 110 is. Dat is erg hoog. Hij zou dus veel beter moeten kunnen lezen. Hij zou veel beter moeten kunnen schrijven. Zijn handschrift is onleesbaar.'

'Ja, dat weet ik.' Mary had Dhirens schrift gezien waar woorden in stonden die achterover helden of eruitzagen als lettervermicelli. 'Maar ze willen jou niet op je woord geloven, en zonder een test willen ze hem ook niet opgeven voor een speciale school.'

Amrita liet een theezakje in de mok zakken. 'Ik zet nooit meer echt thee. Je zult het hiermee moeten doen. Niet tegen Barton zeggen, hoor.'

'Nee.'

'Wat moeten we nu, Mary? Heb je iets bedacht?' Amrita pakte een lepel uit de bestekla en liep met de mok thee waar het papieren labeltje als een vlag aan wapperde naar de tafel toe. Ze zette de stomende mok neer en legde het lepeltje ernaast.

'We hebben de test aangevraagd, nu hebben zij zestig dagen de tijd.'

'En in de tussentijd is Dhiren de pineut.' Amrita plofte op de stoel tegenover Mary neer.

'Er is nog een andere manier, maar die kost veel geld. We kunnen een onafhankelijke test laten uitvoeren, maar dat kost maar liefst drieduizend dollar.'

'Dat kunnen we ons niet veroorloven. Is er niet eentje die eerder uitgevoerd kan worden en die een stuk goedkoper is?'

'Ik zal kijken.'

'Een beetje snel, graag.'

'Zal ik doen.' Het viel Mary op dat Amrita de beslissing zonder Barton had genomen. Hij was softwareontwerper en was veel voor zijn werk onderweg. Hij was niet Indiaas, en voor zover Mary had begrepen, had dat voor nogal wat problemen gezorgd bij Amrita's ouders. 'Vertel me nu maar eens hoe het met Dhiren gaat.'

'Niet zo goed. Ik zou niet weten hoe het zou moeten als ik fulltime had gewerkt. Hij zegt bijna elke ochtend dat hij ziek is. Hij wil gewoon niet naar school.'

'Dat is logisch. Hij is gewoon schoolziek. Hoeveel dagen is hij verleden week naar school gegaan?'

'Maar twee.' Amrita deed haar ogen dicht om het voor de geest te halen. 'En de week daarvoor drie dagen. En daar wordt het natuurlijk alleen maar erger door. Hij raakt achterop. Hij is niet bij de klassengesprekken.'

'Werk je al als vrijwilligster op school?'

'Ja, ik heb je advies opgevolgd en ben al twee keer geweest. Nu kan ik tenminste zien wat er gebeurt.' Amrita zuchtte. 'Ze zijn nu bezig met de Burgeroorlog. De kinderen moeten een oorlogsdagboek bijhouden, alsof ze in de Valley Forge gelegerd zijn, en het aan de klas voorlezen.'

Mary voelde met haar mee. Dat moest voor Dhiren een ramp zijn geweest.

'Ik heb hem met het dagboek geholpen, maar hij moest het zelf hardop voorlezen. Ze lachten hem uit. Stomkop, noemen ze hem in plaats van Dhiren. En ze maakten zijn accent ook belachelijk. Dat heb ik zelf gehoord.' Amrita keek uitdrukkingsloos voor zich uit. 'Moet je je voorstellen dat dat nog steeds gebeurt, terwijl er zoveel over pesten op tv is.'

Mary moest weer aan Trish denken.

'Verleden week heeft hij gevochten. Een van de jongens noemde hem weer een stomkop en Dhiren gaf hem een klap. De juf heeft Dhiren meteen naar huis gestuurd. Ik ging over de rooie, en nu wordt het nog erger. Moet je eens zien.' Amrita kwam overeind. 'Dhiren, wil je even hier komen?'

'Ik heb een cadeautje voor je, Dhiren.' Mary pakte haar aktetas en tegen de tijd dat ze het pakje eruit had gehaald, stond de jongen met stralende donkere ogen in de deuropening. Ze gaf hem het cadeautje. 'Ik weet niet hoe het werkt, maar een knappe knul als jij vast wel.'

'Cool!' Dhiren scheurde het papier eraf en haalde er een nieuw spelletje voor zijn GameBoy uit.

'Zeg eens dank u wel, Dhiren.' Amrita fronste haar wenkbrauwen.

'Dank u wel!'

'Ik hoop niet dat je dit spelletje al hebt, het heet *Dogz*.' Mary wees het woord aan, hoewel de spelling ervan niet echt handig was. 'Je kunt een puppy uitkiezen en hem zelf een naam geven.'

'Dhiren, buig je hoofd eens,' zei Amrita. De jongen deed wat ze zei. Zijn moeder woelde in zijn prachtige haar en toonde een bloederige korst op zijn schedel. 'Kijk, Mary. Moet je eens zien.' Ze liet het haar weer los en liet een andere korst achter zijn oor zien, die er nog bloediger uitzag. 'En deze, hier.'

'Wie heeft dat gedaan?' vroeg Mary ontzet. 'Het kind met wie hij heeft gevochten?'

'Nee, hij niet.' Amrita haalde haar hand weg en Dhiren kwam met zwabberende knieën overeind. 'Schat, vertel mevrouw DiNunzio maar wat er op school is voorgevallen.'

'Heeft iemand je geslagen?' vroeg Mary zachtjes.

Dhiren schudde zijn hoofd.

'Nee,' zei Amrita voor hem. 'Er zijn plukken haar uit gerukt.'

'Gedver.' *Dat moet knap pijn hebben gedaan.* 'Wie heeft er aan je haar getrokken, Dhiren? Kun je mij dat vertellen?' vroeg Mary.

Amrita antwoordde: 'Dat doet hij zelf, op de wc.'

Mary's adem stokte verbijsterd in haar keel, maar Amrita vertrok geen spier.

'Dat doet hij zelf. Hij is zo verdrietig, zo gefrustreerd, dat hij zijn eigen haar eruit rukt. Het is verleden week begonnen. Vertel maar waarom je het doet, schat.'

Dhiren hield zijn ogen neergeslagen. Hij was het nieuwe spelletje helemaal vergeten. 'Weet ik niet. Dat doe ik gewoon. Ik kan er niets aan doen.'

'Je kunt er wel iets aan doen,' viel Amrita uit. 'Je moet het gewoon laten. Heel eenvoudig: je moet het gewoon niet doen.'

'Dhiren,' kwam Mary tussenbeide, 'mag ik je iets vragen? Als je weer de neiging krijgt om je haar eruit te trekken, kun je dan net doen alsof het een puppy is? Dan geef je het aaitjes, net als in het spelletje.'

Dhiren knikte. 'Mag ik nu weg?'

'Ja, ga maar,' zei Mary, hoewel ze wist dat hij het aan zijn moeder vroeg. 'Ga maar fijn spelen.'

Dhiren rende weg zodat de twee vrouwen in de keuken achterbleven.

Amrita ontspande zich en keek diepbedroefd. 'Mary,' fluisterde ze met haar kopje koud geworden thee voor zich, 'kun je alsjeblieft mijn zoon helpen?'

'Ik zal mijn uiterste best doen,' antwoordde Mary. Ze was er beroerd van. Ze kon niets anders verzinnen. Het recht faalde voor iedereen deze dag. Of misschien was zij het wel.

Door het keukenraam zag ze dat het al donker werd.

En het vallen van de avond was Trish' deadline.

5

MARY LIEP BEZORGD AMRITA'S HUIS uit en keek buiten even om zich heen. Het was avond en koud, maar de lichten waren aan in de huizen, en er hing een warme gloed in de straat. Door de vitrages waren tv's te zien die blauwe flitsen de avond in zonden. Verderop in de straat stond een jonge vrouw voor haar deur te roken, waarbij het puntje van de sigaret rood opgloeide.

Hij vermoordt me! Vanavond nog!

Mary haalde haar BlackBerry uit haar tas tevoorschijn, keek niet naar de binnengekomen e-mails, maar drukte op REDIAL. Ze hoorde de telefoon steeds weer overgaan, maar er werd bij de moeder van Trish niet opgenomen. Waar was Trish nu? Leefde ze nog of was ze vermoord? Mary drukte op het rode knopje, stopte de telefoon weer in haar tas en keek om zich heen, op zoek naar antwoorden die er niet waren.

Ze had nog geen twee stappen gezet toen er een deur openging en Elvira Rotunno, een groot silhouet in de deuropening, naar buiten stapte. Haar timing was te perfect om toeval te kunnen zijn. Ze riep: 'Hé, Mary, heb je al gegeten?'

'Ja,' loog Mary opnieuw. 'En ik moet ervandoor.'

'Waarom kom je niet lekker een toetje eten? Dom wil je even gedag zeggen.'

'Nee, bedankt, ik moet echt weg.' Mary keek rond op zoek naar een taxi, of een wapen om zichzelf mee dood te schieten.

'Waar ga je zo laat nog naartoe?'

'Naar mijn ouders,' hoorde Mary zichzelf zeggen, hoewel ze het ter plekke verzon. Het was een goed plan. Ze kon wel wat afleiding, een maaltijd en een omhelzing gebruiken, maar niet per se in die volgorde.

'Wacht even. Dom kan je wel even brengen. Hier krijg je echt geen taxi, dat weet je best.'

'Ik loop wel.'

'Naar je ouders? Dat is een heel eind.'

Mary wist dat ze gewoon moest gaan. 'Ik neem de bus wel.'

'Daar is hij al.' Naast Elvira kwam een even groot donker silhouet staan met een spijkerbroek en een sweatshirt van de Eagles aan.

'Ma,' bulderde Dominic. 'Ik kan haar nergens naartoe brengen, weet je nog wel? Ik mag toch niet meer rijden nadat ik veroordeeld ben wegens rijden onder invloed?'

Slik.

Opeens kwam er een zilverkleurige Prius de bocht om die voor het huis parkeerde. 'O, daar hebben we Anthony.' Elvira kwam het trapje af terwijl ze zich vasthield aan de gietijzeren reling. 'Hij kan je wel naar huis brengen, Mary.' Toen ze op de stoep stond, trok ze Mary naar zich toe en fluisterde in haar oor: 'Ik zou je graag aan Anthony willen koppelen, maar hij is homo.'

Gelukkig maar.

Mary draaide zich om en zag Anthony uit de Prius stappen. Ze kende hem niet van school, want ze kende alleen de jongens die bijles nodig hadden gehad. Anthony Rotunno zag eruit als een aardige vent: lang, slank, en met zijn bruine leren jasje, witte overhemd en zwarte broek belachelijk goed gekleed.

'Anth, dit is Mary DiNunzio,' zei Elvira met een handgebaar. 'Je kent haar wel. Haar ouders wonen bij neef Pete met de Grote Neus in de buurt. Kun je haar even naar huis brengen?'

'Ja, hoor. Stap maar in, Mary.' Anthony glimlachte, trok het portier aan de passagierskant open en liet haar instappen. Daarna liep hij naar zijn moeder toe, gaf haar een zoen op haar wang en overhandigde haar een envelop. 'Sorry, ma, dat was ik bijna vergeten.'

'Ik hou van je, Anth. Je bent zo'n goede zoon.' Elvira gaf hem nog een kus op zijn wang.

Anthony liep weer terug naar de auto en stapte in.

'Bedankt voor de moeite,' zei Mary toen hij het portier dichttrok.

'Geen punt.' Anthony schakelde en ze reden weg. De auto maakte amper geluid, er zaten een heleboel glimmende metertjes op het dashboard en de motor produceerde een uiterst politiek correct gezoem. 'Je hebt zo veel voor mijn moeder gedaan, dit is het minste wat ik voor jou kan doen. Ze is helemaal gek op de nieuwe zonwering. Ik heb nog nooit iemand gezien die zo blij wordt van gesmolten plastic.'

'Fiberglas.'

'O, pardon.'

Mary glimlachte. 'Het zijn de kleine dingen die het doen.'

Anthony lachte. 'Waar gaan we naartoe?'

Mary gaf Anthony het adres op en ontspande zich in de leuke kleine auto. In het zwakke licht kon ze zien dat hij een aantrekkelijk profiel had, donker, dik haar, grote bruine ogen en een dunne, rechte neus. Hij had iets te veel eau de toilette op, maar dat deed Mary alleen maar denken aan haar oude vriend Brent Polk, die ook homo was. Brent was jaren geleden overleden, en ze miste hem nog steeds. Door Brent voelde ze zich meteen op haar gemak bij Anthony, alsof dat er gewoon bij hoorde.

Anthony zei: 'Mijn moeder wil je aan Dom koppelen. Ze is weg van je en ze ruikt al kleinkinderen.'

'Nee, hè?' kreunde Mary.

'Het is de ideale relatie. Jij kunt hem gratis uit de gevangenis houden.' Mary glimlachte. 'En wat doe jij voor je beroep?'

'Ik heb een sabbatical van St.-Johns om een boek te schrijven. Nonfictie. Ik heb al een klein boekje uitgegeven over de zaak tegen Sacco en Vanzetti.'

'Goh, interessant.'

'Dat vonden de critici gelukkig ook, en mijn twee lezers. Nu werk ik aan een boek over Carlo Tresca.'

'Wie is dat?'

'Een anarchist, een tijdgenoot van Emma Goldman. Hij werd in 1943 in New York doodgeschoten. Het is nog steeds niet bekend door wie.' Anthony sloeg af, reed tussen de dubbelgeparkeerde auto's door alsof het zijn dagelijkse werk was, en al snel reden ze met een aardig vaartje langs rijtjeshuizen met de verlichte ramen en mensen die hun hond uitlieten. 'Ze hebben het vermoeden dat de maffia erachter zat, of anders iemand die niet wilde dat hij een vakbond oprichtte.'

'Zo.' Mary dacht er even over na. 'Echt Italiaans-Amerikaanse onderwerpen dus.'

'Klopt. Ik geef ook les in Italiaans-Amerikaanse zaken.'

'Mijn hele leven is een Italiaans-Amerikaanse zaak.'

Anthony moest lachen.

'En wat doe je verder met die Carlo Tresca? Pluis je die zaak na?'

'Ik doe onderzoek en breng mensen wat bij. Op dit moment ben ik bezig met een dagvaarding om inzage te krijgen in het FBI-dossier, in het kader van de Freedom of Information Act. Die formulieren zijn echt stomvervelend.'

'Daar heb je geen dagvaarding voor nodig, hoor, een verzoek is voldoende.'

'Echt waar?'

'Ja, en daar kan ik je wel mee helpen,' zei Mary voordat ze besefte dat ze de tijd niet had om wie dan ook te helpen.

'Mag ik je ook bellen als ik iets niet weet?'

'Goed hoor.' Terwijl ze voor een rood licht tot stilstand kwamen viste Mary een visitekaartje uit haar portemonnee en legde het op het dashboard.

'Bedankt.' Anthony glimlachte vriendelijk en Mary had opeens medelijden met Brent, vervolgens met Dhiren en Trish en toen met alles wat zo vreselijk mis was gegaan.

'Ik ben blij dat ik naar huis ga,' zei ze opeens met een brok in haar keel.

'Het is altijd fijn om naar huis te gaan,' beaamde Anthony.

'Wat leuk dat je langskomt!' riep Vita DiNunzio, die Mary in de woonkamer liefdevol omhelsde en zoals altijd naar ouderwetse Aqua Net en vers basilicum rook.

'Liefje!' bulderde haar vader terwijl hij haar in zijn armen sloot.

'Hé, pap, lang niet gezien,' zei Mary. Ze lachten, haar ouders om het grapje, en zij omdat ze blij was dat ze naar huis kon gaan, wanneer ze maar wilde, er warm werd ontvangen en, in elk geval tijdelijk, alle nare dingen kon vergeten. Ze verdronk haar verdriet graag in tomatensaus. Waarom zou je anders eten?

Haar vader hield zijn zware arm om haar heen, haar moeder pakte haar hand en zo werd ze door haar ouders half naar de keuken begeleid en gedragen. De Plek Waar De Tijd Stilstond. Het was een lichte ruimte, vol witte houten kastjes en witte formicabladen, en geen spat veranderd sinds Mary klein was. Op een kalender van de kerk aan de muur was een ouderwetse Jezus te zien tegen een hemelsblauwe achtergrond, zijn ogen zo ver naar boven geslagen dat het wit te zien was. Naast hem waren met vergeeld plakband foto's opgehangen van paus Johannes, John F. Kennedy en Frank Sinatra. Achter de lichtschakelaar waren bidprentjes gestoken, de mooiste waren zelfs gelamineerd. De collectie was sinds de afgelopen maand weer uitgebreid, maar Mary wilde daar maar niet te veel bij stilstaan.

'En, hoe gaat het met jullie?' vroeg ze terwijl ze ging zitten. Er lagen een paar oude schroevendraaiers op tafel. Een had een geel plastic handvat en ze herkende hem als een van haar vaders gereedschappen. 'Ben je iets aan het repareren, pap?'

'Je moeder heeft me aan het werk gezet.' Haar vader zeeg neer op de stoel tegenover haar en legde zijn hand plat op de tafel.

Haar moeder, die bij de oven stond, zei: 'Voor mijn... *macchina da cucire.*'

'Je naaimachine?' vertaalde Mary. Haar moeder, een Italiaanse immigrante, had haar hele leven in de kelder van hun huis lampenkappen genaaid, en was als gevolg daarvan bijna blind. Mary snapte er niets van. 'Ben je weer gaan naaien, mam?'

'*Sì*. Jouw vader hij heeft hem voor mij gemaakt. Hij werkt nu weer prima.' Haar moeder straalde en haar kleine bruine ogen schitterden achter de dikke glazen. De poten van de bril staken in zilvergrijs haar als twee vliegtuigen in de wolken.

'Je moeder heeft een zakenplan,' zei haar vader met een lieve glimlach. 'Vertel eens, Vita.'

'*È vero, Maria,*' zei haar moeder met haar gebloemde rug naar haar toe gekeerd. Ze deed ondertussen het gas onder de gedeukte percolator aan en liep naar de koelkast. Daar pakte ze een pot tomatensaus uit die ze bij het fornuis naast het afdruiprek zette. Haar ouders hadden geen koffiezetapparaat en ook geen vaatwasser; haar moeder zette de koffie en haar vader deed de afwas. De DiNunzio's waren superouderwets.

'Wat voor plan dan, mam?' vroeg Mary verbaasd.

'*Aspett', Maria, aspett'.*' Haar moeder draaide het vuur onder de braadpan hoger, schuifelde de keuken uit en de donkere eetkamer in.

Mary keek haar vader aan. 'Begint ze een eigen bedrijfje, pap? Ze hoeft toch niet te werken?' Ze had hun vaak genoeg geld aangeboden, maar dat hadden ze elke keer weer afgeslagen. Hun financiën waren hun eigen zaak, vonden ze.

'Nee, maar ze wil graag iets doen, en dat babysitten werd te vermoeiend.' Haar vader haalde vrolijk zijn schouders op. 'Als zij dat nu graag wil.'

'Oké, maar laat me dan in elk geval een nieuwe naaimachine voor haar kopen. Die oude uit de kelder kan dan weg.'

'De Singer met het voetpedaal? Die loopt als een zonnetje.'

'Pap, toe nou.' Mary kreunde. 'We hebben al een tijdje stroom, hoor.'

'Ze is gek op die naaimachine.'

Mary gaf het op. Normaal gesproken was de vooruitgang niet tegen te houden, maar de vooruitgang had dan ook nog nooit Vita en Mariano DiNunzio ontmoet. 'Oké, jij je zin. Hoe gaat het met Angie? Heeft ze nog gebeld?'

'Ze zit nog steeds in Tunesië. Zegt dat ze het prima naar haar zin heeft.'

'Wanneer komt ze terug?' vroeg Mary, die haar zus opeens miste en een steek voelde alsof ze haar arm kwijt was.

'In de brief schreef ze dat ze over drie maanden terug zou zijn. Die ligt boven, ik haal hem straks wel.' Haar vader boog zich met zijn ellebogen op de tafel naar voren. 'En, wat heeft Bernice gezegd? Gaat ze haar verontschuldigingen aanbieden over Dean?'

Oeps. 'Sorry, dat ben ik helemaal vergeten. Ik bel haar morgen wel.'

'Maakt niet uit, Mary. Het hindert niet.'

'Zeg, pap,' vroeg Mary, 'heb jij de afgelopen tijd iets over Trish Gambone gehoord?'

'Die van de middelbare school? Zij was toch een van die voorlijke meiden?'

'Ja.' Mary had die term al in jaren niet meer gehoord. 'Die kwam vandaag bij me langs op kantoor. Ze woont samen met een gozer van de maffia.'

'Dat heb ik van Jimmy Pete gehoord. Hij zei dat het die jongen is die jij bijles hebt gegeven, weet je nog?'

Nou, en of. 'Ja, dat klopt.'

Haar vader grinnikte. 'Ik vond hem wel een aardig jong, maar zo zie je maar weer.'

'Inderdaad, zo zie je maar weer.' Mary wilde er verder niet op doorgaan. De koffie kookte, maar haar vader, ondanks het hoortoestel dat als een kunststof komma achter zijn oor gedraaid zat, hoorde het niet. Ze stond op en zette het vuur onder de percolator uit voordat het doorkookte, en pakte toen drie kop-en-schotels die totaal niet bij elkaar pasten. Ze dekte de tafel, pakte de percolator en schonk haar vader met een sierlijke boog koffie in zijn kopje waarbij het sterke aroma van de Di-Nunzio Blend – koffie ingedikt tot bruine cafeïne – vrijkwam.

'*Eccoli,*' zei haar moeder, die bij de deur stond.

Mary zette stomverbaasd de percolator neer. Haar moeder had een prachtig wit katoenen jurkje in haar armen. Vanaf het mooie schouderstuk waaierden allemaal plooitjes uit, prachtig bewerkt met kruissteekjes, en de hals was gevormd als een kleine schelp. De pofmouwtjes leken wel de oren van een teddybeer.

Haar moeder vroeg met een glimlach: '*Che carino, no?*'

'Mam, het is prachtig. Echt fantastisch!' Mary kwam wat dichterbij om het beter te bekijken. 'Heb je dit zelf gemaakt?'

'Ze maakt doopjurken,' zei haar vader trots. 'Deze en nog drie andere heeft ze met de hand gemaakt. Elke jurk kost haar een week, dus het leek ons wel een goed idee om de oude naaimachine weer aan de praat te krijgen.'

'Wat mooi!' zei Mary bewonderend. Haar moeder glunderde en toon-de trots de jurk. 'Hoe kom je erbij?'

'Ze was het trapje aan het vegen, en mevrouw D'Orazio vertelde haar dat ze honderdvijftig dollar voor de doopjurk van haar kleinkind moest neertellen. Je moeder zei dat ze er een voor haar kon maken voor veel minder geld, en dat heeft ze gedaan. Ze heeft hem voor vijfenzeventig dollar aan haar verkocht.' Haar vader sloeg zijn grote handen in elkaar. 'Voor een jurk zo groot als voor een pop.'

'*Si, Maria, è vero.*' Haar moeder knikte blij.

'Dus dat kleinkind had dat jurkje aan bij de doop,' ging haar vader door, 'en mevrouw D. vertelde iedereen hoe goedkoop het wel was ge-weest, en nu willen ze allemaal een doopjurk voor hun kleinkinderen. Toen kwam er een Puerto Ricaanse vrouw uit Wolf Street bij ons langs, en die vertelde het weer aan alle andere Puerto Ricanen in haar buurt, en je weet hoe graag die hun kinderen opzichtig aankleden.'

Mary vertrok haar gezicht. 'Dat mag je niet zeggen, pap.'

'Hoezo niet? Het is toch zo?'

'Dat is racistisch.'

'Ik ben helemaal geen racist, en dat weet jij ook wel.' Haar vader frons-te zijn voorhoofd, hij was in zijn wiek geschoten.

Mary voelde zich vreselijk schuldig. Matty DiNunzio was inderdaad niet racistisch. Hij was voorman geweest en had zijn mannen altijd eer-lijk bij het uitdelen van klussen en overwerk behandeld, had ze zelfs bij hem thuis uitgenodigd voor het eten, wat in die tijd zeer uitzonderlijk was.

'Sorry, pap, ik ben gewoon moe.' Mary zuchtte. De saus op het for-nuis begon te borrelen zodat het in de keuken naar tomaten, knoflook, basilicum en verse pittige worst rook.

'Weet ik, dat is wel duidelijk.' Haar vader nam een slok koffie en glim-lachte weer. 'Maar goed, je moeder zit dus in zaken. Ze heeft al twaalf opdrachten binnengesleept.'

'Wauw.' Mary toverde met moeite een glimlach tevoorschijn en haar blik werd weer naar het jurkje getrokken, zo klein en wit. Ze zag de ba-by die het zou dragen al voor zich, fris en roze, met mollige armpjes die uit de pofmouwtjes van het jurkje staken. Haar man Mike had kinde-ren gewild, maar zij had het elke keer uitgesteld. Dat had ze beter niet kunnen doen. En een hoop andere dingen ook niet. De wanhoop kreeg haar even in haar greep toen ze daar op het kruispunt van leven en dood stond.

'Mary?' vroeg haar vader.

'Maria?' vroeg haar moeder.

Mary glimlachte dapper. 'Ik heb trek,' zei ze.

Haar ouders vrolijkten meteen op, want daar konden ze wel iets aan doen.

Maar die avond kon zelfs de spaghetti geen wonderen verrichten. Tijdens het eten bleef Mary maar aan Trish denken.

Mary stapte haar appartement in, liet de post liggen en liep linea recta naar de slaapkamer. Ze kleedde zich snel uit, trok een grijze joggingbroek aan en een oude trui van Donovan McNabb. In de badkamer deed ze haar contactlenzen uit en waste haar oogmake-up eraf. Ze droogde zich af met een witte handdoek waar twee zwarte vegen op achterbleven. Ze haalde haar vingers door haar haar, deed het in een paardenstaart en zette haar bril op.

Mike.

Opeens werd ze overmand door verdriet, zo plotseling dat het haar overviel. Mary bleef voor de wasbak staan en hield zich met haar vingertoppen op de koude rand in evenwicht. Toen liep ze gauw blootsvoets de badkamer uit naar haar kantoortje, rechtstreeks naar de computer. Ze pakte de muis en haar homepage www.phillynews.com kwam tevoorschijn. RIJKELUISBABY ONTVOERD luidde de kop. Ze las het verhaal snel door. Een meisje van een jaar oud, Sabine Donchess, was uit het huis van een rijke familie gekidnapt. De politie was op zoek naar verdachten. Mary was opgelucht. Er stond niets in over Trish.

Hij verkoopt drugs voor ze, heroïne en cocaïne.

Mary zakte onderuit op haar stoel en groef in haar geheugen. Ze had hem op de middelbare school leren kennen en hij was haar eerste grote liefde geweest. Een jaar lang was hij elke woensdag bij haar thuis gekomen en hadden ze aan de keukentafel gezeten terwijl zij hem bijles Latijn gaf. Ze hadden zo dicht bij elkaar gezeten dat ze hem had kunnen kussen. Hij was een stuk, met zijn zwarte sweatshirt van Neumann, helemaal bezweet na de training. Hij rook naar zeep en kauwgum, en kon nooit eens stil zitten. Zijn benen gingen onder de tafel steeds heen en weer. Ze vertelde niemand dat ze verliefd op hem was. Ze was zo weg van hem, dat ze ernaar uitzag om 's avonds naar bed te gaan, zodat ze aan hem kon denken.

Ze slaakte een zucht, en wist dat ze van geluk mocht spreken dat het niets was geworden. Hij was een nachtmerrie geworden. Hoe was dat zo gekomen? Ze kon hem nog zo horen lachen, en vaak ook om zichzelf. Dan zei hij: ik ben ook zo dom. Als hij iets moest vertalen, streek hij zijn hand door zijn haar. Hij had het potlood als een kleine jongen tussen zijn dikke vingers beetgehouden. Zijn handschrift was bijna onleesbaar, wat Mary toen erg mannelijk vond.

Het was doodstil in het appartement. Mary was eenzaam en had van zo veel dingen spijt. Ze kon de tijd niet terugdraaien. Ze kon niet alle problemen oplossen. Inmiddels was ze wel een stuk wijzer geworden. Ze keek naar de monitor zonder echt iets te zien. Ze had het vreselijk druk, en ze moest ook nog haar e-mails beantwoorden, waar ze al in uren niet naar had gekeken. En dan was er ook nog die arme Dhiren. Al zou ze de hele nacht doorwerken, dan nog zou het nauwelijks iets uitmaken.

En toen ze haar ogen sloot en alles donker werd, kreeg Mary het gevoel dat er iets vreselijks stond te gebeuren.

6

Mary kwam de lift uit rennen voor het kantoor zelfs maar open was. Ze had een halfvolle kop koffie, haar krant en een aktetas bij zich en had een doel voor ogen. Haar haar hing los op haar schouders, ze droeg een donkerrood pakje met een witte blouse, en had zich besprenkeld met eau de toilette. De cafeïne kwam haar bijna uit de oren. Ze had op internet gekeken, maar er stond niets op over Trish, en geen nieuws was goed nieuws. Maar nu was er iets anders dat ze op moest lossen.

Vastberaden liep ze rechtstreeks naar Bennies kantoor, waar het licht al brandde. Ze hoorde binnen mensen praten; dat moesten Bennie en Anne Murphy zijn. In het kantoor lagen documenten, getuigenverklaringen en dossiers overal op het bureau, de wandkast, de ronde tafel en zelfs op de gestreepte bank tegen de muur.

De deur stond open en Mary stak haar hoofd om de hoek van de deur, maar toen zakte de moed haar in de schoenen. 'Misschien komt het nu niet zo goed uit,' zei ze snel.

'Hoi, Mary.' Anne keek op van de tafel achterin en streek haar glanzende rode haar achter haar oor. Haar make-up was perfect aangebracht, haar groene ogen straalden en haar slanke lijf was in een roodbruine tricot jurk gestoken. Ze was zo oogverblindend mooi dat je gemakkelijk een bloedhekel aan haar kon hebben, en dat was ook vaak zo. Drie vrouwen bij elkaar is nooit handig, en al helemaal niet als ze rechten hebben gestudeerd.

'Dag, Anne,' zei Mary, die weer wat opbloeide door Annes hartelijkheid.

'Zei je wat, DiNunzio?' Bennie stond bij haar bureau, met haar warrige blonde hoofd over een getuigenverklaring gebogen terwijl ze geeltjes in de marge van het document plakte. Ze roeide op hoog niveau en had de bijbehorende brede schouders. Ze was zo lang dat ze in haar granietgrijze pak wel een wolkenkrabber leek.

'Kan ik je even spreken?' kreeg Mary er met moeite uit. Achter Bennie hingen boekenplanken aan de muur, propvol met kristallen prijzen, vergulde plaquettes en ingelijste citaten. Bennie Rosato was een van de meest vooraanstaande advocaten in de stad, iemand die zich hard maakte voor de grondrechten. Wat, zoals Mary inmiddels wist, lang niet zo goed betaalde als kapotte zonneschermen.

'Kom erin, maar wel snel graag.' Bennie zei tegen Anne: 'Murphy, kun je ons even alleen laten? DiNunzio vindt het moeilijk iets aan me te vragen. Straks valt ze nog flauw. Blijf dus maar in de buurt.'

'Ik bel alvast een ambulance.' Anne lachte en liep naar de deur. 'Nog bedankt voor de lasagne, trouwens.'

'Heb je die opgegeten, dievegge dat je d'r bent!' Mary liet Anne snel even struikelen toen ze langs haar heen liep.

Bennie gebaarde Mary dat ze moest gaan zitten. 'DiNunzio, kom erin, doe de deur dicht en zeg wat je op het hart hebt. Je weet hoe ik ben voor een kruisverhoor.'

'Je wilt met iedereen de degens kruisen?'

Bennie glimlachte niet.

'Ik wil graag even iets met je bespreken.' Mary ging met al haar spullen in de stoel zitten. Als ze de beker koffie op het bureau zette, dan zou ze ongetwijfeld over allerlei belangrijke papieren morsen, met als gevolg dat de jury een ongunstige uitspraak zou doen en zij haar baan wel kon vergeten. 'We hebben hulp nodig.'

'O, ja?' Bennie ging verder met het document, en sloeg de bladzijde om. Ze bleef staan, met gebogen hoofd en haar handen voor zich op het bureau.

'Ja, volgens mij hebben we meer mensen nodig.' Mary koos haar woorden uiterst zorgvuldig, want ze wilde niet dat duidelijk werd dat Judy haar had ingelicht. 'Ik werk heel hard en ik heb momenteel zo veel zaken, dat ik het niet meer aankan. Ik heb een zaak over speciaal onderwijs waar ik niet genoeg aandacht aan kan schenken.'

'Kan dit niet een andere keer?' Bennie sloeg weer een bladzijde om.

'Nee, want volgens mij moet je zo snel mogelijk een andere medewerker zien te krijgen. Ik weet haar of hem wel bezig te houden.' Mary moest aan de afgelopen nacht denken. Ze had maar drie uur kunnen slapen. 'Ik weet dat hier alleen vrouwen werken, maar mij maakt het niet uit of we een vrouw of een man aannemen. Ik weet eigenlijk niet of je expres alleen vrouwen in dienst hebt.'

'Nee.' Bennie sloeg weer een bladzijde om en las door. 'Jullie zijn alle drie toppers, de eierstokken daargelaten.'

Mary bloosde. Ze wist dat ze voortplantingsorganen had, maar die besprak ze liever niet op kantoor. 'Goed. Enfin, maakt niet uit dus van welk geslacht, als ik maar hulp krijg.'

'Nee.'

Mary had meer discussie verwacht. Hier raakte ze door van slag. 'Mag ik weten waarom niet?'

'We hebben geen ruimte voor nog iemand erbij, en ik zit eraan te denken om een ander pand te betrekken. We kunnen er pas mensen bij hebben als we meer ruimte hebben.'

'Diegene zou zolang in de bibliotheek kunnen gaan zitten.'

'Die hebben we nodig en de vergaderkamer ook.'

'Vanuit huis dan?'

Bennie keek haar met haar felblauwe, intelligente ogen oplettend aan. 'DiNunzio, ik weet dat je hard werkt. We werken allemaal hard. Maar dit is bepaald geen goed moment om het daarover te hebben. Ik heb deze week een rechtszaak.'

Mary slikte moeizaam. 'Dat weet ik, maar –'

'Je doet het echt fantastisch, en je haalt momenteel een hoop zaken binnen.'

Momenteel?

'Al die nieuwe cliënten en zaken zullen wel een grote belasting voor je zijn. Dat is nu eenmaal zo. Maar ik kan echt geen nieuwe medewerker aannemen alleen maar omdat jij een goed kwartaal hebt.'

Judy zei dat ik al drie goede kwartalen heb.

'Ik kan niet iemand aannemen en hem of haar als het weer rustig is weer ontslaan.'

Maar Judy had gezegd dat het steeds beter ging.

'Kun je je nog herinneren dat ik de tent bijna moest sluiten? Er hing nota bene een ontruimingsbevel aan de muur.' Bennie fronste haar wenkbrauwen. De telefoon op haar bureau ging, maar ze liet hem rinkelen. 'Ik ben niet van plan om mezelf, of een van jullie, in die positie te plaatsen.'

'En iemand op contract dan?' Mary had dat argument wel verwacht. 'De zaken die ik binnenhaal brengen dat geld toch wel op?'

'Het geld is het probleem niet.' Bennies ongestifte mond plooide zich in een strak glimlachje. 'Hoor eens, eens in het halfjaar wordt het je allemaal te veel. Dat is normaal. Maar ik heb alle vertrouwen in jou, en ik weet dat je het in je eentje redt. Als het je over een halfjaar nog steeds te veel is, dan hebben we het er nog eens over.'

Maar dan is het te laat. 'Oké.' Mary stond met de beker koffie in haar hand voorzichtig op.

'Dat is een concessie, DiNunzio. Je wordt steeds beter.' Bennie glimlachte scheef. 'Ik weet trouwens wel het een en ander van speciaal onderwijs af. Kom maar eens langs. Alleen niet wanneer ik een rechtszaak heb.'

'Oké,' zei Mary, hoewel ze wist dat er niets van zou komen. Dat wisten ze allebei. Als je je stom voelt, ga je echt niet naar je baas toe.

Anne dook plotseling enigszins geagiteerd in de deuropening op. 'Sorry dat ik stoor, Bennie, maar dat was ik net aan de telefoon.' Ze gebaarde naar Mary. 'Er zijn een paar cliënten voor je.'

'Zo vroeg?' Mary liep naar de deur.

'Ik ben zo terug, Bennie,' riep Anne langs Mary heen. Ze sloot de deur achter hen. 'Geloof me, zij kan dit beter niet zien.'

'Wat is er aan de hand?' vroeg Mary verbaasd terwijl Anne met haar door de hal naar de receptie marcheerde.

'Ik weet eigenlijk niet eens of het wel jouw cliënten zijn. Maar ik kreeg de indruk van wel.'

Mary wist wat ze bedoelde. Dat betekende dat ze uit Zuid-Philadelphia afkomstig waren: getoupeerd haar en ordinair gekleed. 'Ik verwacht eigenlijk niemand.'

'Ze zijn hartstikke boos op je.'

'Hoezo?' vroeg Mary. Ze waren bijna bij de hal toen drie vrouwen op hen af kwamen stormen, een en al krullen, grote borsten en naaldhakken.

'Mary!' schreeuwden ze. 'Mary DiNunzio? Ben jij dat? Kom als de sodemieter hier!'

Judy, die zeker net binnen was gekomen, deed de deur van haar kantoor open en keek stomverbaasd om de hoek. 'Wie schreeuwt daar zo? Wat is er aan de hand?'

'Geen idee,' antwoordde Mary, die het een raadsel was, tot ze de drie vrouwen herkende. Het waren de Akelige Meiden: Giulia Palazzolo, Missy Toohey en Yolanda Varlecki. Ieder van hen droeg een strakke blauwe spijkerbroek, grote gouden oorbellen en een getailleerd leren jasje in verschillende tinten zwart. Ze hadden alle drie een zwarte haardos met heel veel lange krullen, alleen van elkaar te onderscheiden door de highlights. Die van Giulia waren rood, van Missy wit en van Yolanda felblauw, de kleuren van de vlag dus, maar dan verschrikkelijk verkeerd.

Giulia riep: 'Stom wijf dat je d'r bent, Mary! Dit is allemaal jouw schuld!'

Missy gilde: 'Je geeft geen reet om mensen, alleen maar om jezelf! Ik heb je altijd al een rotkind gevonden!'

Yolanda brulde: 'Ik zou je zo kunnen vermoorden!'

Mary bleef geschrokken staan. Anne pakte haar bij de arm. Judy kwam haar kantoor uit lopen. De drie advocaten stonden tegenover de drie Akelige Meiden, maar de strijd was ongelijk. De advocaten mochten dan gestudeerd hebben, de Akelige Meiden hadden kunststof nagels.

'Waar hebben jullie het over?' vroeg Mary.

Judy deed een stap naar voren en stak haar hand op. 'Willen jullie alsjeblieft niet zo tegen mijn vriendin schreeuwen? Dat kan écht niet.'

'Ja, kappen graag,' piepte Anne, net op het moment dat Missy Judy een zet gaf waardoor die haar evenwicht verloor. Mary sprong naar haar toe om haar op te vangen en liet haar beker koffie, tas en aktetas vallen, maar Giulia trok aan haar haar en Yolanda schreeuwde met haar sigarettenadem recht in haar gezicht. Mary probeerde zich los te worstelen. Iemand met te veel lipliner op haalde uit naar Anne, handtassen en klompen vlogen door de lucht en voor iedereen het wist, vond er in Rosato & Partners het eerste meidengevecht plaats.

'Hou onmiddellijk op!' werd er opeens geroepen. Mary keek op terwijl ze door Giulia in de houdgreep werd gehouden en zag Bennie als een supervrouw met haar jas wapperend achter zich aan naar hen toe komen rennen. Giulia verstevigde haar greep, maar toen pakte Bennie haar met haar ijzeren hand beet en trok haar bij Mary weg.

'En nu is het afgelopen!' brulde Bennie.

'Tuig dat je d'r bent!' riep Giulia, terwijl ze met een van haar dodelijke nagels naar Mary wees. Die kwam moeizaam overeind en zag dat Bennie de boel op orde bracht. De baas greep Judy bij haar T-shirt, trok haar uit de strijd vandaan en ging voor Anne staan terwijl die moeizaam op haar Blahniks overeind kwam en het strijdtoneel snel verliet.

'Hou er ogenblikkelijk mee op!' riep Bennie. Ze stapte naar voren en greep Giulia bij haar leren schouder. 'Hoe haal je het in je hoofd!'

'Wie ben jij nu weer?' beet Giulia haar toe. 'Je lijkt verdomme wel een amazone.'

'Wegwezen.' Bennie liet Giulia los, die even op haar naaldhakken stond te wankelen. 'Mijn kantoor uit, anders bel ik de politie.'

'Bel ze maar,' kaatste Giulia terug. 'Daar heb je toch niets aan.'

'Dat heb je mis, idioot.' Bennie torende boven de Akelige Meiden uit, die vreemd genoeg door haar geïntimideerd waren. 'Ze arresteren mensen als die iets verkeerd doen. En ik zal ervoor zorgen dat ze jullie oppakken wegens geweldpleging, aanranding, dreigementen en lokaalvredebreuk. Nu mijn kantoor uit en waag het niet ooit nog een van deze meisjes met een vinger aan te raken.'

'Ha!' Giulia barstte in lachen uit. 'Zolang jij maar weet dat jouw méísje onze beste vriendin heeft laten barsten. En die is nu verdwenen.'

'Bedoel je Trish?' Mary voelde zich meteen beroerd.

'Ja, ze is verdwenen.' Giulia's met zwarte mascara omrande ogen spuwden vuur van verontwaardiging. 'En hij ook. Alleen maar omdat het jou niet kon schelen.'

'Ik snap niet hoe je met jezelf kunt leven!' schreeuwde Missy.

Yolanda keek Mary woedend aan en zei: 'Ze is nu vast dood door jou.'

Mary was ontzet. Judy keek haar aan. Anne stond ergens achteraf bang te wezen.

Bennie draaide zich met rode wangen om. 'DiNunzio, weet jij waar deze vrouwen het over hebben, of staan ze maar wat te raaskallen?'

'Ik weet waar ze het over hebben,' antwoordde Mary bedroefd. *Trish. Verdwenen.* 'Je hoeft ze niet de deur uit te zetten. Ik ken ze nog van de middelbare school.'

'Kan het verder geen kwaad?' Bennie fronste haar wenkbrauwen. 'DiNunzio, ik laat het aan jou over. Ik moet een rechtszaak voorbereiden.'

'Oké, sorry hoor, en bedankt.' Mary knikte.

Bennie draaide zich naar Giulia. 'Jij gaat naar de receptioniste. Zij zegt wel wanneer Mary jullie kan ontvangen. En anders ga je maar meteen weg.'

'Boeien.' Giulia draaide zich op haar naaldhak om en Missy en Yolanda liepen in een wolk van parfum en adrenaline achter haar aan. Bennie en de andere medewerkers keken hen na tot ze bij de receptie aankwamen.

Judy kon zich niet langer inhouden. 'Die meisjes zijn helemaal gek geworden.'

'Meisjes, zeg je?' Anne streek haar haar uit haar gezicht.

'Sorry, hoor.' Mary pakte Judy's klomp van de grond en gaf hem aan haar. 'Bedankt voor je hulp.'

Bennie schudde haar hoofd. 'Gaat het goed met jullie?'

'Prima,' zeiden Judy en Anne.

'Bedankt.' Mary pakte haar tas op terwijl Judy haar aktetas pakte. Anne veegde de gemorste koffie met een stuk krant op.

'DiNunzio, het verbaast me dat je met ze wilt spreken.' Bennie fronste haar wenkbrauwen. 'Ik zou zulk gedrag niet belonen. Ik betwijfel of je wel veilig bent.'

'Ja, hoor. Ze zijn alleen erg emotioneel.'

'Hormonen,' zei Judy.

'Ze zijn gestoord.' Anne keek op van het natte vloerkleed. 'Je kunt maar beter bij ze vandaan blijven. Die slechte smaak zou best wel eens besmettelijk kunnen zijn.'

'Ze worden wel rustig.'

Bennie gebaarde naar Judy. 'Blijf bij haar, Carrier. Ik wil niet dat ze alleen met hen in één kamer is.'

'Goed.'

Bennie legde haar hand op Mary's schouder en keek haar op een bijna moederlijke manier aan. 'Laat ze je niet in een hoek duwen, oké? Jij bent veel beter dan zij.'

De baas praatte nooit zo en Judy en Anne keken verbaasd toe. Maar Mary voelde zich zo schuldig dat ze het compliment amper tot haar doordrong. Ze zag Trish weer huilend in haar kantoor zitten, voor haar leven afhankelijk van een pistool en de Roze Zusters.

Verdwenen.

7

Tegen de tijd dat ze met zijn allen om de vergadertafel zaten waren de Akelige Meiden niet langer moordzuchtig. Mary kon nu de verschillen tussen hen zien, die haar toen ze haar wilden vermoorden niet waren opgevallen. Giulia zag er met haar grote warmbruine ogen, nogal grote neus en volle lippen Italiaans uit. Alsof Botticelli lsd had genomen en haar op een olijfkleurig doek had geschilderd. Missy Toohey had kleine, lichtblauwe ogen, een kleine neus met een piepkleine bobbel, en een dikke laag foundation om de sproeten te maskeren, alsof ze niets van haar Ierse afkomst wilde weten. Yolanda Varlecki zag eruit als een Angelina Jolie uit de arbeidersklasse, met grote bruine ogen die perfect bij haar mooie neus en buitengewoon volle lippen pasten.

'Waarom denken jullie dat ze is verdwenen?' vroeg Mary.

'Vertel ons eerst maar eens waarom je haar niet wilde helpen.' Giulia's ogen flitsten kwaad. 'Ze ging naar je toe omdat ze hulp nodig had, Mary. Jij komt uit onze buurt. Of ben je opeens te goed voor ons?'

Mary kreeg een droge mond. 'Ik heb haar wel geholpen. Ik zei dat ik hem voor de rechter kon slepen, maar dat wilde ze niet.'

'Ze was bang dat hij haar zou vermoorden. En misschien heeft hij dat inmiddels wel gedaan ook. Heb je nu je zin?'

Judy stak haar hand waarschuwend op. 'Zo kan hij wel weer. Wat er ook gebeurd is, het is niet Mary's schuld en dat weet je best.'

Giulia beet haar toe: 'Hou je kop, je kent me helemaal niet.' Toen vestigde ze haar donkere blik op Mary. 'Ik weet alleen dat mijn vriendin verdwenen is en dat ik niet weet wat ik nu moet doen. Haar moeder is gek van angst. We maken ons allemaal hartstikke zorgen.' Ze keek geïrriteerd om zich heen. 'Hoe zit het hier? Mag ik hier roken?'

'Nee,' zei Judy.

Giulia's ogen fonkelden. 'Ik mag jou niet, weet je dat?'

'Lief zijn voor elkaar.' Judy stak haar vingers op in het vredesteken.

'Giulia,' kwam Mary tussenbeide, 'kun je me vertellen wat er is gebeurd? Het was Trish' verjaardag, toch? En hij had een verrassing voor haar?'

'Ja. Wij dachten dat hij haar een aanzoek zou doen, en zij was bang omdat ze geen ja wilde zeggen. Ze zou alleen ja zeggen als hij een pistool tegen haar hoofd hield.'

Er ging een rilling over Mary's rug. 'Weet je soms of hij ergens met haar naartoe is gegaan voor die verrassing? Of was het thuis?'

'Ze hebben geen ring uitgezocht, voor zover ik weet. Wacht even. Even nadenken.' Giulia werd langzaamaan rustiger. 'Ze belde me, helemaal op van de zenuwen omdat hij elk minuut thuis kon komen. Nou je het zegt, ze heeft het er niet over gehad dat ze weg zouden gaan.'

'Oké. Zei ze verder nog iets?'

'We hadden geregeld dat ze me na de verrassing zou bellen, zodat we uit konden gaan om het te vieren.'

'Mocht dat van hem?' vroeg Mary verbaasd.

'Nee, natuurlijk niet. We hadden het alleen maar afgesproken zodat ze me na de verrassing kon bellen, zodat ik wist dat alles in orde was.'

Het deed Mary verdriet dat ze zoiets moest verzinnen om zichzelf te beschermen.

'Maar ze kwam niet langs en ze belde ook niet. We hebben haar mobieltje en haar telefoon thuis tig keer gebeld. Toen zijn we naar haar toe gegaan, maar ze was er niet. En hij ook niet. We zijn daar een tijdje gebleven en toen –'

'Waar? Bij haar thuis?'

'Ja, ik heb de sleutel. Ik ging vroeger vaak naar haar toe om kleren te lenen. Maar goed, we gingen dus naar Trish', maar ze kwam maar niet thuis, dus zijn we maar weggegaan. We hebben ook niets meer via de computer van haar gehoord. We waren 's avonds nog even op MSN, maar zij reageerde niet. Geen mailtje, geen MSN. Helemaal niets.'

Mary begreep nu wel waarom de Akelige Meiden zich zo hadden gedragen. Erger had het niet kunnen zijn.

'We hebben geen van allen een oog dichtgedaan.' Giulia keek even naar de andere vrouwen ter bevestiging en ze knikten ongelukkig. 'Vanochtend zijn we dus weer naar haar huis gegaan, maar ze was er nog steeds niet. Dus toen hebben we de politie gebeld.'

'Mooi,' zei Mary.

'Niet mooi,' snoof Giulia. 'We vertelden hun wat er was gebeurd, en zij zeiden dat ze er waarschijnlijk vandoor waren om te gaan trouwen, maar wij wisten wel beter. Zij zeiden dat ze niets konden doen omdat ze nog geen achtenveertig uur vermist was. Zij zeiden dat ze misschien wel op vakantie was. Op een cruise of zo.'

'Niet te geloven, toch?' mopperde Missy verontwaardigd. 'Ze hadden het maar steeds over dat kindje dat was ontvoerd.'

'Giulia, heb je de politie verteld dat hij bij de maffia zit?' vroeg Mary.

'Tuurlijk. We dachten dat ze dat wel interessant zouden vinden, maar door die stomme baby kon Trish het wel schudden.' Giulia stak radeloos haar handen in de lucht. 'Hun portofoons gingen om de haverklap. De agent zei dat omdat ze geen kind en geen oude vent was, we achtenveertig uur moesten wachten.'

Yolanda schudde mismoedig haar hoofd. 'Trish is dood, dat voel ik gewoon. Ik heb erover gedroomd.'

Mary's maag kromp samen, maar ze was verstandig genoeg om iemand uit Zuid-Philadelphia niet te vragen wat hij had gedroomd. Dat zou de hele dag kosten. 'Hebben jullie de kapsalon gebeld? Daar was ze ook niet?'

'Die hoefden we niet te bellen. We werken er zelf. Dat heeft Trish voor ons geregeld. Ze kwam vanochtend niet op het werk opdagen, en wij ook niet trouwens. Dat mocht van de baas.'

Yolanda snoof. 'Ach, en als wij niet komen werken, wat maakt het ook uit? We doen alleen maar manicures, behalve Giulia dan, die onthaart ook. Ze gaat een stapje omhoog in haar werk, of omlaag.'

'Kop dicht!' Giulia gaf haar een zet, maar ging gewoon door met praten. 'Mary, als Trish niet op haar werk komt, is er iets aan de hand. Ze zou nooit haar afspraken niet nakomen. Zo is ze gewoon niet. Ook al had ze nog zo'n kater, ze kwam altijd werken. Ik ben bang, Mary. Echt bang.' Giulia's ogen glansden en opeens was ze een stuk minder een straatmeid. Ze was gewoon een meisje wier hartsvriendin wel eens dood zou kunnen zijn. Ze veegde haar ogen af met haar wijsvinger. Mary hield haar de Kleenex-doos voor die op de wandkast had gestaan, maar Giulia sloeg die af. 'Ik huil niet, hoor.'

'Om de uitgelopen mascara weg te halen dan.'

'Ik heb geen mascara op, dat zijn nepwimpers. Trish heeft ze ook.' Giulia beschreef met haar vinger een rondje om haar ogen. 'Kijk maar, die eyeliner loopt ook niet uit. Het is permanent. Trish en ik hebben het samen laten tatoeëren.'

'Op je ogen?' vroeg Judy ongelovig.

Giulia knikte. 'Ja, waarom niet? Ik hoef het nu nooit meer te doen en de eyeliner zit altijd goed, ook als je wakker wordt.'

'Ik heb een permanent lijntje om mijn lippen,' bracht Missy naar voren.

Yolanda knikte. 'Dat heb ik bij mijn wenkbrauwen.'

Judy keek stomverbaasd van Giulia's getatoeëerde ogen naar Missy's getatoeëerde lippen en uiteindelijk naar Yolanda's getatoeëerde wenkbrauwen. Mary was te zeer van streek om het wat te kunnen schelen. Ze zette de Kleenex-doos weer neer.

'Deed het geen pijn, dan?' vroeg Judy nieuwsgierig.

Giulia haalde haar schouders op. 'Een Brazilian bikiniwax doet ook pijn.'

Mary kon het niet meer aanhoren. Katholieke meisjes hoorden geen Brazilian bikiniwax te laten doen. De woorden katholiek en Brazilian zouden zelfs niet in een en dezelfde zin mogen voorkomen.

'Maar goed, ik ben niet zo negatief als sommige andere mensen.' Giulia wees met haar lange duimnagel naar Yolanda. 'Ik zeg niet dat hij haar vermoord heeft. Zover wil ik nog niet gaan. Maar ik weet wel dat ze nóóit weg zou gaan zonder het ons te vertellen. Dus dat betekent dat ze in de problemen zit, en niet zo'n beetje ook.'

Mary had dat gevoel ook. Het was anders allemaal een beetje te toevallig. 'Heeft iemand hem gezien?'

'Nee, hij is ook weg. Ze zijn allebei weg.'

'Gaat hij naar zijn werk?' vroeg Judy.

'Wat denk je zelf, blondje?' Giulia keek Judy aan alsof die gek was geworden. 'Dat hij zijn bammetjes met pindakaas meeneemt in een broodtrommeltje?'

'Zo kan die wel weer,' zei Mary. 'Ze wil alleen maar weten of hij er een vaste baan bij heeft. Een front, of hoe dat ook heet.'

'Nee, dat heeft hij niet.' Giulia boog zich naar voren in de stoel en ze keek Mary recht in de ogen. 'Je moet ons helpen Trish op te sporen.'

'Je kunt op me rekenen,' zei Mary met een brok in haar keel.

'Mooi.' Giulia knikte snel.

Missy snotterde. 'Heel fijn, Mary.'

'Vind ik ook,' zei Yolanda ernstig.

Judy raakte Mary's elleboog aan. 'Kan ik je even spreken?' vroeg ze. Ze richtte zich tot de Akelige Meiden. 'Zouden jullie even bij de receptie willen wachten?'

'Ja, hoor, ik snap het helemaal.' Giulia stond met een besmuikte grijns op en schoof haar stoel naar achteren. De andere meiden volgden haar voorbeeld.

'Bedankt,' zei Mary. Judy en zij keken toe terwijl de Akelige Meiden de vergaderkamer verlieten. Even later hoorden ze luid lachen in de hal.

Judy vertrok haar gezicht en zei tegen Mary: 'Je moet je door hen geen schuldgevoel laten aanpraten. Dit is jouw probleem niet en het zou wel eens gevaarlijk kunnen zijn. Hij werkt wel voor de maffia.'

'Ik moet wel.' Mary had een drukke dag voor de boeg, met onder andere telefoontjes voor Dhiren en Dean Martin, maar Trish was weg. Ze voelde zich daar gewoon verantwoordelijk voor. 'Ik moet ze deze keer wel helpen.'

'Waarom? Ze gebruiken je, hoor, zie je dat dan niet?' Judy gebaarde naar de gang. 'Ze staan ons daar nu op dit moment uit te lachen. Hoor je dat?'

'Ik doe het niet voor hen, ik doe het voor Trish.'

'Maar waarom? Ze heeft je vreselijk rot behandeld.'

'Haar leven is in gevaar, Judy. Je hebt hen gezien. Ze hebben hulp nodig. Ze zijn –'

'Dom?'

'Een beetje wel.'

'Onbeschoft?'

'Ook dat.'

'Krengerig?'

'Klopt allemaal als een bus.' Mary keek Judy in haar mooie heldere blauwe ogen. Ze zag de liefde en de loyaliteit. 'Ik moet om tien uur een getuigenverklaring behandelen. Dat zal hooguit een uur in beslag nemen. Het gaat over een contract, een lekkend dak. De cliënt is een lieve oude man genaamd Roberto Nunez. Wil jij voor me invallen?'

'Dit is belachelijk.'

'Ik heb de zaak verleden week al helemaal voorbereid. Ik heb hem zelfs al een lijst met vragen gegeven, dus het zou een fluitje van een cent moeten zijn.'

'Mary, ze hebben tatoeages in hun gezicht.'

'En jij hebt een piercing in je je-weet-wel.'

'Daar heb je ook wel weer gelijk in.' Judy glimlachte. 'Maar ik heb hem dicht laten groeien.'

'Dat maakt niet uit.'

Judy sloeg haar ogen ten hemel. 'Oké, goed dan, geef me zijn dossier dan maar, watje.'

8

'LAAT MAAR ZITTEN.' MARY GAF de bejaarde taxichauffeur een briefje van tien en hij pakte het aan zonder zijn vochtige blik van het achterste van de Akelige Meiden te halen die vanaf de achterbank uitstapten. Ze waren nog niet buiten of ze staken al een sigaret op. Ondertussen namen ze de buurt in zich op. Het was een typische straat in Zuid-Philadelphia, die zelfs in het volle zonlicht een beetje groezelig was. Er stonden overal dezelfde rijtjeshuizen die zich alleen van elkaar onderscheidden door de vorm van het trapje, het afdak en de bumperstickers op de ruiten. De Koreaanse winkel waar Trish het over had gehad, bevond zich links van het huis. Het was een armoedig gestuukt pandje waarvan de ramen bedekt waren met geverfd triplex. Er hing een bordje waarop stond DIETZ & WATSON KAASSCHOTEL.

Het huis van Trish zag er naast de winkel goed onderhouden uit. De stenen oogden schoon en pasgeverfd en de zwarte tralies voor de glazen deur en het erkerraam glommen. Er stond niets op de vensterbank. Mary wierp een blik op de auto's die voor het huis stonden geparkeerd. Ze waren allemaal even stoffig en al behoorlijk bejaard, met uitzondering van een glimmend witte Miata met een persoonlijk nummerbord waarop HAARVERF stond. Ze wees naar de auto en vroeg: 'Is die van Trish?'

'Wat denk je zelf?' Giulia lachte en blies een scherp rookwolkje uit. De andere meiden lachten met haar mee.

'Wat heeft hij voor auto?' vroeg Mary, die haar best deed geen adem te halen.

'Een BMW, natuurlijk.'

'En waar zet hij die neer?'

'Waar hij maar wil,' antwoordde Giulia. Ze moesten weer allemaal lachen. Ze wees naar een lege plek achter de Miata. 'Daar meestal. Niemand is zo stom om zijn plekje in te nemen.'

'Wat voor kleur en uit welk jaar is zijn auto?'

'Zwart. Nieuw.'

'Heeft hij ook een persoonlijk nummerbord?'

'Ja, met EIKEL erop,' antwoordde Giulia.

'HALVE ZOOL,' zei Missy.

'STOMME LUL,' voegde Yolanda daaraan toe. Ze barstten allemaal in lachen uit.

Mary, die er zo langzamerhand wel genoeg van kreeg, deed niet mee. 'Willen de dames nog helpen of niet? Want als Trish er weer is, zal ik haar graag vertellen hoe grappig jullie allemaal wel niet zijn.'

'Oké, boeien,' zei Giulia verdedigend. 'Ik weet niet wat er op zijn nummerbord staat. Het was in elk geval geen persoonlijk nummerbord.'

'Bedankt.' Mary schraapte haar keel. 'Goed. Nou, waar Trish en hij ook naartoe zijn, het is duidelijk met zijn auto. Waarschijnlijk is ze vrijwillig met hem meegegaan, want hij had haar moeilijk de auto in kunnen krijgen en dan ook nog kunnen rijden als zij niet wilde.'

Giulia hield op met lachen, en de anderen ook. Ze kneep haar ogen tot spleetjes tegen de sigarettenrook, of misschien leek dat wel zo door de getatoeëerde eyeliner.

'Hij had haar kunnen verdoven,' zei Missy.

'Misschien heeft hij haar wel vermoord en in de kofferbak gestopt,' zei Yolanda.

Giulia draaide zich woest naar haar om. Haar rood-zwarte krullen zwiepten heen en weer. 'Kop houden, Yo. Het lijkt wel of je graag wilt dat Trish dood is.'

'Helemaal niet,' kaatste Yolanda terug. 'Ik moet er niet aan denken!'

Mary voelde weer een ruzie aankomen. 'Blijven jullie hier maar fijn bekvechten, ik ga naar binnen. Mag ik de sleutel?'

'Alsjeblieft.' Giulia stak de Marlboro tussen haar lippen, en dook uit haar zwarte tasje een sleutelring op waar een rode barbie-pump, een goudkleurig hoefijzer, twee rode plastic dobbelstenen en een christoffel aan hingen. Mary pakte hem aan zonder iets te zeggen over wat er met St.-Christoffel was gebeurd. Ze liep de twee treden van het stoepje op, haalde de deur van het slot, duwde hem open en was verrast door wat ze te zien kreeg.

De buitenkant van het huis zag er gewoontjes uit, maar binnen was het modern, glanzend en duur, met roomwitte muren, een groot wit ruw vloerkleed en witte marmeren vloertegels. De begane grond was verbouwd zodat het één grote ruimte was geworden, met een halletje, en een woon-eetkamer die gescheiden was door ondoorzichtige witte schuifmuren. Het zag eruit als een super-de-luxe winterlandschap.

Had ik anders ook zo geleefd?

Mary liep door de hypermoderne hal met een nepficus als enige kleuraccent, langs een witte wandtafel en een kast met louvredeurtjes. Er hing een witte kroonluchter van Murano-glas aan het plafond en toen ze om de roomdivider heen liep, kwam ze oog in oog te staan met het pronkstuk van de woonkamer: een gigantisch grote kleurenfoto van het paar. Hij was gekleed in een smoking met brede revers en zij in een laag uitgesneden lichtgroene jurk. Mary wierp een blik op de vriend die ooit een tijdje haar vriend was geweest. Zijn ogen, de grote brede neus en de 'lak aan iedereen'-glimlach waren nog hetzelfde. Hij had uitstekende jukbeenderen en een vierkante kin. Mary had zich wel eens afgevraagd hoe hij zou staan op een antieke gouden munt; maar zij was altijd al in Romeinse dingen geïnteresseerd geweest.

'Die foto is op mijn bruiloft gemaakt,' zei Giulia, die met klikkende naaldhakken over de marmeren vloer naar haar toe kwam lopen. 'Mijn eerste bruiloft bedoel ik. Trish was beide keren mijn bruidsmeisje.'

'Hoelang wonen ze hier al?'

'Een jaar of vijf.' Giulia drukte een kauwgompje uit zijn verpakking waarbij een giftige pepermuntgeur vrijkwam. 'Ze hebben het hier helemaal verbouwd. Mooi geworden, hè?'

'Ja, wauw.' Mary keek om zich heen. Een witleren bank stond tegen de muur schuin tegenover twee bijpassende stoelen en een witte salontafel, die op een witmarmeren asbak en drie zilverkleurige afstandsbedieningen na leeg was. Tegenover de bank hing een enorme plasma-tv aan de muur.

'Ik vind het persoonlijk te netjes, maar Trish moest het van hem zo houden.'

'Dat had ze me al verteld.' Mary keek achterom naar de hal. 'Nergens is te zien dat ze tegen haar zin is weggevoerd.'

'Missy heeft misschien gelijk. Hij kan haar verdoofd hebben. Of bewusteloos geslagen.' Giulia perste haar lippen op elkaar. 'Ik weet dat hij haar sloeg. Trish heeft me dat een keer verteld, en volgens mij was het veel erger dan ze voor deed komen.'

'Dat denk ik ook.' Mary dacht erover na. 'Maar als hij haar bewusteloos had geslagen, hoe heeft hij haar de deur dan uit gekregen? Om zeven uur is het nog licht, dus als hij haar had gedragen, hebben mensen dat kunnen zien.'

'Hij had haar overeind kunnen houden, alsof ze dronken was of zo.'

'Dat zou kunnen, maar moet je kijken.' Mary gebaarde naar de hal. 'Het kleedje voor de deur ligt nog keurig op zijn plaats, dat is niet verschoven of verfrommeld. Dat soort kleedjes glijdt zo weg. Zo te zien ging ze rustig mee.'

'Je hebt gelijk, Mary.'

'Dat staat nog te bezien. Het is nog maar een ontwerptheorie.'

'O, dat is mooi: een ontwerptheorie.' Giulia glimlachte. 'Ik vind dat wel wat. Wat gaan we nu doen? Waar ben je hier eigenlijk naar op zoek?'

'Ik wil zoveel mogelijk te weten zien te komen. Hopelijk krijgen we zo inzicht in wat er met Trish is gebeurd. We kunnen de theorie gaandeweg toetsen.'

'Weer zo'n goed idee. Wat boffen we toch dat jij er bent.' Giulia sloeg haar op haar rug en Mary moest wel lachen.

'Giulia, weet je welke jas Trish altijd draagt?'

'Zeg maar G., dat doe iedereen. Ik ben G., Trish is T. en Yolanda Yo.'

'En hoe wordt Missy genoemd?'

'Een stuk verdriet.'

Mary lachte. 'Toen Trish bij mij op kantoor kwam, had ze een jas van vossenbont aan.'

'Die draagt ze meestal als ze op netjes gaat. De jas die ze normaal gesproken draagt is er net zo een als deze.' Giulia gebaarde naar haar eigen jas. 'We hebben ze samen gekocht.'

'Oké, doe me een lol en kijk in haar kledingkast of haar bontjas of haar leren jas daarin hangt.'

'Ik ben al weg.' Giulia maakte een pirouette en klikklakte de hal door.

'Bedankt.' Mary liep door naar de witte eetkamer, waar een lange witte tafel en acht stoelen met hoge rug stonden. Op een bijpassend dressoir stond een Franklin Mint-bord met een afbeelding van Madonna met Kind erop, en foto's van het stel dat elkaar innig vasthield voor het Epcot Center, voor de kerstboom in het Rockefeller Center, en op een stoep in Atlantic City. Er was er zelfs een bij waar ze met Joey Merlino, de gangster die Zuid-Philadelphia een slechte naam bezorgde, voor een paar palmbomen stonden.

'Mary,' riep Giulia, terwijl ze weer terug kwam klikklakken naar de eetkamer. 'Haar bontjas hangt er niet tussen.'

'Kijk eens aan. Dus ze pakte haar nette jas, terwijl ze net zo goed een andere had kunnen pakken. Dus dat betekent dat ze niet verdoofd was. Ze ging vrijwillig mee. Tot dusver gaat onze theorie nog steeds op.' Mary pakte de foto met Joey Merlino. 'Zijn ze met Merlino op vakantie geweest?'

'Nee, dat was in de gevangenis.'

Mary knipperde met haar ogen. 'Maar er staan palmbomen op.'

'Dat is zo'n nepachtergrond. Wist je dat niet?'

O. 'Nee.' Mary zette de foto neer. 'Op deze foto's zien ze er zo geluk-kig uit. Wanneer is het misgegaan?'

Giulia kneep haar ogen samen en dacht na. 'Twee jaar geleden, on-geveer.'

'Wat gebeurde er toen?' Mary trok een la van het dressoir open, maar die was leeg. Ze ging verder met de volgende.

'Hij is van het oude stempel. Als hij 's avonds thuiskomt moet ze er zijn, moet het eten op tafel staan, en ze moet voor kinderen zorgen. Ze moest het huisvrouwtje zijn. Maar zo is T. helemaal niet. Ze houdt van lol maken.' Giulia's uitdrukking versomberde. 'Hij ging steeds meer drin-ken. Ik haat hem. En hoe hij haar behandelde. Hij was een zak en hij gaf haar overal de schuld van, onder andere dat hij niet zo snel promo-tie maakte als hij wilde.'

'Bij de maffia, bedoel je?'

'Ja, de maffia. Oooo.' Giulia sloeg haar handen uit als klauwen.

Mary lette er niet op en liep naar de keuken. 'Waarom is ze bij hem gebleven?'

'Aanvankelijk hoopte ze dat het weer beter zou gaan, en daarna was ze gewoon te bang om weg te lopen. Dat zou ik ook zijn geweest.' Giulia kauwde luid op haar kauwgom. 'De enige manier om van hem af te komen was als hij haar dumpte. Mijn man zegt dat je er met zo'n man zo in zit, maar er nooit meer uit komt.'

Mary bekeek de keuken, die zo schoon was dat het leek of hij nooit was gebruikt. Ze liep naar een schrijfblokje toe dat onder de wandtele-foon lag, maar daar stond niets op geschreven. Ze vroeg: 'Wanneer is hij voor de maffia gaan werken?'

'Volgens mij na de middelbare school.'

'Dat kan ik me niet herinneren. Zijn familie zat toch niet bij de maf-fia?'

'Jawel hoor, zijn broer zit zelfs behoorlijk hoog.'

'Nou, echt iets om trots op te zijn.' Mary keek in de keukenladen, maar daarin lagen alleen maar opscheplepels, bestek en dat soort din-gen. Terwijl ze de laden doorzocht, groef ze in haar geheugen naar wat ze zich over zijn familie kon herinneren. Hij was door zijn oom opge-voed, en hij had een oudere zus gehad. Hij had het nooit over een ou-dere broer gehad, voor zover ze wist, maar ze hadden het over het alge-meen dan ook alleen maar over school of over Gallische Oorlog gehad.

'Maar goed, we zijn hier al een tijd niet meer geweest. We gaan altijd naar mijn huis toe.'

'Ik heb Trish' tas nergens gezien. Jullie wel?' Mary zou verwachten dat Trish' grote zwarte tas in al dat wit toch wel zou opvallen.

'Nee, ik ook niet.' Giulia fronste haar wenkbrauwen en keek om zich heen.

'De mijne staat altijd in de woonkamer.'

'Die van mij ook.'

'Ik heb haar tas hier niet gezien. Als hij ook niet boven is, dan heeft ze hem bij zich. Ook dat ondersteunt onze theorie.' Mary trok weer een la open. 'Ze heeft haar tas en jas meegenomen.'

'Onze ontwerptheorie klopt!' zei Giulia grinnikend.

Mary doorzocht de la, maar er lagen alleen maar onderzetters en servetten in.

'Heeft ze geen rommella? Ik dacht dat iedereen er wel een had.'

'Geen idee,' zei Giulia op het moment dat Mary de laatste la opentrok. Het was een zootje.

'Bingo.' Mary rommelde in de la, op zoek naar bonnetjes of wat dan ook wat een aanwijzing zou kunnen zijn voor waar ze naartoe waren gegaan. Of misschien zelfs het dagboek waar Trish het over had gehad, of het wapen. Maar er zaten alleen maar oude afhaalmenu's van de Chinees in, coupons en een brochure van de YMCA, potloden, pennen, lucifers en nog meer lucifers. 'Je was aan het vertellen over hoe het eerst ging, en waarom het mis is gegaan.'

'O, ja. T. vond het aanvankelijk wel wat dat hij banden had met de maffia, en we vonden het eigenlijk allemaal wel cool. Mijn man heeft een bedrijfje in loodgieterspullen en Missy's vriend is hoofdkelner bij Harrah. Yo heeft het net uitgemaakt met een vent die in de haven werkte. T. was de enige die een grote vis aan de haak had geslagen.' Giulia leunde tegen de ontbijtbar aan. 'Zo zagen wij dat toen, tenminste.'

Mary was nog steeds in de la aan het kijken, maar zag niets bijzonders, wat logisch was, want ze had geen idee waar ze naar op zoek was.

'Hij was stapelgek op haar. Op de middelbare school was hij al verliefd op haar. T. was zijn grote liefde.'

Mary voelde een steek van jaloezie, maar vermande zich. Jaloers op een mishandelde vrouw? Vallen op iemand die bij de maffia zit? Was ze gek geworden of zo? Ze deed de la dicht en pakte de hoorn van de telefoon. Ze hoorde een onderbroken kiestoon, wat betekende dat er berichten waren ingesproken. Verizon was in Philadelphia het grootste telefoonbedrijf, Mary was ook abonnee. Ze drukte twee keer op de nul, kreeg verbinding en keek Giulia aan.

'Weet jij welk wachtwoord Trish over het algemeen gebruikt?' vroeg Mary. 'Ik wil kijken of er berichten zijn ingesproken.'

'Misschien Lucy. Dat gebruikte ze heel vaak. Zo heette de oude hond van haar moeder.'

'Bedankt.' Mary toetste de naam in, en vervolgens hoorde ze de voicemail zeggen dat er een nieuw bericht was. Ze drukte op de één, maar het was alleen maar een telefonische verkoper. Ze hing op. 'Verdorie.'

'Nog niets?'

'Nee.' Mary dacht even na. 'Trish heeft me verteld dat ze een dagboek bijhield. Dat zal wel in haar slaapkamer liggen, denk je niet?'

Giulia fronste haar wenkbrauwen. 'Ze heeft helemaal geen dagboek. Heeft ze je dat verteld? Weet je het zeker?'

'Ja. En ze had ook een pistool, toch?'

'Dat wel.' Giulia leek afgeleid, haar voorhoofd licht gerimpeld. 'Ik denk niet dat ze een dagboek had, anders had ze me dat wel verteld.'

'Weet je waar het pistool is?'

'Nee.'

'Ik vraag me af of ze het mee heeft genomen.'

'Dat weet ik ook niet.'

Het zou Mary niet verbazen als het pistool en het dagboek boven lagen. 'Iets anders dan. Waar zou hij haar mee uit nemen voor haar verjaardag? Naar welk restaurant?'

'Geen flauw idee. Hij nam haar bijna nooit mee uit. Hij wilde het liefst dat ze thuiszat. Daar werd ze gek van.'

'Oké, waar werkt hij? Of hoe je dat ook wilt noemen voor iemand die bij de maffia zit.' Mary had geen idee hoe het er daar aan toe ging, en ze ging ook niet doen alsof. 'Waar verkoopt hij de drugs?'

'Weet ik niet. Daar hebben we het nooit over gehad. Ze wilde er zo min mogelijk over weten, en dat geldt ook voor mij.'

Mary kon zich herinneren dat Trish dat had gezegd, dat ze niet het hele verhaal kenden.

'Ze heeft me wel een keer verteld dat de jongens bij Biannetti's, in Denver Street rondhangen. Maar hij heeft T. daar nooit mee naartoe genomen.'

Mary bedacht bij zichzelf dat ze beter maar niet naar Biannetti's of naar Denver Street kon gaan. 'Heeft ze het ooit over vrienden bij de maffia gehad, of gewoon over mensen die hij daar kende? Mensen met wie hij bij Biannetti's rondhing of zo? Die misschien weten waar hij naartoe is gegaan?'

'Nee. Zoals ik al zei, daar hadden we het nooit over.'

Mary keek nog eens rond in de keuken en eetkamer. 'Hoeveel slaapkamers telt het huis?'

'Twee en twee badkamers, geen kelder.' Giulia fronste weer haar wenkbrauwen. 'Ik kan me zelfs de laatste keer niet meer herinneren dat ik boven was. Alsof haar vriendinnen daar niet mochten komen.'

'Hoe kun je het zonder vriendinnen redden?' Mary dacht aan Judy. Giulia glimlachte. 'Dat vraag ik me ook af.'

'Had Trish nog andere vriendinnen, dat je weet? Misschien iemand die weet waar ze nu kan zitten?'

'Nee, echt niet. Ze had ons. Ze was trouw aan ons,' zei Giulia verontwaardigd.

Mary ging er niet op door. 'Hebben jullie al in haar slaapkamer gekeken? Ik vraag me af of er nog meer kleren weg zijn. Misschien heeft ze dingen ingepakt, of hij.'

'Ik heb nog niet gekeken.'

'Weet je waar haar koffer staat?'

'Nee. Die van ons ligt onder het bed.'

'Dat zoeken we ook uit.' Mary hield het in haar achterhoofd. 'Waar staat hun computer, trouwens?'

'Die had hij niet, dat weet ik wel. Ze heeft me verteld dat hij er een hekel aan had. Hij zei dat hij ADHD had.'

Mary dacht erover na. Hij was een slechte leerling geweest. Het was mogelijk dat hij toen niet als zodanig was herkend. 'Dus geen e-mails of zo?'

'T. wel.'

'Ik wil even boven kijken.'

'Ik ga buiten een sigaretje roken.' Giulia draaide zich om.

Mary raakte haar arm en zei: 'Wacht even, ik heb een klusje voor jullie. Als jullie nu eens de straat langsgaan en de buren ondervragen.'

'Hoezo?' Giulia fronste opnieuw.

'Bij een misdrijf gaat de politie alle huizen langs om erachter te komen of iemand iets heeft gezien. Zo komen ze aan getuigen.' Mary liep door de eetkamer en pakte een van de foto's van het dressoir. 'Neem deze mee. Laat hem aan de buren zien als je met hen praat.'

'Die heb ik niet nodig. Er staat een foto van hen in mijn mobieltje.' Giulia kneep haar ogen samen, zodat ze er door de getatoeëerde eyeliner uitzagen als twee zwarte streepjes. 'En wat moet ik dan vragen?'

'Of ze Trish gisteren of kortgeleden nog hebben gezien. Of iemand hen weg heeft zien gaan, en of ze alleen waren.' Mary was hardop aan het nadenken. 'Vraag maar of ze weten hoe laat het was. Of ze bagage bij zich hadden. Of ze samen in de BMW wegreden. Of er iemand bij was en of die misschien achter hen aan reed. Of het eruitzag of ze werd gedwongen mee te gaan. Misschien hebben ze iemand horen ruziemaken gisteren? Of horen gillen?'

Giulia keek haar verward aan.

'Ik schrijf het wel even voor je op.'

'Kijk, dat bedoel ik nou!' Giulia haalde haar pakje sigaretten uit haar tas.

9

MARY STAPTE DE SLAAPKAMER IN en deed het licht aan. Ze had het vreemde gevoel dat ze een alternatief leven binnen stapte, dat het hare had kunnen zijn.

Hij was stapelgek op haar. Op school was hij al verliefd op haar.

Ze zette die verontrustende gedachten van zich af en richtte zich op wat ze wilde gaan doen. Tegen de muur stond een kingsize bed tussen twee ramen waarvan de zonwering was dichtgetrokken. De zwarte sprei lag keurig strak op het bed, en vier zwart-wit gestreepte kussens waren er netjes op gerangschikt. Maar bij het voeteneind lag een stapeltje kleren op de grond. Mary pakte het bovenste kledingstuk. Het was een zwarte trui, met zilverkleurige pailletjes op een van de schouders en hij rook naar sigaretten en parfum. Daaronder lag nog een trui, een rode met rode kraaltjes in de vorm van een hart. Dat moesten Trish' kleren zijn. Zo te zien was ze op zoek geweest naar een bepaald kledingstuk, of misschien was ze wel aan het pakken geweest.

Mary legde de truien terug en keek onder het bed of er koffers lagen, maar er was niets te bekennen, zelfs geen plukken stof. Ze kwam overeind, keek om zich heen en liep nieuwsgierig naar de kaptafel. Die was schoon en netjes en stond vol foto's van het gelukkige stel. Tegen de grote spiegel aan stonden twee sieradenkistjes, een voor hem en een voor haar. Dat van hem was kleiner, was gemaakt van zwart leer, en er zaten een stel gouden kettingen, wat manchetknopen, een roestvrijstalen Rolex en een paar zwarte overhemdsknoopjes in. Onder de knoopjes zag ze iets glinsteren en ze schoof ze met haar wijsvinger opzij.

Het was een schoolring, en ze herinnerde zich nog dat hij die had gekregen. Dat was de dag van hun eerste avondje uit geweest. Hij had haar tijdens de bijles op woensdag uit gevraagd, terwijl de boeken vergeten op de keukentafel lagen.

Een afspraakje, bedoel je? had ze hem stomverbaasd gevraagd. Daar had ze al die tijd al van gedroomd.

In de auto had hij haar zijn ring laten zien, en zielsgelukkig had ze heel even gedacht dat hij hem aan haar wilde geven. Dat was niet zo, maar de ring en hun verkering waren in haar hoofd onlosmakelijk met elkaar verbonden. Ook al was het nog zo akelig verlopen.

Ze zette de herinnering van zich af en keek in Trish' sieradenkistje, dat op een schatkist uit een Disney-film leek. In het geopende deksel hingen over een stangetje allerlei gouden kettingen en eronder lagen armbanden opgestapeld. Gouden oorbellen zaten in vakjes. Mary tilde het bovenste gedeelte op. Eronder lagen nog meer gouden kettingen en armbanden, die bijna de autosleutels eronder verborgen. Er zat een rubberen sleutelhanger aan van de dealer. Het waren vast de reservesleutels. Zonder erbij na te denken pakte ze die en stopte ze in haar jaszak. Toen ging ze snel door de laden van de kaptafel, waar keurige stapeltjes schoon ondergoed, sokken en hemdjes in zaten. Trish' pistool en haar dagboek lagen er niet in.

Mary kwam overeind en keek de kamer rond. De louvredeur van een hoge kledingkast was opzijgeschoven en Mary liep naar de open kast toe. Ze keek alle zakken van de jasjes en broeken die erin hingen na, maar het pistool en het dagboek waren nergens te bekennen. Ze pakte een kruk, die ongetwijfeld door Trish werd gebruikt, en zocht boven in de kast, waar lakens en elektrische dekens lagen. Geen pistool. Ze stapte van het krukje af en keek onder in de kast, waar schoenen opgestapeld lagen. Geen pistool, geen koffers, helemaal niets. Mary stond op en klopte haar kleren af. Naast de kast was de badkamer. Ze knipte het licht aan en keek naar binnen.

Het was een grote, witte ruimte met twee wastafels naast elkaar in een lang, superschoon badkamermeubel. Aan Trish' kant stond een elektrische tandenborstel in zijn houder, en een dun stukje zeep lag in een wit plastic zeepbakje. Zijn kant zag er bijna hetzelfde uit. Op de wastafel lag een chroomkleurige föhn en het linnengoed op de plank was keurig gevouwen en op maat opgeborgen, van badhanddoek tot washandje. De spiegel boven de wastafels was ongetwijfeld een medicijnkast, en Mary maakte hem open.

De linkerkant was duidelijk voor de man, met een keurige rij scheercrème, deodorant, aftershave en een schoon zilverkleurig scheermes. Niets bijzonders, dus trok ze de andere kant open. Dat was Trish' kant, en daar stonden op de smalle plankjes een vochtinbrengende spray van Cetaphil, tubes met maskertjes van Bobbie Brown en potjes crème van La Mer en Lancôme. Midden onderin lag een geel doosje met doordrukstrips waar Tri-Sprintec op stond. De pil.

Mary pakte ze en bekeek ze. Op zondag was de laatste pil eruit genomen. De pil voor maandag zat er nog in. Het was al dinsdag. Dus, als Trish de pil 's avonds innam, zoals bijna alle vrouwen, dan had ze de pil van de avond ervoor niet ingenomen. Ze was ervan uitgegaan dat ze zo weer terug zou zijn.

Er liep een koude rilling over Mary's rug. Ze bekeek de badspullen met andere ogen en zag toen naast het stuk zeep een goedkoop brilletje liggen. Dat betekende dat Trish de avond ervoor haar contactlenzen in had gehad. Dus had ze inderdaad verwacht snel weer terug te zijn. Misschien niet dezelfde avond, maar dan toch zeker wel de volgende dag. Dus waar ze ook naartoe waren gegaan, het moest dichtbij genoeg zijn om dezelfde avond weer met de auto terug te komen.

Maar Mary had nog steeds geen idee waar Trish was, en het zou wel handig zijn als ze ergens een koffer zag staan. Ze liep de slaapkamer weer in, waar haar iets opviel wat ze nog niet eerder had gezien. Aan beide kanten van het bed stond een nachtkastje. Op het ene lag *Sports Illustrated*, en er stond een zwarte elektrische wekker op, een lampje en een asbak. Op het andere nachtkastje stonden een elektrische wekker en een lege ringenhouder. Dat was duidelijk Trish' kant. Maar er stond geen asbak.

Vreemd. Trish rookte, dus zou er een asbak bij het bed moeten staan.

Mary liep naar zijn nachtkastje en trok het laatje open. Ze verwachtte eigenlijk een heel arsenaal aan te treffen, maar nee. De la was bijna helemaal leeg, op een paar pennen, een zakje hoesttabletten van Hall's en wat bonnetjes na. Ze bekeek de bonnetjes, maar er zat niets vreemds tussen. Ze waren allemaal voor kleding: schoenen en hemden van JoS. A. Bank, Nordstrom en Target. Ze deed de la dicht en liep om het bed heen naar Trish' nachtkastje. Dat zag er zoals verwacht onberispelijk uit, maar ook een beetje mat in het lamplicht. Mary streek eroverheen en keek naar haar vingertop. Die zat onder het stof. En dus geen asbak.

Mary trok de la open. Er lag een stapel nummers van *Cosmopolitan* en *People* in. Ze keek naar de data. Ze waren van december: maanden oud. Opeens kreeg ze een ingeving. Ze liep de kamer uit, door de gang naar de andere slaapkamer en deed het licht aan. Deze kamer werd als logeerkamer gebruikt en er stond een bureau. De lamp aan het plafond verlichtte een eenpersoonsbed dat keurig opgemaakt was en tegen een lichtblauwe muur aan stond, tegenover een houten bureau met een oud model Dell-laptop erop: Trish' computer. Mary ging ernaartoe en pakte de muis. Het scherm kwam meteen tot leven met de zoveelste foto van het stel op het bureaublad. Ze klikte op Postvak In en zag een rij e-mails gericht aan TRex193.

Mary keek de binnengekomen post na, voor het merendeel spam over penisvergroters, aandelentips en bedelbrieven van de Ethiopische koninklijke familie. Er kwamen ook zeven e-mails binnen van Giulia, Missy en Yolanda. Mary maakte er een open en daar stond in: *Waar ben je? Ik maak me vreselijk zorgen!* Ze klikte op nog een paar andere van de Akelige Meiden. Daarna sloot ze het programma en ging na welke websites Trish het laatst had bekeken. Dat waren www.protectionorder.org, www.domesticviolence.org en www.womenslaw.org.

Mary schrok ervan en ze liet de computer voor wat hij was. Naast het bureau stond een kast met een louvredeur en ze schoof die open. Er lagen boven op elkaar zwarte koffers van Tumi in. Dus ze waren niet op reis gegaan. Ze doorzocht voor alle zekerheid de kast op wapens, maar vond niets. Diep in gedachten draaide ze zich om.

Naast het bed stond een wit nachtkastje met een elektrische wekker, een grote fles handcrème en een asbak erop. Ze liep ernaartoe en trok de la open. Er lag een *People* van de afgelopen week in. Ze zette een stap naar achteren en struikelde zowat over het zwarte snoer van de telefoonoplader.

Alles bij elkaar opgeteld was het duidelijk dat Trish hier had geslapen. Dat leek logisch, als je naging hoe ellendig ze zich voelde. De pil was nog een vraagteken, maar Mary wilde daar verder niet over nadenken. Ze sliepen gescheiden, of hadden in elk geval zo vaak ruzie dat Trish hier was gaan slapen. Mary deed de la dicht. Geen pistool, geen dagboek. Trish had misschien het pistool meegenomen, maar waar was het dagboek? Opeens schoot haar iets te binnen.

Ze moest nog één plek onderzoeken.

Buiten ontgrendelde Mary Trish' Miata met de sleutel die ze in het sieradenkistje had gevonden. Ze trok het portier open en stapte in. De auto was net als het huis: glimmende witte lak en een beige interieur, en hij was net zo schoon. Ze sloot het portier en opende het vakje tussen de twee stoelen. Er lagen alleen een telefoonoplader, tolkaartjes en een aangebroken pakje kauwgom in. Ze klapte het deksel dicht en opende het dashboardkastje. Daarin lag een hele stapel kleurige plattegronden.

Mary knipperde verrast met haar ogen. Er waren zeker tien kaarten in geprropt, negen meer dan de meeste mensen in de omgeving zouden hebben, en tien meer dan de meeste vrouwen, zeker hier uit de buurt. Zij had zelf een kaart van Pennsylvania in haar auto, en die had ze van haar vader gekregen en nog nooit gebruikt. Ze haalde de kaarten eruit, voor het geval het pistool erachter was verborgen. Niet dus, maar in het kastje lag wel een dun, met zwarte stof bekleed boekje.

Mary haalde het eruit en sloeg het open. Op de voorste bladzijde stond keurig netjes met balpen geschreven: *Patricia Maria Gambone*. Ze bladerde een paar bladzijden verder en las wat er daar stond.

Ik weet zeker dat hij het prachtig zal vinden! Kon ik maar alvast zijn gezicht zien als hij het openmaakt! Ik ben nog nooit zo gelukkig geweest!

Het was haar dagboek! Waarom lag dat in haar auto? Mary dacht er even over na en snapte het toen. Trish wilde haar dagboek niet in huis rond laten slingeren, want daar zou iemand het kunnen vinden. Haar auto was een veel betere plek, veilig en privé. Ze bladerde erdoorheen en las hier en daar een regel. Het was duidelijk dat Trish er niet elke dag in schreef, alleen af en toe. *Geen idee wat we met Valentijnsdag gaan doen. Hij zit weer te drinken en toen ik hem ermee confronteerde, ging hij over de rooie. Hij schreeuwde dat ik een hoer was en dat hij me met zijn blote handen zou vermoorden.* Mary sloeg de bladzijde om en er viel een polaroidfoto uit. Ze pakte hem op.

Het was een afschuwelijke foto van Trish, die zo te zien in de badkamer was genomen. Op haar bovenarm zat een afschuwelijke grote rode plek, die net blauw en zwart aan verkleuren was. Haar gezicht stond er nog net en profil op, en het was duidelijk dat ze had gehuild. Mary's mond werd droog. Ze stopte de foto terug en bladerde verder terwijl ze hier en daar een woord oppikte. *Doodsbenauwd. Bang. Schreeuwen. Gestompt. Pijn. Gekneusd. Gesneden. Pistool.* Er zaten nog meer foto's in. Rode plekken op een strakke buik, en een snijwond vlak bij haar navel. Mary werd er misselijk van en ze stopte ze zorgvuldig terug. Het waren volmaakte getuigenissen voor een rechtszaak die nooit zou plaatsvinden. Ze koesterde bittere gevoelens jegens het recht, en al helemaal jegens zichzelf.

Ze ging naar de laatste aantekeningen, in de hoop dat ze daar uit kon opmaken waar Trish naartoe was gebracht. Haar wangen werden knalrood toen ze las: *Ik ben bij Mary langs geweest, maar ze wilde me niet helpen. Ik weet nu niet meer wat ik moet doen. Als je dit leest, wie je ook bent, ben ik al dood. Maar in elk geval zijn hier de bewijzen dat hij het heeft gedaan.*

'Hé, Mary!' riep iemand. Mary sloeg het dagboek met de foto's erin dicht en keek door het raam naar buiten.

'Mary!' Giulia stond op straat te gillen, wat in Zuid-Philadelphia heel normaal was.

Mary zwaaide door het raampje naar Giulia, stak het dagboek in haar tas en stopte de kaarten weer in het dashboardkastje. Ze keek nog een keer om zich heen, stapte uit, en deed de auto op slot. De Akelige Meiden kwamen als een kleine, zwarte, dampende locomotief over de straat aan klikklakken.

Ze hadden iemand bij zich.

10

GIULIA, YOLANDA EN MISSY STONDEN in Trish' zitkamer te stralen. Een oudere Aziatische man stond in hun midden. Hij had een opgewonden maar ietwat verbaasde uitdrukking op zijn gerimpelde gezicht. De man droeg een wijde zwarte broek en een dun geruit overhemd dat tot bovenaan was dichtgeknoopt, en zijn haar was dun, staalgrijs en naar achteren gekamd. Hij was erg klein, en bleef maar naar Giulia's gezicht kijken. Nou ja, naar haar borsten dan.

'Mary, kijk.' Giulia sloeg haar arm om de kleine man en drukte hem tegen zich aan. 'Dit is Fung Lee. Hij is Aziatisch.'

'Chinees,' verbeterde de man haar vriendelijk, met een zwaar accent.

'We zijn de buren langsgegaan, zoals jij had voorgesteld, en alleen Fung heeft iets gezien.'

'Goed gedaan, dames.' Mary stelde zichzelf voor en gaf Fung een hand, hoewel zijn ogen meer op Giulia gericht bleven. Hij nestelde zich tegen haar aan, pal naast haar borsten, en had het zo te zien zeer naar zijn zin.

Giulia glimlachte naar de man. 'Fung koopt elke avond om dezelfde tijd een lot in de winkel op de hoek. Stipt om halfzeven, precies voor ze de winnaar bekendmaken, want dat brengt hem geluk, denkt hij.'

Fung knikte betoverd.

'Dus ik laat hem de foto zien, en hij herkent T., want hij heeft haar heel vaak gezien, als ze haar huis binnengaat of verlaat. Hij woont om de hoek bij zijn dochter en haar man.'

'Oké.' Mary stak haar hand op. 'Laat hem maar in zijn eigen woorden vertellen wat hij heeft gezien.'

'Goed, Mary.' Giulia was verontwaardigd, maar Mary wilde niet dat ze woorden in Fungs mond zou leggen.

'Fung, wat heb je gisteravond gezien?' vroeg ze. 'Kun je me dat vertellen?'

Maar Fung glimlachte alleen maar naar Giulia, terwijl hij zijn arm om haar middel sloeg.

'Fung?' vroeg Mary.

'Je moet wat harder praten, Mary,' zei Giulia, die hem tegen zich aan hield.

Mary had niet het gevoel dat hij doof was, tenzij een van haar borsten tegen zijn oor aan zat. Ze ging wat harder praten voordat hij een orgasme zou krijgen.

'Fung! Wat heb je gezien? Heb je hier gisteravond iets gezien?'

'Vertel maar wat je ons hebt verteld, scheet,' zei Giulia, terwijl ze naar Mary gebaarde. 'Het is oké. Zij is advocaat. Ze kan er ook niets aan doen dat ze een kreng is.'

Fung zei: 'Ik zie vrouw. Vrouw van foto.'

Giulia onderbrak hem. 'Ik heb hem Trish' foto laten zien.'

Fung ging door: 'Vrouw heel knap. Zij met man. Ging met man weg in auto.'

'Wat voor soort auto, weet je dat?'

'Zwart.'

'Was er verder nog iemand bij hen?'

'Nee. Alleen vrouw en man.' Fung keek Giulia aan.

'Zagen ze er gelukkig of ongelukkig uit?'

'Niet gelukkig. Man erg boos. Deur dicht. *Kleng!*'

Mary's maag kromp samen. 'Riep de man iets? Schreeuwde hij?'

'Ja.'

'Wat zei hij dan?'

'*Wo bu zhi dao.* Weet niet.' Fung wees naar zijn oor en Mary begreep dat hij een beetje doof was.

'Wat deed de vrouw?'

Fung schudde zijn hoofd.

'Niets?'

'Niets.'

'Huilde ze?'

'Nee.'

'Riep ze iets naar jou of naar iemand anders?'

'Nee.'

Mary kreeg er een naar gevoel bij. 'Hoe laat was dat ongeveer?'

'Om precies halfzeven. Ik ging naar winkel.'

Giulia bemoeide zich ermee. 'Dat zei ik toch al, hij gaat om halfzeven naar de winkel omdat hij denkt dat hij dan meer geluk heeft.'

Mary vroeg: 'Had de vrouw een tas bij zich?' Ze hield haar eigen tas omhoog. 'Tas?'

Fung dacht even na. 'Ja.'

'En een koffer?'

Fung fronste zijn wenkbrauwen omdat hij de vraag niet begreep.

'Een koffer is een grote tas.' Mary wilde het graag weten en zei met handen en voeten: 'Voor op reis, vakantie.'

Fung schudde niet-begrijpend zijn hoofd.

Giulia hield haar eigen grote tas omhoog. 'Koffer.'

Fung schudde zijn hoofd en glimlachte naar haar. 'Nee.'

Mooi. 'En ze zijn weggereden?'

'Ja.'

'Welke kant op?'

Fung wees naar het noorden.

Dat zei Mary niets. Ze had geen idee waarom ze het had gevraagd. 'Heeft de vrouw jou gezien, denk je?'

'Weet niet. Ik ga naar hoek. Zij in auto.'

'Heeft ze naar je gezwaaid? Een teken gegeven?'

'Nee.'

'Waren er nog meer mensen op straat?'

'Ja. Gezin. Baby.'

Mary keek Giulia aan. 'Je zei toch dat verder niemand iets had gezien?'

'Weet jij soms wie het waren dan?'

Daar heb je ook wel weer gelijk in. Mary dacht even na. 'Fung, heb je verder nog iets gezien?'

'Nee.'

'Oké, nou bedankt.' Mary haalde haar portemonnee uit haar tas, pakte haar visitekaartje eruit en overhandigde dat aan hem. 'Hier staat mijn telefoonnummer op. Als je nog iets te binnen schiet, bel dan gerust.'

Fung pakte het kaartje aan en keek toen naar Giulia. 'Jij ook?'

'Ach,' zei Giulia, en ze gaf hem een kus op zijn wang.

Een kwartier later zaten ze weer in een taxi en had Mary de ook dit keer bejaarde chauffeur het adres opgegeven terwijl de Akelige Meiden op de achterbank zaten geprot. Zij zat weer voorin en voelde zich een chaperonne die een stel kneusjes begeleidt. Ze draaide zich om in haar stoel en keek naar Giulia, wier rode highlights door het briesje uit het open raam om haar hoofd waaiden. 'Goed gedaan, meisje.'

'Hmm,' zei Giulia. Ze had amper iets gezegd nadat Mary haar waar Fung bij was op haar plaats had gezet.

'Wij hebben ook geholpen,' zei Yolanda, en Missy knikte.

'Ik heb pijn in mijn voeten van al dat lopen.'

'Jullie hebben het allemaal goed gedaan. Fung kon ons vertellen hoe laat Trish wegging, en dat past precies in onze ontwerptheorie.' Mary toverde met moeite een glimlach tevoorschijn, maar Giulia bleef nukkig kijken. 'Trouwens, weten jullie waarom ze gescheiden sliepen?'

'Dat meen je niet.' Giulia kwam opeens weer tot leven en haar donkere ogen werden groot.

'Echt waar?' vroeg Yolanda verbaasd, knipperend met haar ogen.

'Waarom heeft ze ons dat niet verteld?' vroeg Missy, met een opgetrokken, getatoeëerde wenkbrauw.

'Dat vroeg ik me ook af.' Mary keek Giulia, net als de anderen, vragend aan.

'Ze zal zich wel hebben geschaamd.'

'Maar waarom?' vroeg Mary. 'Ze had je toch verteld dat ze problemen hadden? Ze had je toch verteld dat ze wilde scheiden, nietwaar?'

Giulia knikte. Lokken haar waaiden in haar gezicht en met haar lange nagel streek ze een krul weg.

'Dus, waarom?' vroeg Mary weer.

Yolanda keek Giulia aan. 'Wij hadden onze mond niet gehouden.'

'Natuurlijk wel!' beet Giulia haar toe.

'Jíj had je mond niet kunnen houden,' zei Missy.

Mary keek toe en liet hen het onderling uitvechten.

Giulia: 'Niet te geloven dat je dat hebt gezegd, Miss! Ik zou het niemand hebben verteld.'

Yolanda: 'Maak dat de kat wijs, G. Je had het meteen aan Joey verteld.'

Giulia: 'Ja, oké, aan Joey. Maar we zijn nu eenmaal getrouwd.'

Yolanda: 'Je bent dan wel met hem getrouwd, maar daarom hoef je hem nog niet alles te vertellen.'

Giulia: 'O, vind je van niet? Daarom ben je zeker gescheiden? Al twee keer.'

Yolanda: 'Joey had het aan Tommy verteld en Tommy aan Jerry en Jerry zou het doorvertellen aan Johnny Drie Vingers die het weer aan Cooch zou vertellen, en Cooch hangt altijd rond bij Biannetti's omdat hij er zo graag bij wil horen. En Cooch zou het de jongens in Biannetti's hebben verteld en dan zou T. het verder wel kunnen schudden.'

De Akelige Meiden werden stil, plotseling ontnuchterd. Giulia zei: 'Ze heeft gelijk. Zo zou het inderdaad gegaan zijn. Daarom heeft T. niets tegen ons gezegd.'

Mary snapte het nog steeds niet. 'Maar Trish had jullie verteld dat hij haar sloeg. Waarom mag je dat wel doorvertellen maar niet dat ze gescheiden slapen?'

Giulia snoof. 'Hallo? Als je je vrouw slaat ben je een hele vent, maar als je gescheiden slaapt ben je een lul.'

Mary snapte het. Ze had meer geleerd over Trish' leven dan haar lief was. Ze zwegen weer. De taxi reed rustig door de straten terwijl de chauffeur net deed alsof hij niet in de binnenspiegel naar de meiden zat te kijken. Het was bijna spitsuur en het werd steeds drukker op straat. Het nieuws op de radio meldde dat er nog steeds geen verdachten waren in de vermissingszaak van Sabine Donchess, die de enige dochter van de CEO van Centech bleek te zijn. Zelfs de gouverneur bemoeide zich ermee en noemde het de misdaad van de eeuw.

'Stom kind,' mompelde Giulia, terwijl ze uit het raam keek.

Mary veranderde van onderwerp. 'Trouwens, Trish had dus wel een dagboek.'

'Nee, hoor,' zei Giulia, zeker van zichzelf.

'Nou, wat is dit dan?' Mary haalde het dagboek uit haar tas en de Akelige Meiden staken hun lange klauwen ernaar uit.

'Geef hier!' zei Giulia.

'Wat heeft ze over mij geschreven?' vroeg Yolanda.

'En over mij?' vroeg Missy.

'Sorry.' Mary stopte het dagboek weer in haar tas, terwijl ze zich verkneukelde. 'Dit valt me van jullie tegen. Ik had toch wel verwacht dat jullie meer respect voor haar privacy zouden hebben.'

'Ach, hou toch op.' Giulia snoof. 'Jij hebt het vast gelezen, toch?'

'Ja, natuurlijk, maar ik mag dat. Dat valt onder mijn privileges als advocaat.' *Min of meer.*

'Doe me een lol.' Giulia sloeg haar ogen ten hemel.

'Dat lijkt me toch niet,' zei Missy.

'Wat een onzin!' zei Yolanda.

Mary draaide zich glimlachend om op haar stoel. 'Hadden jullie maar aardiger tegen me moeten zijn op school.'

De chauffeur keek haar aan en trok een wenkbrauw op.

II

Een halfuur later kwamen ze bij het hoofdbureau van politie aan, een cilindervormig gebouw uit de jaren zeventig dat het Roundhouse werd genoemd. De taxi parkeerde naast de stoep en Mary betaalde de chauffeur terwijl de Akelige Meiden uitstapten en in hun tas doken voor een sigaret.

'Oké, even luisteren,' zei Mary. Ze bleef uit hun buurt terwijl ze een sigaret opstaken. 'Een van jullie mag mee naar binnen. Maar wie meegaat, moet zich wel gedragen.'

'Hoe bedoel je: zich gedragen?' Giulia hield haar hoofd schuin en kneep haar ogen dicht tegen de rook.

'Ik praat en jij houdt op met mokken.'

'Jij je zin.' Giulia deed een stap naar voren. Zij was duidelijk de baas van het stel.

'Oké, we gaan.'

'Ik heb mijn sigaret nog niet op.'

'Jawel, die is op.' Mary draaide zich om en liep over het parkeerterrein naar het gebouw toe, waar het wemelde van de media die verslag deden van de kidnapping van de baby Donchess. Tijdens de rit was het voortdurend op de autoradio geweest, met ertussendoor smeekbeden van de ouders die haar weer veilig terug wilden. Verslaggevers hingen rond, praatten met elkaar en cameramensen dronken koffie met de camera op hun schouder.

'Mary, wacht even!' brulde Giulia.

'Schiet op, G.!' Mary liep snel langs een tv-nieuwslezer met een dikke laag oranje foundation op en die een tissue als een slabbetje in de kraag van zijn overhemd had gestopt. Ondertussen testte hij de microfoon met het logo van de omroep uit. Ze kwam bij de ingang, trok de deur waar melkglazen ruit in zat open en bleef staan bij een kunststof raampje waar een oudere geüniformeerde agent met een officiële glimlach achter zat. Ze stelde zichzelf voor en zei: 'Ik wil graag inspecteur Brinkley spreken.'

'Gaat dit over een moord?'

'Nee, maar ik ben bevriend met Mack,' zei Mary. Ze gebruikte Brinkleys bijnaam die alleen bij vrienden bekend was. Nog niet zo lang gele-

77

den had ze met hem aan een zaak samengewerkt en ze waren bevriend geraakt. Hij was dol op haar moeder en had zelfs het waakvlammetje van de geiser voor haar afgesteld, maar dat was een ander verhaal. De agent achter de balie keek sceptisch van Mary naar Giulia, die naast haar opgedoken was.

'Wie ben jij?' vroeg hij.

'Mijn hulp,' antwoordde Mary.

Giulia zei verontwaardigd: 'Hé, ik maak bij niemand schoon, hè?'

Oeps. 'Ze is dol op grapjes. Ik schrijf ons wel in, agent.' Mary trok het clipboard naar zich toe, tekende hen beiden in, greep Giulia bij de arm en liep met haar naar de metaaldetector.

'Blijf van me af.' Giulia trok zich los. 'Ik kan heus wel zelf lopen, hoor.'

'Je zou niets, zeggen. *Capisce?*' Mary liep door het poortje en kwam uit in een hal die vol stond met geüniformeerd politiepersoneel en andere medewerkers. Ze kwam langs een vitrine met oude politiewagens, en merkte opeens dat ze geen naaldhakken meer hoorde tikken. Ze keek om en zag dat Giulia met twee agenten stond te kletsen, die glimlachend op haar neerkeken. Mary riep: 'Giulia?'

'Ik kom eraan, Mary!' riep Giulia, terwijl ze naar Mary keek. Ze gaf de agenten een kushandje en klikklakte met stralende, donkere ogen naar de lift. 'Wat een stukken, hè? Hoe zit mijn make-up?'

'Alsof het erop geschilderd is.' Mary drukte op het knopje van de lift. 'Ken je ze?'

'Ja.'

'Hoe dan?'

'Ze hebben me een keer gearresteerd.'

'Echt waar?'

'Nou ja, twee keer eigenlijk,' zei Giulia schaapachtig, terwijl de liftdeuren opengleden.

Vijf minuten later omhelsde Mary haar oude vriend Reginald 'Mack' Brinkley. Brinkley was zoals altijd onberispelijk gekleed in een bruin sportjasje, kaki broek, een gesteven wit overhemd en glimmende instappers. Hij knuffelde haar even en liet haar toen los. Hij glimlachte hartelijk naar haar alsof hij haar vader was, als haar vader tenminste lang, mager en zwart was geweest.

'Hoe gaat het met je, Mary?' vroeg hij met een donkere, warme stem.

'Heel goed, bedankt. En met jou?'

'Goed. Prima.' Brinkley had een knap, lang en mager gezicht, een dunne neus, loenzende, vriendelijke ogen en een klein glimlachje. Hij was begin veertig en had er volgens Mary geen rimpel bij gekregen sinds ze elkaar voor het laatst hadden gezien, hoewel zijn korte haar wel wat grijs werd bij zijn slapen. 'Ben weer getrouwd.'

'O, wat leuk, gefeliciteerd.' Mary was blij voor hem. Hij had een nare scheiding achter de rug, maar had daar nooit iets over verteld. Ze waren bevriend, maar ook weer niet zo goed. Ze stelde Giulia aan hem voor, die afwezig om zich heen had staan kijken.

'Het lijkt hier bepaald niet op *Cold Case*,' zei Giulia met gefronst voorhoofd.

Brinkley glimlachte scheef en leunde tegen zijn bureau. 'Nee, ze hebben het voor de tv een beetje opgeleukt.'

'Dat was wel nodig ook.' Mary glimlachte. Bij een paar gebutste grijze archiefkasten van verschillende formaten stond een aantal politiemensen met elkaar te praten. In de grote kamer stonden in het wilde weg wat rommelige metalen bureaus waarvan de stoelen er niet bij pasten. De ouderwetse tegelvloer zag er smerig uit en op de groezelige beige gordijnen die voor de erkerramen hingen zaten bruine vlekken. Ze waren hier en daar van hun haakje af waardoor er op de vreemdste plaatsen helder zonlicht in de kamer scheen. Het was niet echt een zooitje, maar het was nu ook weer niet geschikt voor tv.

Brinkley vroeg: 'Mary, zit je nog bij Rosato?'

'Ja.'

'Is ze nog steeds zo stoer?'

'Zo zou je het wel kunnen zeggen.'

Brinkley grinnikte. 'Ja, hè? En Jack? Ga je nog met hem om?'

Mary had al een tijd niet meer aan Jack Newlin gedacht. 'Nee, dat is niets geworden. En de gozer daarna ook niet. Nog even en ik ga het klooster in. Neemt God advocaten aan?'

Brinkley lachte zachtjes. 'Het is mij gelukt, en het gaat jou vast ook lukken.' Toen werd hij ernstig, hij rechtte zijn rug en sloeg zijn armen boven zijn beginnende buikje over elkaar. 'Wat kan ik voor je doen? Heeft dit met een zaak te maken?'

'Een beetje wel. Kunnen we even ergens rustig praten?'

'Ja hoor, kom maar mee.' Brinkley gebaarde naar links en ze liepen een kleine, groene verhoorkamer in, die wel een likje verf kon gebruiken. Er stonden een paar oude houten stoelen die niet bij elkaar pasten en een grenen tafel waar wat formulieren op lagen. Brinkley deed de deur dicht. 'Welkom in mijn zomerkantoor.'

Mary glimlachte en nadat Brinkley en Giulia waren gaan zitten, vertelde ze hem over haar gesprek met Trish, de band met de maffia, de doorzoeking van Trish' huis en wat Fung Lee had gezien. Ze wist dat Brinkley een goede naam had in het Roundhouse en dat als ze hem kon overtuigen, hij achter de schermen het een en ander voor Trish kon regelen. Ze bepleitte de zaak alsof ze voor de rechter stond, en gaf aan dat alle feiten ertoe bijdroegen dat Trish' verdwijning serieus moest worden genomen.

De uitdrukking op Brinkleys gezicht werd steeds ernstiger. Giulia hield netjes haar mond, zelfs toen Mary met Trish' dagboek op de proppen kwam. De inspecteur boog zich over de bladzijden, en Mary wees de beangstigende opmerkingen en de foto's aan, terwijl Giulia ontdaan haar nek uitrekte om mee te kijken. Hij keek ernaar zonder iets te zeggen, en blikte bezorgd op toen hij ermee klaar was.

'Oké, dat is duidelijk.' Brinkley sloeg het dagboek dicht. 'Het lijkt mij geen verliefd stelletje dat op vakantie is gegaan.'

'Nee, zeker niet,' zei Mary, die met ingehouden adem zijn beslissing afwachtte.

'Bewaar dit goed.' Brinkley gaf Mary het dagboek terug, stond op, stak zijn handen onder zijn sportjasje en trok zijn broek aan de zwarte riem omhoog. 'We hebben het volgende probleem. Ten eerste weet je dat dit mijn werk niet is. Dit is iets voor Vermiste Personen en niet voor Moordzaken.'

Giulia sprong overeind en brulde: 'Wanneer worden jullie hier eens een keertje wijzer? Je hebt de foto's toch gezien? Wat wil je nog meer? Ze kan wel dood zijn en jullie maken je druk of het je werk is of niet!'

'Ho maar, doe even rustig.' Brinkley stak zijn hand op.

Mary ging tussen hem en het dolgedraaide Goretti-meisje staan.

'Giulia, *basta!*' Ze keek haar met vuurspuwende ogen aan en wendde zich weer tot Brinkley. 'We zijn ons bewust van de jurisdictie, maar deze zaak hangt tussen Vermiste Personen en Moordzaken in. Het dagboek bewijst dat Trish in gevaar is en dat haar vriend bij de maffia zit. Hij kan haar zo vermoorden.'

'Dat snap ik.'

'Dus, als jij met de afdeling Vermiste Personen gaat praten, dan denk ik dat zij wel begrijpen dat dit geen gewone situatie is. Ze kunnen er misschien meer aandacht aan besteden. De dingen een beetje bespoedigen, een opsporingsbevel uitvaardigen of zo.'

'Ze hebben hun handen vol aan de zaak-Donchess. Die zaak krijgt voorrang, dat is nu eenmaal zo.' Brinkley gebaarde naar de deur. 'Je hebt de media buiten gezien. Het lijkt wel de ontvoering van de baby van Charles Lindbergh.'

Giulia riep uit: 'Wat, is er nóg een baby ontvoerd? Kunnen die stomme baby's niet gewoon hun beurt afwachten?'

Mary maande haar weer tot stilte. 'Reg, Trish kan nooit ver weg zijn. Als we haar op kunnen sporen, kunnen we een moord voorkomen. Heeft een mishandelde vrouw dan niet ook recht op voorrang? Het is toch vreemd dat men vindt dat het ene slachtoffer belangrijker is dan het andere? En trouwens, wie is er nu de baas over de politie? Toch niet de media?'

'Laat nou maar, Mary.'

'Maar ik heb toch gelijk?' Mary was wanhopig. Brinkley was haar enige kans. 'Ik zou je niet om hulp vragen als het niet nodig was. Trish was doodsbang toen ze bij me op kantoor was. Hij zal haar vermoorden, als hij dat niet al heeft gedaan.'

'Kom op zeg, help eens een beetje mee!' Giulia hield haar gsm omhoog boven Mary's schouder. 'Hier zijn foto's van haar!'

'De band met de maffia maakt het er niet makkelijker op voor ons, begrijp je.' Brinkley perste zijn lippen op elkaar en dacht na. 'De FBI vindt het maar niets als we iets doen zonder hen erbij te betrekken. Het zou heel goed kunnen zijn dat ze hem al in de gaten houden.'

Daar had Mary nog niet aan gedacht.

Brinkley knikte. 'Je weet wat er gebeurt als de FBI er zich mee gaat bemoeien.'

'Die maken er een federale zaak van,' riep Giulia opeens, als een schoolmeisje dat het juiste antwoord weet. Brinkley was niet zo gemeen om haar voor gek te zetten. Mary wel, maar daar had ze de tijd niet voor.

'Maar aan de andere kant,' zei ze, 'als we Trish levend aantreffen, dan wil ze misschien wel tegen hem getuigen. Wat zou de FBI daarvan vinden? Daar zouden ze toch wel iets aan kunnen hebben.'

Brinkley dacht even na, keek van Mary naar Giulia en liet uiteindelijk een zucht ontsnappen. 'Dames, weet je wat? Ik zal mijn best doen, als jullie me wat beloven.'

'Wat dan?' vroeg Mary.

Giulia kwam naast haar staan en zei: 'We beloven alles.'

'Jullie doorzoeken geen huizen meer en gaan ook niet meer op zoek naar getuigen. Geen van jullie mag nog politieagentje spelen. Daar zijn jullie niet geschikt voor.' Brinkley sloeg zijn armen over elkaar. 'Nou?'

Mary voelde hoop opborrelen. 'Ik wil even iets duidelijk hebben. We mogen toch wel iets doen, neem ik aan? Bijvoorbeeld flyers uitdelen over haar?'

'Ja, dat mag, maar op bescheiden schaal. En geen contact met de media zonder toestemming van mij.'

'De tijd dringt, Reg.'

'Dat weet ik, ik doe dit al wat langer dan jij, hoor.' Brinkley glimlachte wrang. 'Niet te ver gaan, hè? Ik bel je over een uurtje. Oké?'

'Oké. Hartstikke bedankt.' Mary bleef rustig. Brinkley was niet zo uitbundig, maar als hij mee wilde werken, dan wist ze dat hij dat voor het volle honderd procent zou doen. Je moet weten wanneer je je gedeisd moet houden.

'Te gek, joh!' schreeuwde Giulia, die zich in de armen van de zeer geschrokken Reg Brinkley wierp.

Maar al snel leek hij het niet zo erg meer te vinden.

Buiten het Roundhouse wilde Giulia iets uit haar handtas pakken, maar Mary hield haar tegen. 'Nog even niet roken, graag. Ik heb zuurstof nodig.'

'Oké, maar alleen maar omdat je het binnen zo goed hebt gedaan. Ik wist niet dat je dat kon.' Giulia glimlachte bewonderend. 'Je wist precies hoe je die inspecteur aan moest pakken, Mary.'

'Ik heb hem niet aangepakt. Hij is gewoon een goede vent, en als hij kan, helpt hij ons.'

'Het gaat er inderdaad om wie je kent en niet wat je kent, nietwaar?'

Mary ging er niet op in. 'Waar zijn Missy en Yolanda?' vroeg ze. Ze keken op het drukke parkeerterrein om zich heen.

'Daar, ze staan te flirten met die mannen.' Giulia wees naar Missy en Yolanda, die met twee knappe mannen in pak en een magere fietskoerier stonden te praten.

'Oké, laat maar. Jij hebt de leiding. Je hebt het gehoord van Brinkley, we mogen wel flyers uitdelen. Dus we gaan het volgende doen. Jij kunt goed met een computer overweg, toch?'

'Zeker, ik heb MySpace en ik kijk naar porno, net als iedereen.'

Mary liet dat eerst waaien, maar kwam er toch op terug. 'Kijk jij naar porno?'

'Ja.'

'Maar je bent een meisje.'

'Nou, en?' Giulia haalde haar schouders op.

Had ik toch gelijk. 'Maar goed, we gaan het mooi zelf doen. Mail de foto uit je mobieltje naar iedereen die je kent. Zoek een paar sites op met vermiste personen en zet haar foto daarop. Zet hem ook op My-Space en waar het maar nut heeft.'

'Goed plan, Mary. We hebben geen tijd te verliezen.'

'Mooi, en maak ook een flyer.'

Giulia knikte. 'Zo eentje als wanneer je je hond kwijt bent?'

Eh. 'Ja. Weet je wat erop moet staan?'

'Ja.'

'Zal ik het even opschrijven?'

'Nee, dat lukt wel.'

'Ga meteen aan de slag.'

'Ja, dat snap ik.' Giulia stampte met haar kleine zwarte laarzen. 'Schiet nou maar op, ik snak naar een sigaret.'

'Ik ga weer naar mijn werk. Bel me hoe het gaat met de flyer. We zien elkaar weer over een uur.'

'Wanneer krijg ik dat dagboek te zien?'

'Nooit.' Mary zwaaide even naar Missy en Yolanda, die stonden te lachen met de mannen en haar niet eens zagen, en liep het parkeerterrein af. Ze haalde het hoesje van haar BlackBerry terwijl ze een taxi aanriep, drukte op het knopje voor de voicemail en luisterde naar het eerste bericht.

Dat was heel erg slecht nieuws.

'Wat is er aan de hand?' vroeg Mary zodra ze Judy's kamer binnenstapte. Ze had haar tijdens het taxiritje naar kantoor de hele tijd gebeld, maar kreeg steeds de voicemail, dus had ze de tijd maar gebruikt om telefoontjes en e-mails te beantwoorden. Tegen de tijd dat ze terug was, had ze knallende koppijn en kon ze zo voor wanprestatie worden opgepakt.

'Sorry.' Judy hing op. 'Ik wilde je net bellen.' De zon scheen door het raam achter haar naar binnen, zodat haar silhouet duidelijk afstak en haar roze jurk leek te stralen. Op het bureau stond een fles Fiji-water die samen met een half opgegeten tofusalade vocht voor wat ruimte tussen de slordige aantekeningen, een laptop, brieven, potloden en pennen en een Magic 8 Ball.

'Het is niet jouw schuld. Wilde Nunez niet met de getuigen doorgaan?' Mary liet zich teleurgesteld in de stoel voor het bureau vallen.

'Niet zonder jou.' Judy keek haar spijtig aan, en tuitte haar lippen. 'Ik heb hem verteld dat je een noodsituatie had, maar hij raakte er alleen maar door in de war.'

'Nee, hè? De arme man.'

'Volgens mij is hij verliefd op je.'

Mary snoof. 'Hij is minstens negentig.'

'Hij zegt dat hij zich niet veilig voelt zonder je. Hij is zo schattig, voor zo'n oude vent.'

'Doe niet zo eng! En wat gebeurde er toen?'

'We waren bij dat hij zijn naam moest opgeven en toen zei hij dat hij weg wilde.' Judy zuchtte. 'Het moet maar een andere keer dan.'

'Maar wanneer?' Mary wist dat ze de hele week al bezet was. Ze had haar gewone werk en ook nog eens Dhiren en Dean Martin.

'Hoe is het vanochtend met Trish gegaan?'

Mary had de tijd niet om haar op de hoogte te brengen, maar deed het toch.

'Goed gedaan,' zei Judy toen ze de korte versie had gehoord. 'Je doet goed werk voor de slechteriken.'

'Ach, ze vallen wel mee.'

'Die krengen?'

'Ik doe het voor Trish.'

'Kijk nou maar uit met die meiden.' Judy wees naar haar. 'Uiteindelijk ben jij toch de pineut, en ik vind het maar niks als iemand jou iets aandoet.'

Mary was ontroerd en glimlachte. 'Trouwens, ik heb vanochtend met Bennie gesproken.'

'O, ja?' Judy keek haar geïnteresseerd aan en Mary vertelde haar alles over haar gesprek met de baas, dat wel eeuwen geleden leek. Toen ze klaar was, perste Judy haar ongestifte lippen op elkaar. 'Wil ze zelfs geen tijdelijke kracht aannemen? Dat is niet eerlijk. Je hebt echt hulp nodig.'

'Het is niet anders.' Mary stond op. Ze moest nog heel veel doen voor Giulia zou bellen.

'Als je haar partner zou zijn, hoefde je geen toestemming te vragen om iemand in te huren.'

'Als ik haar partner zou zijn, was ik je baas.'

Judy lachte.

'Ik bedoel maar,' zei Mary met een glimlach, waarna ze zich naar haar kantoor haastte.

Daar belde ze Roberto Nunez, maar die nam niet op, en ze sprak een bericht in. Ze bekeek haar post en maakte er zoals altijd een goede en een slechte stapel van. Ze liet de telefoon rinkelen, logde in op de computer en ging op zoek naar een website voor speciaal onderwijs. Ze maakte aantekeningen en zocht toen op internet een plek waar Dhiren kon worden getest. De hele tijd vroeg ze zich af of Brinkley nog contact met haar zou opnemen. Een kinderonderzoekcentrum in de buitenwijken waar psychologische en persoonlijkheidstests werden afgenomen, leek haar wel wat. Ze belde hen en werd doorgeschakeld naar de intakecoördinator. Mary legde de situatie uit en besloot met: 'Hij vindt het zo erg op school dat hij zijn eigen haar uittrekt.'

'Dat wordt trichotillomanie genoemd.'

'Kent u het?'

'Ja, het komt helaas vrij vaak voor. Onze staf beschikt over vijftien psychologen, die gespecialiseerd zijn in kinderen met leermoeilijkheden. Zoals u bij uw cliënt hebt gemerkt, hebben hun problemen emotionele gevolgen, zodat ze zichzelf pijn doen of zich op school anders gedragen.'

'Dat klopt precies.' Mary juichte haar bijna toe. 'Mooi! Dan wil ik graag een afspraak maken.'

'Betaalt het district hiervoor?'

'Nee, dit is privé.'

'Er moet meteen na de tests worden betaald. De kosten bedragen drieduizend vijfentwintig dollar.'

'Goed. Ik heb de moeder van de jongen al verteld dat het duur zou zijn. Dan wil ik graag een afspraak maken.'

'Voor de test of voor therapie?'

'Allebei,' zei Mary gretig. 'Hij heeft dringend hulp nodig.'

'Dat begrijp ik, dergelijke zaken zijn erg aangrijpend.' De vrouw tikte iets in op haar computer. 'U kunt maar het beste zo snel mogelijk met de therapie beginnen. Ik heb een plekje vrij op 11 juni om halfvier bij dokter Theadora Landgren.'

Mary dacht dat ze een grapje maakte. Dat zou nog maanden duren. 'Moet hij zo lang wachten?'

'Het is helaas erg druk.'

'Maar hij kan niet wachten. Het gaat erg slecht met hem.' Mary hoorde nog een telefoon rinkelen bij de intakecoördinator.

'Hebt u even? Ik moet opnemen.'

Mary luisterde in de tussentijd naar wat vrolijke muziek die haar niet echt opvrolijkte. Ze was plan B al aan het aanpassen. Ze zou geen afspraak met een psycholoog maken, ze zou wel een andere zielenknijper voor Dhiren zoeken, misschien meer in de buurt, in de stad zelf. De tests waren nu belangrijker.

'Mevrouw DiNunzio, wilt u die afspraak bevestigen?'

'Nee, laat maar. We houden het maar bij de test. Ik zoek wel een andere psycholoog voor hem, als u het niet erg vindt.'

'Ik kan er wel een paar aanbevelen.' De coördinator tikte weer wat in op haar computer en zei toen: 'De eerste test kan op 3 juni plaatsvinden.'

'In juni pas? Bent u ook voor de tests zo volgeboekt? Ik bedoel, het is maar een test.' Mary hoorde Amrita weer vertellen hoeveel moeite Dhiren had met lezen.

'Zo eenvoudig ligt het niet. Onze tests bevatten psychologische vragen, er wordt op persoonlijkheid getest, een neuropsychologische beoordeling...'

Mary luisterde al niet meer.

'Kortom, het is een zeer gecompliceerd geheel, en daarom kan hij pas op 3 juni terecht. Maar ik heb ook wel een paar aanbevelingen voor andere testmogelijkheden.'

'Heel erg bedankt, want ik kan echt niet zo lang wachten.' Mary pakte een pen. 'Kunt u me de aanbevelingen doorgeven?'

Tien telefoontjes later had Mary een afspraak voor een test op 10 april en voor therapie op de 15e. Eerder kon niet, maar zou Dhiren het zo lang uit kunnen houden? Hoe moest ze het Amrita vertellen? Haar BlackBerry ging, ze keek op het scherm en zag dat ze de beller graag wilde spreken.

'Hoe gaat het met mijn kleine meid?' vroeg haar vader allerhartelijkst.

'Heel goed, pap.' Mary had haar vader geleerd haar op haar mobieltje te bellen, zodat hij haar altijd te pakken kon krijgen. Ze deed het oordopje in zodat ze tijdens het gesprek haar mail kon bekijken.

'Heb je al wat van Bernice gehoord? Voeten blijft ernaar vragen.'

Oeps. 'Weet je wat? Ik bel haar nu meteen en dan bel ik jou terug.'

'Goed, liefje. Ik hou van je. Je moeder zegt dat je niet te hard moet werken.'

'Ik hou ook van jullie, pap.' Mary verbrak de verbinding, belde Inlichtingen voor Bernice Foglia's telefoonnummer en toetste het op de Black-Berry in terwijl ze een e-mail beantwoordde. Dat was het enige voordeel van de gehate BlackBerry: als ze het oordopje indeed, kon ze drie dingen tegelijk doen in plaats van twee.

'Ja?' Bernice nam met een bevend oud stemmetje op.

'Mevrouw Foglia, hoe gaat het met u? U spreekt met Mary DiNunzio. Ik bel over dat gedoe met Dean Martin.' Mary kon niet geloven dat ze dat zei.

'Ik heb gehoord dat je vader mij en mijn vriendinnen wil aanklagen.'

'Dat is niet waar, mevrouw Foglia. Ik snap niet hoe ze daarbij komen.'

'Voeten heeft het aan Johnny van de hoek verteld en die heeft het weer aan zijn vrouw Lillian verteld en die kent Josephine, mijn vriendin in Moore Street, en die belde me meteen.'

Mary glimlachte, ze ging door haar e-mails en beantwoordde die zo snel mogelijk.

'Mary, je moet goed naar me luisteren. Je mag dan wel advocaat zijn, maar dat betekent niet dat je me mag intimideren. Je was een leuke meid toen je nog klein was, maar je bent veranderd. Door het succes loop je naast je schoenen van verwaandheid. Zo!'

'Mevrouw Foglia, niemand gaat u aanklagen. Ze waren alleen maar erg ontdaan over wat u over Dean Martin hebt gezegd.'

'Hoezo? Het is de waarheid. Die man was een dronkenlap.'

Niet waar. 'Weet u wat ik denk, mevrouw Foglia?' Mary hoorde iets en keek op van haar e-mail. Judy stond bij de deur en gebaarde dat ze mee moest gaan. Mary gaf aan dat ze nog één minuutje nodig had, maar

Judy kwam naar binnen stormen, greep haar bij de hand en trok haar met BlackBerry en al uit de stoel en met haar mee.

'Het kan me niet schelen wat jij denkt,' zei mevrouw Foglia.

Mary werd door Judy aan de hand door de gang meegenomen. 'Het loopt een beetje uit de hand. Iedereen staat op zijn achterste benen.'

'Hebben ze een probleem met wat ik zeg? Nou, jammer dan. Dat zou Frank ook gezegd hebben.'

'Frank?'

'Sinatra.'

'Mevrouw Foglia, zou u het misschien op kunnen brengen om uw verontschuldigingen aan te bieden? Dan krijg ik hen wel zover om hun verontschuldigen aan u aan te bieden.' Mary werd door Judy naar de vergaderzaal gedirigeerd.

'Nee, ik ga mijn verontschuldigingen niet aanbieden. Zij zouden hun verontschuldigingen aan mij en aan Frank moeten aanbieden. Ze zeiden dat hij gek was.'

'Wie zei dat?'

'Tony uit dezelfde straat. Wat een *cavone*. En dat haar! Het is net zo rood als van Lucille Ball.'

'Mag ik u wat vragen? Als hij zijn verontschuldigingen aanbiedt, wilt u dat dan ook doen?' Mary liep achter Judy aan de vergaderzaal in waar Marshall naar de tv op het dressoir stond te kijken. Mary kon niets zien want Marshall stond ervoor.

'Nee,' zei mevrouw Foglia. 'Meisje, ik heb nergens spijt van. Net zomin als Frank.'

Judy liet haar hand los. Marshall zette een stap opzij zodat ze de tv kon zien en Mary's mond zakte open. Het journaal stond op en ze kon haar ogen niet geloven.

'Ik eet nog liever mijn eigen schoen op,' zei mevrouw Foglia.

'Hè?' zei Mary tegen mevrouw Foglia en als reactie op wat ze op tv zag.

'Luister maar eens naar "My Way"!' riep mevrouw Foglia en ze hing op.

Mary stond verbouwereerd naar het journaal te kijken.

13

Mary liet bijna de blackberry vallen terwijl het oordopje nog in haar oor zat. Op tv liep een rode tekstband met daarop: laatste nieuws. Erboven waren Giulia, Missy en Yolanda te zien die voor het Roundhouse stonden. Giulia die helemaal opgewonden was, werd door een omroepster geïnterviewd, met de Akelige Meiden aan weerskanten als twee boekensteunen vol oestrogeen.

Mary kreunde. 'Waar zijn ze in hemelsnaam mee bezig?'

Judy sloeg haar armen over elkaar. 'Dit kan nooit goed zijn.'

Marshall zei: 'Wat een mooie make-up.'

Giulia boog zich over de microfoon en zei: 'Help ons alsjeblieft! Onze hartsvriendin Trish Gambone wordt sinds gisteren vermist en we hebben uw hulp nodig!'

Lieve help. De Akelige Meiden hadden net de afspraak met Brinkley om zeep geholpen.

'Dit is Trish tijdens haar vakantie in Vegas.' Giulia hield haar gsm met de foto van Trish omhoog en de camera zoomde erop in. 'Ze ziet er precies zo uit, maar dan niet zo bruin. Ze is blank, in de dertig, één meter zevenenvijftig en ze weegt achtenveertig kilo.'

'Vierenvijftig kilo,' zei iemand.

Yolanda.

'Zoals ik al zei, achtenveertig kilo,' zei Giulia afgemeten terwijl ze het mobieltje omhooghield.

'Hoe komt ze zo bruin?' vroeg Judy, maar Mary was zo verbaasd dat ze geen woord kon uitbrengen.

Giulia ging door: 'Kunt u alstublieft naar haar uitkijken? En als u haar ziet, kunt u inspecteur Reginald Brinkley rechtstreeks bellen. Ik weet dat iedereen zich druk maakt over die stomme baby, maar een mishandelde vrouw is toch ook belangrijk? Waarom zouden alleen baby's voorrang mogen krijgen?'

De tv-omroepster kreeg de microfoon te pakken en wist een glimlachje te produceren. 'U hebt het hier het eerst gehoord. Trish Gambone, inwoonster van Zuid-Philadelphia, wordt al sinds...'

Mary zakte in een stoel en toetste het nummer voor Inlichtingen in haar BlackBerry in. 'Is er nog lasagne over?' vroeg ze triest.

De telefoniste zei: 'Pardon?'

'Sorry. Mag ik van u het nummer van de afdeling Moordzaken van de politie van Philadelphia?'

'Wacht even,' zei de telefoniste. Judy liep de vergaderkamer uit. Het telefoontje werd doorverbonden, maar de lijn was in gesprek. Mary hing op en keek naar Marshall, die een tas en een lichtblauwe jas over haar arm had hangen.

Mary vroeg haar: 'Hoe wist je dat dit op tv zou komen?'

'Ik kijk altijd naar de verkeersberichten voor ik wegga en ik herkende de meiden van het vuistgevecht.' Marshall gaf haar een klopje op haar rug. 'Volhouden, hoor. Ik moet ervandoor. Gabe is bij de crèche.'

'Bedankt.' Mary toetste Giulia's nummer in op de BlackBerry en na een paar keer overgaan, werd er opgenomen.

'Heb je me op tv gezien, Mary?' vroeg Giulia buiten adem. 'Fantastisch, toch? Het leek wel reclame voor Trish!'

'Hoe heb je dat voor elkaar gekregen?'

'Kun je je nog herinneren dat Missy en Yolanda met een paar mannen aan het praten waren? Een van hen was journalist en die heeft het voor ons geregeld. Hoe vond je me?'

'Heel erg,' zei Mary bot. 'Hoe kom je erbij? We zouden pas de publiciteit opzoeken als Brinkley contact met ons had opgenomen. Nu is hij de lul en hebben wij ons woord gebroken. Bovendien werkt hij niet bij Vermiste Personen, maar bij Moordzaken. Je hebt het verkeerde nummer opgegeven.'

'Hé, Mary!' Giulia draaide de volumeknop op. 'Waarom doe je zo negatief? Omdat ik het geregeld heb soms? Eerst dat gedoe met Fung, en nu weer het telefoonnummer. Nou, en? We hebben Trish op tv gekregen. Die baby's moesten eens weten met wie ze te maken hebben.' Giulia onderbrak zichzelf. 'O, ik heb een wisselgesprek. Het is T.'s moeder. Ik bel je terug.'

'Wacht, je mag geen interviews meer geven. Niet één meer, oké?' zei Mary, maar de verbinding werd verbroken.

Ze luisterde even naar de stilte en dacht na. Haar blik dwaalde naar het raam, waar de skyline, met het tentachtige dak van het Independence Blue Cross-gebouw, de granieten spits van het Mellon Center en de opvallende terrasvormige toren van het Liberty Place in de schemering duidelijk opvielen. Mensen zouden hun kantoor verlaten, op een trein, in een auto of een bus stappen en naar huis gaan, naar hun gezin. En ergens was Trish, levend of dood.

Net op dat moment kwam Judy de vergaderkamer weer binnen. 'Het eten staat klaar,' zei ze, en ze zette een kop verse koffie en een piepklein stukje lasagne op de tafel. 'Ik heb het voor je opgewarmd in de magnetron.'

'Dank je,' zei Mary, ontroerd. Jammer genoeg was de lasagne weinig meer dan één flinke hap. 'Heeft Anne het echt allemaal opgegeten? Ik dacht dat ze een geintje maakte.'

'Dit is maar een voorafje. Je kunt met Frank en mij mee-eten.' Judy's vriend Frank Lucia was de kleinzoon van Tony de Duif. Ze werden verliefd toen ze samen aan een zaak werkten.

'Dat lukt niet. Ik moet nog werken.' Mary wilde Brinkley bellen, maar Judy griste de BlackBerry uit haar hand.

'Zo kan hij wel weer! Dat kan straks ook wel.'

'Brinkley is vast laaiend.'

'Laat hem dan even afkoelen. Eerst eten.' Judy wees naar het bord, en Mary pakte de plastic vork. Nadat ze een hapje van haar moeders lasagne had genomen, wist ze dat Judy gelijk had. Zodra de lasagne op was en Judy de kamer weer had verlaten, ging Mary terug naar haar kantoor en ze bleef bellen totdat ze Moordzaken te pakken had.

Toen ze was doorverbonden, vroeg ze: 'Zou ik inspecteur Brinkley even kunnen spreken?'

'Als u belt over de vermiste vrouw op tv, dan is dit het verkeerde nummer,' zei de man aan de andere kant geërgerd, en Mary begreep dat de agent de pech had net op dat moment telefoondienst te hebben. 'U moet dan Vermiste Personen hebben, en ik zal u dat nummer doorgeven.'

'Nee, dank u. Ik ben bevriend met inspecteur Brinkley.'

'Als u me uw nummer geeft, dan zeg ik dat hij u terug moet bellen. Hij is er momenteel niet.'

Mary gaf haar naam en telefoonnummer op. 'Zeg hem dat hij me voor alle zekerheid op mijn mobieltje moet bellen, en dat ik het heel erg vind wat er met mijn vriendin Giulia is gebeurd, dat ze op tv is geweest. Daar kon ik niets aan doen. Ik wist er zelfs niets van.'

'Wacht even.' De agent was opeens een stuk minder toeschietelijk. 'Was dat uw vriendin op tv? Bent u soms die advocaat van Rosato, die hier met haar is geweest?'

'Ja, en –'

'Hoe haalt het u in uw hoofd om op tv te gaan?' vroeg de agent zeer boos. 'Weet u wel hoeveel telefoontjes we al hebben gehad? De telefoontjes die echt voor ons bedoeld zijn komen er niet doorheen, zo druk is het.'

'Dat vind ik heel erg.' Mary voelde zich er rot over, maar ze moest het toch even vragen. 'Is er nog iets uit gekomen?'

'Nee, natuurlijk niet. Iedere mafketel in de omgeving belt Moordzaken. Ik heb net het tweede telefoontje van een dronkenlap achter m'n kiezen.'

'O, wat erg.'

'Ik zal zeggen dat u hebt gebeld. Hij zal u geheid willen spreken. Goedemiddag.'

Mary hing bezorgd op. Ze had Giulia op het hart moeten drukken dat ze niets mocht zeggen. Ze had het in de gaten moeten houden. Stel dat Brinkley hierdoor in de problemen kwam? De afdeling Vermiste Personen zou beslist niet blij zijn dat Moordzaken zich ermee bemoeide. Jurisdictie was nergens zo belangrijk als bij de politie, behalve misschien bij de rechtbank.

Mary keek hoe laat het was: kwart over vijf. Ze had haar post nog niet bekeken en ze moest nog een heleboel telefoontjes plegen. Ze bladerde door de post, maar kon zich niet concentreren, ze moest de hele tijd aan Trish en aan Brinkley denken. Hoe had dit kunnen gebeuren? Wanneer zou Giulia bellen over de flyer? Bennie en Anne zouden zo terug zijn van de rechtbank. Mary was op van de zenuwen. Ze had het ontzettend druk, had totaal geen hulp, en haar cliënten Dhiren, meneer Nunez en Trish, zouden daar de dupe van zijn. Ze had nergens meer tijd voor. Net op het moment dat ze omkwam in zelfmedelijden, ging haar telefoon.

Mary nam op, in de hoop dat het Brinkley was. 'Hallo?'

'Hé, Mary? Met Anthony Rotunno.'

'Hoi, Anthony.' Mary onderdrukte haar ergernis. Haar nieuwe homovriendje. Ze had absoluut geen tijd voor de Freedom of Information Act momenteel. Ze had niet op moeten nemen.

'Ik vroeg me af of je me kon helpen. Ik kan geen kant meer op.'

Nee. 'Nou –'

'Ik ben momenteel in de buurt, een straat verderop van je kantoor. Zullen we even wat gaan eten? Ik kan je hulp goed gebruiken.'

'Ik heb het nogal druk.'

'Je moet toch eten? Zegt mijn moeder.'

Mary's maag ging prompt knorren. Ze kon zich toch niet concentreren en wilde het liefst niet op kantoor zijn als Bennie terugkwam.

Brinkley kon haar nog steeds bereiken omdat hij haar mobiel zou bellen, en van Giulia zou ze voorlopig vast niets horen.

'Nou, wat vind je ervan, raadsvrouwe? Ik trakteer.'

'Ik kom eraan.' Mary pakte haar tas.

Ze kon op dit moment wel een vriend gebruiken.

14

Mary had al zo veel blind dates achter de rug dat het een opluchting was bij een man te zijn die goede reden had om zich niet tot haar aangetrokken te voelen. Het afspraakje zou toch nergens toe leiden, dus ze had niet eens de moeite genomen om haar make-up bij te werken. Hoe ze ook haar best zou doen, Anthony zou nog eerder op de ober vallen dan op haar.

'Gezellig,' zei Mary.

Anthony hief zijn glas om te toosten. 'Op Italiaans-Amerikaans onderzoek.'

'*Cent'anni.*' Mary toostte ook en ze namen allebei een slokje van de wijn die koud was en heerlijk smaakte. Ze had geen verstand van wijn, maar Anthony had deze uit een verbijsterende hoeveelheid in de in leer gebonden wijnkaart uitgezocht. Ze zei: 'Goede keus, meneer. Die wijnkaart is nog ingewikkelder dan het rechtstentamen.'

'Jij had ook een fles uit kunnen kiezen. Zo moeilijk is het nu ook weer niet.'

'Net als de Freedom of Information Act.'

'Precies. Je hebt me onderweg al alles verteld wat ik wilde weten.' Anthony grinnikte en zijn ogen knepen fotogeniek samen. Hij had een donkere kasjmieren blazer aan, een wit overhemd en een kaki broek, en zijn glimlach was even hartelijk en innemend als de avond ervoor. In het kaarslicht, waardoor zijn ogen de rijke kleur van pure chocola kregen, was hij zelfs nog knapper.

'Ben je vroeger model geweest, Anthony?'

'Nee,' zei hij grinnikend. 'Hoezo?'

'Je bent echt een stuk.'

'Dank je.' Anthony glimlachte, een tikje verbaasd.

Mary bekeek het menu en merkte dat de wijn al wat effect op haar had. Ze had de hele dag bijna niet gegeten en was altijd al snel aangeschoten. Giulia, Brinkley, en zelfs Trish, verdwenen langzaamaan uit haar gedachten. In het restaurant, een gewone bistro, was het donker en niet druk, en het menu was helemaal in het Frans. Ze had moeite met het woord béarnaise en mompelde: 'Waarom wordt een menu nou nooit eens in het Latijn geschreven?'

'Wat zei je?' Anthony boog zich naar haar toe. 'Hou je van Latijns-Amerikaans eten?'

'Nee, laat maar.'

'Ik kan erg lekker Cubaans koken. Dat heb ik van een Cubaans vriendje in South Beach geleerd.'

'Ik voel me benadeeld, ik heb helemaal geen Cubaanse vriendjes. Maar ik ken wel mensen uit Jersey.'

Anthony moest lachen. 'Ik ben zelfs met hem mee geweest naar Havana. Wauw, wat een stad! Erg wild.'

'Dat kan ik me voorstellen. Ik heb *The Godfather* gezien.'

'Ik ken *The Godfather* helemaal uit mijn hoofd. Ik heb zelfs het boek gelezen.'

'Dan ga je wel erg ver,' zei Mary glimlachend. 'Wat is je lievelingszin?'

'Laat het pistool liggen, neem de *cannoli*.'

'Ja, die is mooi. Die van mij is: "Fredo, je hebt mijn hart gebroken."' Mary glimlachte weer. Ze had het ontzettend naar haar zin. Anthony was hartstikke leuk. Homo's waren altijd leuk. Waren alle mannen maar homo, dacht ze opeens. 'Kun je goed koken, dan?'

'Heel erg goed. Ik ben dol op koken. Voor mij is een heerlijk etentje een perfecte avond.'

'Voor mij ook. Wat jammer dat ik je op school niet kende. De enige jongens die ik kende gaf ik bijles.'

'Dat had ik niet nodig. Ik blokte keihard. Ik was een brave jongen. Ik ben trouwens misdienaar geweest.' Anthony glimlachte.

Mary lachte. 'Je bent net een mannelijke versie van mij. Het is echt heel jammer dat we elkaar toen niet kenden.' Ze moest opeens weer aan Trish denken en de jongen die ze op school wel had gekend. Dat was geen brave jongen, dat was een zeer stoute jongen zelfs.

'Wat is er?' vroeg Anthony. 'Je kijkt opeens zo verdrietig.'

'Het is een lang verhaal.'

'Vertel maar. De ober komt voorlopig nog niet terug.'

'Dat hoop ik toch wel.' Mary keek op haar horloge, maar het was te donker om iets te kunnen onderscheiden. 'Ik moet weer aan het werk, er is iets heftigs aan de hand. Als je vandaag het nieuws hebt gezien, dan weet je dat Trish Gambone wordt vermist.'

'Ik ken die naam ergens van,' zei Anthony met een lichte frons op het voorhoofd.

'Van school.' Mary vertelde hem toch maar de hele geschiedenis.

Anthony ging steeds bozer kijken. 'Dat is echt erg,' zei hij, toen ze klaar was. 'Ik snap sommige mannen gewoon niet.'

'Ik ook niet.' Mary ging er verder niet op door.

'Wacht eens even. Wat heb jij ermee te maken? Trish en jij waren toch geen vriendinnen?' Anthony hield zijn hoofd schuin. 'Zij was zo verwaand op school, en hij was gewoon een domme sporter.'

'Ze kwam bij me langs op kantoor.'

'O, ze is je cliënt.'

'Nee, niet echt.'

Anthony trok zijn wenkbrauw omhoog. 'Nou, volgens mij heb je meer dan genoeg gedaan. Je hebt het dagboek gevonden en je hebt de politie op de hoogte gesteld. Het is nu hun pakkie-an. Laat ze hun werk maar doen. Zij gaan gewoon verder met het onderzoek, ook al is Giulia op tv geweest.'

Mary knikte. Dat zou Judy ook gezegd hebben. 'Maar ik vind het gewoon vreselijk om niets te doen.'

'Je moet het jezelf niet zo moeilijk maken. Laat de politie nu maar gewoon haar werk doen. Jij bent niet verantwoordelijk voor iedereen in de buurt.'

Toch had Mary wel dat gevoel. 'Maar dat hoort nu eenmaal bij een buurt. Voor mij wel, tenminste. Neem nou Dhiren bijvoorbeeld, die naast je moeder woont.'

'Die ken ik wel. Leuke knul.' Anthony nam een slok wijn.

'Hij heeft hulp nodig, maar ik kan geen psycholoog voor hem regelen om hem te testen omdat iedereen het te druk heeft.' Mary wist dat ze nu vertrouwelijke informatie prijsgaf, maar ze was wat aangeschoten en dus mocht het. 'Niemand voelt ook maar de geringste verantwoordelijkheid voor iemand anders. Het gaat allemaal volgens de regels en het schema, en "dat is niet mijn werk", en dat knulletje is de dupe ervan. Zelfs bij de politie wordt er geruzied tussen Moordzaken en Vermiste Personen, en daar ondervindt Trish weer de ellende van.'

Anthony zette het glas op tafel. 'Je drinkt niet zoveel, hè?'

'Kun je het merken?'

'Ja, duidelijk, maar het is wel schattig.' Anthony glimlachte vriendelijk in het kaarslicht en ze keken elkaar over de gezellige tafel aan. Het zou romantisch kunnen zijn, als hij niet een tikje homoseksueel was geweest.

'En nu over jou,' zei Mary. 'Heb je een partner?'

'Hoezo een partner? Ik geef les.'

'Je weet wel, een partner. Een levensgezel. Een minnaar.'

'Nee.'

'O.'

'Nee. O, nee.' Anthony moest lachen. 'Je hebt met mijn moeder gepraat.'

'Met je moeder? Waarover dan?'

'O, nee.' Anthony sloeg zijn handen voor zijn gezicht. 'Dit is zo gênant.'

'Wat dan?'

Anthony keek haar tussen zijn vingers door aan. 'Jij denkt dat ik homo ben.'

'Is dat niet zo dan?'

'Nee! Lieve hemel, nee. Helemaal niet zelfs. Ik ben niet homoseksueel.'

'Hè?' vroeg Mary verbaasd. 'Maar je moeder zei van wel.'

'Zij denkt dat ik zo ben, maar dat is helemaal niet waar. Ze was altijd en eeuwig bezig mijn broer en mij te koppelen, en ik vond nooit een van die meisjes leuk. De ene was nog erger dan de andere.' Anthony grinnikte. 'Dus ging ze er op een gegeven moment van uit dat ik wel homo moest zijn omdat ik van wijn, lekker eten en boeken hou. Alleen al door boeken te lezen krijg je bij ons in de buurt een bepaalde reputatie.'

Mary pakte stomverbaasd haar glas wijn. 'Maar waarom zeg je haar niet gewoon dat je geen homo bent?'

'Omdat ze me dan meteen weer gaat koppelen. Mijn broer Dom vindt het jammer dat hij ook niet kan doen alsof, maar hij is zo slordig dat niemand gelooft dat hij homo is. Ze heeft het me nooit gevraagd, dus ik heb nooit tegen haar gelogen. Als je me het niet vraagt, vertel ik het je ook niet, maar ik ben wel hetero.'

Mary lachte ongelovig.

'Weet je, het is een terugkerend grapje. Dom en mijn zusjes weten het ook allemaal. Hij geeft me voor kerst cd's van Cher en Celine Dion. Mijn zus heeft mijn moeder en mij verleden jaar op een concert van Barbra Streisand getrakteerd. Zij vinden het erg grappig. Ik ook. Tot nu toe dan.'

Mary knipperde met haar ogen. 'En als je nu een meisje mee naar huis wilt nemen? Als je verkering hebt?'

'Dan zeg ik dat ze mijn vriendin is, en dat klopt ook, en zij denkt dan dat het platonisch is.'

'En als het vaste verkering wordt?'

'Ik heb nog niemand ontmoet met wie ik vaste verkering zou willen.'

Mary probeerde het te begrijpen. 'Weet je wat zo gek is? Ik ben alleen maar met je uit eten gegaan omdat ik dacht dat je homo was.'

'Nee, hè? Heb je een vriend momenteel?'

'Nee, maar de koppelpogingen komen me mijn strot uit.'

'Prima.' Anthony hield zijn glas omhoog en glimlachte weer. 'Weg met de koppelpogingen.'

Mary nam een flinke slok wijn, en verstrakte opeens.

Anthony ving haar blik op in het kaarslicht. 'Je wist dus niet dat dit een afspraakje was?' vroeg hij zacht.

'Eh... nee.'

'Dus wel, en ik hoop niet dat het hierbij blijft.'

Mary kreeg een droge mond.

'En jij?'

Ik wel. Niet. Echt wel. Waarom ook niet? Mary werd helemaal warm vanbinnen, maar dat kwam vast door de alcohol. Als Anthony heteroseksueel was, dan moest ze snel haar make-up gaan bijwerken. Ze zette haar glas neer. 'Bestel jij maar voor mij,' zei ze. Ze stond op en pakte haar tas, net op het moment dat haar gsm ging. Ze zette een stap opzij, dook in haar tas op zoek naar haar mobieltje en schudde hem uit zijn etui terwijl ze naar de wc rende.

'Ja?' zei ze al lopend in het telefoontje.

'Mary?' Het was haar vader.

'Hoi, pap.' Mary duwde de deur open en liep een piepkleine wc in. 'Sorry dat ik je niet terug heb gebeld. Ik heb inmiddels met Bernice gesproken.'

'Daarom bel ik niet.' Haar vader leek wel in paniek. 'Kun je meteen naar huis komen?'

'Wat is er aan de hand? Gaat het wel goed met je? Met mam?'

'Het gaat goed met haar. Maar kom toch maar snel naar huis.'

Mary's hart sloeg een slag over.

'Snel.'

15

De zon verschool zich achter de platte daken, toen Anthony haar voor het rijtjeshuis van haar ouders afzette. 'Ik parkeer de Prius ergens en dan kom ik er meteen aan,' zei hij.

Mary bedankte hem en stapte uit de auto. Voor haar stonden twee oudere buurvrouwen, in een bloemetjesjurk en een versleten vest vlak naast elkaar op de stoep. Ze draaiden zich om en keken haar met een eigenaardige, koude blik aan.

Mary rende het trapje op naar het huis van haar ouders. 'Dag, mevrouw DaTuno, mevrouw D'Onofrio.'

'Hmf.' Mevrouw D'Onofrio snoof verachtelijk, wat helemaal niets voor haar was, maar Mary had geen tijd om er verder op in te gaan. Ze stak de sleutel in het slot van de voordeur en ging snel naar binnen. De eetkamer stond vol met mensen.

'Je bent precies op tijd,' zei haar vader ontdaan.

'Pap, waar is mam?' vroeg Mary. Precies op dat moment hoorde ze herrie in de keuken.

'O, lieve help!' Haar vader pakte haar bij haar arm en zo snel hij met zijn slechte knieën en slippers maar kon, baande hij zich een weg door de mensenmassa. Iedereen keek Mary afkeurend aan toen ze langsliep, maar ze had geen idee waarom.

Haar vader zei: 'Wat een geluk dat neef Joey ons waarschuwde. Ik heb je meteen gebeld.'

'Alles is in orde, pap, ik regel het wel,' zei Mary, maar toen ze bij de keuken aankwam, was ze daar niet meer zo zeker van.

Mevrouw Gambone stond woedend bij de keukentafel. Ze was een oudere versie van Trish met te veel make-up, kraaienpootjes en verticale rimpeltjes op haar bovenlip. Stijve zwarte krullen hingen op de rug van haar lange zwarte jas, waarbij ze een zwarte broek en zwarte laarsjes droeg. Mary's moeder stond met een doorzichtig plastic tasje in haar hand bij de oven. Ze zag er met haar slordige kapsel, gesmokte schort en gebloemde jurk zeer Europees uit. Op de keukentafel lagen allemaal doopjurken, alsof ze was gestoord terwijl ze die aan het inpakken was.

'Mevrouw Gambone?' vroeg Mary.

Trish' moeder draaide zich met vuurspuwende ogen naar Mary om.

'Trut!' zei mevrouw Gambone met de zware stem van een kettingrook-ster. 'Leg het maar eens uit. Hoe heb je dat monster mijn dochter kun-nen laten meenemen!'

'Dat is niet eerlijk.' Mary voelde een steek in haar hart.

Haar moeder zette een stap naar voren, schudde met haar vuist waar-in ze de plastic tas vasthield, en verdedigde haar dochter in rap Italiaans.

'Waag het niet om zo tegen mijn dochter te spreken,' zei haar vader, die het snel vertaalde. 'Dit is ons huis.'

'Hou je mond!' riep mevrouw Gambone terug. Ze krijste zowat, waar-door de aders in haar nek dikke kabels werden. 'Jij bent uitschot, Mary, úítschot!'

'Mary is nu veel beter dan wij!' riep een man in de eetkamer, en de mensen om hem heen stemden daar boos mompelend mee in. Het eni-ge wat nog ontbrak waren brandende fakkels. Mary voelde zich net Fran-kenstein, maar dan met een bul in de rechten. Zij was niet verantwoor-delijk voor iedereen in de buurt, al leek iedereen dat te denken.

'Ik kan het wel even uitleggen,' zei Mary.

Mevrouw Gambone maakte een handgebaar om haar af te kappen. 'Mijn dochter ging naar je toe omdat ze hulp nodig had. Jij had haar kunnen helpen, maar dat heb je niet gedaan. Nu is ze wég!'

'Ik wilde haar wél helpen,' riep Mary uit. De beschuldiging kwam hard aan.

'Ze wist dat hij haar ging vermoorden en dat heeft hij nu gedaan. Ze is wég!' De onderlip van mevrouw Gambone trilde. 'Ik zei tegen haar dat ze naar jou toe moest gaan. Ze wist niet wat ze moest doen. Ze was te bang om bij hem weg te gaan. Maar jij hebt geen poot uitgestoken! Het kon je geen barst schelen wat er met haar gebeurde!'

'Mevrouw Gambone, het kon me wel wat schelen. Ik wilde dat ze naar de rechter stapte en ik ben vandaag naar het Roundhouse gegaan –'

'Ja hoor, tuurlijk, en je bent tegen Giulia tekeergegaan omdat ze op tv is geweest. Ze doet er alles aan om mijn kind te redden. Waarom heb jij mijn Trish niet geholpen? Als jij iets had gedaan, zou ze nu gewoon thuis zijn. Helemaal veilig.'

Nee, nee. Mary's hart zonk haar in de schoenen. Het was waar. Als ze haar advocatenlogica even liet voor wat die was, bleef het feit dat Trish naar haar toe was gegaan toen ze hulp nodig had.

'Ze heeft me gisteravond gebeld, maar dat hoorde ik niet. Ze heeft een bericht ingesproken, dat hij haar ging vermoorden, en ze zei ook waar ze was, maar er was te veel ruis.'

'Wat?' Mary kon het niet zo snel bevatten. 'Kunt u even wat rustiger doen en me vertellen wat er is gebeurd?'

'Wat kan jou dat nou schelen!' beet mevrouw Gambone haar toe. 'Ik heb het de politie verteld, die weten ervan. Ze belde me om hulp. Ze zei dat hij bij haar was en dat hij haar ging vermoorden. Ze kon toen alleen nog maar zeggen dat hij de kamer in kwam lopen. Toen pakte hij haar de telefoon af.'

'Hoe laat heeft ze u gebeld?'

'Om een uur of tien, maar ik hoorde haar bericht vandaag pas. Ik heb de telefoon waarschijnlijk niet gehoord, die doet af en toe raar, de berichten staan er soms niet meteen op.' Mevrouw Gambones stem brak van verdriet. 'Je ouders moeten weten hoe je mijn dochter hebt behandeld. Zij was het enige wat ik heb, en nu heeft híj haar. Ze is weg!' De tranen schoten mevrouw Gambone in de ogen. 'Mijn mooie, mooie schatje. Mijn enig kind, mijn kleine meisje.'

Mary had diep medelijden met haar. Haar vader, haar moeder en de rest van de mensen waren allemaal stil, geschokt door het rauwe, ongepolijste verdriet van mevrouw Gambone, dat in het stille huis weergalmde.

'Weet je wel... hoe dat is? Dat je kindje... jouw kindje weg is?' Mevrouw Gambone stortte eindelijk in, en haar vriendin ondersteunde haar toen ze al pratend in elkaar zakte. Opeens sloeg ze uit pure frustratie met haar vuist op de keukentafel en door de klap wankelde een kop koffie die vlak naast de doopjurken stond. Voor iemand iets kon doen, viel het kopje om en stroomde de koffie over de witte jurken.

'Nee!' piepte Mary.

'*Dio!*' Haar moeder haalde gauw de jurken van de tafel, maar het was te laat. De koffie was onmiddellijk door het zachte katoen opgenomen. Mary liep naar haar toe en draaide snel de koudwaterkraan open.

'Dat was niet mijn... Het spijt me,' zei mevrouw Gambone al wat rustiger.

'We zullen voor jou en voor je dochter bidden,' zei Mary's vader zachtjes. Hij gaf haar een paar servetten uit een plastic houder, en de vriendin nam ze namens mevrouw Gambone aan, die zich diep ongelukkig omdraaide en samen met de andere mensen de keuken verliet. Ze liepen naar de voordeur, deden die achter zich dicht, en pas toen zag Mary dat haar moeder op haar lip beet om niet in tranen uit te barsten.

'Wat erg, mam. Wat vind ik dat erg.' Mary kon weinig meer doen dan haar moeder omhelzen.

'Het hindert niet, Maria, het hindert niet.' Haar moeder spoelde koud water over de natte witte kleren totdat haar knokkels rood waren, maar de koffievlekken gingen niet weg. Alle vier de jurken waren verpest.

'Ach, Vita.' Haar vader liep naar haar moeder toe en wreef over haar rug. 'Kun je ze niet in een beetje bleekwater zetten?'

'Nee, nee, nee,' zei haar moeder hoofdschuddend. Ze hield de jurken nog onder de kraan en verbeet haar tranen. 'Nee, de jurk, zij maken niet uit. Ik vind niet leuk wat ze over Maria zeggen. Dát doet me pijn.'

'Wat is er aan de hand?' vroeg Anthony, die de keuken in kwam lopen. Hij zette grote ogen op toen hij zag wat er aan de hand was.

'Mam, het is al goed, het is al goed.' Mary hield haar moeder in haar armen en keek Anthony even aan. Tot haar verbazing leek hij al net zo ongerust als zij.

Een halfuur later zaten ze met z'n vieren aan de keukentafel en deden of er niets aan de hand was. De doopjurken stonden in de kelder in een teiltje koud water met chloor, en op de keukentafel stond spaghetti met pittige worst en gehaktballetjes. Stoom rees op uit de schaal, waardoor het heerlijke aroma van vers basilicum en worst Mary's gezicht verwarmde. Ze deed net alsof het haar niets deed dat Anthony op de stoel zat waarop Mike altijd had gezeten, en dat haar ouders erg blij leken te zijn dat er eindelijk weer iemand op zat.

Haar vader draaide zijn spaghetti op zijn bord om een vork. 'Dus Mary en jij zijn uit eten geweest, hè?'

'Ja,' zei Anthony, die met moeite een glimlach onderdrukte. 'Ik heb zelden zo'n ongewoon afspraakje gehad.'

Mary glimlachte, en voelde zich slecht op haar gemak. Hij was een aardige vent, maar ze wist nog niet zeker of ze er al klaar voor was om hem op Mikes stoel te zien zitten. Of misschien was ze gewoon zichzelf niet na alles wat er was gebeurd. Het beeld van de huilende mevrouw Gambone zou haar altijd bijblijven. Ze had Brinkley al gebeld en nog twee berichten voor hem ingesproken, in de hoop dat hij haar niet expres ontweek. Ze voelde zich schuldig dat ze lekker zat te eten. Hoe had ze uit eten kunnen gaan terwijl Trish nog werd vermist? Niet alleen de buurt veroordeelde haar daarom, dat deed ze zelf ook.

'Mary heeft momenteel niemand,' zei haar vader.

Mary keek op van haar bord. 'Pap, doe me een lol.'

'Maakt niet uit, ik ook niet.' Anthony prikte een gehaktballetje aan zijn vork. Zijn jasje hing over de rug van zijn stoel, en hij had een servet in de boord van zijn overhemd gestopt, alsof hij hier al vaker had gegeten. Hij zei tegen haar moeder, die eindelijk was gaan zitten: 'Wat een heerlijke gehaktballetjes, mevrouw D.'

'*Grazie molto,*' zei haar moeder, meteen al een stuk opgewekter.

'*Prego.*' Anthony zag Mary kijken, en ze glimlachte geforceerd. Hij kende haar moeder nog niet goed genoeg om haar al mevrouw D. te noemen. Judy zei dat pas na een jaar, ofwel na zevenentwintig spaghettimaaltijden.

'*Parli Italiano, Antonio?*' vroeg haar moeder, met haar hoofd schuin.

Mary vond het maar niets. Haar ouders gaven Anthony zowat de sleutel van de voordeur.

'*Si, si,*' antwoordde hij. '*Ho insegnato all'Università di Bologna per tre anni.*'

'Sorry, hoor,' kwam Mary tussenbeide. Ze kwam overeind met haar BlackBerry in haar hand. 'Ik moet even het Roundhouse bellen.'

'Ga je gang, Mary,' zei haar vader en ze voelde zijn verbaasde blik in haar nek branden toen ze de keuken uit liep.

Ze stapte de donkere eetkamer in, drukte op de herhaaltoets voor het nummer van de afdeling Moordzaken en luisterde naar de onvermijdelijke ingesprektoon terwijl de conversatie in de keuken doorging. Ze stond niet bepaald te trappelen om weer terug te gaan naar de lichte en gezellige keuken. Voorlopig bleef ze lekker in haar eentje in het donker zitten.

Piep piep piep: de ingesprektoon.

Mary en Anthony waren pas om tien uur weer in Center City. De zilverkleurige Prius kwam in haar smalle straat tot stilstand. Het was donker achter in de straat, en iedereen was binnen met het licht aan. In tegenstelling tot Zuid-Philadelphia hing hier niemand kletsend of roddels uitwisselend buiten op straat rond, en ook was iedereen gestopt met roken. Center City lag in de buurt van kantoren en was nieuw leven in geblazen door jonge, hoogopgeleide mensen. Het was ook een woonwijk, maar de band bestond meer uit het lidmaatschap van de fitnessclub en de heerlijke broodjes dan uit kerkgemeenschappen en familiebanden. Mary was al jaren bezig om zich er een beetje thuis te voelen.

Anthony trok de handrem aan en keek haar met een gespannen glimlach aan. 'Heb ik iets verkeerds gezegd?'

'Hoezo? Hoe bedoel je?' Mary's wangen werden rood.

'Je bent zo stil en beleefd.'

'En dat zeg jij, een voormalig misdienaartje?' kaatste Mary terug, wat onvriendelijker dan ze had bedoeld. 'Sorry, hoor,' zei ze er snel achteraan. 'Maar het was gewoon een verschrikkelijke avond.'

'Gedeeltelijk wel. Maar aan de andere kant was het ook weer fantastisch. Ik heb jou namelijk leren kennen.'

Mary glimlachte, maar het huilen stond haar nader dan het lachen.

'Nee, echt, dat ik bij jouw ouders ben geweest, het leek wel of ik thuis was. Het was fantastisch. Het was... echt.'

Mary hoorde een zachte, mannelijke toon in zijn stem, wat ze wel prettig vond, ook al was het nog veel te vroeg om iets aan hem prettig te vinden.

'Je ouders zijn vreselijk aardig, het eten was zalig, en je weet nu dat ik op vrouwen val.'

Mary pakte de deurhendel en zag dat Anthony het had gezien. Als hij het in zijn hoofd haalde haar goedenacht te kussen, dan zou ze er als een speer vandoor gaan, want daar was ze nog helemaal niet aan toe.

'Ik zou je graag weer een keer willen zien. En jij?'

Nee. 'Ja, hoor.'

'Kun je aanstaand weekend?'

Ja. 'Nee. Misschien het weekend daarop, dat weet ik nog niet. Bel maar.'

'Goed, nou –'

'Tot ziens dan, en bedankt, hè?' Mary pakte haar tas, stapte uit, en deed het portier achter zich dicht. Door het raampje zag ze dat Anthony's mondhoeken naar beneden wezen. Door de weerspiegeling van haar eigen gezicht heen zag ze dat van hem fronsend naar haar kijken. Ze had er nu geen zin in. Ze kon het niet gemakkelijker maken voor hem. Ze kon het zelfs niet gemakkelijker maken voor zichzelf.

Ze draaide zich om en vluchtte het gebouw in. Zonder ernaar te kijken haalde ze de post uit de brievenbus, en liep toen de trap op naar haar flat. Ze draaide net de voordeur van het slot toen de telefoon binnen ging.

Ze deed de deur open, rende naar binnen en knipte het licht in de huiskamer aan.

16

Mary gooide haar tas op de grond en nam op. 'Hallo?'

'Met Reg Brinkley.'

'Reg, fijn dat je belt.' Mary hoorde de kilte in de stem van haar oude vriend. 'Ik vind het heel erg wat er is gebeurd. Ik had er geen idee van dat ze er op tv mee zouden gaan, echt niet.'

'Dat dacht ik al. Ik heb je berichten gekregen, maar wilde je niet vanaf mijn werk bellen of naar je mobiel. Dit gesprek is toch vertrouwelijk, neem ik aan?'

Slik. 'Ja, natuurlijk. Het spijt me. Zoiets zal niet meer gebeuren, dat beloof ik.'

'Het is hartstikke druk, dus ik moet het kort houden. Bel me maar niet meer op het werk. Je bent momenteel persona non grata.'

'Dat zal ik niet meer doen,' zei Mary ontdaan. Ze ging op de bank zitten.

'Ik zal je mijn mobiele nummer geven. Als er wat is, kun je me daarop bereiken.'

'Oké, bedankt.' Mary pakte een pen van de tafel en schreef het nummer op haar hand. 'Hopelijk zit je nu niet in de problemen.'

Brinkley grinnikte, waardoor Mary zich nog schuldiger voelde. Ze had hem niet alleen in de steek gelaten, maar ook zijn baan in de waagschaal gesteld, en dat alleen maar omdat hij haar wilde helpen. Dat was niet goed. De hele week ging het al niet lekker.

'Reg, scheld me maar uit of wat dan ook.'

'Maak je maar geen zorgen. Officieel bemoei ik me er niet meer mee. En wat je vriendin Trish Gambone aangaat, Vermiste Personen werkt daaraan. Zij zijn er niet blij mee als ik me ermee ga bemoeien. Maar ook al hebben ze het druk met de zaak-Donchess, toch zijn ze ermee bezig.'

'Ik heb gehoord dat Trish haar moeder heeft gebeld.'

'Dat klopt. Hoe weet jij dat?'

'Haar moeder heeft het me verteld.' Mary vertelde het hele verhaal. 'Weet de politie al waar ze zou kunnen zijn? Kunnen ze achterhalen waar het telefoontje vandaan kwam?'

'Daar ga ik het niet over hebben. Vermiste Personen weet er vanaf en die werken eraan.'

'En dat is het enige wat ze hebben?'

'Genoeg, Mary.'

Mary beschouwde dat maar als een bevestiging.

'Kun je je getikte vriendin Giulia alsjeblieft zeggen dat ze me niet meer moet bellen?'

Mary kreunde. 'Belt ze je dan?'

'De hele tijd.'

Heel fijn. 'Trouwens, ik heb Trish' dagboek in mijn bezit. Zou Vermiste Personen daar iets aan kunnen hebben?'

'Zeker wel. Staat er nog iets bijzonders in?'

'Zoals?' vroeg Mary.

'Speciale plekjes waar ze graag naartoe gaan. Wat ze als stel samen doen. Mensen volgen bepaalde patronen.'

Mary hield dat in haar achterhoofd. 'Ik heb nog geen kans gehad om het te lezen. Ik heb het razend druk gehad vandaag.'

'Laat een koerier het morgen bij hen bezorgen.'

'Misschien doe ik het zelf wel, morgenvroeg.'

'Nee,' zei Brinkley snel. 'Ik wil niet dat je naar het Roundhouse gaat.'

Mary deed haar best het niet persoonlijk op te vatten.

'Sorry dat ik verder niets voor je kan doen. Ik hoop dat je vriendin snel terecht is. Doe de groeten aan je moeder.'

'Zal ik doen,' zei Mary. Ze wilde nog een keer zeggen hoe vervelend ze het allemaal vond, maar Brinkley had al opgehangen.

Een halfuur later zat ze tegen de zachte donzen kussens op haar bed, met een Eagles-sweatshirt aan, haar haar in een paardenstaart, haar bril op, en het dagboek van Trish bij de hand. Ze zou naar de dingen zoeken waar Brinkley het over had gehad, en zo zou ze meer te weten komen over hun relatie. Niet dat ze er erg naar uitkeek.

Mijn dochter ging naar je toe omdat ze hulp nodig had.

Mary voelde zich weer schuldig en zette het beeld van mevrouw Gambone snel uit haar hoofd. Ze pakte een pen en legde haar schrijfblok op haar knieën. Ze kon Trish het best op deze manier helpen. Ze nam een slokje thee en sloeg de eerste bladzijde op.

Ik ben jarig! Jippie! We zijn naar een fantastisch restaurant geweest en hij gaf me diamanten oorknopjes. Als je ze bij elkaar optelt, zijn ze 2,3 karaat! Die van G. zijn maar 1 karaat elk en nog eens plat ook, dus die stellen niets voor. Ze lijken dan wel groter, maar ze zijn lang niet zo zwaar en bij lange na niet zo goed geslepen. Trouwens, ik ga een dagboek beginnen. Maar ik heb vanavond zo veel gedronken, dat ik niet veel kan schrijven. Tot een andere keer.

Mary maakte een aantekening en dacht even na. Dus daarom had ze verder geen dagboeken kunnen vinden. Ze ging door met lezen en zag al snel een patroon in de notities van november en december. Trish schreef 's avonds, elke week, nadat ze uit eten, naar de bioscoop, naar een club of een feestje waren geweest. Ze schreef er gloedvol en met liefde over. Als ze het over de Akelige Meiden had, dan ging het meestal over wie was aangekomen en wie was afgevallen, en dat Yolanda een tatoeage van een vlinder op haar bil had laten zetten, en dat toen iedereen er een wilde. *Het deed hartstikke pijn!*

Mary glimlachte triest. Trish kon zo grappig zijn, zelfs verantwoordelijk, als ze zo over haar werk las: dat ze steeds meer klanten kreeg, hoe je verschillende kleurtjes haarverf kon maken, en gezeur over ene Shawna, de Akelige Meid van de kapsalon. Trish schreef ook over haar moeder, ze maakte zich zorgen omdat mevrouw Gambone *nu nooit eens uit ging* en *een vriend nodig had.* Ze maakte zich zelfs zorgen over Giulia, die *erg chagrijni*g was de laatste tijd, en dat Yolanda *erg jaloers was op mij.*

Mary nam nog een slokje thee. In februari veranderden de notities. Na de uitjes werd er nu geruzied. *Hij had weer eens te veel gedronken.* Of: *Hij ging zomaar zonder reden tegen me tekeer.* Er waren veel minder uitroeptekens, veel minder aantekeningen over de Akelige Meiden, en ze gingen veel minder vaak uit.

Ze had heel vaak geschreven dat *hij weer eens te laat en dronken terugkwam van Biannetti's.* Mary hield dat bij en telde ze bij elkaar op: er waren tot aan maart in totaal achtentwintig van dat soort opmerkingen. En tegen die tijd schreef Trish dat *hij geld achterhoudt. Dat weet ik gewoon. Hij heeft altijd heel veel geld bij zich, en altijd als hij net van zijn werk komt.*

In juni werd Trish bang. Er was steeds vaker ruzie, hij dronk steeds meer, en ze maakte zich grote zorgen over het feit dat hij geld achterhield. Op 4 en 10 juni schreef ze dat ze bang was dat 'zij' erachter zouden komen. Op 23 juni stond er dat *Cadillac denkt dat hij steelt* omdat bij een trouwfeest *Cadillac zei dat mijn horloge een vermogen moet hebben gekost,* en zei: *ik wist niet dat je vriendje zo veel verdiende.* Mary schreef de naam Cadillac op, maar kon nergens een achternaam ontdekken.

Ze las door en merkte op dat er in juni veel meer scheldwoorden werden gebruikt, zodat ze al niet meer opkeek als de woorden *hoer, slet* en *gore teef* voorkwamen. Trish schreef dat *hij steken laat vallen op zijn werk* en *niet meer zo goed is als hij vroeger was.* Op 4 juli kijkt een van de vriendinnetjes van de maffia tijdens een barbecue op haar neer omdat hij *het bij lange na niet zo goed doet als zijn broer, die ook nog eens een stuk stommer is.*

Het verhaal kwam tot een climax toen Trish hem ervan beschuldigde dat hij stal. Hij ontkende, en zij schreef: *hij zei dat als ik dacht dat hij zo stom was om van de maffia te stelen, ik helemaal gek was, en als Cadillac dat denkt dat hij ook gek is.* Cadillac blijft *achterdochtig*, waardoor Trish ervan wordt beschuldigd een affaire met hem te hebben, waar ze nooit aan zou beginnen, want *hij is een vies varken.* Er stond opnieuw geen achternaam bij.

Vanwege nog meer verdachtmakingen *stopte hij me in de kast en hield de deur dicht zodat ik er niet uit kon! Ik was zo bang dat hij me daarin zou opsluiten of zo!* In de volgende aantekeningen las Mary dat Trish inmiddels weinig vertrouwen meer in zijn verontschuldigingen had: *hij heeft me vier keer zo hard in mijn maag gestompt dat ik geen lucht meer kon krijgen.* Op de volgende bladzijden werd het nog erger. *Toen hij terugkwam van Biannetti's heeft hij me weer in elkaar geslagen* en de avond erop *bleef hij maar bijten.* Hij bleef haar slaan als hij bij Biannetti's was geweest, gevolgd door verzoeningen, 'ik zal het nooit meer doen'. Dan uiteindelijk tien polaroidfoto's, de een nog erger dan de ander.

Mary sloeg een bladzijde om en las dat het nog erger kon: *ik moest aan zijn pistool zuigen en hij bleef lachen en ik mocht er niet mee ophouden, want dan zou hij me kapotschieten.* Mary werd er misselijk van. Hij was een regelrechte sadist geworden. Ze schudde ongelovig en ontzet haar hoofd en las door. De dagen erna schreef ze dat ze *erg bang* was en *ik weet niet wat ik moet doen* en *stel dat hij me in mijn dagboek ziet schrijven.* Er stond niets in over weekendtrips, zoals Brinkley had geopperd, en ook geen aanwijzingen over waar ze zouden kunnen zijn. Het was een gruwelijk verslag, en Mary las opnieuw de allerlaatste aantekening: *ik ben naar Mary geweest, maar die wilde me niet helpen. Nu weet ik het niet meer. Als iemand anders dit leest, dan ben ik dood. Maar hiermee kan tenminste bewezen worden dat hij dat heeft gedaan.*

Mary sloeg het dagboek dicht. Ze was erg verdrietig, en ze keek doelloos rond in haar slaapkamer in de hoop dat ze iets zou ontdekken waardoor ze uit Trish' wereld kon ontsnappen en weer veilig in haar eigen wereldje kon komen. Zo voelde ze zich ook als ze een boek had gelezen. Ze had dan moeite weer in de echte wereld terug te komen, alsof ze van de aarde was gestapt. Maar dit dagboek was veel indringender dan een verhaal. Dit was echt, en Mary was degene geweest die de heldin had laten stikken, zodat ze haar lot niet had kunnen ontlopen.

Ze was bang dat hij haar zou vermoorden. En misschien heeft hij dat inmiddels wel gedaan ook. Heb je nu je zin?

De tranen schoten Mary in de ogen en ze knipperde ze weg. Een witte lamp zorgde voor een warme gloed in de gezellige slaapkamer, en in de hoek stond een blauw-gele, gebloemde stoel. Twee landschapjes hingen aan de muur met daaronder een grenen dressoir met een grote spiegel waar nog steeds foto's van Mike in zaten gestoken. Het waren geen foto's met Mike zelf erop, het waren foto's die hij had genomen. Van zijn ouders, zijn vrienden op de universiteit, zijn leerlingen. Hij was dol op lesgeven geweest en elke keer dat Mary de foto's zag, moest ze weer aan hem denken. Ze hoefde hem niet op een foto te zien, ze droeg hem mee in haar hart. Ze wilde graag zien wat hij zag. Daar gingen die foto's om: zijn ziel.

Ze had geboft dat ze met Mike getrouwd was geweest. Ze zou met niemand anders getrouwd willen zijn, alleen maar met hem, en al helemaal niet met Trish' maffioso. Er was helemaal niets wat ze in haar leven anders had willen hebben, behalve dan dat Mike was heengegaan. En daar kon ze helemaal niets aan veranderen. Dus legde ze het schrijfblok en het dagboek weg, zette haar bril af en legde hem met het glas naar boven op haar nachtkastje, zodat de glazen niet beschadigden. Daarna deed ze de lamp uit, waarna de duisternis als een donzen deken op haar neer zonk.

Ze dook diep onder het dekbed en dacht na over de stilte in de kamer. Haar eenzaamheid leek des te schrijnender na alle herrie en het geweld in de relatie waarover ze net had gelezen. Maar ze begreep nu wel één ding: Trish was bij hem gebleven omdat ze bang voor hem was; dat was duidelijk. Maar waar Mary achter was gekomen, was dat Trish met de relatie was begonnen omdat ze niet alleen in bed wilde liggen, met haar haar in een paardenstaart en een mok thee naast haar bed.

Trish wilde voor geen goud als Mary zijn.

Nou, dat wilde niemand.

Niemand wilde het meisje zijn dat geen afscheidskus wilde van een heel lieve en knappe man, die haar alleen maar aardig vond. In het donker kreeg Mary niet alleen inzicht in Trish, maar ook in zichzelf.

En als Trish nog leefde, dan zou Mary haar weten op te sporen.

17

HET RAAM IN MARY'S KANTOOR was een somber vierkant, en de dageraad kleurde haar bureau koud en grijs. Ze was al vanaf halfzeven druk bezig op de computer en had op www.phillynews.com ingelogd voor het laatste nieuws: BABY DONCHESS NOG STEEDS VERMIST. Ze ging snel door de belangrijkste berichten, die allemaal over de kidnapping gingen, maar er was nog steeds niets over Trish. Mary had niet erg goed geslapen en ze was naar kantoor gegaan om zo snel mogelijk haar werk te regelen voordat ze om negen uur met Trish verder kon. Ze was erop gekleed: een bruin tweed mantelpakje, veel te dure pumps, en haar haar losjes opgestoken. Helemaal de detective.

Ze bladerde door de grote stapel memo's waarop de telefoontjes stonden die ze de afgelopen twee dagen had gekregen. De bovenste was van iemand genaamd Alfred Diaz, waarbij Marshall in keurige letters had geschreven: *Diaz is de nieuwe advocaat van Roberto Nunez en hij wil dat je het dossier opstuurt.*

'Ben ik ontslagen?' vroeg Mary zich hardop af. Daar baalde ze van. Ze werkte al een halfjaar aan Nunez' zaak, maar ze kon het Roberto niet kwalijk nemen. Hij wilde dat zijn advocaat bij hem zou zijn tijdens de getuigenverklaring en dat was zijn goed recht. Ze keek triest naar de volgende memo. Die was van Tom DeCecco, en hij zegde hun afspraak voor de volgende dag over een computerzwendel af. Daaronder lag een afzegging van Delia Antoine, voor een afspraak komende vrijdag bij haar thuis, over het verwijderen van loodhoudende verf.

Hmm. Mary had die afspraken toch willen verzetten voor haar onderzoek over Trish, en ze hoopte doorgaans dat er af en toe iets niet door zou gaan. Maar twee tegelijk? Slecht op haar gemak nam ze een slok van de hete, lekkere koffie. Was er soms iets aan de hand met haar cliënten? Had het met Trish te maken? Ze dacht terug aan wat er de vorige dag in de eetkamer van haar ouders was voorgevallen.

Mary is nu veel beter dan wij!

Haar BlackBerry ging opeens en ze schrok ervan: wie zou haar zo vroeg al bellen? Ze keek op het schermpje en nam snel op. 'Amrita, wat is er?'

'Het spijt me dat ik je nu al lastigval, maar ik weet het anders ook niet. Dhiren wil de badkamer niet uit komen. Hij heeft de bus gemist. Hij zegt dat hij nooit meer terug wil. Hij zit daar te huilen.'

'Arme knul. Hou hem anders maar thuis.'

'Hij is helemaal overstuur. Hij stond onder de douche en een van die korstjes op zijn hoofd ging bloeden. Hij is bang dat ze hem uit zullen lachen.' Amrita was zeer ontdaan. 'Heb je al een test kunnen regelen? Ik kan dit niet lang meer aan, en Dhiren ook niet.'

'Ze kunnen hem pas in april testen en dan kan hij ook pas bij een psycholoog terecht, maar ik doe mijn best om dat naar voren te schuiven.'

'Hij heeft nú hulp nodig.'

'Dat weet ik.' Mary's wangen gloeiden. 'Ik doe mijn best.'

'Dank je. Ik moet ophangen. Ik spreek je nog wel.'

'Dag,' zei Mary, maar Amrita had de verbinding al verbroken. Ze ging op de computer op zoek naar een kinderpsychiater in Philadelphia. Ze zou alle regels aan haar laars lappen. Ze wilde Dhiren niet meer horen huilen, en ze wilde haar cliënten niet in de steek laten. Binnen een kwartier had ze een lijst met psychologen opgesteld. Op dat moment verscheen Judy Carrier breed grijnzend in de deuropening.

'Een heel goede morgen!' zei Judy, die er in haar gele regenjas fris uitzag. Ze had een papieren zak bij zich. 'Ik dacht wel dat je er al zou zijn. Ik heb ontbijt meegenomen.'

'Wauw. En wat doe jij hier zo vroeg?'

'Dezelfde reden als jij: werk, werk, werk.' Judy knipte het licht aan, stapte het kantoor binnen, zette de zak neer en trok de regenjas uit, waaronder ze een hippe jurk met oranje en witte franje droeg.

'Jeetje, je lijkt wel een sorbet.'

'Dank je.' Judy plofte grijnzend in een stoel. Haar blonde haar zat in een paardenstaart, zodat haar jukbeenderen en voorhoofd goed uitkwamen. Mary kon niet zien wat voor kleur klompen ze aanhad. En dat wilde ze ook eigenlijk niet weten.

'Hebben ze dan ook oranje klompen?' vroeg ze, voordat ze zichzelf kon tegenhouden.

'Jammer genoeg niet.'

'Die zouden ideaal voor het jachtseizoen zijn.'

'Of om je zonnig en blij te voelen als het buiten miezert.' Judy dook in de zak en haalde er een maïsmuffin uit. 'Hier, die lust je toch zo graag?'

'Dank je wel, lieverd,' zei Mary, terwijl er muffinkruimels op haar bureau vielen, die vette vlekken op de brieven zouden achterlaten, dus veegde ze die gauw weg.

'En, hoe gaat het met Trish?' Judy haalde twee goudkleurige kuipjes uit de zak. 'Er is ook boter.'

'Ooooo, boter,' gaf Mary zich gewonnen. Ze drukte op de knop van de printer om de lijst met psychologen uit te draaien, haalde wat spullen van een schrijfblok zodat ze die als bord kon gebruiken en pakte de muffin. 'Ze heeft de avond dat ze verdween haar moeder nog gebeld.'

'Echt waar?' vroeg Judy.

Mary vertelde haar wat er bij haar ouders huis was voorgevallen, en daarna over Anthony. Judy fronste haar voorhoofd. 'Nu maar hopen dat de politie haar weet op te sporen.'

'Ja.' Mary vertelde maar niet wat ze die dag wilde gaan doen, want Judy zou daar vast niet blij mee zijn.

'Maar je hebt dus een afspraakje gehad? Halleluja!'

'Ja.'

'Niet leuk dus?'

'Ik ben er gewoon nog niet klaar voor, volgens mij.'

Judy proestte bijna haar slok koffie uit. 'Onzin, je bent er hartstikke klaar voor!'

'O, ja?' Mary moest glimlachen.

'Waarom vond je hem niets dan?'

'Toen we bij mijn ouders waren, zat hij op Mikes stoel.'

'Hij moest toch érgens zijn achterste parkeren? Er staan vier stoelen om die tafel. Toen ik daar at, zat ik ook op Mikes stoel. Dat kan toch niet anders?'

'Hij loopt gewoon te hard van stapel.'

Judy's ogen glinsterden kwaadaardig. 'Hoezo? Stak hij zijn tong in je mond?'

'Nee, we hebben niet gezoend.'

'Hoezo loopt hij dan te hard van stapel?'

'Weet ik veel.' Mary wilde het van zich afzetten, maar dat lukte niet. Ze pakte de beker koffie en zag dat er een e-mail binnen was gekomen met Giulia Palazzolo in vette letters als afzender. Het onderwerp was: heeft iemand Trish Gambone gezien? Mary zei: 'O, jee, een Akelige Mail.'

'Hè?' Judy veegde de kruimels van haar vingers en liep om het bureau heen, terwijl Mary de mail opende waarna ze hem samen lazen. De foto van Trish van Giulia's gsm stond erbij en eronder stond een beschrijving van Trish, met het telefoonnummer van Giulia en dat van Reg Brinkley erbij.

'Nee, hè?' kreunde Mary. 'Brinkley wordt helemaal gek. Giulia heeft hem gebeld, maar ik heb de kans nog niet gehad om haar uit te kafferen.'

'Geen slecht idee trouwens, om dat mailtje te versturen. Maar ze doen het op de verkeerde manier.'

'Hoe bedoel je?' Mary keek haar aan.

Judy's helderblauwe ogen gingen razend snel heen en weer terwijl ze de tekst op de monitor las. Het licht wierp witte schaduwen op haar kin en wangen.

'De tekst gaat alleen maar over Trish, en dat is niet goed. Ze moeten háár niet zien te vinden, ze moeten hém zien te vinden.'

Mary kon zichzelf wel voor het hoofd slaan. 'Je hebt helemaal gelijk. Ik heb haar gezegd dat ze een flyer moest maken. Hoe kan ik dat nu over het hoofd hebben gezien?'

'Zo sporen ze haar nooit op. Dit is helemaal verkeerd.' Judy gebaarde naar de monitor. 'Er moet een foto van hem bij. Ze moeten erachter zien te komen waar hij voor het laatst is geweest, waar hij normaal gesproken heen gaat, waar hij haar mee naartoe kan hebben genomen. Als je hem hebt opgespoord, heb je haar ook te pakken.'

'Je bent geniaal.' Mary pakte haar mobiel, zocht in de lijst ontvangen oproepen, drukte op BELLEN en zette de luidspreker aan. Het was bijna zeven uur, dus Giulia zou onderhand wel wakker zijn.

'Hallo?' klonk het slaperig.

'Hoi, Giulia, met Mary. Sorry dat ik je wakker maak.'

'Hè?'

'Giulia, Judy is hier bij me en we hebben de luidspreker aan. Kun je me een lol doen en Brinkley niet meer bellen? Straks raakt hij zijn baan nog kwijt. We hebben net je mail bekeken, en het lijkt ons beter dat we ons niet op Trish richten, maar dat je een andere maakt en −'

'O, hoi, Mary. Hoi, Judy. Wat fijn dat jullie me wakker maken om me te vertellen wat ik allemaal fout heb gedaan.' Giulia was binnen de kortste keren niet meer slaperig, maar pisnijdig. 'Wat heerlijk dat jullie bellen. Weet je, ik lag op mijn rug te slapen, maar misschien zou ik wel op mijn zij moeten liggen. Wat denk je?'

'Giulia, we willen alleen maar −'

'Wat heb je toch, Mary? Ik heb gehoord dat je gisteren Trish' moeder hebt uitgescholden. Dat is toch te erg voor woorden!'

'Nee, dat heb ik niet gedaan.' Mary bleef rustig en herinnerde zich wat mevrouw Gambone had gezegd over dat ze Giulia terecht had gewezen. 'Ik wil jullie helemaal niet de les lezen. Ik −'

'Yo, Missy en ik doen al het werk. Ik was tot drie uur vanochtend op. We zijn overal naartoe gegaan waar Trish wel eens kwam, We hebben iedereen gevraagd of ze haar hadden gezien, hebben de flyer op telefoonpalen bij haar werk geplakt en zijn naar elke bar geweest die ze leuk vond. Overal waar ze wel eens naartoe gaat of ging.'

'Dat is het hem nu net. Je moet naar die plekken gaan waar –'

'En wat doe jij voor Trish, Mary? Jij gaat uit met Anthony Rotunno, die trouwens, voor het geval je het nog niet mocht weten, hartstikke homo is!'

Judy zette grote ogen op. Is hij homo? vroeg ze zonder geluid te maken, maar Mary gaf aan dat het niet zo was.

'Giulia, ik weet dat jullie hard je best doen, maar misschien zouden jullie beter achter –'

De verbinding werd verbroken. Giulia had opgehangen. Mary wreef over haar voorhoofd. 'Nou, dat ging lekker.'

Judy hield haar hoofd schuin. 'Is hij homo?'

'Nee.'

'Waarom zegt ze dat dan?'

'Dat is een lang verhaal,' zei Mary, die in gedachten verzonken een slok koffie nam.

'Wat kijk je bezorgd.'

'Ik maak me ook zorgen.'

'Denk je dat ze al dood is?' Judy keek ernstig.

Mary had geen trek meer in haar muffin. 'Ik mag hopen van niet.' Ze keken elkaar over het bureau aan. Mary zei: 'Ik moet het maar met rust laten.' Maar dat meende ze niet.

'Als je dat doet, dan kun je niet meer helpen. Je weet nog niets van die vriend af.'

'Nee, niet echt.' Mary hield haar mond. Ze wist heel veel over die vriend, maar ze had geen zin om dat op te biechten. De biecht bestond trouwens niet meer.

'Misschien maar beter ook. Ik zou me anders maar zorgen maken dat je met de maffia te maken krijgt.'

'Dat is ook zo.' Mary deed net of ze rilde, wat niet moeilijk was. Ze had opnieuw de kans gekregen om Trish te helpen en die zou ze niet verknallen. Ze stond op, pakte de muffin en zei: 'Ik moet ervandoor.'

'Waar moet je naartoe?' vroeg Judy, die ook overeind kwam.

Mary moest snel iets verzinnen en was blij dat ze Judy niets over de afzeggingen had verteld. 'Ik heb een ontbijtafspraak met een nieuwe cliënt.'

'Ben je voor de lunch terug?'

'Dat denk ik niet.' Mary gooide de muffin in de prullenmand, pakte de lijst zielenknijpers uit de printer, en de gele envelop waar Trish' dagboek in zat, zodat ze die aan Vermiste Personen kon overhandigen.

'Oké, veel plezier.' Judy gaf Mary haar trenchcoat aan en ze nam die glimlachend aan.

'Dank je,' zei Mary, die de trouwe blik in de ogen van haar hartsvriendin ontweek.

18

Mary liep onder de loodgrijze lucht haastig door de straat. Haar trenchcoat bolde achter haar op, haar handtas sloeg tegen haar zij en haar hakken tikten hard op de vieze stoep. Op dit vroege tijdstip was er verder nog niemand op straat, en zeker niet in deze slechte buurt in Zuid-Philadelphia. Afval werd de goot in geblazen. De rijtjeshuizen waren nauwelijks onderhouden, met hier en daar scheuren in de gevel, en de meeste ramen op de begane grond waren afgedekt met hardboard. Toen ze langs een lawaaierige garage kwam werd ze onthaald op een fluitconcert.

Ze ging sneller lopen. Hij woonde vroeger op nummer 3644. Ze wist niet of zijn vader daar nog woonde, maar in Zuid-Philadelphia verhuisden mensen niet zo snel, en als dat wel het geval was, dan wisten de buren wel waar naartoe. Dat soort informatie kon je niet op Google vinden. Mary kwam bij het huis, zoals zoveel andere met een bovenetage, en met luiken die wel een likje verf konden gebruiken. Ze zag met kennersblik dat de bakstenen al heel lang niet meer waren geverfd. Ze liep het trapje op, klopte aan en wachtte. Er werd niet opengedaan, dus klopte ze nog een keer. Ze was zenuwachtig, maar deed haar best daar niet aan toe te geven.

Even later werd de deur opengetrokken en een oudere man die ze amper herkende, stond op de drempel. Hij zou zo rond de zeventig moeten zijn, maar zag er veel ouder uit. Hij had een kromme rug, was kaal en zijn huid was zo grijs als een betrokken lucht. Zijn gezicht was sterk gerimpeld en hij had een zwarte bril op met vettige glazen die zo zwaar was dat zijn oren naar voren stonden. 'Ja?' vroeg hij met trillende stem.

'Meneer Po, weet u nog wie ik ben? We kennen elkaar van heel lang geleden, toen u –'

'Mijn zoon bij jou thuis afhaalde na de bijles. Toen hij op de middelbare school zat.' De oude man glimlachte moeizaam, zijn lippen waren droog, en hij wees met zijn wijsvinger waar een pleister op zat naar haar. 'Ik ken jou nog wel.'

'Nou, wat leuk.'

'Ik vergeet nooit iemand. Namen wel. Ik weet niet meer hoe je heet.'

Mary stelde zich voor en hield de gebaksdoos omhoog die ze bij zich had. 'Zou ik misschien even binnen mogen komen en met u kunnen praten?'

'Ja hoor, kom erin. Ik hou wel van een beetje gezelschap.'

'Mooi. Dank u wel.' Hij stapte achteruit en hield de deur open en Mary ging naar binnen. Ze liep een zitkamer in, waar geen licht brandde. Hij was schaars gemeubileerd: er stond een ouderwetse donkergroene bank tegen de muur met een rechthoekige spiegel erboven, zo eentje die je in elk rijtjeshuis van mensen van Italiaanse afkomst aantrof. Als meneer Po inderdaad voor de maffia werkte, dan was hij er niet rijk van geworden.

'Kom mee naar de keuken.' Meneer Po wenkte haar en Mary liep achter hem aan de donkere vierkante keuken in, die net zo groot was als die van haar ouders, alleen rook deze naar verschaalde sigarenrook. Het enige raam daar was het ruitje in de achterdeur. Er hing een gordijn met een patroontje voor, en de keukenkastjes waren donkerbruin, wat mooi paste bij de bruine formica ontbijtbar. Rechts in de keuken waren de gootsteen, de oven en een oude bruine koelkast waar vergeelde foto's op stonden.

Mary ging zitten en maakte de doos met gebak open terwijl ze steels naar de foto's keek, waarvan sommige nog uit haar jeugd dateerden. Ze herkende de lichtblauwe ogen en de scheve grijns meteen; hij had een zwart footballtenue aan. Er stonden ook foto's van een ander jongetje, groter en brutaler, en van een meisje met een bril en lang donker haar. Mary wist niet wie de jongen was, maar het meisje kende ze wel, dat was Rosaria, zijn een jaar oudere zus.

Meneer Po schuifelde op zijn bruine sloffen naar de gootsteen. 'Wil je koffie? Het is wel oploskoffie. Zie je?' Hij hield het potje als bewijsstuk op.

'Graag. Ik heb *sfogliatelle* meegenomen.'

'Goed zo.'

'Waar zit Rosaria tegenwoordig?'

'Zat je bij haar in de klas?'

'Nee, maar we zaten wel samen op het koor. We zijn allebei alt, dus trokken we met elkaar op. Ze was erg aardig. Hoe gaat het met haar?'

'Ze heeft een kind nu.' Meneer schudde zijn hoofd, bijna boos. Mary begreep dat ze het maar beter kon laten rusten en keek om zich heen. Haar blik viel op een van de kleine foto's op de koelkast: een portretje van een jongetje met bruin haar en een groen-geel honkbaltenue aan. Op de groene pet stond een B en voor op het shirt stond BRICK

TITANS. Mary sloeg dat op in haar hoofd. 'Meneer Po, ik ben op zoek naar Trish.'

'Ik weet wel waarom je hier bent. De politie is gisteren al langsgeweest, ze waren je voor. Je wilt weten waar Trish en mijn zoon naartoe zijn. Ik zal je vertellen wat ik ook tegen de politie heb gezegd: ik heb geen flauw idee. Wil je melk en suiker in je koffie?'

Mary knipperde verrast met haar ogen. Ze maakte de strik om de gebaksdoos los en schoof een *Daily News* opzij die opengeslagen met een zwarte loep erop op de tafel lag. Een weelderige koffiemok, een plastic suikerschaaltje en een kleurige stapel verjaardagsservetten stonden ernaast.

'Koffiemelk en suiker staan op tafel.' Meneer Po lepelde wat oploskoffie in een mok die hij uit een kast had gepakt, en de bruine korrels maakten een tingelend geluid. 'Hij was dol op je, mijn zoon. Had het altijd over je.'

Mary voelde een rilling over haar rug gaan. Dit had ze niet verwacht. Daar was ze hier ook niet voor, zij wilde Trish opsporen. En de klok tikte maar door.

'Hij zei dat je erg slim was. Een aardig en goed meisje. Anders dan alle anderen.'

Mary moest ondanks zichzelf glimlachen.

'Kalverliefde, neem ik aan.' Meneer Po draaide zich om en trok een dunne grijze wenkbrauw op. 'Jij bent hieraan ontsnapt, hè?'

'Nee, hoor,' zei Mary, hoewel ze niet van plan was hem te vertellen wat er was gebeurd.

'Jammer. Hij was niet echt mijn zoon, moet je weten. Ik ben zijn oom. Mijn broer was zijn vader. Een dronkenlap.'

Dat had Mary nooit geweten. 'Maar u hebt hem toch opgevoed?'

'Samen met mijn vrouw. Zij is inmiddels ook overleden. We hebben hem samen met onze zoon opgevoed. Hij en zijn zus, we behandelden hen alsof ze onze eigen kinderen waren.'

'Dat was heel lief van u,' zei Mary, en ze meende het.

Meneer Po haalde zijn knokige schouders op. 'Het hemd is nu eenmaal nader dan de rok.'

'Wanneer hebt u hem voor het laatst gezien?' vroeg Mary.

'Een halfjaar geleden, misschien zelfs langer. Hij komt tegenwoordig niet meer zo vaak langs. Wat ze allemaal over hem vertellen zijn leugens. Hij heeft Trish niet gekidnapt, wat ze ook beweren.'

'Waar denkt u dan dat ze zitten?'

'Ze zijn jong. Ze gaan ergens naartoe waar jonge mensen zijn.'

Mooi. 'Ik weet dat het niet zo goed ging en dat hij haar mishandelde.'

'Dat is niet waar. Zo heb ik de jongen niet opgevoed. Misschien dat hij veranderd is.'

'Dat denk ik wel,' zei Mary, tot haar eigen verbazing.

Meneer Po keek haar vanaf het fornuis aan alsof hij haar nog nooit eerder had gezien. 'Wat kan het leven toch raar lopen, hè?'

'Ja. Wanneer is hij veranderd, meneer Po? Waardoor is hij veranderd, weet u dat?'

'Door de verkeerde mensen.'

De verkeerde mensen van de maffia? Mary wilde het daar niet over hebben, nog niet althans. Ze moest eerst meer te weten zien te komen. 'Heeft hij het met u wel eens over Trish gehad?'

'Nee.' Meneer Po draaide het vuur onder de ketel uit, pakte het handvat beet en schonk het hete water op de luid sputterende koffiekorrels. 'Ze kregen verkering toen ze nog op school zaten. Hij leerde haar na jou kennen, toch?'

Au. 'Oké. Wanneer hoorde u dat ze vermist werden?'

'Gisteren, op tv.' Meneer Po pakte een lepel uit de bestekla en roerde in de koffie.

'Maakt u zich geen zorgen? Hij wordt al twee dagen vermist.'

'Hij kan heel goed voor zichzelf zorgen.'

Mary had er nooit bij stilgestaan dat ze allebei ontvoerd zouden zijn. Ze had van Fung gehoord dat ze het huis samen hadden verlaten, maar het een sloot het ander niet uit. Stel dat ze allebei waren ontvoerd? Misschien door de maffia? Misschien door die Cadillac? Mary zette het even van zich af.

'Ik heb hem geleerd hoe hij voor zichzelf moet zorgen. Beneden in de kelder heb ik hem leren boksen. Ik vond dat hij dat moest kunnen. Een vader hoort zijn zoon zoiets te leren.'

'Denkt u dat hij haar iets kan hebben aangedaan?'

'Nee. Absoluut niet. Hij zou haar nooit iets aandoen. Hij zou niemand ooit iets aandoen. Hij houdt helemaal niet van geweld. Zijn broer wel, dat is een echte rouwdouwer. Maar hij zou nooit een vrouw slaan.' Meneer Po zette de mok met koffie die naar hardboard rook met een klap voor haar neer.

'Ik kon het ook moeilijk geloven, omdat ik hem natuurlijk ook ken,' zei Mary, om meer uit meneer Po los te krijgen. Ze wachtte terwijl hij

met neergeslagen ogen in de houten stoel zat en zijn bril over zijn be-
aderde neus naar beneden zakte.

'Drink je die koffie nog op?' vroeg hij even later terwijl hij opkeek.

'Ja natuurlijk, bedankt.' Mary schonk er wat koffiemelk in en roerde
er een schepje suiker door en nam toen een slokje van het afschuwelijke vocht. 'Ik vraag me echt af waar hij zit.'

Meneer Po keek naar de sfogliatelle, stak zijn wijsvinger met een eigenaardig lange nagel eraan in de gebaksdoos en trok die naar zich toe.

'Ze hebben niemand verteld dat ze weggingen, en haar vriendinnen
zijn erg ongerust. Kent u ze nog: Giulia Palazzolo, Missy, Yolanda?'

Meneer Po snoof zachtjes. *'Spaccone.'*

Mary wist wat dat betekende: opscheppers.

'Geen leuke meiden. Heel anders dan jij.'

Mary voelde iets op haar bovenbeen en keek. De ruwe rechterhand
van meneer Po lag op haar rok terwijl hij een hap van het gebak nam
alsof er niets aan de hand was. Het was zo onwerkelijk dat ze even tijd
nodig had om het tot zich door te laten dringen. Ze stond onmiddellijk
op.

'Wie ben jij, liefje?' vroeg een harde stem achter haar, en Mary draaide zich om. Een gespierde man in een t-shirt en een blauwe trainings-
broek stond in de deuropening. Hij keek nors en agressief. Hij stak zijn
sterke kin naar voren en trok zijn brede schouders naar achteren, waardoor zijn buikje duidelijk zichtbaar werd. Zijn hoofd was kaalgeschoren
zodat er een tatoeage in zijn nek zichtbaar was, en hij zag er dik uit, als
Mussolini in trainingspak.

'Ze had vroeger op school verkering met je broer,' zei meneer Po, die
langzaam van het gebak at.

'Ik wilde weten waar hij is,' zei Mary, die tussen hen in stond en zich
opeens slecht op haar gemak voelde. Niemand wist dat ze hier was, dat
had ze niemand verteld. Ze had Judy iets op de mouw gespeld. Ze liep
naar de deur, maar de broer bleef staan zodat ze er niet door kon.

'Waar wil je naartoe?' Ze rook aan zijn adem dat hij sigaren rookte.
Er zat een diamanten knopje in zijn vlezige oorlel.

'Ik wilde net weggaan.'

'Waarom ben je dan gekomen?' Hij moest grinniken vanwege de dubbele betekenis, maar toen werd hij weer ernstig. 'Ben jij een van die trut-
ten die zeggen dat mijn broer een moordenaar is? Ben jij er zo een?'

'Nee, ik ben alleen maar naar hem op zoek.'

'Hij moet zelf weten waar hij heen gaat, dat gaat jou geen reet aan.'

De broer ging harder praten. 'Hij ligt vast ergens met zijn meisje op het strand. Hij zit er niet op te wachten dat iemand op tv gaat vertellen dat hij haar heeft vermoord.'

Meneer Po zei: 'Laat haar met rust, Ritchie, zij is advocaat. Trish is naar haar toe gegaan, maar zij heeft haar de deur uit gezet. Ze weet ook wel dat je broer zijn vriendin niets aan zou doen. Ze kent hem nog van vroeger.'

Mary kreeg een droge mond. Wat dom dat ze had gedacht dat meneer Po nergens iets vanaf wist. Maar misschien kon ze het wel gebruiken.

'Ja toch, Mary?' Meneer Po keek haar aan. 'Mijn zoon is een oude vlam van je.'

Slik. 'Ja, dat klopt.'

'En je bent nog steeds verliefd op hem, hè?' Meneer Po grinnikte, waardoor de stukjes gebak in het rond sproeiden.

Mary wist niet wat ze moest zeggen. Ze kon maar beter weggaan.

'Was jij op mijn kleine broertje?' Ritchie grijnsde dreigend. Hij zette een stap naar haar toe, maar Mary deinsde achteruit, alsof ze een gevaarlijke cha-cha aan het dansen waren.

'Ja.'

'Waarom ken ik je dan niet?'

'Weet ik niet. Zat je ook op Neumann?'

'Neumann?' Ritchie lachte. 'Nee, liefje, je zou kunnen zeggen dat ik weg was.'

'Maak haar toch niet zo bang,' zei meneer Po ferm.

Ritchie deed met een elegant gebaar van zijn grote hand een stap opzij. 'Sorry, hoor. Ga je gang.'

'Bedankt. Tot ziens.' Mary liep zo rustig mogelijk door de deur, maar ze hoorde zware voetstappen achter zich aan komen. Ze schrok toen Ritchie opeens naast haar opdook en de voordeur opengooide.

'Boe,' zei hij met een knipoog.

Pas toen Mary veilig en wel achter in de taxi zat kwam ze weer tot rust, zodat ze haar BlackBerry tevoorschijn kon halen en het woord 'Brick' in Google kon opzoeken. Ze kreeg bijna meteen zoekresultaten: de film *Brick*, Acme Brick, Brickwork Design, Brick Industry en uiteindelijk het stadje Brick. Ze klikte erop en een prachtige groen-blauwe website vulde het kleine scherm. Brick bevond zich in het zuiden van New Jersey. Op de site stond trots vermeld dat Brick de veiligste stad in Amerika was!

Ze scrolde naar beneden, maar op de eerste vijf bladzijden was verder geen plaats met die naam meer te vinden. Het moest wel Brick in New Jersey zijn waar Rosaria naartoe was verhuisd. Mary zocht op Rosaria's achternaam op, en hoopte maar dat ze haar meisjesnaam had aangehouden. Binnen de kortste keren stonden er in glanzende blauwe letters een adres en een telefoonnummer op het scherm. Ze toetste het nummer in.

'Hallo?' nam een vrouw op.

Mary herkende de altstem meteen. 'Sorry, verkeerd verbonden,' zei ze en ze verbrak de verbinding. Ze boog naar voren en zei tegen de taxichauffeur dat hij rechts af moest slaan, richting haar garage.

Ze had nu haar eigen auto nodig.

19

Vanwege de file kostte het Mary twee uur om op de New Jersey Turnpike te komen en ze beantwoordde in de tussentijd zoveel mogelijk telefoontjes en e-mails terwijl ze haar best deed tegen niemand op te botsen. Ze had al twaalf zielenknijpers voor Dhiren gebeld en pas bij de dertiende had ze succes. Iemand had op het laatste moment afgezegd en de psycholoog kon Dhiren de volgende morgen ontvangen. Ze juichte bijna en belde snel Amrita's mobieltje. Er werd niet opgenomen, maar Mary sprak enthousiast een bericht in.

Na een tijdje werd het wat minder druk op de weg en kwam ze uit op de I-95 naar de kust. De wolken dreven over en de zon kwam tevoorschijn, wat ze als een goed teken beschouwde. Ze draaide het raampje open en nam een flinke teug frisse lucht, waarin een vleugje Atlantische Oceaan te bespeuren viel. Die geur kon ze zich nog herinneren van een heerlijke zomer aan de kust van Jersey. De DiNunzio's gingen altijd naar Bellevue Avenue, in een Atlantic City dat allang niet meer bestond.

Ze sloeg rechts af, toen links, en volgde de aanwijzingen die ze op internet had opgezocht. Uiteindelijk kwam ze uit op een groen stuk aan de rivier de Metedeconk, waarboven zeemeeuwen krijsend rondvlogen. De grote huizen werden stuk voor stuk met liefde bewoond en waren goed onderhouden. Op de inrit stonden dure auto's geparkeerd. Ze begreep heel goed waarom Rosaria hier naartoe was verhuisd, ver weg van de graffiti, ook al kon je hier niet zo makkelijk een cannoli kopen.

Mary was op zoek naar het huis toen ze een slanke vrouw in een roze joggingpak met een hondje zag lopen dat dartelde aan de lijn. Het roodbruine haar van de vrouw zat in een paardenstaart en Mary herkende haar meteen. Rosaria zag er niet meer zo ernstig en muizig uit en was een zelfverzekerde, aantrekkelijke vrouw geworden met net zulke blauwe ogen als haar broer, dezelfde lange neus en volle lippen. Mary pakte haar handtas, stapte uit en stak de straat over. Halverwege de straat liep ze Rosaria tegemoet.

'Zeg, mevrouw, hebt u soms in een koor gezongen?' vroeg ze glimlachend, terwijl ze haar armen spreidde voor een omhelzing.

Rosaria lachte en omarmde haar. 'Mary! Wat doe jij hier nou?'

'Dat is een heel verhaal.' Mary liet haar los, en het hondje, dat op een klein zwart leeuwtje leek, ging op haar achterpoten staan en krabbelde aan haar schenen. Haar vacht stond als een clownspruik alle kanten op en ze had de oren van een kitten. 'Wat is dat voor beestje?'

'Een dwergkeesje.' Rosaria bukte zich en zei op een lief toontje tegen het hondje: 'Wat ben jij toch een schatje, hè?' Ze kwam weer overeind. 'Nu mijn zoon naar de middelbare school gaat is ze mijn kindje.'

'Echt een scheetje, hoor.' Mary krabbelde door de dikke zwarte vacht op het kopje van de hond, waardoor het beestje nog hoger ging springen, alsof ze geen pootjes maar springveren had. 'Mag ik een stukje met je meelopen?'

'Ja, natuurlijk.' Rosaria glimlachte onzeker en liep door. 'Hoe heb je me gevonden?'

Mary liep naast haar. 'Ik was bij je vader thuis, zag een foto en telde een en een bij elkaar op.'

'Bij mijn váder?' Rosaria's glimlach verdween onmiddellijk. De zon scheen in haar ogen, waardoor de rimpels die in haar voorhoofd waren verschenen duidelijk zichtbaar waren. 'Verschrikkelijk dat hij zichzelf zo noemt. Hij is mijn oom, niet mijn vader.'

'Sorry.'

'Dat moet wel een oude foto geweest zijn.'

'Het was er een van je zoon in een honkbaltenue.'

'Ha. Dat bedoel ik maar, ik stuur hem allang geen foto's meer.'

Mary wist niet goed hoe ze hierop moest reageren, dus vroeg ze maar: 'Hebben jullie ruzie gehad?'

'Dat zou je wel zo kunnen zeggen. Ik heb die man al in geen jaren gesproken. Ik ben niet voor niets helemaal hiernaartoe verhuisd.'

'En voor de opritten, neem ik aan.'

'Dat is ook wel weer zo.' Rosaria glimlachte. 'En, wat doe je hier helemaal en zo onverwacht? Kwam je mij na al die jaren opzoeken?'

'Ik ben op zoek naar je broer.'

Rosaria's gezicht betrok weer. 'Ik heb hem al in vier jaar niet meer gesproken. Ik heb geen idee waar hij uithangt.'

Mary vroeg zich af wat er was gebeurd. 'Je weet toch wel dat hij met Trish samenwoonde?'

'Ja.'

'Ik weet niet of je er iets over hebt gehoord, maar Trish en hij worden vermist.'

'Nou, en?' zei Rosaria.

'Heeft de politie nog geen contact met je opgenomen?'

'Nee.'

Mary ging er niet op door. 'Hij heeft haar ontvoerd. Ze kon nog net haar moeder bellen dat ze hulp nodig had. Misschien heeft hij haar wel vermoord.'

Rosaria liep stug door, haar betrokken gezicht stak sterk af tegen de perfecte buurt en het blije hondje, dat met haar snuitje in de lucht mee dartelde.

'Ik wil hem opsporen. Hopelijk lukt dat voordat hij iets stoms doet.'

'Te laat,' zei Rosaria, zo kil dat Mary de rillingen over de rug liepen.

'Ik wil Trish niet in de steek laten. Ze zit in de problemen.'

'Trish Gambone!' Rosaria lachte vreugdeloos. 'Dit is volgens mij een gevalletje eigen schuld, dikke bult.'

'Dat meen je niet.' Mary was verbaasd. Rosaria was vroeger zo'n lief, zachtaardig meisje geweest. 'Ik wil helemaal niet dat er iets met Trish gebeurt. Ik wil zelfs niet dat er iets met je broer gebeurt. Ik wil alleen maar een ramp voorkomen.'

'Zit je tegenwoordig bij de politie, Mary?' Rosaria ging harder lopen en haar zachte wangen trilden bij elke stap.

'Nee. Zij doen het onderzoek, maar ik kan ook wel wat doen. Jou opzoeken, bijvoorbeeld.'

'Hoor eens.' Rosaria bleef staan en keek haar rustig aan. 'Ik weet niet waar mijn broer uithangt of wat hij met Trish heeft uitgespookt. Ik heb mijn handen van hem af getrokken.'

'Waarom ben je zo bitter geworden? Wat is er voorgevallen?'

'Die familie is een slechte, heel slechte zaak voor me.' Rosaria liep weg, en dit keer nog sneller. 'Meer wil ik er niet over zeggen.'

'Oké, dat snap ik,' zei Mary snel. Ze moest opeens denken aan meneer Po, die zijn hand op haar bovenbeen had gelegd.

'Ze zijn ziek. Die zogenaamde vader van mij en zijn zoon, dat zwijn.'

'Ritchie?'

'Ken je mijn neef? Wat een stuk ellende.'

Mary was het met haar eens. Ze kon Rosaria niet bijhouden. Ze waren inmiddels helemaal bij het park, en ze zag een bankje. 'Kunnen we even gaan zitten en wat praten? Ik heb je hulp nodig. Trish heeft je hulp nodig. En mijn voeten doen pijn.'

Rosaria slaakte een diepe zucht.

'Alsjeblieft? Voor mij? Voor vroeger? Voor Jezus, Maria en Jozef?'

'Nou, vooruit dan maar.' Rosaria glimlachte en werd weer zichzelf. Ze trok het hondje weg van een interessante stok en ze liepen naar het bankje. Daar gingen ze zitten en Mary schopte meteen haar schoenen uit.

'Ik ben toch zo professioneel.'

Rosaria glimlachte. 'Ik heb gehoord dat je advocaat bent geworden.'

'Dat heb je hier helemaal in het paradijs gehoord?'

'Is Brick het paradijs?'

'Voor mij wel.' Mary keek naar de grote huizen aan de overkant van de rivier, die minstens een half miljoen dollar per stuk kostten. Ze hadden twee etages, heel veel glimmende ruiten en grijze gevels. Bepaalde mensen zouden het goedkope villa's noemen, maar Mary was geen snob. Zij zou voor zo'n villa tekenen. 'Ik zou graag in zo'n huis willen wonen.'

'Waarom doe je het dan niet?' vroeg Rosaria, net zo op de man af als Mary van haar gewend was op de middelbare school.

'De aanbetaling is fors, maar die heb ik bijna.' Maar toch wist Mary dat dat niet was wat haar tegenhield. 'Ben je getrouwd?'

'Gescheiden.'

'O, sorry.'

'Nee, hoor. Het was het beste wat ik ooit heb gedaan. Ik was slim genoeg om er een goede alimentatie uit te slepen. En de hond.' Rosaria glimlachte.

'Goed van je.' Mary koos haar woorden voorzichtig uit. 'Hoor eens, je hoeft me natuurlijk niet je hele verhaal te vertellen. Zo goed bevriend waren we nu ook weer niet. Maar als je me zou kunnen zeggen waar je broer misschien zou kunnen zitten, of waar hij met Trish naartoe zou kunnen zijn gegaan, dan zou dat wellicht iemand het leven redden.'

'Dat weet ik echt niet.' Rosaria haalde haar schouders op, maar van zo dichtbij kwam haar nonchalance niet erg overtuigend over.

Mary zat zich te verbijten. Dit schoot niet op zo, en het had zo veel tijd gekost om hier te komen.

'Ik ken hem niet meer. Hij drinkt. Hij zit bij de maffia. Hij verkoopt drugs. Ik heb hem uit mijn leven verbannen. Ik kon niet aanzien wat hij deed en ik wilde ook niet dat mijn zoon daarmee werd geconfronteerd. Het was voor mij afgelopen toen hij me vertelde dat hij zijn eigen "toko" had zoals hij het noemde, op de hoek van Ninth en Kennick. Dat was zijn plek geworden, ook al had hij altijd gezegd dat hij ermee zou kappen als hij genoeg geld had.'

Mary wist waar het was.

'We hadden zo'n goede band.' Rosaria moest glimlachen toen ze eraan dacht. Ze ging door alsof ze hardop dacht: 'Hij vertelde me altijd alles, ik was zijn grote zus, en eigenlijk waren we altijd met z'n tweeën. Hij had een vriend nodig, en toen hij nog op school zat was ik dat voor hem.'

'Hij heeft het over jou gehad.' Mary herinnerde zich dat opeens weer.

'Hij heeft het ook over jóú gehad,' zei Rosaria, terwijl haar ogen opeens treurig stonden. 'Hij was echt gek op je, weet je.'

Mary kreeg een brok in haar keel.

'Volgens mij was jij zijn eerste grote liefde.'

Gezien wat er was voorgevallen, kon ze dat niet geloven.

'Verbaast je dat?' vroeg Rosaria.

Mary kreeg een droge mond. 'Ik ben eerder geschokt.'

'Hoezo?'

Hij heeft je niet alles verteld. 'Hij heeft mij nooit gezegd dat hij van me hield, en hij heeft het zeker nooit laten merken.'

'Dat is niet zo vreemd. In dat huis werd ons bepaald niet meegegeven hoe we onze liefde moesten uiten.'

Mary vond het vreselijk voor haar.

'Nadat jij het had uitgemaakt, klapte hij helemaal dicht. Was niet meer bereikbaar. We hebben erover gepraat, maar volgens mij is hij nooit over je heen gekomen.'

Mary was opeens verdrietig. *Hoe had het zo verkeerd kunnen lopen?*

'Het is natuurlijk niet jouw schuld, de dingen die hij heeft gedaan. Hij heeft zich bij Ritchie en zijn bende aangesloten, en die liepen de drempel plat bij Jeugdzaken. Hij wilde Trish, maar ze waren nooit gelukkig samen, ze zagen er in elk geval niet gelukkig uit.' Rosaria zuchtte. 'En toen ging hij ook nog eens stevig drinken. Ik denk dat hij niet echt gelukkig was met hoe zijn leven gelopen was.'

Mary keek naar het weelderige gras om zich heen en naar de lichte vlekjes zonlicht die tussen de bladeren van de hoge bomen schenen. In de verte zat een man van middelbare leeftijd op een zo te zien gloednieuwe groen-gele elektrische grasmaaier. Was het allemaal maar anders gegaan, of althans een gedeelte.

'Maar goed, gebeurd is gebeurd. Het maakt nu niet meer uit.'

Daar sla je de plank volledig mee mis.

'Het punt is dat mijn oom gevaarlijk is, dat zeggen mijn therapeut en mijn neef ook.'

Met bezwaard gemoed liet Mary haar dagdroom varen. Ze moest weer terug naar de stad. Ze had geen tijd om zich schuldig te voelen, om te bedenken hoe het anders had kunnen zijn.

'Gaat het wel?'

'Ja, hoor.' Mary stond op en deed haar schoenen weer aan. 'Dus hij stond op de hoek van Ninth en Kennick drugs te verkopen. Kun je me nog iets anders vertellen?'

'Nee, dat was het wel zo'n beetje. Ik heb geen flauw idee waar hij nu zou kunnen zijn, of waarom hij Trish mee heeft genomen. Weet je, ik heb vroeger wel eens met hem gepraat, maar dan zei hij dat hij wist waar hij mee bezig was.' Rosaria was even stil. 'O, wacht eens even.'

'Ja?'

'Hij heeft geloof ik toch ergens een speciale plek.'

'Waar dan?'

'Ik heb hem wel eens verteld dat ik me zorgen om hem maakte – omdat hij dus voor de maffia werkte – en dan zei hij dat ik nergens bang voor hoefde te zijn.' Rosaria fronste haar voorhoofd en dacht na. 'Als hij ermee zou stoppen, dan had hij ergens een plek waar hij naartoe kon gaan waar ze hem niet zouden vinden.'

'Een vakantiehuis of zo?' vroeg Mary.

'Geen idee.'

Mary dacht aan het dagboek. Daar had niets over een vakantiehuis in gestaan.

'Hij heeft het er maar één keer over gehad, en ik weet niet zeker of het wel waar was. Ik zei tegen hem dat hij er niet mee kon stoppen, dat ze dat niet toestonden. En toen zei hij dat dat wel kon als ze hem niet wisten te vinden.'

Mary's hart ging sneller kloppen. 'Daarom heeft hij misschien Trish meegenomen.'

Rosaria knikte. 'Dat zou kunnen.'

'Waar zou het zijn?'

'Weet ik niet.'

Mary dacht even na. 'Het zou buiten de stad moeten zijn. Ver weg.'

'Dat is mogelijk.'

Mary werd nerveus. 'Maar je had geen idee wat hij bedoelde? Dit is erg belangrijk.'

'Sorry. Ik zou je graag willen helpen, maar meer weet ik niet.'

'Kon hij wel een ander huis kopen? Kon hij zich dat veroorloven?' Toen schoot Mary iets te binnen. Daarom had hij waarschijnlijk geld van de drugsverkoop achtergehouden. Ze wist zelf hoe duur het was om een aanbetaling voor een huis te doen. Maar waar stond dat huis dan? 'Had hij nog hobby's, waar hij dat andere huis voor zou kunnen hebben gekocht?'

'Hobby's?' Rosaria keek Mary aan alsof die gek was geworden.

'Hield hij van vissen? Jagen?'

'Hou toch op!' Rosaria moest lachen, maar Mary niet. Ze piekerde zich suf.

'Hield hij van de zee? Zou hij iets in New Jersey gekocht kunnen hebben?'

'Wel duur.'

'Had hij het wel eens over een plaats? Ergens waar hij zich veilig voelde?'

Rosaria snoof. 'Wie heeft dat nou?'

'Ik wel.' Mary dacht er even over na. 'Ik voel me veilig in de kerk.'

Rosaria hield op met lachen en dacht na. 'Nee, ik zou het niet weten.'

'Misschien iets uit jullie jeugd, waar hij naartoe zou gaan?'

'Niet dat ik me kan herinneren.'

'En in de zomer?'

'Nee.' Rosaria streek haar haar naar achteren.

'Waar gingen jullie op vakantie? Wij gingen bijvoorbeeld naar Atlantic City.'

'Zo'n soort gezin waren we niet.'

Mary probeerde iets nieuws. 'Weet je misschien iemand bij de maffia bij naam die hij kende?'

'Alleen mijn neef.'

Mary moest opeens denken aan de naam in het dagboek. 'Komt de naam Cadillac je bekend voor?'

'Nee, ik ken geen Cadillac. Ik wilde er niets van weten.'

'En je vader? Zit hij ook bij de maffia?'

'Mijn óóm niet nee, maar mijn neef wel. Door hem is mijn broer er betrokken bij geraakt.'

'Nog iemand anders?' Mary probeerde alles uit, want een andere kans zou ze niet krijgen. 'Was er niemand die hij genoeg vertrouwde om over het huis te vertellen?'

'Niet dat ik weet.'

'Iedereen heeft toch wel iemand die hij vertrouwt?'

'Mij. Hij vertrouwt mij.' Rosaria keek Mary met een harde blik aan. 'Echt, ik zou niet weten wie hij verder nog vertrouwde. Hij had het nooit over vrienden. Hij zal het huis wel met opzet geheim hebben gehouden.'

Wauw. Dat was ook zo. Misschien was het huis wel het geheim dat hij Trish op haar verjaardag wilde vertellen. Het stond dan wel niet in het dagboek vermeld, maar dat wilde nog niet zeggen dat ze er niet van wist.

'Meer weet ik niet, sorry.'

'Bedankt. Als je nog iets te binnen schiet, bel je me dan?' Mary haalde een visitekaartje uit haar portefeuille en gaf dat aan haar.

'Tuurlijk, bedankt.' Rosaria stopte hem in haar zak. Het hondje sprong om haar heen, blij dat ze weer verder gingen.

'Bedankt, hè? Ik vond het leuk je weer eens te spreken.'

'Ja, vond ik ook.' Rosaria stond op. 'Voorzichtig, hè?'

'Ja, jij ook.' Mary kwam overeind, gaf haar een kus en wilde weggaan.

'Mary? Nog even.'

'Ja?' Mary draaide zich naar haar toe.

Rosaria keek haar met een gepijnigde blik aan. 'Als hij haar heeft vermoord, dan wil ik daar niets van horen.'

'Oké.' Mary liep snel terug naar haar auto.

Eenmaal in de auto keek Mary hoe laat het was: vijf voor halfdrie. Ze moest iets doen met de informatie over de hoek op Ninth en Kennick. Ze wilde aanvankelijk Giulia bellen, maar was bang dat die haar mond niet zou houden, en ze zou verder toch niets kunnen doen. Toen het wat rustiger werd op de weg, toetste ze Brinkleys gsm-nummer dat nog vaag op haar hand te lezen was in op haar telefoon. Ze kreeg zijn voicemail en vertelde dat de man van Trish drugs dealde op de hoek van Ninth en Kennick. Maar ze was nog niet tevreden.

Ze belde Inlichtingen, vroeg naar de afdeling Vermiste Personen en werd doorverbonden. 'Goedemiddag, ik bel vanwege de ontvoering van Trish Gambone. Ik weet iets over waar ze zou kunnen zijn. Bij wie moet ik dan zijn?'

'Wacht even,' zei een man, en ze hoorde een klik en kreeg toen iemand anders aan de lijn. 'Sorry, gaat dit over die gekidnapte baby?'

'Nee, dit gaat over een vrouw. Ze was gisteren in het journaal op tv.'

'O, gaat dit over de zaak die oorspronkelijk bij Moordzaken zat?'

'Ja.'

'O ja, die staat hier. En wie bent u?'

Mary spelde haar naam en gaf hem haar gsm-nummer terwijl ze op de achtergrond constant telefoons hoorde rinkelen.

'Zegt u het maar. De telefoon gaat hier om de haverklap. De zaak van de baby heeft heel wat teweeggebracht.'

Mary zuchtte. De auto ging een centimeter naar voren. Ze vertelde hem alles wat ze wist en verbrak zonder gerustgesteld te zijn de verbinding. De BlackBerry ging voordat ze hem zelfs neer had kunnen leggen, en ze keek op het schermpje voor ze opnam. Het was Amrita.

Mooi! Mary kon haar het goede nieuws over de afspraak die ze voor Dhiren had gemaakt vertellen. 'Amrita?' zei ze opgewonden. En toen hoorde ze wat er met Dhiren was gebeurd.

Het goede nieuws deed er opeens niet meer toe.

20

HET KOSTTE MARY TWEE UUR om het kinderziekenhuis in Philadelphia te bereiken. Ze zette de auto langs de stoep en stapte het ziekenhuis in. Ze liep snel door de gang met glimmende tegels. Een verpleegkundige in een blauw uniform kwam langslopen, met een plastic madeliefje aan de stethoscoop die om zijn nek hing. Achter in de gang stonden twee oudere vrouwen bij een kamer en toen ze dichterbij kwam, herkende ze Elvira Rotunno, Anthony's moeder, in haar ouderwetse jasschort en zwarte plastic slippers.

'Hoe gaat het met hem?' vroeg Mary terwijl ze aan kwam lopen, en beide vrouwen draaiden zich om.

'Redelijk.' Elvira wist een scheef glimlachje tevoorschijn te toveren. 'Lief dat je er bent, Mary. Rita is inmiddels wat rustiger, maar ze was helemaal kapot.'

'Dat kan ik me voorstellen.' Mary stelde zich aan de andere vrouw voor, die haar afkeurend aankeek. Haar zware oogleden en rimpels werden bijna geheel aan het oog onttrokken door een enorm grote bril met kunststof glazen.

'Sue Ciorletti,' zei de vrouw, die meteen haar lippen weer stijf op elkaar perste. Ze zag er te gammel uit voor het roze trainingspak dat ze aanhad met SUPEROMA erop.

Elvira ging door: 'Sue en ik waren net met Rita in gesprek toen de school belde, en Sue heeft haar ernaartoe gereden omdat ze zo overstuur was dat we niet wilden dat ze zelf reed. Amrita is binnen met de dokters in gesprek.' Elvira gebaarde met haar verweerde hand naar de gesloten deur achter hen. 'Ze is daar al een hele tijd. Een kwartier, misschien wel twintig minuten, hè, Sue?'

Mevrouw Ciorletti zei niets, en Mary nam aan dat ze de zoveelste buurvrouw was die een hekel aan haar had.

'Gaat het wel met u, mevrouw Ciorletti?'

Elvira zei: 'Sue vindt ziekenhuizen maar niets, omdat je voor je het weet een infectie hebt opgelopen. Ook al kom je alleen op visite. Ze heeft er een documentaire op tv over gezien.'

'Op die manier,' zei Mary. 'Mevrouw Ciorletti, u hoeft hier niet te blijven als u dat liever niet wilt. Ik ben met de auto en ik kan Elvira naar huis brengen.'

'Ik blijf,' zei mevrouw Ciorletti. Precies op dat moment ging de deur open en de vrouwen zagen twee jonge mannelijke doktoren naar buiten stappen, met een aantrekkelijke vrouwelijke arts voorop, die zo te zien de leiding had. Op haar witte jasje stond in het rood DR. SHARON SATTER-FIELD geborduurd. Erachteraan kwamen nog drie jonge mannelijke art-sen in opleiding, die er vermoeid uitzagen en professioneel glimlachten.

Amrita kwam ook de kamer uit, haar wenkbrauwen somber naar be-neden getrokken, haar ogen verdrietig en haar mond een dunne streep. Ze pakte de hand van de vrouwelijke arts. 'Dank u wel, dokter Satter-field, voor alles wat u voor Dhiren hebt gedaan.'

'U hoort weer van ons als de testuitslagen binnen zijn.' De dokter liep met de artsen in opleiding op sleeptouw weg.

Amrita zuchtte en vermande zich. 'Mary, wat lief dat je er bent.'

Mary omhelsde haar stevig. 'Sorry dat het zo lang duurde. Hoe gaat het met hem?'

'Goed, en ze denken dat hij binnen een maand hersteld zal zijn.'

'Een maand?' Mary kreunde.

Amrita schudde haar hoofd. 'Nee, dat is juist goed. Toen ze me bel-den was ik doodsbang.' Ze ging er niet op door en haar donkere ogen verrieden weinig emotie. Maar Elvira toonde genoeg emotie voor hen beiden.

'We dachten allemaal dat Dhiren het niet zou halen,' zei Elvira met overslaande stem.

Mary sloeg haar arm om haar heen. 'Het gaat nu wel weer.'

Mevrouw Ciorletti perste haar lippen op elkaar, ze had zichzelf weer in de hand. 'We moeten sterk zijn, El. We zijn hier per slot van reke-ning om Rita te steunen, nietwaar?'

'Ja, dat is zo. Sorry.' Elvira beet op haar lip om niet in huilen uit te barsten.

'Amrita,' vroeg Mary, 'mag ik hem even zien?'

'Tuurlijk, kom maar mee. Hij slaapt nu, hij is nog verdoofd.' Amrita liep de ziekenkamer weer in en deed een stap opzij, zodat Mary ook naar binnen kon. Ze wist nog net een verschrikte kreet te onderdrukken toen ze Dhiren zag.

De jongen zag er zo klein uit, en zijn huid stak donker af tegen de la-kens en de dunne witte deken. Zijn hoofd was verbonden, zijn zwarte haar zat in de war en zijn linkerwang was paars en gezwollen. Zijn lin-kerarm zat in het gips en werd omhooggehouden en de grote bult on-der de lakens gaf aan dat zijn been ook in het gips zat.

'God zij gedankt dat hij nog leeft.' Amrita liep naar Dhiren toe en raakte zijn vingers aan die uit het gips staken en nog vies waren van het schoolplein. Ze aaide over zijn hand, maar hij reageerde niet. Hij was diep in slaap. Zijn bed stond aan de linkerkant van de kamer net als een kleine witte tafel. Er hing ook nog een wasbak en een mededelingenbord van kurk met een krijttekening. Het andere bed was leeg, en het gordijn ertussen, waar vrolijke giraffen en lachende tijgers op stonden afgebeeld, was half gesloten. In een hoek hing een tv, hij was vrij groot en stak buiten de beugels in de muur uit, ver boven de toestellen en groenachtige buisjes die naar Dhiren leidden.

'Dus hij komt er weer helemaal bovenop?' vroeg Mary, die het graag bevestigd wilde hebben. 'En wanneer komt hij weer bij?'

'De dokter zei dat het nog wel een paar uur zou duren voordat hij weer helemaal bij is.' Amrita keek op de klok aan de muur. 'Barton komt er zo aan.'

'Amrita, wat is er nu eigenlijk voorgevallen?'

'Het is in de pauze gebeurd, hoorde ik. Je weet hoe het vanochtend ging. Ik heb hem toch naar school gestuurd. De jongens in de klas waren onrustig. Maar ik ging toch weg, net voor de pauze.' Amrita schudde haar hoofd. 'Net voor het gebeurde. Ik voel me zo ellendig.'

'Het was jouw schuld niet.'

'O, nee?' Amrita keek haar fel, met opeengeperste lippen aan. 'Als ik erbij was geweest, zou dit nooit gebeurd zijn.'

'Maar je kunt hem niet de hele tijd in de gaten houden. Dat lukt geen enkele ouder. En het mes snijdt aan twee kanten. Als ik eerder hulp had kunnen regelen, was dit niet gebeurd.'

'Ach, welnee. Je hebt hartstikke je best gedaan. Maar de school niet. De school heeft hem laten barsten.'

Mary was het er niet mee eens. Zij was er verantwoordelijk voor dat de school Dhiren op de juiste manier behandelde, en zij had daar niet hard genoeg aan gewerkt. Ze had mazzel gehad dat ze zo snel een afspraak voor hem had kunnen regelen, maar daar had hij nu ook niets meer aan. Maar voorlopig ging het om Dhiren. 'Je wilde me net vertellen wat er gebeurd was.'

'Zijn lerares vertelde me dat het op het schoolplein begon. Ze waren hem aan het pesten, en hij rende weg, dus gingen ze achter hem aan. Normaal gesproken gaat hij naar de juf toe, dat heb ik hem gezegd, maar dit keer rende hij de straat op.' Amrita viel even stil, maar bleef rustig. 'Hij keek niet uit, en er kwam een auto de hoek om die hem aanreed.'

Mary rilde. 'Wat erg.'

'Hij werd van links geraakt,' zei Amrita die naar haar eigen linkerzij gebaarde. 'Gelukkig vallen de verwondingen aan zijn hoofd mee, alleen een paar snijwonden en een hersenschudding. Daar waren ze het bezorgdst over, en ik ook. Zijn been en arm en een paar ribben zijn gebroken. Maar botten helen weer.'

'Wat moet hij veel pijn hebben gehad.'

'Ja.' Amrita kromp ineen. 'De moeder van een jongen op school, een van de oudere kinderen, zat aan het stuur. Ze is zelfs hier in het ziekenhuis langsgeweest, ze was helemaal overstuur. Ze gaf zichzelf de schuld, maar Dhiren dook plotseling voor haar op. Ze reed zelfs nog langzamer dan was toegestaan want ze kwam haar kind afzetten nadat ze met hem bij de tandarts was geweest. Anders zou Dhiren veel ernstiger gewond zijn geweest.'

Mary had bewondering voor hoe Amrita zich gedroeg. Haar eigen moeder zou de vrouw die haar kind had aangereden bewusteloos hebben geslagen met een pollepel.

'Maar ik ben zo kwaad, Mary. Ik deed wat zij zeiden. Wekenlang hielden ze me voor dat ik gek was, dat het prima met hem ging. Toen zeiden ze dat hij alleen maar stout was, dat dat nu eenmaal jongens eigen was.' Amrita fronste haar voorhoofd. 'Toen ik jou inhuurde, bleven we naar hen luisteren. En door ons goede gedrag is mijn zoon nu in het ziekenhuis beland.'

'Weet ik,' zei Mary verdrietig.

'Het is een wonder dat hij nog leeft. Het was dom geluk dat zij niet harder reed of dat hij niet door een bus is geraakt.' Amrita's stem werd hard als staal. 'Ik stuur hem niet meer terug naar die school. Hij gaat daar nooit meer heen.'

De deur ging opeens open, en een lange, slordige blonde man gekleed in een wit overhemd en een bordeauxrode regenjas kwam binnenstormen. Hij keek naar het bed, en zijn bruine ogen werden groot van angst en woede.

'Barton, je bent er!' zei Amrita. Ze liep met uitgestoken armen naar hem toe, maar haar man omhelsde haar even snel, en bleef over haar schouder heen naar Dhiren kijken.

'Lieve hemel!' zei hij. 'Wat hebben ze hem aangedaan?'

'Het komt allemaal goed, Barton.' Amrita liet hem los en somde de verwondingen van zijn zoon op. Mary zag dat hij amper luisterde. Hij liep naar het bed toe.

'Dit is te gek voor woorden. Hij had wel dood kunnen zijn.' Barton keek met vuurspuwende ogen om zich heen. 'Ze hebben jarenlang toegestaan dat hij gepest werd. Ze hebben geen poot uitgestoken.'

'Dat weet ik, Barton,' zei Amrita sussend. Ze gebaarde naar Mary en stelde haar voor. 'Dit is onze advocaat. Ze is bezig om een test te regelen en ze heeft zelfs een afspraak voor morgen voor hem kunnen maken.'

'Daar heeft hij nu lekker veel aan.'

'Toe nou, Barton. Mary staat aan onze kant.'

'Dan weet ze hoe frustrerend het is dat die achterlijke schoolraad geen klap om een kind geeft dat meer zorg nodig heeft.' Barton keek Mary aan met van woede opeengeperste lippen. 'Als je onze advocaat bent, dan wil ik dat je ze aanklaagt. Dit is nalatigheid. Ze hebben dit laten gebeuren. Zij zijn verantwoordelijk, zij hebben het toegestaan. Voor hetzelfde geld was hij gestorven!'

'Dat weet ik,' zei Mary, maar ze zag dat ze niet tot hem doordrong. Zijn bezorgdheid over Dhiren was omgeslagen in woede.

'En de chauffeur moet ook aangeklaagd worden. Ik wil ze allebei tegelijk aanklagen. Kan dat?'

Amrita kwam tussenbeide. 'Barton, we kennen de chauffeur. Het is Suk Yun, een van de andere moeders. Ze vindt het vreselijk.'

'O, werkelijk? Ze vindt het vreselijk dat ze ons kind het ziekenhuis in heeft gereden? Ze vindt het vreselijk dat ze hem bijna heeft vermoord? Ze had beter uit moeten kijken!'

'Dat deed ze ook, liever. Ze is een schat van een mens. Ze reed heel erg langzaam –'

'Amrita!' Barton keek haar verontwaardigd aan. 'Waarom verdedig je die vrouw? Ze heeft onze zoon bijna gedood. Weet je, jij verwacht zo weinig van mensen, en daarom krijg je ook zo weinig terug. Waar ben je verdomme mee bezig? Nou?'

Mary vond dat ze hier niet bij hoorde te zijn en liep naar de deur. 'Ik laat jullie alleen. Bel me op mijn mobieltje als je me nodig hebt.'

Amrita zei stijfjes: 'Fijn dat je geweest bent, Mary.'

'Ja, bedankt,' riep Barton haar na.

Mary stapte de gang op zonder om te kijken. Ze deed de deur achter zich dicht en toen ze hoorde dat de ruzie doorging, liep ze weg. Elvira zat in een van de stoelen tegen de muur aan. Ze had haar grijze hoofd gebogen en zag er verloren uit.

'Ik heb Barton ontmoet.' Mary liep naar Elvira toe en ging naast haar zitten. Ze was plotseling doodmoe.

Elvira trok een gezicht die de bril van haar neus deed glijden. 'Ik mag hem niet,' zei ze. 'Het is een eikel.'

'Hij is alleen maar overstuur.'

'Nee, zo is hij altijd. Bazig. Hij laat Rita de hele tijd alleen en als hij dan thuiskomt, loopt hij alleen maar te zeiken.'

'Waar is mevrouw Ciorletti eigenlijk?'

'Naar huis. Maar ik wilde blijven voor Rita, ik wil zeker weten dat het goed met haar is.'

'Je zorgt goed voor haar, Elvira.'

'Ze is mijn buurvrouw.'

Mary glimlachte aangedaan. 'Volgens mij gaat het wel weer met haar. Kan ik je een lift naar huis geven?'

'Nee, dat hoeft niet.' Elvira wuifde met haar hand. 'Ik heb Anthony gebeld op de verpleegsterstelefoon.' Ze wees naar het bureau in de gang. 'Hij komt eraan.'

O, jee. 'Ik had je anders wel thuisgebracht, hoor.'

'Ik wist niet of je wel zou blijven, en hij doet het graag.' Elvira gaf een klopje op Mary's been. 'Als je zelf moeder wordt, hoop ik dat je net zo'n goede zoon krijgt als mijn Anthony. Ook al is hij dan van de verkeerde kant.'

Mary onderdrukte een glimlach. 'Hij komt op mij niet erg homo over.'

'Een moeder weet zoiets nu eenmaal, en weet je? Ik hou van mijn zoon. Zoals we vorige keer al zeiden: er zijn tegenwoordig hindoes en homo's. Vandaag de dag kan alles. En zal ik jou eens wat vertellen? De zon komt elke dag gewoon weer op.' Elvira boog zich naar voren en tuurde door de gang. 'Ssst, daar zul je hem hebben.'

Mary hielp Elvira overeind en ving Anthony's blik toen hij met een bezorgde uitdrukking op zijn gezicht door de gang aan kwam lopen. Ze moest toegeven dat hij erg knap was. Een verpleegster bij de balie gluurde naar hem toen hij met zijn bruine jasje open langs kwam benen. Hij droeg een strakke spijkerbroek en glimmend gepoetste schoenen en Mary moest gewoon even naar hem lachen.

'Kijk nu toch eens naar deze twee knappe dames,' zei Anthony. Hij gaf zijn moeder een kusje op haar wang en daarna ook Mary, wat hem lukte voordat ze er iets van kon zeggen.

'Sorry dat ik je niet heb teruggebeld,' zei ze. 'Het is zo'n hectische dag.'

'Hindert niet.' Anthony grinnikte. Als hij al gepikeerd was, liet hij het niet merken. Toen werd hij ernstig. 'Hoe gaat het met Dhiren?'

'Redelijk,' zei Mary.

Elvira greep Anthony bij zijn mouw en trok hem naar zich toe. 'Die eikel is daarbinnen bij Rita,' fluisterde ze luid.

'Zullen we gaan, dames?' Anthony gaf zijn moeder een arm en liep met haar door de gang. Mary ging naast hen lopen en Anthony keek haar aan. 'Mary, voor het geval je het nog niet wist, mijn moeder is zeer zwart-wit. Grijs bestaat niet voor haar.'

'Dat is niet waar,' zei Elvira met een glimlach.

'O, nee?' vroeg Anthony. 'Wat vind je van Celine Dion?'

'Dat is een fantastische zangeres.'

'En Barbra Streisand?'

'Dat is een communist.'

Mary moest lachen. Ze ontspande wat en ze liepen gedrieën door de hal, gezellig kletsend tot ze het ziekenhuis uit waren. De avond was net gevallen en de maan stond aan de paarsblauwe hemel. Gele lampjes gloeiden op in het hotel aan de overkant, en het ronde dak met de oranje tegels van het universiteitsmuseum werd door de straatlantaarns in het licht gezet: een stukje Florence in West-Philadelphia.

'Waar staat je auto, Mary?' vroeg Anthony.

Mary keek fronsend naar de plek op 34th Street, waar haar auto had gestaan. Die plek was nu vrij. 'Daar. Maar hij is weg.'

'Stond je onder het "Verboden te parkeren"-bordje?' zei Anthony wijzend.

Elvira giechelde. 'Dat moet je ook niet doen hier, Mary. Ze slepen je binnen de kortste keren weg.'

'Dat had ik niet gezien.' Mary kreunde. Ze had zo'n haast gehad toen ze aan was komen rijden. Geen wonder dat ze zo'n mooi plekje had gevonden.

'Ik weet waar ze de auto naartoe hebben gesleept.' Anthony raakte haar schouder aan. 'Ik breng je er wel naartoe. Blijf hier even wachten met mijn moeder, dan haal ik de auto. Ben zo terug.'

'Bedankt.' Mary sloeg haar arm om Elvira heen toen hij wegliep en dacht toen opeens aan Brinkley en de afdeling Vermiste Personen. Ze had haar mobieltje in het ziekenhuis uitgezet, maar misschien had er iemand teruggebeld.

'Sorry, Elvira. Ik moet even kijken of ik telefoontjes binnen heb gekregen, oké?'

'Ga je gang. Anthony doet dat ook steeds.' Ze wuifde met haar hand en Mary dook in haar tas op zoek naar haar gsm. Het schermpje gaf aan dat ze een telefoontje had gemist. Ze drukte op de knop om verbinding te maken en Brinkley nam op.

'Mary?' zei hij, toen hij haar stem hoorde. 'Er is een lijk aangetroffen.'

21

Mary zat aangeslagen achter in de Prius, het nieuws had haar getroffen als een klap in het gezicht. Ze kon niets tegen Anthony of zijn moeder zeggen over wat Brinkley haar had verteld, want het was nog niet naar buiten gebracht. Gelukkig stond de autoradio niet aan, zodat het enige geluid het bekende geklets tussen de mensen voorin was, die niet wisten wat er een paar straten verder was gebeurd.

Mary deed haar best zich te vermannen en luisterde maar met een half oor.

'En Judy Garland, dan?' vroeg Anthony.

'Ja, zij was een ster, een echte ster. Maar Sue vindt haar ook maar niets.'

'Vindt mevrouw Ciorletti Judy maar niets?' vroeg Anthony verontwaardigd. 'Ach, het verbaast me ook eigenlijk niet.'

'Ze is gewoon chagrijnig.'

'Dat noem je depressief, ma.'

'Nee. Ze houdt gewoon niet van dingen, of mensen. Neem Mary nou. Sue heeft een bloedhekel aan haar.'

'Ma!' zei Anthony gegeneerd.

Mary had dat gehoord. 'Waarom dan?' vroeg ze, hoewel het haar eigenlijk niet kon schelen. Voor Brinkley had gebeld wel, maar nu niet meer.

'Er wordt veel over je gekletst, Mary, en bepaald geen aardige dingen.'

'Toe nou, ma,' zei Anthony, die haar even aankeek.

'Niet zo brutaal, en kijk niet zo gek. Mary weet best dat ik dol op haar ben.' Elvira draaide zich om op haar stoel, zodat haar dikke grijze haar door een straatlantaarn als een halo werd verlicht. 'Ze zeggen dat je vergeten bent waar je vandaan komt, snap je? Het is met Trish Gambone begonnen, omdat haar moeder iedereen vertelde dat je haar niet wilde helpen, en toen kwam het op tv. Ze nemen het jou kwalijk wat er met haar is gebeurd.'

Mary was misselijk. Ze kon zich wel voorstellen wat ze zouden zeggen als ze wisten wat er die avond was voorgevallen.

'En je hebt Roberto ook nog laten zitten.'

'Roberto Nunez? Kent u hem?'

'Nee, maar mijn nicht Linda wel. Zij kent zijn zoon, die een levensverzekering heeft afgesloten bij haar zwager in St. Monica's.'

Mary ging er maar niet op door. Ze voelde een knallende hoofdpijn opkomen.

'Ik heb gehoord dat je niet bij zijn zaak, of rechtszaak, of hoe het ook mag heten, kwam opdagen. Je had het te druk. Je hebt tegen hem gezegd dat het zonde van je tijd zou zijn. In plaats daarvan heb je je secretaresse gestuurd.'

Mary deed haar ogen dicht. Dit was toch verschrikkelijk.

'Je krijgt zo een slechte naam, en nu met Dhiren wordt het alleen maar erger.'

'Met Dhiren? Hoezo?' vroeg Mary verbaasd.

Anthony schudde zijn hoofd, terwijl ze Zuid-Philadelphia in reden. 'Ik zei toch dat het geen goed idee was,' zei hij, en hij gaf gas.

Elvira schraapte haar keel. 'Begrijp me niet verkeerd, Mary. Ik ben voor je in de bres gesprongen. Maar je hebt Dhiren niet van die school gehaald, en nu ligt hij in het ziekenhuis. Ze zeggen dat je niets meer om je oude buurt geeft. Dat denkt Sue ook. Je zit nu in Center City.'

'Dat is maar tien straten verder, Elvira. En ze heeft het mis. Zij allemaal.'

'Dat weet ik, dat heb ik ook tegen ze gezegd. Voor jou en Celine Dion neem ik het altijd op.'

'Oké, ma, we zijn er.' Anthony zette de auto voor hun huis neer en nadat Mary Elvira ten afscheid een kus had gegeven, stapte hij uit en liep met zijn moeder mee naar de deur. Toen hij weer in de auto stapte, vroeg hij Mary of ze voorin wilde komen zitten, en dat deed ze, maar wel stijfjes. Anthony keek haar aan en glimlachte vriendelijk. 'Je moet het haar niet kwalijk nemen.'

'Het is al goed.'

'Ik zie nu wat je gisteren bedoelde, over de buurt. Misschien stapte ik er te licht overheen.' Anthony hield zijn hoofd schuin. 'Trek in koffie? Of je wil je meteen naar je auto? Zeg het maar.'

'Geen van beide, helaas.' Mary kon amper rustig blijven. Ze kende hem nog niet goed en ze wilde niet in huilen uitbarsten. 'Kun je me ergens anders naartoe brengen?'

'Ja hoor, waar dan?'

Mary gaf hem het adres op. 'Er is iemand vermoord.'

Het deel van de stad waar Mary moest zijn, was 's avonds normaal ge-sproken verlaten, maar nu was het een drukke bedoening. De volle maan stond aan de zwarte hemel en het wemelde op straat van de mensen. Anthony parkeerde dubbel, en Mary gooide het portier al open voordat hij stilstond. Ze pakte haar tas en stapte op de stoep. 'Bedankt,' riep ze. 'Ik regel wel een lift naar huis.'

'Ik ga met je mee.' Anthony maakte zijn gordel los en stapte uit.

Mary liep snel langs de menigte. Er stonden mensen op de stoep te roken en te praten. Ze namen een slok bier uit een blikje of keken met hun armen boven hun uitpuilende buik over elkaar geslagen naar wat er achter in de straat aan de hand was. Ze baande zich een weg naar de politiewagens die daar stonden en de houten hekken die er snel waren geplaatst. Ze ging naar twee geüniformeerde agenten die achter de hek-ken stonden en sprak een van hen aan. Zijn gezicht was deels verbor-gen in de schaduw van zijn pet.

'Ik ben advocaat, en Mack Brinkley heeft me gebeld en me verzocht hier meteen naartoe te komen.' Mary dook onder de barricade door en Anthony kwam achter haar aan, totdat de agent hem bij zijn elleboog pakte.

'Momentje, meneer.'

'Hij hoort bij mij.' Mary haalde haar identiteitskaart tevoorschijn en liet hem aan de agent zien, waarna hij Anthony door wuifde.

'Bedankt,' zei Anthony achter haar, terwijl ze langs geüniformeerde agenten liepen die met elkaar stonden te praten en uitgelicht werden door de koplampen van de politieauto's. In de verte zag ze een batterij felle lampen en daar liep ze rechtstreeks naartoe.

Daar zou het lijk wel ontdekt zijn.

Mary lette niet op het lawaai of de nieuwsgierige blikken en bereik-te de lampen van de tv-ploeg, die als elektrische bomen op een alumi-nium verhoging stonden. Zwarte kabels liepen van de lampen naar de generatoren. De pers werd achter dranghekken gehouden, maar hun ca-mera's en lampen waren volop in bedrijf. Ze ging sneller lopen en kwam langs bakstenen rijtjeshuizen, die in dit gedeelte van Zuid-Philadelphia vervallen waren. Rechts van haar, naast een huis waarvan het trapje ver-zakt was, stond een grote vierkante witte vrachtwagen waar op de zij-kant in fluorescerende blauwe letters TECHNISCHE RECHERCHE stond. De wagen stond aan de ingang van een steegje, en Mary kon zich her-inneren dat Brinkley had verteld dat het lijk achter in een steegje was achtergelaten.

'We zijn er bijna,' hoorde Mary zichzelf zeggen terwijl haar hart als een gek tekeerging.

'Ik loop pal achter je,' zei Anthony, die dacht dat ze het tegen hem had. Er was lawaai en er werd om hen heen gepraat, maar ze hoorde niets. Ze hoorde alleen haar eigen hart bonken en de woorden die Brinkley had gezegd: er is een lijk aangetroffen.

Mary kreeg een droge mond toen ze Brinkley zag staan met zijn slanke lijf en zijn mooie pak. Hij stond te praten met een aantal mannen in pak die hun stropdas hadden losgemaakt. Ze waren ongetwijfeld van het Openbaar Ministerie. Naast hem stond zijn partner Stan Kovich, een grote, gespierde, grijsblonde man, die op haar open en vriendelijk over was gekomen, terwijl Brinkley zelf gereserveerd en beheerst was. Ze ging rechtstreeks naar hen toe, en wuifde discreet om hun aandacht te trekken voor het geval ze niet met haar wilden spreken met die mannen in pak erbij.

Kovich bekeek wat aantekeningen, maar Brinkley zag haar en kwam haar meteen tegemoet. Een glimmend zwart busje stond rechts van haar, waarop in eveneens fluorescerende letters PATHOLOGIE geschilderd was. De twee zwarte deuren van het busje stonden open. Dat betekende dat de brancard eruit was om het lijk op te halen.

Mary was zo snel mogelijk gekomen, maar ze had het vermoeden dat ze inmiddels wel bijna klaar zouden zijn. De mensen van de pers drongen steeds meer op achter de hekken, alsof zij dat ook voelden. Ze hielden hun camera hoog boven hun hoofd om een foto van het lijk te kunnen maken. Mary was al vaak op een plaats delict geweest, maar dat was anders geweest. Dit keer kende ze het slachtoffer.

'Mary, hoe gaat het ermee?' vroeg Brinkley zachtjes. 'Sorry dat we er niet eerder bij waren. Dan hadden we dit kunnen voorkomen.'

'Je hebt je best gedaan. Wij allemaal.' Mary kreeg het er met moeite uit, want ze wist dat zij veel meer haar best had moeten doen.

'Kun je het wel aan? Ik vond dat je het moest weten.'

'Ja, hoor.' Mary keek verstrooid de straat in. Er stonden inmiddels nog meer lampen, zodat het steegje overgoten was met licht. Mannen met stropdas en assistenten van de patholoog in donkerblauwe overalls stonden opeengepakt in het straatje, en de bewegende schaduwen van de mannen die voor in de steeg bezig waren blokkeerden Mary's zicht op wat er achterin lag.

'Wie is dit?' Brinkley keek naar Anthony, die naast haar kwam staan. 'Hoort hij bij jou?'

'Ja,' zei Mary snel. Anthony stelde zichzelf voor en Mary hield het steegje in de gaten. Ze ving een glimp op van een afbrokkelende stenen muur en toen iemand voor haar een stap naar rechts deed, kon ze zien dat er voor de muur een overvolle vuilnisbak stond. Iemand stond foto's te maken met flitslicht en ze hoorde mannen praten. Ze nam aan dat de patholoog klaar was en dat de assistenten het lijk op de zwarte kunststof zak legden, waarna ze snel en efficiënt het stoffelijk overschot zo waardig mogelijk in de zak ritsten.

Mary wilde enerzijds wel en anderzijds niet het steegje in gaan. Ze moest het zien, maar ook weer niet, en voor ze het wist, was ze het straatje in gestapt alsof ze erbij hoorde. Brinkley riep haar van veraf, en vervolgens Anthony ook, maar ze lette niet op hen. Toen haar zicht niet meer werd belemmerd, keek ze voor zich uit.

Hij zag er nog hetzelfde uit, alleen was zijn huid nu zo grijs als marmer, en lag hij in de lijkenzak die tot halverwege was dichtgeritst. Zijn blauwe ogen waren open en staarden naar de zwarte lucht. Zijn hoofd lag naar opzij en zijn zachte, bruine krullen vielen zoals altijd over zijn voorhoofd. Ze zag hem opeens weer aan de keukentafel zitten terwijl hij met zijn vingers zijn haar uit zijn ogen streek. Het was moeilijk te geloven dat die handen een vrouw hadden geslagen, maar Mary had de foto's gezien. De assistenten van de patholoog stopten nu diezelfde handen, elk met een plastic zakje eromheen om eventueel bewijs veilig te stellen, in de lijkenzak en ritste die helemaal dicht.

'Hij is in zijn achterhoofd geschoten,' zei Brinkley zachtjes tegen haar. 'We vermoeden dat het een maffiamoord is, en de FBI denkt dat ook. Ik heb ze verteld dat hij geld achterhield.'

Hoe kon het allemaal zo mis zijn gegaan? Hoe kon hij nu dood zijn? En waar was Trish?

'Mary?' Brinkley legde zijn hand op haar schouder.

Een schaduw blokkeerde Mary's zicht, maar dat maakte niet uit. Het beeld stond in haar geheugen geëtst. Het beeld van hem zoals hij daar lag zou haar altijd bijblijven. Toen besefte ze dat Brinkley haar eigenaardig aankeek.

'Mary? Gaat het wel?'

'Ja, natuurlijk wel,' zei ze. Maar zelfs zij vond het niet erg overtuigend overkomen. 'Ik ben alleen maar in de war. Toen je me vertelde dat er een lijk was ontdekt, kon ik niet geloven dat hij het was. Ik maakte me juist zorgen over Trish.'

'Wie heeft je over de plek verteld?'

'De zus in New Jersey.'

'Vertel me er straks alles over, oké?'

'Tuurlijk. Maakt dit weer alles goed voor je?'

'Grotendeels wel ja, bedankt.' Brinkley glimlachte wrang.

'Mooi.' Mary was er blij om. Het lijk was ontdekt door een agent die daar naartoe was gestuurd vanwege haar tip over de hoek van Ninth en Kennick. Daarom had Brinkley haar gebeld toen ze het lijk hadden ontdekt, en hij had dankbaar geleken. Mary kwam weer enigszins bij van de schok en probeerde het te begrijpen. 'Maar waar is Trish? Nu hij dood is, bedoel ik.'

'Ik heb geen flauw idee.'

'Maar wat vind jij ervan? Hij is dood, zou zij dus nog leven? Dat zou toch kunnen?'

'Mary, dat weet ik echt niet. Ik ga daar niet over speculeren.'

'Reg, je hebt het tegen mij. Zeg nu maar gewoon wat jij ervan vindt.'

'Nou, goed dan.' Brinkley ging zachter praten. 'Je moet maar van het ergste uitgaan.'

Mary's knieën knikten en ze hoopte dat ze zich in kon houden, zeker voor al die mensen.

Brinkley vroeg haar: 'Heb je dat dagboek nog naar Vermiste Personen gestuurd, zoals ik je had verzocht?'

'Ja.' Mary dwong zichzelf na te denken. 'Ik heb een koerier gestuurd.'

'Mooi, dan krijg ik het nog wel. Is er nog iets wat ik moet weten?'

'Er is een maffiagozer genaamd Cadillac, die vermoedde dat hij geld achterhield.'

'Cadillac?' Brinkley haalde zijn opschrijfboekje uit zijn achterzak en een pen uit zijn binnenzak.

'Ja. Komt die naam je bekend voor?'

'Nee.' Brinkley schreef iets op. 'Staat dat in het dagboek?'

'Ja. Trish maakte zich zorgen om hem.' Mary onderdrukte haar gevoelens. Ze moest helpen. Als Trish nog leefde, dan zouden ze haar daarmee misschien kunnen opsporen. 'Bobby's zus zei dat hij ergens een huis had. Ze weet niet waar, omdat ze van elkaar vervreemd zijn. Hij wilde een plek waar hij onvindbaar was.'

'Hoe heet zij ook alweer?'

Mary vertelde het hem en vroeg toen: 'Wanneer is hij vermoord?'

'Waarschijnlijk gisteravond laat. Dat is uiteraard onofficieel. Hij had Trish' mobieltje bij zich, en daarop hebben we gezien dat ze haar moeder heeft gebeld. Daarna heeft ze niet meer gebeld.'

'Had hij haar gsm bij zich?' Mary probeerde dat te begrijpen. Dat was niet goed. Ze werd misselijk als ze eraan dacht. 'Hebben jullie zijn auto al gevonden? Het is een zwarte BMW. Nieuw.'

'Nee, die hebben we nog niet.'

'Hij moet hier ergens staan. Ze zijn erin weggereden. De buurman heeft ze gezien. Tenzij die weer thuis staat.'

'We zullen kijken.' Brinkley maakte een aantekening.

In het steegje werd met een luid, metaalachtig getik de brancard waar het lijk op lag omhooggetrokken.

Brinkley zei: 'Ik heb het aangemeld, en ik heb ook de moeder, mevrouw Gambone, gebeld. Die was behoorlijk van streek. Je vriendin was bij haar, die van de tv.'

'Giulia.'

Brinkley legde zijn hand op Mary's schouder. 'De patholoog zal zo snel mogelijk de sectie uitvoeren. Misschien kunnen we aan de hand van het lijk ontdekken waar ze is. Maar hoe dan ook, we zullen haar opsporen. Maak je maar geen zorgen.'

Voor de hekken werd opeens geschreeuwd en ze keken die kant op. Er was een gevecht in de mensenmassa uitgebroken, en iedereen duwde en trok. Agenten kwamen uit alle richtingen aangerend en Mary strekte haar nek uit om wat te zien. De menigte kwam naar voren en de tv-lampen zwaaiden hun kant op en verlichtten de chaos die ontstond.

'Hier blijven!' Brinkley haastte zich naar het opstootje toe.

Maar toen Mary zag wat het probleem was, wist ze dat de politie van Philadelphia dat niet in haar eentje kon klaren.

22

RITCHIE PO STORMDE DOOR DE menigte naar de dranghekken. Er renden mannen met hem mee om het pad te effenen, hoewel de agenten hen tegen probeerden te houden, en hen wegtrokken. Er werd geschreeuwd en plotseling klonk er een paniekerige gil op toen de agenten met pepperspray gingen zwaaien. Brinkley liep naar het hek en gaf de andere agenten een teken dat ze een handje moesten helpen. Een metalen stelling met lampen viel om en sloeg in stukken tegen de grond, waarna mensen zich snel uit de voeten maakten. Er werd gegild en in de chaos werden journalisten opzij geduwd. Het publiek nam het op voor Po en schreeuwde naar de politie.

'Wat een puinhoop!' zei Anthony, die zich amper verstaanbaar kon maken.

'Uit de weg, mensen!' werd er achter hen geroepen, en Mary besefte dat zij en Anthony zich tussen de steeg en de schreeuwende menigte bevonden. Ze stapten snel opzij en de mensen van de technische recherche, geschrokken door het plotselinge geweld, kwamen het steegje uit spurten. De assistenten van de patholoog bogen zich naar voren en reden de metalen brancard met de zwarte lijkenzak erop met een sneltreinvaart de straat op.

Ritchie en zijn vrienden bestormden de dranghekken en de pers had moeite om een foto van de lijkenzak te maken voor de assistenten de wielen van de brancard inklapten en hem in de auto hesen.

'Ik wil mijn broer zien!' schreeuwde hij. 'Laat me erdoor! Ik wil mijn broer zien!'

'Schiet op!' De assistenten van de patholoog schoven de brancard in de wagen en sprongen snel weg toen de menigte op hen af kwam, met Ritchie voorop.

Opeens werden de journalisten en de cameramensen naar voren geschoven, de dranghekken vielen om en een heel leger agenten in uniform, Brinkley, Kovich, en Ritchie Po vertrapten de dranghekken en stormden naar voren. 'Ho, blijf staan!' riep Brinkley, die Ritchie beetpakte terwijl hij met een horde agenten in zijn kielzog langs hem heen denderde richting de wagen.

Mary keek stomverbaasd toe. De agenten kregen Ritchie en de man-

nen die bij hem waren eindelijk te pakken. De menigte hief een boege-
roep aan en schreeuwde, en boven de herrie uit kon ze Brinkley en de
agenten horen. Ritchie schreeuwde niet langer en het geduw en getrek
hield, net zo plotseling als het was begonnen, eindelijk op.

Mary was sprakeloos en probeerde alles wat ze had gezien op een rijtje te zetten. Iemand kneep in haar schouder en ze keek om en besefte
dat Anthony en zij op de een of andere manier de menigte hadden ont-
weken.

'Godsamme, ongelooflijk gewoon.' Anthony keek Mary met een ver-
dwaasde glimlach aan. 'Leid jij altijd zo'n hectisch leven?'

Ze kon er niet om lachen. In de grote stroom mensen was iemand
haar opgevallen. Daar bij het witte licht stond meneer Po in een geel re-
genjack en wijde broek. Zijn verweerde hand rustte op een nog overeind staande schraag en hij keek naar de zwarte auto. Zijn grijze haren
werden door de wind verwaaid en door het licht vielen er schaduwen
over zijn gezicht en waren zijn ogen niet meer dan zwarte spleten.

Mary dacht opeens: hij is lang niet zo van streek als hij zou moeten
zijn.

Mary en Anthony liepen achter Brinkley en Kovich aan naar het Roundhouse waar Ritchie Po en zijn vader naartoe waren gebracht om ondervraagd te worden. Ze wilde dolgraag de ondervraging van Ritchie zien,
maar in tegenstelling tot wat men in tv-series en films te zien krijgt, waren er bij Moordzaken geen doorkijkspiegels. In plaats daarvan werden
Mary, Anthony en twee mannen van de FBI, special agents Jimmy Kiesling en Marc Robert Steinberg, in een andere verhoorkamer gepropt
waar ze op niet bij elkaar passende stoelen zaten en afschuwelijk slechte, koude koffie kregen. De agenten vroegen zich ongetwijfeld af waarom twee burgers met zoveel egards behandeld werden, en Mary wist dat
zij bij het gesprek met Po aanwezig wilden zijn. De agenten vonden het
maar niets dat ze aan de kindertafel moesten zitten.

'Terry O'Quinn,' zei Steinberg opeens terwijl hij opkeek van zijn
krant. Hij was de rustigere en de oudere van de twee en had een leuke
grijze snor, mollige wangen en een rode huid. Hij had zijn bril op zijn
hoofd geschoven, zodat zijn dikke peper-en-zoutkleurige haar als een
bezem overeind stond.

'Hè?' vroeg Kiesling met een verbaasde frons.

'Weet je nog dat ik zei dat Po me aan iemand deed denken? Het
schoot me opeens te binnen. Terry O'Quinn. Die kale in *Lost*.'

'Daar heb ik nooit naar gekeken.'

'Het is bijna net zo goed als *24.*'

'Dat zal wel, ouwe.' Kiesling moest bijna lachen. Hij was in de veertig, had een spitse kin en zijn huid zat strak over zijn uitstekende jukbeenderen. Hij had kleine, bruine ogen en zijn donkere haar werd al wat dunner. Hij had gezegd dat hij marathons liep, maar wat Mary betrof kon hij wel een goede Italiaanse maaltijd gebruiken.

'En, wat doen jullie aan de maffia?' vroeg ze.

'We zitten bij de Task Force.' Kiesling hield zijn hoofd schuin. 'Wat weet u van de zaak af?'

'Best wel veel.'

'Weet u iets waar we wat aan kunnen hebben? We kunnen dat nu mooi bepraten.'

'Prima.' Mary vond dat zij hun hetzelfde moest vertellen als ze aan Brinkley had gedaan. Ze had geen zin in juridische spelletjes, niet na de moord van die avond. 'Dit weten jullie misschien nog niet: Trish Gambone dacht dat haar vriend geld achterhield van zijn drugdeals.'

'Hoe weet u dat?' vroeg Kiesling.

'Dat heeft ze me verteld en het stond in haar dagboek.' Mary vertelde hem alles erover, en hij keek ernstig. 'Er was een maffialid, Cadillac, en hij vermoedde ook dat hij geld achterhield.'

Kiesling schoof naar voren en Mary meende een glimp van herkenning in zijn ogen te bespeuren. Steinberg keek haar over zijn krant aan.

'Weten jullie wie Cadillac is?' vroeg ze.

'Daar mogen we het niet over hebben,' antwoordde Kiesling.

'Het blijft onder ons. Wie is Cadillac?'

'Sorry, het mag niet.'

'Hoor eens, ik ben advocaat en ik vertegenwoordig Trish. Ik heb het recht op informatie als dat tot haar opsporing kan leiden.'

'Ik zou het graag willen, maar het mag echt niet.'

'U zei dat we moesten praten. Tot dusver ben ik de enige geweest die gepraat heeft.' Mary wist dat het geen sterk argument was. 'Mijn cliënte wordt vermist, en ik wil erg graag weten waar ze is.' Ze kon zichzelf er niet toe brengen te zeggen: en ik wil graag weten of ze nog leeft.

'Ze sporen haar heus wel op, maak je maar geen zorgen.' Anthony legde zijn hand op Mary's arm, maar dat troostte haar niet, en het hield haar ook niet tegen.

'Denkt u dat de moordenaar iemand van de maffia is? Een concurrent wellicht die zijn plek wilde hebben om te dealen?'

'Alles is mogelijk.' Kiesling hield verder weer zijn mond.

Mary kookte als haar moeders soep.

'Maar dat ligt er natuurlijk aan voor wie hij die drugs verkocht, niet-waar? Weet u misschien voor wie hij bij de maffia drugs dealde?'

'Daar mogen we het niet met u over hebben.'

'Ik weet dat hij vaak in Biannetti's rondhing. Hij was daar eigenlijk altijd.'

'Waarom denkt u dat?' Kiesling hield zijn keurig geknipte hoofd schuin.

'Dat stond in Trish' dagboek. Wist u van Biannetti's?'

'Dat kan ik niet met u bepraten.'

'Goed, ik snap het. Het is eenrichtingsverkeer.' Mary kookte over, wat met haar moeders soep nooit gebeurde. 'Maar zal ik u eens vertellen wat ik níét snap? Als iedereen wist dat maffialeden in Biannetti's rondhangen, waarom gaan jullie daar dan niet gewoon naartoe en ondervraagt u ze? Waarom pakt u die gangsters niet een voor een op en vraagt u ze of ze weten waar Trish is?'

'U weet best dat het niet zo eenvoudig ligt. U bent toch advocaat?'

'Als advocaat snap ik het juist niet.' Mary verhief onwillekeurig haar stem. 'U zou daar naartoe moeten gaan en alles tot op de bodem uitzoeken. Trish' leven staat op het spel.'

Anthony kwam tussenbeide. 'Mary, ik wil je iets vragen. Ritchie Po en zijn vader worden al ondervraagd over waar Trish kan zijn. Zij hoeven niet mee te werken, toch?'

'Nee, en dat zullen ze waarschijnlijk ook niet doen,' antwoordde Mary, die wist dat hij haar wilde afleiden of haar aanval wilde afzwakken. 'Hun advocaat is er vast al bij, en die heeft hun verteld hun mond te houden, ook als ze weten waar ze is.'

Steinberg liet de krant zakken. 'Ze weten donders goed waar het meisje is.'

'Denkt u?' Mary keek hem aan.

'Natuurlijk wel.'

'Hoezo?'

'Doe niet zo naïef.'

Slik. 'Oké, ik ben naïef. Wilt u soms beweren dat de maffia dit niet zo doet?'

'Ja.'

Onder zijn snor perste Steinberg zijn lippen samen. 'Hoor eens, vol-gens mij weten ze niet alleen waar ze is, maar ook wie het lijk heeft ge-dumpt. Die broer Ritchie kan totaal niet toneelspelen.'

'Dat ben ik niet met u eens,' zei Mary hartgrondig. 'Het leek mij wel gemeend. Ritchie was echt verbaasd dat zijn broer was vermoord, maar zijn vader niet.'

Kiesling en Steinberg keken haar aan alsof ze zo dom was als het achtereind van een varken.

Mary ging door: 'Ik heb Ritchie gezien en gehoord, en ik ken hem. In elk geval een beetje.'

'Waar kent u hem dan van?'

'Van school en ik kom uit de buurt. Tot op zekere hoogte ben ik een van hen. Ik ken de mensen.'

'U ként ze?'

Anthony begreep het en knikte.

'Laat maar zitten.' Mary kon het niet uitleggen aan de FBI-agenten. Haar moeder zou hen *Medigan* hebben genoemd. Het had jaren geduurd voordat Mary had begrepen dat haar moeder daar 'Amerikaan' mee bedoelde, maar dan met een sterk Italiaans accent. 'Mag ik u iets vragen? Denkt u dat Trish nog in leven is?'

'In dit soort zaken speculeren we nooit.'

'In het algemeen dan. U bent de experts. Hebt u ooit gehoord van een situatie dat iemand nog leeft nadat de ontvoerder is vermoord?'

Kiesling antwoordde: 'Volwassenen worden over het algemeen om twee redenen ontvoerd: losgeld of seks. In de kidnapzaak-Donchess draait het duidelijk om geld.' Zijn stem klonk opeens belerend en hij keek ernstig. 'Bij een volwassene, en zeker als het een vrouw betreft, gaat het dikwijls om een seksslavinsituatie.'

Mary zei spottend: 'Maar dat gaat hier niet op. Trish was zijn vriendin.'

Kiesling trok zijn wenkbrauw op. 'Ik dacht dat we het er in het algemeen over hadden.'

O.

'Een vriend van mij zat op een zaak in Wisconsin waarbij een buurman een tiener had gekidnapt en haar in een kelder opgesloten hield.'

'Hebben ze haar opgespoord?'

'Zeker weten, en ze hebben hem aangeklaagd ook.'

Mary glimlachte hoopvol.

'Ze woonde er pal naast.'

'Echt waar? Hoelang duurde het voordat ze haar hadden opgespoord?'

'Twee weken.'

'Twee weken, en ze zat er pal naast?' vroeg Mary geschokt.

Kiesling zei rustig: 'Als er seks in het spel is, worden ze vaak niet zo snel opgespoord. Kijk maar eens naar die zaak in België, daar zat een meisje tien jaar vast. Pas toen kon ze ontsnappen.'

Steinberg keek op van het sportkatern. 'Natascha Kampusch. In Oostenrijk was dat geloof ik. In België hield een man een groep schoolmeisjes meer dan tien jaar gevangen: ene Marc Dutroux. Als ik me het goed herinner, is een van de meisjes van de honger in die kelder omgekomen toen Dutroux de gevangenis in ging voor het stelen van een auto. Niemand wist dat ze daar zaten.'

Mary voelde zich ellendig. Dat kon hier ook gebeuren, en dan ging ze er nog van uit dat Trish nog leefde. Ze voelde zich schuldig, doodop en verdrietig. Ze moest even naar de wc en stond op. 'Ik ben zo terug.'

Anthony lachte haar vriendelijk toe, maar Mary voelde zich zo beroerd dat ze er niet op reageerde. Ze liep de kleine kamer door, stapte de gang op en deed de deur achter zich dicht.

Ze had het niet slechter kunnen treffen.

23

'WEL VERDOMME!' SCHREEUWDE IEMAND, EN Mary bleef stokstijf staan. Ritchie stond samen met zijn vader in de deur van een andere verhoorkamer, zijn wang bont en blauw en zijn zwarte T-shirt gescheurd tijdens het gevecht. 'Wat doe jij hier!' brulde hij.

'Zo kan hij wel weer, Ritchie.' Brinkley kwam de verhoorkamer uit lopen en legde zijn sterke hand op Ritchies arm. Stan Kovich kwam ook naar buiten stormen met nog iemand in pak. Er kwamen nog meer politiemensen aan snellen voor het geval het op heibel uit zou lopen. De enige die rustig bleef was meneer Po.

'Kalm aan, grote jongen.' Een stevig gebouwde advocaat in een Italiaans pak dook naast Ritchie op. 'Wegwezen hier.'

'Pas nadat ze me heeft verteld wat ze hier doet!' Ritchie zette een stap naar voren, maar zijn advocaat en Brinkley hielden hem tegen.

Mary deinsde achteruit en deed haar best te begrijpen wat er aan de hand was. Ritchie had niet kunnen weten dat ze daar was. Anthony en zij waren pas na hen aangekomen. Agent Kiesling en Steinberg kwamen met Anthony de verhoorkamer uit lopen.

'Kom, Mary,' zei hij, terwijl hij haar arm aanraakte.

'Wat is er aan de hand?' vroeg Kiesling, meteen op zijn qui-vive, en Steinberg bleef beschermend naast Mary staan.

'Hoor je nu bij hén, Mary?' Ritchie keek haar woedend aan. 'Jij was het meisje van mijn broer. En nu hoor je bij de FBI?'

Nee, hè? Mary was er gloeiend bij. Brinkley keek snel met toegeknepen ogen om zich heen, en Mary kon zien wat hij dacht: verraad. Ze wist niet wat ze moest zeggen. Ze had hem niet over haar verleden verteld, en hij had er geen idee van gehad. Kovich' lippen waren, zeer ongebruikelijk voor hem, een dunne streep: hij was duidelijk teleurgesteld.

'Rustig nou maar, grote jongen,' zei Ritchies advocaat. 'We zijn hier weg.'

Anthony pakte Mary bij de arm. 'Kom mee,' zei hij, en ze liepen snel de gang door, terwijl Ritchie achter hen stond te schreeuwen. Ze liet zichzelf de lift in dirigeren, door de hal, langs de vitrinekasten en uiteindelijk door de voordeur, waar de pers hen overviel met camera's, flitslichten en vragen.

'Mevrouw DiNunzio, hoe bent u hierbij betrokken?' 'Mary, de politie zegt dat dit aanleiding is voor een maffiaoorlog. Is de misdaadfamilie Merlino erbij betrokken?' Journalisten kwamen uit het donker naar voren dringen en staken microfoons onder Mary's neus. Anthony en zij liepen snel met hun hoofd gebogen door. 'Hebt u nog commentaar over de verdwijning van Trish Gambone? Heeft de politie al aanwijzingen?' 'Mary, Mary, kijk eens deze kant op!' Camera's snorden en fototoestellen flitsten zo fel en plotseling als bliksemschichten. 'Mevrouw DiNunzio, is er al een verdachte in de moord...'

Mary en Anthony liepen op een holletje naar zijn auto, en sprongen erin. Hij startte onmiddellijk, gaf gas en spoot het parkeerterrein af. Ze maakten een scherpe bocht naar links de snelweg op.

Anthony keek Mary even aan. 'Ik breng je naar huis,' zei hij. 'We kunnen je auto wel een andere keer ophalen.'

'Goed, bedankt.' Mary keek weg en vroeg zich af wat Anthony dacht. Ze had hem niet verteld dat ze wist van wie het lijk was. Hij gaf gas en Mary hield zich vast aan de handgreep. Het gaf haar een veilig gevoel terwijl alles om haar heen afbrokkelde.

Ze kneep haar ogen dicht om de blik in Brinkleys ogen uit haar gedachten te bannen. Hij dacht vast dat ze een leugenaar was en spelletjes speelde met hem en de afdeling Moordzaken. Waarom had ze het hem niet verteld? De eerste keer dat ze hem had gesproken, was Giulia erbij geweest en ze wilde niet dat Giulia het wist. Maar waarom had ze het daarna niet verteld?

Het was niet druk op de weg en in de donkere avond reden ze vlot door. Ze zag opeens de lijkenzak weer voor zich. De marmergrijze wangen. Zijn blauwe ogen, star als ijs. Zou Trish nog in leven zijn? De kidnappings waar Kiesling en Steinberg het over hadden gehad waren afschuwelijk. Dutroux. Meisjes die stierven terwijl hij in de gevangenis zat.

'Gaat het wel?' vroeg Anthony vriendelijk, maar ze kon geen woord uitbrengen. 'Heb je misschien honger?'

'Nee, dank je,' kreeg ze eindelijk haar strot uit. De rest van het ritje keek ze uit het raam naar de passerende auto's, de rode achterlichten en de bellende chauffeurs, waarbij ze haar gezicht van Anthony afgewend hield. Ze waren binnen de kortste keren bij haar huis. De straat lag er rustig en verlaten bij. De meeste buren waren al naar bed en de lampen waren uit. Pal voor haar deur was een parkeerplaatsje. Anthony zette de auto daar neer en keek haar aan.

'Heel erg bedankt,' zei Mary, met de hand op de deurhendel.

'Ik wil graag even mee naar binnen, als je het niet erg vindt.' Anthony praatte zachtjes. 'Het lijkt me geen goed idee dat je nu alleen bent.'

'Het gaat prima met me, bedankt.' Mary diepte haar huissleutel op uit haar tas en stapte uit de auto.

Anthony stapte ook uit en deed zijn portier dicht. 'Ik loop toch even met je mee naar binnen.'

Mary liep naar de voordeur en zag Anthony naast zich op de stoep opduiken. Zijn handen had hij diep in de zakken van zijn sportjasje gestoken en zijn donkere ogen stonden bezorgd.

'Hoor eens,' zei hij. 'Waarom mag ik niet mee naar binnen? Ik zal je niet aanranden of je proberen te versieren. Ik weet best dat je niets in me ziet.'

Au. 'Daar gaat het niet om. Nou ja, gewoon... Ik denk niet dat ik leuk gezelschap zal zijn.'

'Dat is niet erg. Laat me nou maar meekomen. Je kunt wel een vriend gebruiken. Een aardige, veilige homovriend.'

Mary kon geen glimlach tevoorschijn toveren. Ze voelde zich leeg en lamgeslagen. Het was moeilijk te bevatten wat ze die avond had gezien, en wat voor consequenties dat voor Trish zou kunnen hebben.

'Kom maar,' zei Anthony zachtjes, terwijl hij de sleutels voorzichtig van haar overnam. 'Dan gaan we naar binnen.'

Mary stapte haar woning binnen, en Anthony kwam achter haar aan. Hij deed het nachtslot erop en legde de sleutels op het haltafeltje. Ze had beneden de post gepakt en legde die op de salontafel en vervolgens legde ze haar tas en jas op een stoel in de donkere zitkamer. Op de automatische piloot liep ze over de houten vloer naar de keuken. Ze deed het licht aan en ging meteen naar de koelkast.

'Wil je iets hebben?' vroeg ze, terwijl ze in de koelkast keek: twee tomaten, een pak magere melk en een plastic bakje met mozzarella, die vreselijk zou stinken. Ze had al in geen eeuwen boodschappen gedaan.

'Kom eens,' Anthony pakte Mary bij de arm en liep met haar naar de keukenstoel. 'Ga nou maar zitten. De dokter is er.'

'Regel jij het dan?'

'Ja. Blijf hier maar zitten en kijk nog maar eens driehonderd keer op je BlackBerry.'

'Zo erg is het nu ook weer niet.'

'Nou en of. Je bent er nog erger aan verslaafd dan ik. We zouden eens een afkickprogramma moeten volgen.'

'Hé, hij zit nog in mijn tas.'

'O, daar zal hij niet blij mee zijn.' Anthony trok zijn jas uit, hing die over de stoel tegenover haar, en stroopte de mouwen van zijn witte overhemd op zodat zijn magere armen zichtbaar werden. Hij had een slank middel met een mooie zwarte riem eromheen, en in zijn donkere broek zat een volmaakte vouw. Hij liep naar de koelkast en trok de deur open. 'Heb je echt geen trek?'

'Nee, helemaal niet.'

'Heb je wijn?'

'In de kast.'

'Welke?' Anthony deed de deur dicht, draaide zich om en toen Mary de kast aanwees die ze bedoelde, liep hij ernaartoe en trok de deur open. 'Eens zien, een blik kreeftensaus, bonen en vier dozen spaghetti, elk halfvol. Kijk aan, en een fles merlot. Wat ben je toch een zuiplap.'

'Die heb ik gekregen.' Mary had nog steeds hoofdpijn.

'Kurkentrekker?' vroeg Anthony, en Mary wees totdat hij die had gevonden en ook twee wijnglazen, twee servetten en een stuk harde locatelli die hij in dunne plakjes schaafde en samen met wat groene olijven op een bord legde. Hij glimlachte, hield de twee wijnglazen in zijn hand en zei: 'Zullen we naar de zitkamer gaan? Dat zit wat lekkerder. Kom maar.' Hij stak de fles wijn onder zijn arm, pakte de kurkentrekker in zijn ene en het bord met de kaas in zijn andere hand en ging haar voor naar de donkere zitkamer waar hij alles op de salontafel zette.

Mary kwam achter hem aan alsof het haar huis niet was. 'Ik zal het licht wel aandoen.'

'Nee, laat maar. Zo is beter.'

'Wil je het niet aan?'

'Nee. Zo donker is het nu ook weer niet. Ik kan genoeg zien.' De maan scheen door het raam naar binnen op Anthony's rug zodat zijn overhemd nog witter leek en de glazen een spookachtige glans kregen. Hij boog zich naar voren en schonk de wijn in, die een klotsend geluid maakte zodra die het glas raakte.

'Goed dan.' Mary viel op de bank neer en schopte haar pumps uit.

'Opdrinken, zegt de dokter.'

'Dank je.' Mary nam een slok en het smaakte verrukkelijk. Ze voelde zich meteen schuldig dat ze thuis merlot zat te drinken terwijl Trish vermist werd en misschien wel dood was.

'Lekker wijntje.' Anthony zat in de leunstoel schuin tegenover haar en de maan scheen op zijn donkere haren. Zijn ogen lagen in de schaduw, maar zijn glimlach, die een beetje triest was, niet. Na een poosje zei hij: 'Ik kan me niet voorstellen hoe je je nu voelt.'

Mary nam nog een slok wijn, het dunne kristal langzaam verwarmend met haar handen. 'Ik ook niet.'

Anthony lachte niet, en dat was fijn, want ze maakte geen grapje. Hij boog zich naar voren en schoof het bord met kaas naar haar toe. *Mangia, bella.*'

Mary reageerde op zijn stem, die zacht en zwaar was, of misschien wel op het Italiaans, de taal uit haar jeugd. Ze pakte een plakje locatelli en nam er een hapje van voordat het tussen haar vingers verkruimelde. Het was pittig en smaakte perfect bij de wijn.

'Je bent doodop.'

'Daar zou je wel eens gelijk in kunnen hebben.'

'Ik blijf niet lang.'

Mary keek door het raam naar buiten. Omdat ze driehoog woonde, kon ze de lichtjes in de andere huizen zien branden, met daarachter de skyline van Philadelphia die twinkelde in de verte. Ze vroeg zich af of Trish nog in de stad was, en moest toen aan mevrouw Gambone denken. 'Er zal vanavond veel gehuild worden in de stad.'

'Ja, het is allemaal heel erg en erg verdrietig.'

'Dat is zo, dat heb je goed gezegd.' Mary voelde zich opeens verloren. Ze wreef over haar gezicht, nam een slok wijn, die opeens een flinke teug werd. 'Ik kan gewoon niet geloven wat er allemaal gebeurt. Dat Trish verdwenen is. Dat hij dood is.' *Hij is dood.* 'Vreselijk gewoon.'

'Ik hoef geen plaats delict meer te zien. Maar ik denk wel dat ze Trish op zullen sporen.'

'Hoezo? Hoe weet je dat?'

'Ze kunnen veel met behulp van het lijk ontdekken, zei inspecteur Brinkley. Ze vinden vast aanwijzingen waar ze is.'

Ze zijn momenteel bezig met de sectie. Hij ligt op een metalen tafel.

'Brinkley lijkt me een zeer competente man.'

'Dat is hij ook. Maar ik vind het zo egoïstisch om hier gewoon te zitten. Ik zou iets moeten doen.'

'Je hebt al genoeg gedaan. Jij hebt ze die tip gegeven. Door jou hebben ze het lijk zo snel ontdekt. En zoals je al zei, dat zou kunnen uitmaken bij het opsporen van Trish.'

'Als ze tenminste nog in leven is.' Voor de eerste keer durfde Mary dat hardop uit te spreken. De wijn maakte haar tong los.

'Ze leeft nog. Daar moet je gewoon op vertrouwen. Je hebt hen fantastisch geholpen met die tip.'

Mary kon er niet meer tegen. 'Daarom zei ik het niet, zodat jij me kon vertellen hoe goed ik ben. Ik weet wanneer ik iets verkeerd heb gedaan, en dit heb ik heel erg verkeerd aangepakt.'

'Jij blijft je verantwoordelijk voelen voor wat er met Trish gebeurt.'

'Dit gaat even niet over mij, oké?' Mary dronk nog wat wijn, in de hoop dat het sneller effect zou krijgen. 'Er wordt een vrouw vermist, en het gaat over haar. Niet over mij.'

'Prima.'

Mary wilde zichzelf weer in de hand krijgen en was blij dat het zo donker was.

'Goed.' Anthony hield glimlachend zijn hoofd schuin. 'Hebben we nu ruzie?'

'Nee.'

'Mooi. In dat geval raad ik je aan je bij deze zaak wat meer afzijdig te houden. Ritchie Po ziet je nu als een vijand, en hij is een behoorlijk enge vent.'

Mary beefde. 'Ben jij bang voor de maffia?'

'Nou en of.'

'Ik ook.' Ze lachten allebei, en Mary merkte dat de alcohol haar geest benevelde. Ze kon zich niet meer herinneren wanneer ze voor het laatst had gegeten. Ze proefde de locatelli nog zoutig en korrelig op haar tong.

'Ik heb verteld dat ik de moord op Carlo Tresca onderzoek, hè? Hij werd in Little Italy doodgeschoten en de zaak is nooit opgelost. De maffia is verantwoordelijk, alleen de namen en de plaatsen zijn veranderd.' Anthony grinnikte even. 'De politie weet waar ze mee bezig is, en als Brinkley je wil spreken, dan belt hij wel.'

Mary schudde haar hoofd, en haar hersens klotsten van de ene naar de andere kant. 'Ik had het hem moeten vertellen. Maar ik kreeg de kans niet.'

'Wat had je hem moeten vertellen?'

Mijn geheim. Maar Mary was niet dronken genoeg om dat te zeggen. Opeens drukte de last van alles zwaar op haar schouders. Alles wat ze had gedaan, en wat ze niet had gedaan. Mensen die deze avond het leven hadden gelaten, en de mensen daarvoor. 'Ik ben een weduwe, weet je dat?'

'Ja, dat weet ik. Erg voor je.'

'Mijn man is overleden.'

Anthony knikte en Mary besefte wat een stomme opmerking dat was geweest.

'Sorry, je zult wel denken,' zei ze.

'Je bent gewoon moe.'

Mary nam nog een slok. 'Ik kende hem, je hebt vast wel gehoord dat Ritchie dat zei.'

'Wie kende je?'

'De overledene.'

'Je man?'

'Nee.' Mary's gedachten schoten alle kanten op. 'De man in de lijkenzak. Ik had op school verkering met hem.'

'Ja, dat hoorde ik inderdaad, maar ik wist niet of het waar was.'

'Dus wel.'

'Dat wist ik niet.'

'Niemand wist het. Het heeft ook maar heel kort geduurd. Hij dacht dat ik hem had gedumpt, blijkbaar.' Mary herinnerde zich wat Rosaria op het bankje in Brick had gezegd: het was een misverstand.

'Wat erg.'

'Zeg dat wel.'

'Was je verliefd op hem?'

'Ja,' zei Mary zonder te aarzelen. Het was geen liefde geweest, zoals met Mike, maar het kwam wel in de buurt. Hij was haar eerste vriendje.

'En hij?'

'Of hij verliefd was? Ik dacht van niet, tot een tijdje terug.'

'Dan vind ik het heel erg voor je.'

Mary knipperde met haar ogen. Het wás inderdaad erg.

Anthony zei: 'Dat verklaart veel.'

'Hoezo?'

'Je hebt al twee mannen verloren van wie je hebt gehouden. Dat is veel, gezien je leeftijd.'

Mary dacht erover na. Ze had er nog niet eerder bij stilgestaan. Maar het klopte niet helemaal. 'Het zijn er zelfs drie, mijn vriend Brent ook.'

'Drie te veel dan.'

Het zijn er zelfs vier.

'Niet vreemd dus, dat je er zo kapot van bent.'

Mary wilde het hem graag vertellen. Ze moest het gewoon kwijt. Ze wilde biechten, maar dan niet in een biechtstoel. Het was in elk geval donker, en misschien was de tijd er wel rijp voor. Ze had het zo lang binnengehouden. Niemand wist het, zelfs Judy niet, en al helemaal niet haar familie. Ze zette het glas wijn neer. Ze vroeg: 'Wat gebeurt er met een Goretti-meisje dat abortus heeft laten plegen?'

Na een korte stilte zei Anthony: 'Zeg jij het maar.'

'Ze houdt het geheim. Een groot geheim.'

'Echt waar?'

'Ik was de Meikoningin, weet je. Witte jurk, bloemenkrans. De hele faculteit had op me gestemd. Ik was degene die het meest haar waarden vertegenwoordigde.'

'De waarden van wie?'

'Van Goretti. Je kent die fabel toch wel?'

'Ja, natuurlijk.'

Mary hoefde het hem dus niet te vertellen. Maria Goretti was een Italiaans meisje dat stierf toen een man haar wilde verkrachten en ze haar eer verdedigde. Ze was gestorven om maagd te blijven. De ironie was te groot. Mary slikte moeizaam en zag dat Anthony zijn blik niet afwendde en haar ook niet scheen te veroordelen. In het maanlicht kon ze het in elk geval vertellen. Misschien was hij niet meer zo gelovig, of misschien zou hij haar pas onderweg naar huis veroordelen.

'Dat soort dingen gebeurt nu eenmaal, Mary.'

'Dat blijkt wel. Ik voelde me zo schijnheilig. Ik had het gevoel dat ik ze allemaal verraadde, de leraren, de nonnen, iedereen die van me hield. Die me vertrouwde.'

'Je verraadde ze niet.'

'Wel waar. Ik ben bepaald niet gestorven toen ik mijn eer verdedigde.'

'Je bent dus geen heilige,' zei Anthony zacht, en dat troostte Mary een beetje. Maar ze zei niets meer. Even later vroeg hij: 'Wie was de vader? Trish' vriend Bobby Mancuso?'

'Ja,' zei Mary meteen. Het gaf haar een goed gevoel om het hardop te zeggen, om Bobby in het openbaar te erkennen. Ze had niet tegen haar ouders kunnen zeggen dat ze zwanger was, want die zouden er kapot van zijn geweest. En ook niet tegen Judy, die zich gekwetst zou voelen dat ze het haar nooit had verteld. Dit was de eerste keer dat Mary het erover had, en dat deed ze voor de baby. Haar baby. Hún baby, die zelfs niet lang genoeg geleefd had om gedoopt te worden en dus nooit een mooie doopjurk had gedragen.

'Oké.'

Mary schraapte haar keel. 'De eerste keer dat we het deden, achter in een auto, raakte ik al zwanger. Wat een pech, hè?'

Anthony kreunde.

'Bobby zei dat hij blauwe ballen had, wat dat ook mocht betekenen, en hij haalde me over om het te doen. Maar toegegeven, ik was verliefd. Ik was het niet van plan, maar ik hield van hem. Zelfs erna.'

Anthony zei niets.

'We hebben elkaar daarna nog een paar keer gezien, maar we hebben nooit meer gevrijd, en ik kon hem zelfs niet meer aankijken. Toen ik niet ongesteld werd, wist ik het meteen. Ik liet abortus plegen en heb het niemand verteld, ook niet aan hem. Aan hem al helemaal niet. Ik schaamde me zo, dat ik hem niet meer wilde zien. Ik wilde hem ook geen bijles meer geven. Ik dacht dat hij me niet meer zag staan, maar ik was degene die hem niet meer zag staan. Ik ging hem uit de weg. En zo ging het gewoon uit.'

'Ik kan me voorstellen dat je het hem niet wilde vertellen.'

'O, ja?' Mary kreeg een brok in haar keel. 'Daar heb ik nu spijt van. Ik heb er al heel lang spijt van.'

'Hoezo?'

'Eerst had ik er spijt van omdat ik vond dat hij het recht had om het te weten, maar dat is een intellectueel concept. Abstract. Juridisch. Nu heb ik er spijt van omdat het wellicht allemaal anders was gelopen als hij het had geweten. Als ik het hem had verteld.'

'Wat zou anders zijn gelopen?'

'Alles.'

'Dan had jij met hem samengewoond en niet Trish, bedoel je?'

Mary dacht erover na en wist voor het eerst het antwoord daarop. 'Nee, dat hoeft niet per se.'

Anthony glimlachte. 'Dat is nu echt een antwoord dat een advocaat zou geven.'

'Ik word gek van wat had kunnen zijn. Stel dat ik met hem had samengewoond? Zou hij dan anders zijn geweest, goed in plaats van slecht?'

'Ik snap het.'

'Er zijn bepaalde beslissingen in je leven die kritiek zijn, die gevolgen hebben voor een hoop mensen, die de boel helemaal omgooien. Je hele leven, en niet alleen jouw leven, maar ook dat van mensen om je heen.' Mary zat hardop na te denken. Hier had ze al sinds die dag op kantoor dat Trish langs was gekomen over nagedacht. 'Als ik het hem had verteld, en we waren bij elkaar gebleven, zou hij dan op het rechte pad zijn gebleven? Zou hij zijn gaan studeren? Zou hij dan nog leven? En Trish? Zou zij veilig zijn?'

'Ja, dat is zo.'

'Stel dat ik met hem had samengewoond? Zou ik dan ook zijn ge-storven?'

'Daar zeg je zoiets,' zei Anthony, en er viel een stilte.

Mary zette haar glas neer, zakte onderuit in de zachte bank en deed haar ogen dicht. Ze ontspande zich en voelde de kracht uit haar spieren wegtrekken en elke emotie door haar huid sijpelen. Ze maakte zich zorgen over Trish, maar ze kon op dit moment niets voor haar doen. Daar moest ze afstand van nemen. Ze moest overal afstand van nemen, van alles waar ze spijt van had. Vreemd genoeg dacht ze aan Dhiren, en ze wist dat ze voor hem ook niets meer kon doen. Ze kon nergens meer iets aan doen.

Ze moest op een gegeven moment in slaap zijn gevallen, want toen ze wakker werd was Anthony weg en scheen de maan niet meer.

Mary zat alleen in het donker.

24

De zon was nog maar net op, maar Mary had zich al gedoucht en aangekleed: een zwarte jurk en zwarte schoenen, passend bij haar bui. Ze had weinig make-up op, want ze had geen zin om er te veel tijd in te steken, en haar haar droeg ze in tegenstelling tot anders los omdat ze het niet kon opbrengen om het te föhnen. Doordat ze in slaap was gevallen met haar lenzen in waren haar ogen rood en haar gezicht was opgeblazen door de wijn. Kortom, ze zou die dag nog wel single blijven.

Ze stapte uit de lift bij Rosato & Partners en liep meteen naar Judy's kantoor, want ze had daar afgesproken voor een vertrouwelijk gesprek. Mary had hulp nodig en schaamde zich daar niet voor. Daar waren vriendinnen voor, en al helemaal geniale vriendinnen.

'Mary, jeetje!' Judy stond snel op toen Mary de deur opendeed en ze liep om haar bureau heen om haar een knuffel te geven. Door het raam achter haar was boven de kantoorgebouwen, waar maar een paar ramen zo vroeg al verlicht van waren, een bewolkte lucht te zien. 'Arm kind. Je zult wel kapot zijn.'

'Ik heb me wel eens beter gevoeld,' zei Mary, die zich enigszins schuldig voelde, wat nog altijd beter was dan waanzinnig schuldig. Maar ze had geen tijd om Judy over Bobby en hun verleden te vertellen. Ze moest Trish zien op te sporen. 'Fijn dat je er al zo vroeg bent.'

'Graag gedaan. Maar ik wilde Frank niet wakker maken, dus moest ik me in het donker aankleden. Moet je mijn kleren eens zien.' Judy spreidde haar armen. 'Erg toch?'

'Hoe bedoel je? Je ziet er fantastisch uit.' Mary had Judy alleen aan de gele Dansko's herkend; ze zag er prachtig uit, zelfs zonder make-up. Ze droeg een bruine broek die nauw om haar heupen sloot en een beige truitje met een V-hals. De chique neutrale kleuren deden haar asblonde haar mooi uitkomen, en Mary snapte niet waar ze zich zo druk om maakte.

'Ik zie er vreselijk uit.' Judy was bijna in tranen. 'Ik ben helemaal bruin.'

'Maar dat komt door je kleren. Zo kleden normale mensen zich.'

'Het past allemaal zo bij elkaar.'

'Het is op elkaar afgestemd. Alles hoort bij dezelfde kleurgroep.'

'Dat bedoel ik. Alsof je een maaltijd eet die helemaal uit vlees bestaat. Alles uit dezelfde voedselgroep.'

'Hè?' Mary snapte het niet.

'Je zou toch ook geen biefstuk eten, dan een kipfilet en een koteletje als toetje?'

'Nee.'

'Nou, waarom kan dat dan wel bij kleding?'

'Omdat kleren geen vlees zijn?' vroeg Mary onzeker. Judy was ontzettend dom of juist ontzettend slim. Ze ging er maar van uit dat het ontzettend slim was, want ze wilde wel goede raad. Ze ging in de stoel voor het bureau zitten. 'Maar goed, nu weer over Trish.'

'Maar góéd.' Judy boog zich naar voren. 'Sorry dat ik je gisteren niet heb gebeld. Frank en ik waren naar de bioscoop en toen ik het op internet las, dacht ik dat je al naar bed zou zijn.'

'Maakt niet uit.'

'Wat is er aan de hand? Je hebt me nauwelijks iets over de telefoon verteld, en dit is me toch het verhaal wel.' Judy gebaarde naar de krant op haar bureau. 'Ze hebben het over een maffiaoorlog. *The Inquirer* staat er vol mee.'

'Weet ik. Maar het punt is dat Trish verdwenen en misschien wel dood is, of ze kan ook nog ergens in een kelder opgesloten zijn.'

'Verschrikkelijk gewoon, zelfs voor Trish.'

Mary trok een gezicht. 'We vinden haar nu aardig. Weet je nog wel?'

'O, ja. En verder?'

'Zijn zus beweert dat hij nog een huis heeft, omdat hij niet van plan was om altijd en eeuwig voor de maffia te blijven werken. Dus we hoeven alleen maar dat huis zien te vinden.'

'We?' Judy grinnikte verheugd. 'Ja! We hebben een avontuur nodig. Ik voel me de laatste tijd zo bruin.'

'Nee sorry, ik bedoelde niet wíj maar ík. Jij blijft hier en valt voor me in. Alsjeblieft, alsjeblieft, alsjeblieft. Ik smeek het je.' Mary vouwde haar handen alsof ze voor een bidprentje poseerde. 'Ik kan dit alleen maar doen als iemand voor me invalt.'

'Maar jouw werk is zelfs nog saaier dan dat van mij.'

'Ik heb je nodig. Ik ben al de helft van mijn cliënten kwijt.'

'Dat heb ik gehoord.' Judy stak haar onderlip naar voren. 'Marshall zei dat er gistermiddag weer iemand had afgezegd.'

'Fantastisch. Ik vond het toch leuker toen ik nog het meisje uit de buurt was dat het had gemaakt.' Mary wilde er maar liever niet bij stilstaan. 'Wil je dus alsjeblieft nog een dag voor me invallen? Ik sta dan gigantisch bij je in het krijt.'

'Nou, goed dan, maar daar wil ik wel wat voor terug.' Judy zuchtte. 'Ik wil eten.'

'Prima. Wat is je lievelingskostje?'

'Heb ik niet. Ik ben gewoon dol op lekker eten.'

'Goed, ik trakteer je op een etentje. Hier is een lijst met wat er vandaag gedaan moet worden.' Mary haalde een vel papier uit haar tas en gaf dat aan Judy, maar die legde het neer.

'Wacht even, ik wil je eerst nog iets vragen.' Ze pakte een van de kranten op die op haar bureau lagen en liet een foto van Mary zien die met gebogen hoofd het Roundhouse verliet. Anthony wierp net een blik op haar en had haar bij de arm. 'Wie is dit stuk?'

'Dat is die knul over wie ik je heb verteld. Die niet homo is.'

'Waarom was hij er wel bij en ik niet?'

'Domme pech.'

'Hmm.' Judy keek weer naar de foto. 'Moet je zien hoe hij naar je kijkt. Hij is verliefd op je, meisje.'

'Doe niet zo gek,' zei Mary, maar ze bloosde wel. Anthony had de wijnglazen en het bord van de kaas afgewassen, waardoor ze toch weer was gaan twijfelen aan zijn geaardheid.

'Gaan jullie uit?'

'Dat had gekund, maar ik heb het verknald, en we hebben nu wel andere dingen aan ons hoofd.'

Ze hoorden opeens iets op de gang, en vervolgens kwam er iemand neuriënd aanlopen. Mary en Judy keken elkaar verbaasd aan. Ze wisten wat dat betekende: de baas was er.

'Waarom is ze zo vroeg?' fluisterde Judy.

'Verdorie!' fluisterde Mary terug. 'Nu kan ik mooi niet weg.'

'Denk je dat ze ons zal vastketenen?'

'Dat is echt niet leuk, hoor.'

'Rustig maar. Ze heeft een rechtszaak vandaag. Ze heeft geen tijd voor een praatje. Ze zegt vast alleen maar gedag.'

'En wat moet ik dan doen?'

'Ook gedag zeggen.'

Even later dook Bennie op in de deur, met haar trenchcoat aan en een grote bruine baret op haar nog natte haar. Ze had een koffiebeker van Starbucks bij zich.

'Hoi!' zeiden Mary en Judy, helaas in koor.

'Goh, ook een goedemorgen, dames.' Bennie keek hen ietwat verrast aan en glimlachte. 'Dat jullie nog vóór mij op kantoor zijn.'

'We zijn jonger, hè?' zei Judy.

Bennie moest lachen. 'Je ziet er anders uit, Carrier. Hoe komt dat?'

'Ik ben erg bruin. Verschillende tinten bruin, uit dezelfde bruine groep. Ik draag eigenlijk vlees.'

Bennie lachte weer en keek toen Mary aan. 'DiNunzio, jij duikt overal op en je krijgt van iedereen telefoontjes. Jij was in het Roundhouse, je was op tv en je stond op de voorpagina. Wat is er aan de hand?'

'Ik heb het nogal druk gehad.' Mary deed haar best zich zo natuurlijk mogelijk te gedragen, en als dat niet lukte, dan maar wat minder nerveus.

'Is het een strafzaak?'

'Ja. En nee.'

'Twee zaken dus?'

Nou, nee.

'Wie vertegenwoordig je?'

Mary zat de boel te rekken. Ze kon niet liegen. Dat kon gewoon niet, en bovendien was ze er erg slecht in. Ze zou om de waarheid heen praten, waardoor ze hoogstens meineed zou plegen, zolang dat tenminste lukte. 'Trish Gambone. Ze wilde een straatverbod voor haar vriend. Zij is degene die ontvoerd is.'

'Wat erg.' Bennie fronste geschokt haar wenkbrauwen. 'Het straatverbod heeft dus geen nut gehad?'

'Nou, eh... Ik had er geen een geregeld.'

'Werd het afgewezen?' Bennies frons werd nog dieper.

'Nee, we zijn dus niet naar de rechter gestapt. Dit speelde zich af toen die meisjes langskwamen en herrie trapten, weet je nog?'

Bennie snoof. 'O, natuurlijk. En wat deed je in het Roundhouse?'

'Reg Brinkley wilde weten wat ik over Trish kon vertellen. Ken je hem nog? Hij doet je de groeten. Hij is die inspecteur van de Newlin-zaak, die ons toen heeft geholpen.' Mary hoopte dat als ze bleef praten, ze de twee seconden op zou gebruiken die Bennie normaal gesproken aan kletspraat besteedde. 'Hij was die lange, hij is zwart, is gek op jazz. Hij zei tegen me dat ik je gedag moest zeggen als ik –'

'Ik kan me Reg nog wel herinneren,' viel Bennie haar in de rede. 'Ik heb gelezen dat die vriend, die Mancuso, gisteravond dood is aangetroffen. Had hij ermee te maken?'

'Ja.'

'Er wordt gesuggereerd dat het een afrekening binnen de maffia is. Dat is geen goed nieuws voor je cliënt. Onze vriend Reg mag wel uitkijken als hij haar op wil sporen.'

'Gelukkig is hij er goed in.'

'Ja, dat klopt. Daar heb jij toch niets mee te maken, hè?' Bennie keek haar veelzeggend aan terwijl ze een slok koffie nam. Er liep een rilling over Mary's rug. Het was al erg genoeg om door je baas ondervraagd te worden, maar met espresso erbij zou het wel eens dodelijk kunnen zijn. Judy hield zo te zien haar adem in, en Mary schudde haar hoofd.

'Natuurlijk heb ik daar niets mee te maken,' antwoordde ze.

'Je hebt het vast veel te druk met andere dingen. Dat zei je gisteren tenminste.'

Mary bloosde. 'Dat klopt. Ik heb het hartstikke druk.'

'Mooi.' Bennie keek tevreden. 'Maar goed, ik wil dat jullie voor vandaag alle afspraken afzeggen, en mij helpen met de rechtszaak. Anne heeft gisteravond tijdens een etentje met de cliënt voedselvergiftiging opgelopen en ik heb een hele hoop getuigen opgeroepen.'

Slik. 'Arme Anne.' Mary moest tijd rekken tot ze een goede reden kon verzinnen om niet te helpen. Of misschien brak er wel brand uit op kantoor. 'Waar hebben jullie gegeten?'

'In Muggy's, aan Walnut Street.'

'Wat had Anne dan?'

Bennie knipperde met haar ogen. 'Iets waardoor ze ziek werd.'

'Nee, ik bedoel wat at ze precies waardoor ze ziek werd?'

'Wat maakt dat nu uit?'

'Voor het geval ik een cliënt bij Muggy's had uitgenodigd.'

'Heb je dat dan?' vroeg Bennie.

'Nee, ik kijk wel uit natuurlijk.' *Help!*

Judy schraapte haar keel. 'Ik kan je wel helpen, Bennie. Ik heb de hele dag de tijd. Je hebt Mary niet nodig als ik je kan helpen.'

'Nee, ik heb jullie allebei nodig.' Bennie zei tegen Judy: 'Carrier, jij zit naast me in de rechtbank. We hebben zo'n driehonderd documenten in deze zaak, dus jij moet me assisteren.' Tegen Mary zei ze: 'DiNunzio, jij moet de getuigen voorbereiden. Kun je daar tijd voor vrijmaken?'

Mary bleef stokstijf staan.

'Ik weet dat je het druk hebt, maar dit is een noodgeval. We hebben iedereen nodig.'

'Het gaat niet,' zei Mary snel.

'Hoezo niet?'

'Ik heb een afspraak ergens,' zei Mary bevend, en ze zag vanuit haar ooghoek dat Judy haar voorhoofd fronste.

'Wat voor afspraak?' vroeg Bennie.

'Over een zaak.' Mary voelde de paniek opkomen. Had zij maar een beker koffie van Starbucks. Ze was er zeker van dat ze een stuk beter kon liegen als ze Starbucks-koffie had gehad.

'Wat voor zaak dan?' vroeg Bennie ongeduldig. 'En waarom moet ik je een verhoor afnemen om daarachter te komen?'

'Dat hoeft niet,' zei Mary, hoewel het allang niet meer leuk was. Ze hoefde niet te liegen. Ze zou ook niet liegen. Ze had een goede reden om te doen wat ze wilde doen. Ze rechtte haar rug. 'Ik kan je vandaag niet helpen. Sorry. Ik moet nog het een en ander doen, en ik moet er nu vandoor.'

'Maar je moet híér het een en ander doen.'

'Ik heb mijn eigen werk, en dat kan ik niet zomaar laten vallen. Dit gaat over Trish. Ze wordt nog steeds vermist, en ik wil haar opsporen.'

Judy's ogen flitsten en Bennie kneep haar ogen samen.

'Het is dus geen zaak. Jij zei toch tegen me dat je het zo druk had met je werk? En nu neem je een dag vrij?'

'Dat klopt, ik zit tot mijn nek in het werk. Maar ik kan deze vrouw niet laten stikken.'

'Je cliënten ontslaan je stuk voor stuk. Komt dat hierdoor?'

Mary was ontdaan en vroeg zich af hoe ze erachter was gekomen. 'Ik weet echt wel wat hier speelt, DiNunzio. Dit is mijn firma.'

'Ze ontslaan me omdat ze denken dat ik Trish heb laten barsten.'

'Dus je doet dit voor hen?'

'Nee.' Mary schudde haar hoofd. 'Ik doe het voor mezelf.'

'Hoe dan ook, het is onprofessioneel en gevaarlijk. Mancuso werkte voor de maffia.'

'Ik zal voorzichtig zijn.' Mary pakte haar tas. 'Sorry hoor, maar ik moet ervandoor.'

'Nee, je blijft hier.'

'Ik moet echt gaan.'

'Ga je er gewoon vandoor?'

Mary had Bennie nog nooit zo kwaad gezien. 'Ik moet wel, Bennie.'

'Maar ik heb het je verboden.'

'Sorry.' Mary keek Bennie aan, in een kantoorversie van de eeuwenoude strijd tussen ouder en kind. 'Ik moet wel.'

'Niks moet.' Bennie keek haar koud aan. 'Als je weggaat, dan hoef je niet meer terug te komen.'

Nee. Mary was ontzet.

Judy piepte: 'Bennie, meen je dat nou? Ze wil alleen maar doen wat zij –'

'Laat maar.' Bennie stak haar hand op zonder haar ogen van Mary af te wenden. 'DiNunzio, je werkt hier of je werkt hier niet. Als je hier werkt, dan blijf je. Als je hier niet werkt, dan ga je. Voorgoed.'

Mary kon geen woord uitbrengen. Ze had een brok in haar keel, maar ze wilde niet in huilen uitbarsten. Ze werkte al zo lang voor Bennie, maar ze kon Trish niet nog eens in de steek laten. Ze keek Bennie aan en toen Judy en toen weer Bennie, en wist toen wat ze moest doen. Ze hing haar tas aan haar schouder, draaide zich om en liep zonder nog een woord te zeggen het kantoor uit.

'Mary!' riep Judy haar na.

Maar ze keek niet om. Ze haastte zich door de gang terwijl de tranen haar in de ogen schoten.

25

Mary hield zich stevig aan de handgreep vast toen de gele taxi Market Street af scheurde en bij het gemeentehuis in het drukke verkeer terechtkwam. Ze moest haar auto ophalen van het parkeerterrein waar hij naartoe was gesleept, omdat ze hem nodig had. Ze zaten midden in de ochtendspits en de lucht betrok alsof hemel en aarde samen wilden komen. Mary hoopte maar dat dat geen slecht voorteken was. En misschien zag je overal wel slechte voortekenen in als je je oude leven net vaarwel had gezegd.

'Reg?' zei ze in haar mobieltje, toen ze Brinkley eindelijk te pakken had. 'Ik wil je allereerst uitleggen hoe het met Bobby Mancuso en mij zat.'

'Dat hoeft niet.'

'Ik had op school verkering met hem en meer niet. Ik zou het je wel verteld hebben, maar daar kreeg ik de kans niet voor, en het is natuurlijk nogal persoonlijk. Ik dacht niet –'

'Maakt niet uit, nog bedankt voor de tip,' zei Brinkley afstandelijk.

Mary ging snel over op het volgende punt. 'Al nieuws over Trish?'

'Nee.'

Dat had Mary zelf ook al gedacht. Ze keek om de haverklap op internet. 'Ik neem aan dat Ritchie en zijn vader gisteren niets hebben gezegd?'

'Daar kan ik niet op ingaan. Ik heb trouwens gehoord dat je met de FBI gesproken hebt.'

'Ik dacht dat ik daar de zaak mee zou helpen. Hopelijk was dat in orde?'

'Tuurlijk,' zei Brinkley, maar Mary had zo haar twijfels.

'Heb je al iets gehoord over de sectie op Mancuso?'

'Ik kan dat niet met jou bespreken.'

'Reg, echt, hoe meer je me vertelt, hoe meer ik kan helpen.'

'Je hoeft niet te helpen. Sorry. Hoor eens, ik moet ophangen.'

'En Trish dan?'

'Mary, we zijn ermee bezig.' Brinkley werd iets toeschietelijker. 'Wij zullen ons werk doen. Ga jij ook weer aan het werk. Ga maar advocatendingen doen.'

Slik. Mary zette het van zich af. 'Kun je me dan wel vertellen of ze al iets hebben ontdekt? Ik neem aan dat er viezigheid onder zijn schoenen zat, draden op zijn kleren en allerlei dingen waardoor je kunt zien waar hij was geweest en waar het huis misschien staat –'

'Laat dat maar aan ons over, Mary.'

'Die FBI-agenten weten wie Cadillac is, maar ze wilden het mij niet vertellen.'

'Blijf in hemelsnaam uit de buurt van de maffia!' Brinkley leek opeens weer op zijn oude zelf, haar maatje. 'Als er iets met je gebeurt, vergeeft je moeder het me nooit.'

'Oké, maar er is me iets te binnen geschoten.' Mary had er die ochtend opeens aan moeten denken. 'Je zou eens met zijn oude vrienden moeten praten. Trish schrijft er niets over in haar dagboek, maar iedereen heeft oude vrienden. Zijn zus zei tegen me dat hij een vriend nodig had. Als hij iemand over zijn huis zou vertellen, dan zou het uiteraard niet iemand zijn die voor de maffia werkt. Het zou –'

'Mary, ik moet hangen. Hou je erbuiten. Wij sporen Trish heus wel op. Tot ziens.' Brinkley hing op. De taxi reed net langs de rechtbank richting de rivier de Delaware.

Mary verbrak de verbinding, en was opeens het spoor bijster. Ze raakte steeds verder van Bennie, Judy en haar baan verwijderd. Ze keek naar het drukke verkeer op Market Street. Ze wist niet zeker wat ze moest doen, zelfs niet wat ze had gedaan. Voor de taxi slingerde een witte stadsbus van links naar rechts, en sloeg toen rechts af. De oranje zon die opging achter Market Street kwam daardoor tevoorschijn en zette de straat in een gouden gloed. Ze kneep haar ogen samen tegen de felle stralen en hield zich goed vast terwijl hij weer onzichtbaar werd. Ze dacht diep na. Wat zou haar volgende zet zijn?

Een halfuur later stond Mary met haar auto voor de hoofdingang van St.-Maria Goretti, haar oude middelbare school. De school was opgetrokken uit gele baksteen, had een begane grond en een bovenverdieping, en stond midden in Zuid-Philadelphia, op de hoek van Tenth en Moore Street. Nadat ze waren gefuseerd met een andere school was de naam veranderd in Neumann-Goretti High School, maar ze zaten nog in hetzelfde gebouw, dat er vreemd genoeg nog hetzelfde uitzag, met dezelfde ramen met metalen kozijnen en glazen deuren met metalen stijlen. Een groot standbeeld van St.-Goretti keek uit over Tenth Street, en Mary haastte zich langs haar heen de trap op. Ze had opeens een brok in haar keel, en trok snel de deur open en stapte naar binnen.

De school was kleiner dan ze zich kon herinneren, maar het rook nog hetzelfde: een warme combinatie van de stad, boenwas en haarproducten. Het was rustig, want er werd op dat moment lesgegeven. De gang met zijn gele vloertegels strekte zich voor haar en naar links en rechts van haar uit. De muren die opgetrokken waren uit betonblokken waren nu beige en de kastjes die in de gang stonden waren ook opnieuw geverfd. Het was binnen nog hetzelfde als toen zij er had gezeten, behalve dan dat de muren toen wit waren geweest. Ze ging de hoek om en bleef stokstijf staan toen ze het oude schooluniform in een vitrinekast tentoongesteld zag, alsof zijzelf een kunstvoorwerp was.

Er ging een steek door Mary's hart toen ze daar in de tl-verlichting stond en de dikke blauwe trui met het schoolembleem zag met ernaast vier koorden in verschillende kleuren. Het koord werd aan het uniform en de arm vastgemaakt, zodat de sleutel van het kastje in het zakje van de trui bewaard kon worden, en ze zaten er altijd en eeuwig mee te draaien, typisch iets voor leerlingen van Goretti. Ze bleef even staan terwijl de emoties naar boven kwamen, alle vreugde en verdriet die ze het laatste jaar op school had gevoeld.

Toen rechtte ze haar rug en zette het van zich af. Ze moest aan de slag.

Even later zat Mary in het gezellige pr-kantoor, aan een bureau met daarop een turquoise blik met geïmporteerde amandelkoekjes, keurig opgestapelde folders voor de school en een koffiezetapparaat. Carolyn Edgar, de pr-medewerkster, was een aantrekkelijke vrouw van middelbare leeftijd, met een hartelijke glimlach, chic grijs-blond haar, een bril zonder montuur en een mohair truitje op een tweed broek. Mevrouw Edgar was een nieuwe aanwinst voor de school, haar functie had nog niet bestaan toen Mary er nog op zat.

'Kijk eens aan.' Mevrouw Edgar legde de twee jaarboeken van Bishop Neumann voor haar neer. Het ene was groen, versierd met een grote X en het oude Neumann-logo. Daar bovenop legde mevrouw Edgar een rood jaarboek waar *Goretti Graffiti* op stond. 'Ik dacht dat je die van jou ook wel wilde zien.'

'Heel goed.' Mary glimlachte, maar dat was niet de bedoeling geweest. Ze pakte het op en sloeg het open bij de bladzijde met zwart-witfoto's van meisjes met getoupeerd haar en een kriebeltrui. Ze herkende iedereen meteen: Joyce Del Ciotto, Madeline Alessi en Eileen Duffy, die allemaal trots hun schoolspeldje op hun trui droegen. 'Ik kan me de kledingvoorschriften nog herinneren: de oorbellen mochten niet groter zijn dan een kwartje.'

'Dat is nog steeds zo.'

'Mooi. Ik heb moeten lijden, dus zij ook.' Mary bladerde naar haar eigen foto bij de hogere klassen. 'Nee, hè?'

'Dat zegt iedereen.' Mevrouw Edgar glimlachte, ze ging aan haar opgeruimde bureau zitten en tikte iets in op de computer.

Mary kromp ineen van haar foto. Haar ogen waren klein door de dikke brillenglazen, haar haar stond stijf van de lak en haar tanden waren verstopt achter een beugel. Opeens herinnerde ze zich weer dat Trish haar altijd Beugelbek noemde.

'Waar had je het Neumann-jaarboek ook alweer voor nodig?' vroeg mevrouw Edgar, terwijl ze door haar bifocale bril keek. Er hing een groot houten kruis aan de muur en achter haar bevonden zich boekenplanken. De airconditioner die er stond werd bij elkaar gehouden door een plastic tas en plakband.

Mary zat snel een goede reden te bedenken. 'Ik wil een reünie organiseren, en ik heb een paar adressen nodig.'

'O, maar dan hoef je het jaarboek helemaal niet te zien. Ik kan ze zo voor je uit het bestand halen. Ik print ze wel even voor je.'

Nee, hè? 'Fantastisch. Maar het is zo leuk, ik wil toch even in het jaarboek kijken.'

'Ga je gang. Je wilt dus de adressen van de leerlingen van Goretti en Neumann uit je eigen jaar, toch?'

'Ja, graag.' Mary legde het Goretti-jaarboek naast zich neer en pakte dat van Neumann. Ze sloeg het open en bladerde er snel doorheen. Voorin stonden allemaal zwart-witfoto's van grijnzende jongens, nonnen en trainers. Ze kwam bij de afdeling sport. Bobby had football gespeeld, en ze zocht net zolang tot ze hem had: een groepsfoto en eentje van hem alleen.

'Daar is het,' zei mevrouw Edgar, half tegen zichzelf. 'Ik print het wel even voor je.'

'Bedankt.' Mary keek met een brok in haar keel naar Bobby's footballfoto's. Niet te geloven dat hij er niet meer was, en dat hij zo'n beest was geweest. Op de foto stond hij rechtop in het zwart-gouden footballtenue, met een zelfverzekerde grijns en de football in zijn hand. Het hele team stond er grijnzend bij, en Mary bekeek de jonge gezichten, maar ze kende er niet een van. Wie zouden toen zijn vrienden zijn geweest?

Mevrouw Edgar zei: 'Jouw naam staat er ook bij. Klopt het?' Ze las de naam en het adres hardop voor.

'Ja, dat klopt.' Mary keek naar de foto's en haar herinneringen kwamen weer bovendrijven. Ze ging nooit naar footballwedstrijden van Neumann, en had verder niets met sporters. Ze kende er niet een van, behalve Bobby. Ze las de namen die onder de voorste rij van de foto stonden: J. Ronan, M. Gordon, R. Mancuso, G. Chavone, B. Turbitt. Er stond nergens een voornaam bij, en de achternamen kwamen haar niet bekend voor. Ze piekerde zich suf. Misschien Chavone, maar ze kon zich niet herinneren dat hij met Bobby bevriend was geweest.

Mevrouw Edgar zei: 'We hebben je een folder gestuurd over Spirit Day, een wandeltocht, en over een cursus journalistiek. Heb je die gekregen?'

'Ja, dank u.' Mary bladerde verder door het jaarboek, op zoek naar Bobby tussen al die jongens met plastic brillen bij scheikunde, of rondhangend op de gang. Hij stond op geen enkele foto. Ze ging naar de achterste bladzijden, waar de portretfoto's van de oudejaarsleerlingen stonden, totdat ze bij de M kwam: Robert Mancuso.

'We hebben een werkadres van je, zie ik, een advocatenkantoor. Ben je advocaat geworden?'

'Ja.' Mary keek naar Bobby op de foto. Zijn ogen stonden helder en hij glimlachte breed. Boven de foto stond in zijn handschrift: *Hup Wildwood! Hoera voor de Door En Door Slechte Bende: Jimmy Solo, Knikker, en Scuzzy! Wij zijn de besten!*

'Toen ik de jaarboeken in het kantoor ging halen, kwam ik zuster Helena tegen, en ze kan zich jou nog goed herinneren. Ze moest weg, maar ze doet jou en je ouders de hartelijke groeten. Ze zei dat je in de kranten hebt gestaan omdat je betrokken bent bij de vermissing van een andere Goretti-leerlinge. Klopt dat? Ben jij die beroemde advocaat?'

'Niet echt.' Mary verborg haar opwinding, niet over de adressenlijst, maar door wat Bobby boven zijn foto had geschreven. Jimmy Solo, Knikker en Scuzzy waren vast Bobby's beste vrienden. Ze kon zich opeens weer herinneren dat hij het wel eens over een Jimmy had gehad. Ze bladerde terug naar de achternamen met een S en keek ze na, maar er was niemand met de achternaam Solo. En ook geen een die begon met een S en Jimmy of James heette.

Mevrouw Edgar ging door: 'Het verbaast me niets dat je het zo goed doet. De meeste meisjes van Goretti zijn dokter of advocaat geworden. Kathy Gandolfo, die omroepster, weet je wel, die is ook hier op school geweest.'

'Echt waar?' Mary zat over het probleem Jimmy Solo na te denken.

Het was dus een bijnaam, geen achternaam. Ze bladerde terug en keek naar foto's van Jimmy's tot ze er een zag wiens achternaam ze herkende: Waites. Jimmy Waites moest Bobby's vriend zijn. Ze had geen idee waar dat Solo dan voor stond, maar dat maakte niet uit.

'Trouwens, Mary, ik zie dat je al een tijd geen donatie hebt gedaan aan school. We hebben nog zo veel dingen nodig. Computers, en bureaus voor één kamer alleen al kosten vijfduizend dollar. Audiovisuele apparatuur kost duizend dollar en dan hebben we nog zesduizend nodig om de kantine opnieuw te schilderen.'

'O, ja? Hmm.' Mary luisterde niet meer naar haar en ging op zoek naar de andere twee vrienden van Bobby. Ze las de bijschriften van de foto's van de oudejaars om te zien of daar iets over Bobby in stond. Ze vond er eentje: Paul Meloni. Hij had het ook over de Door En Door Slechte Bende. Bingo!

'Als die bedragen te hoog voor je zijn, zouden we ook blij zijn met een kleinere bijdrage. Het telt toch allemaal bij elkaar op, en je weet natuurlijk wel dat jouw succes in je werk grotendeels te danken is aan je opleiding en de waarden die je hier geleerd hebt.'

'Dat is zo,' zei Mary, maar ze ging in het boek op zoek naar Scuzzy.

'Zou je dus een donatie kunnen doen? Het is natuurlijk wel een beetje grof, maar het komt niet vaak voor dat ik een van de oud-leerlingen te pakken krijg. Je bent net een vliegje in mijn web.' Mevrouw Edgar lachte. 'Zal ik er honderd dollar van maken?'

Mary zag hem opeens op de volgende bladzijde: John Scaramuzzo. Dat moest wel Scuzzy zijn. Ze legde de jaarboeken neer nu ze alle drie de leden van de Door En Door Slechte Bende had gevonden. Ze kon wel juichen. 'Ja!'

'Mooi!' Mevrouw Edgar pakte een paar vellen papier uit de printer en overhandigde Mary de adressenlijst. 'Je moet deze niet vergeten.'

'Heel erg bedankt.' Mary kon haar blijdschap bijna niet onderdrukken, en mevrouw Edgar glunderde.

'Graag gedaan, hoor. Heb je cheques bij je?'

Hè? Mary knipperde met haar ogen.

Een kwartier later kwam ze met de adressen en honderd dollar lichter de voordeur van de school uit lopen.

Vanuit het verleden weer in het heden.

26

Mary kon gewoon niet geloven dat de kleine gezette boekhouder met een headset op en een Italiaans pak aan Jimmy Solo Waites was. Hij had de glimlach van een verkoper, maar zag er ouder uit dan zijn dertig jaar: hij had twee diepe denkrimpels boven zijn neus en wangzakken naast zijn mond. Hij was bijna helemaal kaal, met alleen nog een bruin-grijs randje om zijn dikke, platte hoofd.

'Dat snap ik, maar je luistert niet goed.' Waites zat in de lucht te praten en zijn bruine ogen keken voortdurend in het grote, lichte kantoor rond, zonder ergens op te focussen. 'Dat zou je toch ook niet doen als hij geen vriend was? Wil hij dat je vijfduizend investeert? Zeg maar dat je hooguit duizend kunt investeren. Duizend kun je nog wel verliezen.'

Mary zat in een leren draaistoel voor een glimmend glazen bureau. Het bedrijf besloeg drie verdiepingen in het hippe Mellon Center, en Waites' kantoor was prachtig ingericht met moderne Deense meubels. Een groot vierkant raam bood uitzicht op de stad, waarvan de wolkenkrabbers wazig tegen de bewolkte lucht stonden afgetekend. Mary had zichzelf aan Waites' secretaresse voorgesteld als een vriendin van de middelbare school en Waites had haar enthousiast binnen gewuifd terwijl hij de telefoon aannam, in de veronderstelling dat hij haar moest kennen.

Waites zei: 'En als het niets wordt, en dat zit er dik in, dan zijn jullie nog steeds vrienden. Zoals ik altijd zeg, je kunt slechte zaken doen met goede mensen, maar je kunt geen goede zaken doen met slechte mensen. Snap je hem? Mooi. Tot ziens.' Hij drukte op de headset om de verbinding te verbreken. 'Sorry, hoor.'

'Maakt niet uit.' Mary stelde zich voor. 'Ik zat op Goretti en deed hetzelfde jaar als jij examen op Neumann.'

'Je komt me bekend voor.'

'Ik had toen een beugel, een bril en een minderwaardigheidscomplex.'

Waites moest lachen. 'Anders ik wel.'

'Maar ik wil je spreken over Bobby Mancuso.'

Waites' glimlach verdween. 'Ik las in de krant dat hij gisteren is vermoord. Niet te geloven gewoon.'

'Ja, hè? Jullie waren toch vrienden vroeger?'

'Ja, maar dat is al een hele tijd geleden.' Waites keek nerveus de gang

176

buiten zijn kantoor in en ging toen zachter praten. 'Ik heb Bobby sinds de zomer na ons eindexamen niet meer gesproken. Dat is heel lang geleden. Ik heb gehoord dat hij bij de maffia zat, maar meer weet ik er niet van. Hij wist hoe gevaarlijk dat kon zijn.' Waites keek haar aan en fronste zijn wenkbrauwen boven de dure montuurloze bril. 'Wacht eens even. Wie was jij ook alweer?'

'Ik was met hem bevriend. Ik weet niet of hij het ooit over me heeft gehad, maar ik gaf hem bijles en we hebben heel even verkering gehad.'

'Ik kan me je naam niet herinneren, maar we zijn hier pas in de tweede helft van het laatste jaar naartoe verhuisd.' Waites wreef over zijn gezicht. 'In de krant stond dat het vermoeden bestaat dat hij Trish Gambone heeft ontvoerd. Ik wist niet eens dat hij nog met haar omging. Gaat het daarom?'

'Ja.' Mary kwam ter zake. 'Ik probeer Trish op te sporen. Zij wordt nog steeds vermist. Als jullie contact hadden gehouden, had je misschien geweten –'

'Nou ja, zoals ik al zei, we hebben dus geen contact gehouden. Totaal niet,' zei Waites nadrukkelijk. 'Ik heb geen idee wat hij met haar heeft uitgespookt, als je dat soms wilde weten.'

Mary veranderde van onderwerp. 'Oké, maar ik ben ook op zoek naar een huis dat hij misschien ergens heeft en waar hij haar misschien naartoe heeft gebracht.'

'Ik weet niets van een huis.' Waites keek weer naar buiten. 'Moet je horen, we hebben geen contact gehouden, en ik wil hier niet bij betrokken raken.'

'Heeft hij het nooit over een plek gehad waar hij erg graag naartoe ging?'

'Nee.'

'Had hij misschien hobby's, dat je weet?'

'Valt zuipen daar ook onder?' snauwde Waites.

Mary deed net of ze lachte. 'Dronk hij toen al?'

'Nou en of Veel te veel, en hij had een slechte dronk. Schreeuwde. Ging tekeer. Allemaal niet goed. Heeft meer dan eens een gat in een muur gestompt.'

'Eng hoor.' Mary rilde.

'Ja.'

'Gingen jullie ooit ergens naartoe? In het jaarboek had hij het over Wildwood.' Ze haalde een fotokopie van die bladzijde uit haar tas en gaf het aan hem. 'Heb je daar iets aan?'

'Door en door slecht, hè?' Waites bekeek de foto en bevond zich even in het verleden. 'Erg hoor.'

'Dat is het zeker.' Mary ging hem wat aardiger vinden. 'Bij jou is het allemaal zo goed gelopen, maar bij hem duidelijk niet. Ik vraag me af hoe dat zo is gekomen.'

'Dat kan ik je wel vertellen.' Waites keek haar met samengeknepen lippen aan. 'Ik had een fantastische vader en Bobby niet. Die man was een eikel.'

'Hoezo?'

'Dat was hij gewoon.' Waites gooide het kopietje terug naar Mary. 'Hij zat Bobby altijd af te kraken. Zijn echte zoon, die een regelrechte gangster was en altijd in de problemen zat, was zijn lieveling. Bobby had het vreselijk thuis. Hij heeft er alles aan gedaan om daar weg te komen. Daarom deed hij ook mee, volgens mij. Hij had het er nooit over, maar dat kon je gewoon zien. Maar van zijn zus hield hij wel.'

'Rosaria.'

'Dat klopt.' Waites knikte. 'Bobby was een fantastische vent, rustig, maar hij was een echte binnenvetter. Jij hebt hem gekend, dus dat weet je. We zijn één keer naar Wildwood geweest. We hebben daar in de zomer een huisje gehuurd en werkten in een restaurant. Gewoon lekker gek doen, weet je wel.'

'Waar stond dat huisje?'

'Geen idee.' Waites snoof. 'Het zou me verbazen als het er nog stond.'

'Zijn jullie ooit nog ergens naartoe geweest?'

'Nee.'

'Heeft hij wel eens gezegd dat hij het in Wildwood leuk had gevonden?' Mary dacht aan Rosaria in Brick. 'Heeft hij ooit gezegd dat hij dol was op de kust van New Jersey?'

'Echt niet.'

'Hoezo niet?'

'Hij kon niet zwemmen. Is die zomer bijna verdronken toen er een sterke onderstroming was.'

Dat had Mary niet geweten. Ze schrapte de mogelijkheid van een woning aan de kust. 'Had hij nog hobby's? Vissen? Jagen?'

'Niet dat ik weet. Zo goed waren we nu ook weer niet bevriend. Scuzzy wel. Zij waren dikke vrienden.'

'Scaramuzzo?' vroeg Mary hoopvol.

'Ja. Zij hebben wel contact gehouden. Totdat Scuzzy overleed natuurlijk.'

'Wanneer is hij overleden?' Mary kreunde inwendig.

'Twee jaar geleden, leukemie. Hij was nog geen dertig.'

'En Knikker, Paul Meloni? Waren Bobby en hij goed bevriend?'

'Geen idee. Ik heb geen contact gehouden. Ik mocht hem graag, maar ik had het te druk.' Waites gebaarde naar de wandkast, die vol stond met schoolfoto's. 'Ik heb zes kinderen.'

'Als een goed katholiek.'

'Nee, ik ben gewoon drie keer getrouwd.' Waites grinnikte even. 'Voor zover ik weet zat Knikker in een afkickcentrum. Op Neumann zaten de beste leerlingen, maar ik hing rond met de slechtsten. Ik ben een laatbloeier, dat kan ik je wel vertellen.'

'Werkt hij nog voor de school?' Mary keek even naar het adres dat ze uit de bibliotheek had gehaald.

'Nee, hij is ontslagen. Maar ik weet wel waar hij zit.' Waites pakte een geeltje, schreef er een adres op, plakte het op zijn vinger en stak die naar haar uit. 'Kijk eens. Nu zou ik graag weer aan de slag gaan.'

'Ja, natuurlijk. Bedankt voor de moeite. Mocht je nog iets te binnen schieten, hoor ik dat dan van je?' Mary stond op en gaf hem haar visitekaartje, hoewel dat inmiddels niet meer klopte. 'Bel me maar op mijn mobieltje.'

'Doe ik. Bedankt voor je komst.' Waites stond op, knikte gedag, en Mary liep naar de deur.

Opeens schoot haar iets te binnen en ze draaide zich om. 'Wat betekent Jimmy Solo eigenlijk?'

'Ik was toen niet erg populair en had weinig afspraakjes. Dus hij moest 't solo doen, als je begrijpt wat ik bedoel...' Waites glimlachte. 'Bobby heeft hem verzonnen. Hij was daar heel erg goed in.'

'Wat was zijn bijnaam?'

'Weet je, hij had er geeneen. Hij was degene die ze verzon, dus daarom zal hij er wel zelf nooit een hebben gehad.'

'Bedankt,' zei Mary, en om de een of andere reden kreeg ze er een beetje triest gevoel bij.

Olde City was het oude gedeelte van de stad. Het lag langs de rivier de Delaware en bestond uit een aantal smalle straatjes met kinderkopjes. Elfreth's Alley, de oudste straat in Amerika, bevond zich daar, en veel van de oude stenen gebouwen waren verbouwd om onderdak te bieden aan hippe restaurants en kunstwinkels. Maar de vernieuwing had niet overal toegeslagen, en aan een van de armoedigste achterafstraatjes stond een smalle winkel met een erkerraam tussen twee stenen huizen geperst. Het was een tattooshop, en een beschadigde zwart gietijzeren raster zat voor de voordeur, met daarop een bordje waarop stond ONDER DE 18 ALLEEN MET TOESTEMMING OUDERS! Mary rukte de deur open en stapte naar binnen.

De muren van de kleine ruimte hingen vol met voorbeelden van kleurige tatoeages: de Amerikaanse vlag, oranje koikarpers, bloemen, hartjes, vaandels, Chinese karakters en Egyptische hiëroglyfen. Briesende draken met een gekrulde staart hingen zij aan zij met Jezus, en de gevouwen handen zagen er belachelijk, om niet te zeggen als heiligschennis uit naast de hologige doodshoofden en dolken die dropen van het bloed. Het was er niet druk, en een man met een geschoren hoofd en een vaal T-shirt van CitySports was bezig een zwart vaandel met de woorden RUST ZACHT, o op de arm van een jongeman te zetten. Het apparaat zoemde luid en zat vast aan een koord dat omwonden was met tape.

'Kan ik iets voor je doen?' vroeg een man bij de toonbank.

Mary liep ernaartoe en keek maar niet naar de getatoeëerde tarantula's die hij op zijn blote armen en nek had staan. Hij deed duidelijk aan bodybuilden, want zijn schouders onder een jungle van groene en zwarte bladeren, waar een Bengaalse tijger klaarstond voor de sprong, waren zeer gespierd.

'Ik ben Mary DiNunzio, en ik ben op zoek naar Paul Meloni.'

'Dat ben ik.' Hij stak zijn veelkleurige hand over de toonbank uit en zij drukte hem. Zijn bruine haar was zo kortgeknipt, dat zijn hoofd wel een kogel leek. Hij had grote donkerbruine ogen en een lange, magere neus. Hij droeg een blauw hemdje en een spijkerbroek, en in een van zijn oren zat een rijtje oorbellen. 'Zeg het maar.'

'Ik wilde je graag spreken over Bobby Mancuso. Ik ken hem van de middelbare school.'

'O, shit.' Paul zag er ondanks zijn getatoeëerde uiterlijk opeens heel vriendelijk uit. 'Erg, hè? Ik kon er vannacht gewoon niet van slapen toen ik het op tv had gezien.'

'Ja, zeker erg.'

'Het is echt doodzonde. Bobby, shit, zeg.' Paul ademde lang uit en wendde zijn blik af.

'Ik ben op zoek naar Trish Gambone.'

'Daar heb ik over gelezen.' Pauls gespierde schouders zakten omlaag. 'Ik kon het gewoon niet geloven. Ik wist wel dat het niet goed zat tussen hen, dat had hij me verteld, maar het lijkt wel of hij het spoor totaal bijster is geworden.'

'Dus jullie hebben contact gehouden?'

'Ja, min of meer. We zagen elkaar een paar keer per jaar.'

Mary dacht even na. Wel een beetje vreemd: een drugsdealer en een ex-verslaafde die bevriend waren. 'Weet jij misschien waar Trish kan zijn? Waar hij haar mee naartoe heeft genomen?'

'Geen flauw idee.'

Mary deed haar best niet ontmoedigd te raken. Ze had het gevoel dat ze er vlakbij zat. 'Wist je dat hij zoiets van plan was om te doen?'

'Nee, helemaal niet.' Paul leek verbaasd. 'Voor zover ik wist, ging het goed.'

'Heeft hij je verteld dat hij haar ten huwelijk wilde vragen?'

'Nee, niet echt. We hadden het eigenlijk meer over mij, over dat ik nu clean was en zo, en ik zat hem op zijn huid omdat hij zoveel dronk. En anders hadden we het over sport.'

'Heeft hij je verteld dat hij tegen haar tekeerging en haar bedreigde?'

'Nee, maar het verbaast me niets. Als Bobby zoop, kon je je beter bergen, dat was op school al zo. Vroeger dronken we samen, hij en ik, maar ik ben nu alweer vijf jaar clean en nuchter.' Paul hield zijn geschoren hoofd schuin. 'Waar kende jij hem ook alweer van?'

'Ik heb hem bijles Latijn gegeven.' Mary wilde het nog niet opgeven. 'Ik heb echt hard je hulp nodig. Ik weet dat hij een huis heeft gekocht. Weet je misschien waar dat zou kunnen zijn?'

'Nee. Ik wist niet eens dat hij een eigen huis had. Ik dacht dat ze samenwoonden.'

'Dat klopt, maar volgens mij had hij nog ergens een geheim huis. Heeft hij het daar wel eens over gehad?'

'Nee. Maar misschien heeft hij het Scuzzy verteld, alleen is die er natuurlijk niet meer.'

'Maar hij vertelde jou wel veel?'

'Ja.'

Mary gooide het over een andere boeg. 'Wist je dat hij voor de maffia werkte?'

Paul keek om zich heen, maar de tatoeages luisterden zo te zien niet mee.

'Hoor eens, om die reden is hij vermoord. Ik ga geen kwaad over de doden spreken, hij was mijn vriend. Hij heeft me geholpen toen ik het moeilijk had. En toen ik dit baantje kreeg, kwam hij af en toe langs.'

Mary raakte langzamerhand in paniek. Als ze van hem ook niets te horen kreeg, dan was het over en sluiten. 'Paul, ik moet dat huis zien te vinden. Trish leeft misschien nog.'

'Ik weet er niets vanaf.' Paul stapte naar achteren en de andere tatoeëerder keek hun richting op.

'Weet je misschien of hij bevriend was met iemand van de maffia?'

'Niet dat ik weet.'

'Is hij hier wel eens langs geweest met iemand van de maffia?'

'Nee.'

'Heeft hij het ooit over bepaalde mensen gehad?'

'Daar hadden we het nooit over.' Paul grinnikte. 'Ik ben toch geen dom blondje, of zo?'

'Heeft hij het wel eens over ene Cadillac gehad?'

'Nee.'

'Is hij wel eens opgehaald of afgezet door iemand die in een Cadillac reed?'

'Nee, hij had zelf de nieuwste BMW. Hij was helemaal gek op die auto.' Paul aarzelde even, fronste zijn wenkbrauwen en dacht na. 'Ik heb hem wel eens horen bellen. Hij kreeg telefoontjes, weet je, en dan ging hij naar buiten om te praten. Zo'n gesprek gaat hij natuurlijk niet pal voor mijn neus afhandelen.'

'En kun je je nog een naam herinneren?'

'Ja, één.' Paul boog zich over de toonbank naar haar toe. 'Ik wil het je wel vertellen, maar niemand mag weten dat je het van mij hebt, oké?'

'Oké.'

Paul leek nog steeds niet zeker van zijn zaak.

'Echt, ik zeg niets.'

'Nou, goed dan.' Paul zuchtte. 'Hij werd vaak gebeld door een vent met de naam Ogen. Die naam staat me nog goed bij.'

Mary's hart ging sneller slaan. 'Ogen. Dat is duidelijk een bijnaam.'

'Ja. Echt iets voor Bobby, hij gaf iedereen een bijnaam.' Paul keek om toen de deur achter hem werd geopend en een stel jonge vrouwen kletsend en lachend de winkel in kwamen. Hij wuifde naar hen. 'Ik kom eraan, dames.'

'Weet je verder nog iets over die Ogen?'

'Nee, niets.'

Mary gaf hem haar visitekaartje dat ze juist voor dat doel in haar jaszak had gestoken. 'Als je je verder nog iets te binnen schiet waar ik iets aan kan hebben, bel me dan alsjeblieft.'

'Ja, hoor.' Paul stopte het kaartje in zijn spijkerbroek en glimlachte naar de meisjes. 'Wat willen jullie, dames?'

'Vlinders!' zeiden ze in koor.

Mary ging er maar snel vandoor.

27

DE PERS HAD HET PARKEERTERREIN voor het Roundhouse helemaal in beslag genomen, dus Mary zette haar auto op het terrein ernaast, zodat ze weer snel weg kon gaan. Ze had Brinkley gebeld om de informatie over Ogen door te geven, maar de voicemail van zijn mobieltje zat vol, dus was ze zelf maar naar het Roundhouse gegaan om het hem te vertellen. Hij had wel gezegd dat hij haar niet daar wilde zien, maar hij moest toch weten wat ze had ontdekt. En ze had hem beloofd om niets na te gaan wat met de maffia te maken had, dus wilde ze hem horen zeggen dat ze een brave meid was geweest.

En ze was natuurlijk hartstikke bang.

Ze stapte uit haar auto, en ook al was de lucht betrokken, toch zette ze een zonnebril op zodat de pers haar niet zou herkennen. De Donchess-kidnapping was nog steeds groot nieuws. De baby en de maffia stonden beurtelings met grote koppen in de krant. Ze hield haar hoofd naar beneden en liep snel langs de microfoons en de camera's naar de ingang van het Roundhouse. In de hal wemelde het van de agenten in uniform, medewerkers en advocaten. Opeens hoorde ze dat iemand haar riep. Ze draaide zich om en zag Giulia, die enthousiast met de andere Akelige Meiden in haar kielzog op haar af liep, met hun rode, witte en blauwe haarextensions achter hen aan wapperend als een Amerikaanse vlag op een speedboot.

'Hé, meisje!' Giulia omhelsde Mary hartelijk. 'Ik heb je nog gebeld, heb je mijn bericht niet gekregen? Niet te geloven toch dat Bobby vermoord is? En T. is nog steeds spoorloos? Haar moeder is helemaal over de rooie!'

'Dat kan ik geloven.' Mary maakte zichzelf los, maar was vreemd genoeg erg blij haar te zien. 'Wat doe je hier? Je komt toch niet Brinkley lastigvallen, hè?'

'Nee, we willen die man van Vermiste Personen even spreken. Ik heb hem ik weet niet hoe vaak gebeld, maar hij belt maar niet terug, dus zijn we maar hier naartoe gekomen.'

Missy voegde eraan toe: 'Hij moet hier langskomen als hij weggaat.'

Yolanda blies een bel van haar kauwgom en liet die klappen. 'Dit is de enige uitgang. Dat hebben we gecontroleerd.'

'Waarom ben jij hier?' Giulia stond voor de lift, dus Mary schoof haar voorzichtig opzij en de twee andere Akelige Meiden bewogen mee als ijzervijlsel aan een magneet.

'Ik wil Brinkley spreken.'

'Mooi.' Giulia grinnikte. 'Ik wist wel dat je ermee bezig zou zijn. Ik wist gewoon dat je ons niet zou laten barsten. We zijn zo van streek. We willen graag helpen, maar we hebben geen idee hoe.'

'Ik wel,' zei Mary, die opeens een ingeving kreeg. 'Bobby was bevriend met iemand uit de maffia die Ogen heet. Zegt die bijnaam je iets?'

'Ogen?' zei Giulia, die erover nadacht. 'Nee, dat zou ik zo gauw niet weten.'

'Ik ook niet.' Yolanda blies weer een bel. 'Ik ken wel Petrone de Een-oog, maar dat is heel iemand anders.'

Missy knikte. 'Ik ken Bobby de Neus en Timmy Kalkoennek. Maar daar blijft het wel bij wat lichaamsdelen betreft.'

Mary's hart zonk haar in de schoenen.

Giulia moest dat gezien hebben, want ze pakte haar bij de arm en zei: 'Maak je niet druk, Mary, we kennen niet alle gozers, alleen degenen met wie we naar bed zijn geweest. Zullen we eens in de buurt rondvragen wie die Ogen is?'

'Dat weet ik nog zo net niet,' zei Mary. 'Het zou wel eens gevaarlijk kunnen zijn. Laat anders maar. Ik vertel het Brinkley en dan kan de politie erachteraan.'

'Meen je dat nou?' Giulia snoof. 'Hier in de buurt zal echt niemand er met de politie over praten, hoor. Wij doen het wel.'

'Ze praten wel met ons.' Missy knikte.

'Oké,' zei Mary met tegenzin, 'maar jullie moeten me één ding beloven. Ga het nou niet aan de mensen van de maffia vragen. Vraag het alleen aan normale mensen, mensen uit de buurt. Ik wil niet dat jullie vermoord worden, tenzij ik het zelf doe.'

'Ja, hoor.' Giulia wiebelde blij, en verschillende agenten keken belangstellend toe. 'Schrijf je weer de vragen die we moeten stellen voor ons op?'

'Tuurlijk.' Mary zocht in haar tas naar haar Filofax. 'Even wat papier regelen.'

'Hier.' Yolanda gaf haar *The Daily News*, en de krant viel open bij de rouwberichten, waar een grote foto van een bejaarde vrouw met een lieve glimlach de meeste ruimte innam.

'Kijk nou dan, dat is eh... Hoe heet ze ook alweer?' Giulia tikte met haar gelakte nagel op de foto van de vrouw. 'Wat erg dat ze is overleden.'

Mary had haar Filofax opgedoken en wierp een blik op de overlijdensadvertentie en zag dat de vrouw Elisa Felton heette. 'Kende je haar dan, Giulia?'

'Nee, maar Trish wel. Ze was een van haar cliënten. Ze was mevrouw Dinsdag Donderdag.'

'Hè?' Mary luisterde maar met een half oor. Ze opende de Filofax en trok er een velletje uit.

'T. was nog een leerling toen ze mevrouw Dinsdag Donderdag leerde kennen, en toen ze ouder werd, ging T. tijdens de lunch op dinsdag en donderdag naar haar flatje in het Dorchester om haar haar te föhnen.'

'Een soort roomservice maar dan voor haar haar,' legde Missy uit.

Yolanda knikte. 'Mevrouw Dinsdag Donderdag gaf Trish elke keer honderd dollar fooi. Niet te geloven, hè? Honderd dollar! Dat is toch niet verkeerd.'

Mary schreef een paar voorbeeldvragen op het kleine stukje papier, elk een variatie op: kent u iemand die Ogen heet?

Maar Giulia was de advertentie aan het lezen. 'Nou zeg, dit is raar. Hier staat dat mevrouw Dinsdag Donderdag een hele tijd in het ziekenhuis heeft gelegen. Ze is zelfs afgelopen week in coma geraakt.'

'Dat kan niet.' Missy fronste haar wenkbrauwen. 'Laat eens zien.'

'Waar staat dat?' vroeg Yolanda, en de vrouwen bekeken de advertentie terwijl Mary de vragen afrondde. Toen ze klaar was keken de meiden haar verbouwereerd aan.

'Ik snap er niets van.' Giulia hield het overlijdensbericht omhoog. 'Hier staat dat mevrouw Dinsdag Donderdag twee maanden in het ziekenhuis heeft gelegen. Maar T. heeft haar afgelopen donderdag nog geföhnd. Dat heeft ze me verteld. T. kreeg de laatste keer een fooi van tweehonderd dollar van haar. Ze heeft het me zelfs laten zien toen ze weer terug was in de kapsalon.'

'Dat heb ik ook gezien, daar was ik bij,' zei Missy. 'Maar hoe kon mevrouw Dinsdag Donderdag nu geföhnd worden als ze in coma lag?'

'Ze heeft gelogen,' zei Yolanda botweg.

Giulia gaf haar kwaad een zet. 'Dat mag je niet zeggen. Je weet helemaal niet of ze heeft gelogen. Er was vast een goede reden.'

'Ze heeft gelógen, G.!' snauwde Yolanda. 'En waag het niet het voor haar op te nemen. Ze heeft er de afgelopen twee maanden over gelogen, dat moet wel. Dus waar was ze dan tijdens de lunch, elke dinsdag en donderdag?'

Missy trok een wenkbrauw op. 'En waar haalde ze dat geld van die fooi vandaan?'

Giulia duwde de krant in Mary's handen. Ze zei overstuur: 'Lees jij dit eens. We hebben het vast verkeerd begrepen.'

'Oké, dan krijg jij dit.' Mary gaf haar de vragen en las vervolgens de advertentie. Mevrouw Felton woonde in het Dorchester aan Rittenhouse Square en was de erfgename van het Welder-vermogen. Ze had twee maanden in het ziekenhuis gelegen. Was de afgelopen week in coma geraakt. Mary keek geïntrigeerd op. 'Sorry hoor, maar Trish heeft haar haar afgelopen week, of zelfs de afgelopen twee maanden, nooit kunnen doen.'

'Waar was T. dan op dinsdag en donderdag?' vroeg Giulia ontdaan. 'Waar ging ze naartoe? Waarom heeft ze mij niets verteld? Ik ben haar hartsvriendin.'

'Nee, dat ben ik.' Missy keek haar kwaad aan.

'Nee, dat ben ík.' Yolanda sloeg haar armen over elkaar. 'Vroeger in elk geval, maar nu niet meer. Ik wist het wel.'

'Wat wist je wel?' vroegen ze, inclusief Mary, in koor.

'Ik wist dat ze Bobby belazerde.'

'Hé!' riep Giulia, en iedereen in de hal keek naar hen.

'Sttt!' zei Mary, maar ze dacht razendsnel na. Dus Trish was elke dinsdag en donderdag tussen de middag weg geweest? En dan kwam ze terug met contant geld? En Bobby was een verschrikking thuis? Yolanda had gelijk, Trish had vast een ander.

'G., doe normaal,' zei Yolanda hooghartig. 'Die rijke mannen in de kapsalon proberen het zo vaak. Kun je je Mikey nog herinneren, die gescheiden vent? Hij was dolverliefd op haar. En die aandeelhouder, Damon? Het is er uiteindelijk dus toch van gekomen.' Yolanda zwaaide met haar vinger. 'Misschien ging Bobby daarom wel op haar verjaardag zo tegen haar tekeer. Hij heeft het vast ontdekt.'

'Echt waar?' vroeg Missy. Giulia hield voorlopig haar mond.

Mary moest toegeven dat het heel goed zou kunnen. In het dagboek had ook gestaan dat hij haar beschuldigde van ontrouw. Dat leek nergens op te slaan, maar als Trish hem inderdaad belazerde, dan had ze wel een risico genomen het op te schrijven, zelfs in een geheim dagboek. Had Bobby Trish vermoord omdat ze hem ontrouw was? Was dat zijn duistere verrassing geweest voor haar verjaardag? Op dat ogenblik leek de menigte achter hen uiteen te wijken en liep er een groepje mannen op de uitgang af. Mary zag Brinkley voorop lopen, met twee mannen in pak aan weerszijden.

Giulia wees. 'Kijk, Mary, daar heb je Reg, met die vent van Vermiste Personen!'

Maar Mary was al onderweg. 'Hé, Reg!' riep ze. Brinkley zag haar, maar zodra hij de Akelige Meiden zag, betrok zijn gezicht. Ze ging sneller lopen en kwam achter hem terecht. 'Reg, ik moet even met je praten, en ik kreeg je via de telefoon niet te pakken.'

'Snel dan, Mary.' Brinkley pakte haar bij de arm.

'Hé, jij daar van Vermiste Personen!' riep Giulia terwijl de Akelige Meiden de andere mannen omringden. 'Weet je al iets over T.? We zijn hartstikke bang nu Bobby dood is. We moeten haar zien te vinden.'

'Rustig aan.' Brinkley hield zijn grote handen omhoog. 'Doe rustig aan.' Hij keek kwaad Giulia aan. 'En jíj houdt eens op me van Vermiste Personen te noemen. We zijn keihard aan het werk om Trish Gambone op te sporen, maar hoe vaker je ons lastigvalt, hoe minder we kunnen doen.'

'Hoe haal je het in je hoofd mij te zeggen wat ik wel en niet mag doen,' kaatste Giulia terug. 'Dit is een vrij land, en mijn beste vriendin wordt nog steeds vermist.'

'Sttt!' Mary gaf Giulia een por met haar elleboog. Iedereen in de hal stond naar hen te kijken. Ze herkende twee advocaten uit de tijd dat ze nog een baan had, diezelfde ochtend nog.

'Wat heb je ontdekt, Mary?' vroeg Brinkley zacht.

'Bobby was bevriend met iemand uit de maffia die Ogen werd genoemd. Misschien weet hij wel waar Trish is, of waar het huis staat.'

'Bedankt, maar ik dacht dat je weer aan het werk zou gaan en niet meer agentje zou spelen.'

'Dat doe ik ook niet. Daarom vertel ik jou over Ogen.'

'Prima. Houden zo.' Brinkley liep snel naar de uitgang. 'Voorzichtig, hè? We moeten ervandoor.'

'Kom eens gauw terug!' riep Giulia, maar Mary hield haar als een overijverige verkeersbrigadier met opgeheven armen tegen.

Toen Brinkley en de andere mannen weg waren, liet Mary haar armen zakken. Ze zei tegen Giulia: 'Meisje, rustig aan nou maar.'

'Ik kan er ook niets aan doen dat ik op van de zenuwen ben.' Giulia wreef over haar voorhoofd. 'Ik ben zo bang dat ze niet meer leeft.'

'Nou, zo moet je niet denken.' Mary sloeg haar arm om haar heen en hoopte dat ze overtuigend overkwam. 'Kom op, we moeten aan de slag. Trish rekent op ons.'

'Denk jij ook dat ze hem bedroog?'

'Dat maakt nu niet meer uit. We moeten die Ogen zien te vinden.'

'Oké.' Giulia glimlachte zwak. 'Wat ben je toch slim. Je weet altijd precies wat we moeten doen.'

'Bedankt.' Mary gaf haar een kneepje in haar schouder en vond zich-zelf erg schijnheilig.

Want eerlijk gezegd wist ze nog maar één ding te doen.

28

De lucht was loodgrijs en het miezerde. Mary stopte de Akelige Meiden in een taxi, reed er een eindje in haar eigen auto achteraan en sloeg toen af. Ze wilde het liever niet, maar ze kon het aan niemand anders overlaten, en Ogen was nog het enige aanknopingspunt dat ze had. Het zou wel veilig genoeg zijn, dacht ze, zeker overdag. Ze reed door een paar straten, langs nette rijtjeshuizen, en zag toen een parkeerplek. Ze gluurde door de beregende voorruit naar het verlichte bordje aan Denver Street. Op het witte plastic bordje stond in zwarte letters BIANNETTI's en daarnaast stond een martiniglas afgebeeld. Het was een bescheiden cafeetje op de hoek van de straat, dat ooit een woonhuis was geweest. Het stond aan het eind van de straat, zo'n twintig straten van het gemeentehuis af, en was een plek waar naar verluidt maffialeden rondhingen. Ze draaide het contactsleuteltje om, haalde diep adem, pakte de krant en haar tas en stapte uit de auto.

Het was buiten vochtig en benauwd en ze liep met haar hoofd gebogen tegen de natte mist naar het restaurantje toe, terwijl ze zichzelf voorhield dat Biannetti's een doodgewoon restaurantje was, zoals veel andere, en dat er altijd wel mensen uit de buurt aten. Ze keek ondertussen naar de auto's op straat en vroeg zich af of er FBI-agenten waren die de zaak in de gaten hielden na de moord de avond ervoor. Ze zag nergens de bekende witte busjes, alleen maar een verzameling oudere Amerikaanse auto's. Er stonden uitzonderlijk veel auto's geparkeerd, zelfs dubbel, wat Mary niet begreep tot ze bij de voordeur van Biannetti's aankwam, die opentrok en naar binnen stapte. De zaak was slecht verlicht, maar wat als eerste opviel was het rumoer, zoals in elk afgeladen restaurant waar levendig werd gekletst en gelachen.

Mary schrok er een beetje van, dacht al dat het een besloten feestje was, maar al snel waren haar ogen aan het schemerlicht gewend. Hoewel het nog geen middag was, waren alle tafeltjes bezet met druk pratende mannen en vrouwen die koffie zaten te drinken en te roken, hoewel dat in de hele stad verboden was. Op bijna elke tafel lag de krant van die dag uitgespreid op de rood-witte tafelkleedjes en mensen kwamen bij elkaar, praatten en lazen de krantenartikelen hardop aan elkaar voor. Men smulde van de moord op een maffialid.

Ze zette haar zonnebril op, voor het geval iemand haar herkende van de foto in de krant. Rechts van haar was een kleine bar, waar een groep mensen naar het plaatselijke nieuws op tv stond te kijken. Op het scherm was een rode kop met MAFFIAOORLOG te zien. De kijkers kletsten door de uitzending heen en zwaaiden met hun glas bier, kop koffie en sigaret zonder filter om hun woorden kracht bij te zetten. Aan de bar stonden een paar mannen met een borrel, hun rug krom als een gespannen boog. Mary kon hun gezicht niet zien, maar aan hun bifocale brillen zag dat Ogen er niet tussen kon zitten. Het waren geen gangsters, het waren gepensioneerden met botontkalking.

Ze keek naar de klanten en geen van hen zag eruit als een misdadiger. Ze hadden gerimpelde gezichten door de tweede hypotheek, auto-afbetalingen en gokschulden, en ze droegen een polyester sweatshirt, wijde broek en nepleren instappers. Het leek verdacht veel op een kamer vol met ouders, van wie geen van hen jong genoeg was om bevriend te zijn met Bobby, of zelfs maar om in het donker te rijden. Ze aten broodjes fricandeau, wat Mary deed denken aan kerklunches en trouwrecepties. Alles werd door de familie DiNunzio aangegrepen om een lekker broodje fricandeau te eten.

Er kwam niemand naar haar toe om een tafeltje te wijzen, dus Mary ging aan de enige tafel zitten die nog vrij was. Ze nam plaats op de stoel die uitzicht bood op de deur, zodat ze iedere misdadiger zag binnenkomen. Ze zette haar tas op de stoel naast haar en legde de krant op het schoongeveegde plastic tafelkleedje. Toen sloeg ze de krant open, zoals iedereen daar deed. Ze sloeg een pagina om voor de vorm, maar keek stiekem even naar de klanten aan de andere kant van de ruimte. Daar zaten een paar schilders met een witte broek vol verfspatten luid de moord te bespreken met twee colaleveranciers in een rood shirt. De enige uitzondering was een tafel met vier oudere vrouwen, die afkeurend naar Mary keken. Ze vroeg zich af of ze paranoïde was of dat ze over haar had horen praten.

Ze wendde haar blik af. Geen van deze mensen was Ogen, dat was wel duidelijk. Wat moest ze nu doen? Hoe kon ze hem te pakken krijgen? Haar blik viel op haar eigen afbeelding in de krant. Het was een foto van Anthony en haar. Ze keek goed naar zijn gezicht, of hij er verliefd uitzag, en onderdrukte een rillinkje dat ze vanbinnen voelde. Ze kon zich zijn stem herinneren: zacht en gevoelig. Ze dacht aan de manier waarop de schaduwen over zijn gezicht en rug vielen. Ze had hem die avond alles verteld. Ze had nog nooit iemand zo in vertrouwen genomen, en hij had haar niet veroordeeld. Aan de andere kant had hij haar ook nog niet gebeld. Ze pakte haar BlackBerry uit haar tas en keek naar de binnengekomen gesprekken, maar die waren alleen maar van haar cliënten. Ze zag dat er drie e-mails van Judy waren en mailde snel terug dat alles in orde was, zodat ze zich geen zorgen zou maken. Toen legde ze de BlackBerry voor haar op tafel, voor het geval Anthony zou bellen.

Dit gebeurt er nu, als een meisje alleen achter de maffia aan gaat.

Mary vermande zich, bladerde door de krant en deed net of ze een column las van een bekende schrijver wiens naam ze herkende. De kop joeg haar angst aan: IS DE MAFFIA IN PHILADELHIA DOOD OF LEVEND? Ze kreeg een droge mond. Ook al leek het veilig in Biannetti's, toch wilde ze het lot niet tarten door over de maffia te lezen in een restaurant vol met maffialeden.

'Wil je koffie?' vroeg een serveerster.

Mary schrok zich rot. 'Ja, graag.'

'Heb je een kater?'

'Hè?' Mary begreep de vraag niet.

'Omdat je een zonnebril op hebt.' De serveerster legde een rode plastic menukaart op tafel, waarop een typisch Italiaanse kok stond afgebeeld met een snor als van de Mario Brothers, die een groot bord met dampende spaghetti en gehaktballen omhooghield.

'O, ja. Au.'

'Dan kun je wel een kop koffie gebruiken.' De serveerster kwakte een grote witte mok op het tafeltje en schonk er koffie in uit een glazen koffiepot. Ze had een knap maar door de zorgen gerimpeld gezicht, was in de vijftig en had bruin haar dat in korte laagjes was geknipt. Ze droeg een blauwe blouse en een Mom-spijkerbroek en ze leek vriendelijk, dus Mary gebaarde nonchalant naar de krant.

'Gek, hè? Denk je dat het een maffiaoorlog is?'

'Zeker weten.' De serveerster knikte. 'Het is al een tijdje aan de gang. Je weet toch wat ze in *The Godfather* zeggen? Het is zover.'

'Maar dat is maar een film.'

'O, ja? Kijk eens om je heen.' De serveerster knipoogde naar haar. 'Vertel dat de fans maar eens.'

'Is daarom iedereen hier?'

'Na gisteren? Nou en of.'

'Je zou toch zeggen dat ze liever wegblijven als er rotzooi van komt.'

'Mooi niet. Zij willen graag actie zien.'

Mary rilde. 'Maar er kan toch wat gebeuren?'

'De maffia is niet zoals die rappers die er maar op los schieten. Zij schieten alleen op elkaar. Biannetti's is momenteel de veiligste plek ter wereld.'

'Dus de maffia hangt hier echt rond?'

'Waarom wil je dat weten?' De serveerster glimlachte geslepen.

'Dat vind ik gewoon interessant. Niemand hier ziet eruit als een gangster, wat mij betreft. Tenzij ze een bejaardenafdeling hebben.'

'Dit zijn de lunchgasten.'

'Dus de maffia komt pas 's avonds?'

'Tegen middernacht, of wat later.' De serveerster ging wat anders staan. 'Heb je iets met slechteriken?'

Nee. 'Ja. Is dat te zien dan?'

'Hou toch op. Je bent niet het eerste meisje dat hier een vent op wil pikken.'

Gedver! 'O, nee?'

'Mooi niet. Ze komen hier aan de lopende band en ze zien er net zo uit als jij: een Coach-tas, een BlackBerry, een mooi mantelpakje. Ik wil je niet beledigen, hoor, maar het zijn gewoon groupies.'

'Ik ben niet beledigd, hoor.'

'Het is hier dankzij *The Sopranos* waanzinnig druk. De eigenaar wil zelfs al voor ontbijt opengaan. Ik zie het overal. Jullie zakenvrouwtjes willen graag eens snoepen van de slechte kant.'

'Schuldig,' zei Mary, en ze moesten allebei lachen.

'Mijn man zegt altijd: jullie mogen dan wel geëmancipeerd zijn en alles, en jullie mogen dan wel jullie secretaresses en assistenten rond commanderen, maar in bed willen jullie gewoon dat je verteld wordt wat je moet doen. Ik ben zelf vijfendertig jaar getrouwd, en voor mij hoeft het allemaal niet meer.'

Mary lachte, keek toen naar de voorpagina van de krant en wees naar de foto van Bobby. 'Weet je,' zei ze. 'Ik heb ooit verkering met die knul gehad: Bobby Mancuso.'

'De man die vermoord is?' vroeg de vrouw bewonderend.

'Die, ja.'

'Hij zat erbij, toch?'

'Nee, maar hij had er wel mee te maken,' zei Mary, die uit kon proberen wat ze erover had opgestoken.

'Wat is hij knap, hè?' De serveerster boog zich als een samenzweerster naar voren. 'Was het leuk?'

'Buitengewoon leuk.' Er ging een steek door Mary's hart.

'Wat jammer dat ze hem hebben vermoord.'

'Dat soort dingen gebeurt nu eenmaal.' Mary was even stil. 'Weet je, hij had het altijd en eeuwig over ene Ogen, een vriend van hem. Hij zei dat Ogen een prima vent was.'

'Ogen?'

'Ja, ik zou hem graag willen spreken, maar ik heb geen idee waar hij is.'

'Ha!' De serveerster glimlachte scheef. 'Jij bent er snel bij, hè?'

'Anders is de vogel misschien weer gevlogen.'

Ze lachten allebei. Aan een tafeltje naast hen stak een oudere man zijn koffiebeker in de lucht om bijgevuld te worden, maar de serveerster deed net of ze hem niet zag. 'Je wilt dus meer weten over Ogen?'

'Ken je hem?'

'Hij komt me niet bekend voor.' De serveerster fronste haar wenkbrauwen en dacht na. 'Hoe heet hij in het echt?'

'Weet ik niet meer. Bobby had het altijd over Ogen.'

'Hoe ziet hij eruit?'

'Weet ik ook niet.'

'Ik ken niemand die zo heet.'

Verdorie. 'Misschien is hij hier wel eens met Bobby geweest?'

'Die vent die overleden is? Ik heb hem ook nooit gezien, maar de jongens kwamen 's avonds, als mijn dienst erop zat.'

'Wie werkt dan wel?'

'Barb. Barb Maniaci.'

'Zou je misschien een goed woordje voor me bij haar willen doen?' Mary pakte haar portemonnee en haalde er zo veel briefjes van twintig dollar uit als ze kon zien. Ze stopte ze in de rode menukaart, die ze dichtklapte en aan de serveerster gaf, die hem met een discreet knipoogje aannam.

'Ik zal Barb vertellen dat je meneer Ogen graag wilt spreken.'

'Mooi. Kan dat vanavond nog?'

'Dat zal moeilijk worden. Ze houden zich vandaag allemaal gedeisd. Niemand weet wanneer de hel losbreekt.'

'Ik heb er nogal haast mee.'

De serveerster trok haar te vaak geëpileerde wenkbrauwen op. 'Nou, als je zelfs zijn echte naam niet weet, zul je toch moeten wachten. We zijn alleen snel als je een broodje of een *ziti* bestelt. Die hebben we vandaag al bij zo'n twintig adresjes afgeleverd.'

'Mooi, hoor.' Mary zat erover na te denken. Iedereen zou natuurlijk bij Po thuis zijn om hun respect te betonen. Misschien zelfs Cadillac.

De serveerster haalde haar witte schrijfblok tevoorschijn. 'Goed, spetter, wat wil je bestellen?'

'Ik hoef niets,' zei Mary kortaf. Ze moest ervandoor.

Ook al moest ze daarvoor een broodje fricandeau overslaan.

29

HET MIEZERDE NAUWELIJKS MEER, EN Mary zat weer in de auto. Ze reed door de straat, en de buurt leek door de moord onder stroom te staan: er stonden overal mensen op de stoep met elkaar te praten. Ze zette de ruitenwissers aan en reed rustig door, sloeg rechts af en remde af toen ze de straat in draaide waar Ritchie Po en zijn vader woonden.

Ze onderdrukte een steek van angst en reed langs het huis waar ze mensen naar binnen en naar buiten zag lopen. Er waren een p ndere buren bij die gebaksdozen bij zich hadden, maar over het meen waren het gespierde mannen in een donker trainingspak d aar de voordeur liepen, en mannen in een zwart jasje die uit huf d elgeparkeerde auto stapten. Mary keek goed of er een bij was iets aan zijn ogen had, maar zag niets.

Vervolgens keek ze naar de geparkeerde en dubbe geparkeerde auto's en de wagens die mensen hadden afgezet voor het s. Ze zag een Cadillac en nog een, en ging ze tellen. Ze reed zelfs twee keer door de straat en bekeek alle auto's goed, waarna ze in totaal twaalf Cadillacs had geteld. Haar hoop vervloog. Het was achteraf gezien misschien toch niet zo'n goed plan geweest, aangezien in Zuid-Philadelphia iedereen bij de maffia een Cadillac had.

Mary reed de straat uit en bleef staan op de hoek, toen er opeens een herinnering bij haar boven kwam drijven. Dit was niet de eerste keer dat ze hier rond had gereden en Bobby's huis in de gaten had gehouden. Toen ze nog op school zaten en ze uit elkaar waren gegaan, had ze dat ook gedaan, in de hoop dat ze hem zou zien. Ze was toen nog niet zeker of ze hem iets over de baby wilde vertellen, ook niet na de abortus. Het was als een steen op haar borst, net als toen Mike stierf, en ze wist even niet om wie ze nu rouwde, alsof beide geliefden met elkaar verweven waren, haar eerste liefde als klimop om haar laatste liefde gedraaid, die erdoor werd verstikt.

Toet! Er werd getoeterd en Mary slaakte een gilletje van schrik. Een rode VW Golf met een tiener aan het stuur kwam over het kruispunt scheuren. Ze was ondanks het stopbord doorgereden.

'Sorry!' riep ze, terwijl ze het raampje naar beneden draaide, maar de jongen maakte een obsceen gebaar en reed door.

Ze keek door het open raampje en zag de naam ROLLI's in neonverlichting knipperen. Het was het zoveelste buurtrestaurantje op een hoek. Ze kon zich nog herinneren dat Bobby het erover had gehad. In het laagseizoen bediende hij daar na schooltijd, en ze had hem er een keer uit zien komen toen ze langs was gereden. Ze zag hem opeens weer voor zich: een lange jongeman in een footballjack, de wind spelend met zijn haar. De deur achter hem valt dicht. Er zit een tandenstoker in zijn mond.

Mary zette het van zich af en keek naar het restaurant. Rolli's was maar twee straten van Bobby's huis verwijderd, en nu ze wist hoe vreselijk hij het thuis had gehad, kon ze wel begrijpen waarom hij daar zo vaak naartoe was gegaan. Ze dacht erover na. Als hij toen vaak naar Rolli's ging, misschien deed hij dat dan op latere leeftijd ook wel. Wat had Brinkley ook alweer gezegd? Mensen houden van patronen. Misschien had Bobby Gwen daar wel mee naartoe genomen. Misschien hoefde Mary helemaal niet tot die avond te wachten. Misschien kon ze tijd winnen, dat had Trish hard nodig.

Mary reed ernaartoe en trok net de handrem aan toen haar mobieltje ging. Ze keek op het schermpje. 'Anthony?'

'Mary?'

'Hoi.' Ze hoorde de warmte in haar eigen stem. Ze moest toegeven dat ze vast niet cool overkwam. Ze was ook niet cool. Ze was nerveus, emotioneel, zat vol cafeïne, en ze stond op een kruispunt met drie mannen.

'Hoe gaat het?' vroeg Anthony. 'Ik moest aan je denken.'

'Ik ook aan jou,' zei Mary spontaan.

'Het was nogal heftig gisteren. Heb je wel geslapen?'

'Niet echt.'

'Waar ben je?'

'In mijn oude buurt.'

'Wat doe je daar?'

'Eh... een zaak.'

'Echt waar?' Anthony geloofde haar niet erg. 'Je bent toch niet op zoek naar Trish, hè? Je hebt gehoord wat inspecteur Brinkley heeft gezegd.'

'Eh... nee. Ik ben aan het werk.'

'Als je klaar bent, kun je dan pauze nemen? Kom langs voor de lunch. Je hebt mijn bolognesesaus nog nooit gegeten, en die heb ik in Bologna zelf leren maken.'

'Dat gaat niet. Druk, druk, druk.'

'Wanneer dan wel?'

'Dat weet ik nog niet,' zei Mary. Ze was afgeleid door Rolli's en dacht aan alle dingen die ze had moeten doen maar niet had gedaan.

'Ben je er nog?'

'Hè?' Mary moest ophangen, ze had hier helemaal geen tijd voor. Kon ze hem maar even in de wacht zetten. Maar hoe vertel je een man dat hij even moet wachten terwijl jij de gangen nagaat van een overleden gangster? Toch niet een echt een leuke manier om een relatie te beginnen.

'Weet je, ik snap het niet. De ene keer laat je me een blauwtje lopen en de andere keer ben je weer poeslief en aardig.'

Slik. 'Anthony, ik laat je geen blauwtje lopen, maar ik moet nu gaan. Ik bel je binnen een halfuur terug.'

'Laat maar –'

'Nee echt, ik bel je terug, dat zweer ik.'

'Nou, goed dan,' zei Anthony kortaf en hij verbrak meteen de verbinding.

Mary stopte de telefoon in haar tas, stapte uit de auto en liep Rolli's binnen, dat in elk opzicht het tegenovergestelde van Biannetti's was. Het was klein, maar licht en schoon, en maar een van de twaalf tafeltjes was bezet. Vrolijk gebloemde tafelkleedjes lagen op de vierkante tafeltjes, en het rook er naar oude Parmezaanse kaas en schoonmaakspul. In de hoek hing een oude tv met een sportzender op, maar er was geen bar. Mary keek om zich heen op zoek naar een serveerster, zag niemand en ging maar aan een tafeltje zitten. Ze keek naar het tafeltje dat bezet was en waar twee oudere vrouwen een bord ravioli zaten te eten. Na vijf minuten wachten vroeg ze hun: 'Pardon, weet u soms of er een serveerster is?'

'Hè?' vroeg een van de vrouwen. Haar hand ging naar haar oor, om te controleren of haar hoorapparaat aanstond. Mary kende dat gebaar: haar vader had ook een hoorapparaat. Elke keer dat de Phillies aan de verliezende kant waren, zette hij hem uit. Achter in de ruimte viel er tl-licht in de gang, uit wat de keuken moest zijn. Ze stond op en liep er naartoe.

'Hallo?' riep Mary op de drempel. Ze kreeg geen reactie, dus stapte ze naar binnen. Er was niemand. Er stond een grote roestvrijstalen tafel, en een heel assortiment opscheplepels, lepels en spatels hing aan haakjes aan de muur. Een grote pan met saus stond op het gasfornuis, maar die borrelde niet, en vreemd genoeg rook het in de keuken naar houtkrullen. 'Hallo?'

'Ik kom eraan!' hoorde ze iemand roepen, en een kleine man van middelbare leeftijd met zwart haar en een getinte huid kwam met een groot blik tomaten de bijkeuken uit lopen. 'Ik ben Jorge. Wat kan ik voor u doen?' vroeg hij, met een Spaans accent.

'Er is geen serveerster binnen.'

'Sorry, ze is er nog niet. Ga maar zitten, dan kom ik zo bij je.'

'Ik ben op zoek naar een man genaamd Ogen. Ik weet niet hoe hij in het echt heet, maar volgens mij was hij bevriend met Bobby Mancuso, die hier lang geleden heeft gewerkt. Ik had gehoopt dat hij nog steeds hier kwam en Ogen wel eens hier mee naartoe heeft genomen.'

'Bobby?' vroeg Jorge met een trieste blik. Hij zette de tomaten met een klap neer en droogde zijn handen af aan zijn schort. 'We vinden het zo erg van Bobby. Zo erg.'

'Kende u hem?' vroeg Mary verbaasd.

'Ja, natuurlijk. Bobby, hij kwam hier, altijd. Het is verschrikkelijk dat hij dood is. Hij was nog jong.'

'Dat was hij zeker.' Het viel Mary op dat er bij Biannetti's niemand treurig had gekeken, zelfs niet op de dag nadat hij was vermoord. 'Kwam hij hier vaak?'

'Nou, dus altijd, voor eten. Hij was dol op cannelloni. Drie keer per week, soms vaker.'

'Was dat kortgeleden?' vroeg Mary terwijl haar hart tekeerging.

'Ja hoor, altijd.'

Mary begreep het niet. Trish had in haar dagboek geschreven dat Bobby altijd naar Biannetti's ging, maar er had niets in gestaan over Rolli's. Hij moest zich volgevreten hebben aan pasta als hij naar beide restaurantjes ging.

'Politie, mevrouw?'

Mary stelde zichzelf voor. 'Nee, ik was vroeger Bobby's vriendin.'

Jorge kneep zijn ogen tot spleetjes.

'Nee, echt. We hadden op school verkering. Is hij hier wel eens met een man genaamd Ogen geweest?'

'Nee.' Jorge schudde zijn hoofd. 'Hij was alleen.'

'Altijd in zijn eentje?'

'Ja.'

Verdorie. 'Kwam hij zelfs nooit met Trish, zijn vriendin?'

'Nee.'

Mary hield dat in haar achterhoofd. Ze wist het nu ook niet meer. Tenzij ze de hele vloot Cadillacs na wilde trekken. 'Dus u weet niet wie Ogen is?'

'Nee, sorry,' zei Jorge. Hij gebaarde naar de deur achter Mary. 'Misschien dat zij het weet. Dit is Latreece, onze serveerster. Ze bediende Bobby altijd.'

Mary draaide zich om en in de deur stond een tengere zwarte vrouw in een te grote jas en strakke jeans met een donkergroene pet laag over haar ogen getrokken.

'Sorry dat ik te laat ben. Het was zo druk op de weg.' Latreece zette de pet af en Mary hapte naar adem. De jonge vrouw had een prachtig gezicht, en haar huid deed haar enigszins amandelvormige schitterende jadegroene ogen perfect uitkomen.

'Ogen?' vroeg Mary vol ongeloof.

30

Mary en latreece gingen op de witte plastic stoelen in de hal zitten bij een kleine bijkeuken met ongeschilderde muren. Er hingen rijen planken waarop ingeblikte spullen en in plastic verpakte rollen keukenpapier stonden. Een tl-buis wierp fel licht op Latreece' gezicht, maar hoewel ze huilde, werd ze zelfs daar niet lelijk door. Haar ogen waren opgezet en een tikje bloeddoorlopen, maar hadden nog steeds een exotische groene glans, en haar prachtige, uitstekende jukbeenderen en mooie kin en zachte mond pasten daar mooi bij. Ze had haar eigen kleur haar, dat kortgeknipt was, en ze droeg eenvoudige gouden oorringen. In een ander leven had Latreece model kunnen zijn, en Mary wilde alles van haar weten.

'Dus jij bent Ogen?' vroeg ze verbijsterd.

'Ja. Bobby noemde me zo al de eerste keer dat ik hem bediende.' Latreece glimlachte waardoor haar gezicht ging stralen. 'Dat vond ik prachtig. Ik voelde me net een spion. De meeste mannen zien alleen mijn borsten.'

Dat kon Mary wel geloven. Latreece had een strak zwart t-shirt aan, waarin haar prachtige lijf goed uitkwam. 'Dat probleem heb ik niet.'

'Je mag van geluk spreken.'

Ja, hoor. 'Wanneer heb je hem leren kennen?'

'Zo'n vier jaar geleden. Ik bediende hem en we raakten aan de praat.' Latreece' stem was vrouwelijk en meisjesachtig, wat alleen maar natuurlijk was, want ze was zo te zien pas een jaar of vijfentwintig. 'Hij heeft hier een hele tijd geleden ook gewerkt. Hij was dol op deze tent, zelfs nu... Nou ja, je ziet het zelf wel.' Latreece gebaarde naar het restaurant. 'Het is wat verlopen. Hij zei dat het leek op een oude tv-serie: *Cheers.* Hij zei altijd dat in Rolli's iedereen je naam kende.'

Mary dacht aan Rosaria. Ongeveer vier jaar geleden raakte ze van Bobby vervreemd.

'We leerden elkaar kennen, en we kregen, nou ja, een relatie. Ik wist van Trish' bestaan af, maar dat kon me eigenlijk niets schelen. Hij hield van me en hij zorgde zowel voor mij als voor mijn dochter. Zij is zeven.' Latreece' lip trilde. 'Verdorie, ik dacht ik geen tranen meer overhad.'

'Ik vind het heel naar voor je.'

'Ik weet wat iedereen denkt. Hoe ik overkom.' Latreece vermande zich en keek haar met die felle groene juwelen recht aan. 'Maar je moet goed begrijpen dat het niet alleen om de seks ging. We hielden van elkaar. Hij had een goed karakter, een mooi karakter, en ik hield van hem.'

'Dat begrijp ik.' *Beter dan je ooit zult weten.*

'Ik wilde niet met hem trouwen. Wacht, nu lieg ik.' Latreece was even stil. 'Nou ja, in het begin wel, maar toen ik zag dat dat niet zou gebeuren en hoe het ervoor stond, deed ik mijn best voor ons.' Ze verzonk even in gedachten. 'In het begin dacht ik dat hij haar zou verlaten. Maar eigenlijk wist ik wel dat hij dat niet zou doen. Mijn hersens wisten het beter dan mijn hart, snap je?'

'Ja.'

'Hij was dol op Trish. Hij hield van haar.'

Mary zag opeens die afschuwelijke polaroidfoto's uit het dagboek voor zich. 'Maar hij mishandelde haar wel, Latreece.'

'Weet ik, dat dacht ik al. Ik mag dan jong zijn, maar ik ben niet gek. Ik ben het huis uit gegaan toen ik zwanger bleek te zijn, en ik heb altijd voor mezelf gezorgd. Ik heb heel lang gedanst.'

'Gedanst?'

Latreece lachte zachtjes. 'In een club.'

'O.' Mary glimlachte. 'Dat soort dansen. Ik ga niet vaak uit.'

'Maar goed, ik wist dat hij een kort lontje had, en zeker als hij had gedronken.'

'Hij dronk veel.'

'Dat is zo. Dat was een van de redenen waarom ik niet met hem wilde trouwen.' Latreece schudde droevig haar hoofd. 'Maar ik kan gewoon niet geloven wat er is gebeurd... Het is zo erg.'

'Denk je dat hij haar heeft vermoord? Zij was daar heel erg bang voor.'

'Geen idee.' Latreece zag er verslagen uit. 'Ik kan het me niet voorstellen. Niet als hij erover had nagedacht, als hij tenminste de kans had om na te denken. Niet als hij nuchter was.' Ze slaakte een diepe zucht. 'In zijn hart was hij niet slecht.'

'Heeft hij iets gezegd over dat hij haar binnenkort ten huwelijk zou vragen? Of zou hij het met jou daar niet over hebben?'

'Ja hoor, daar praatte hij rustig over. Daar hadden we het over als we in bed lagen.' Latreece haalde haar schouders op. 'Dat vind je misschien gek, maar het is wel zo. We hadden het vaak over haar, omdat hij dacht dat zij hem bedroog.'

Zo dan. 'Echt waar?'

'Hij maakte zich daar voortdurend zorgen over. Het was een obsessie voor hem. Hij belde haar constant om haar te betrappen.'

Mary snapte er niets van. 'Maar hij bedroog haar toch ook?'

Latreece glimlachte meewarig. 'Nou, en? Hij mocht dat wel, maar zij niet.'

'Verdacht hij een bepaalde man?'

'Hij verdacht iedereen. Vooral de mannen die in de kapsalon kwamen.'

'Heeft hij wel eens iemand bij name genoemd?'

'Nee.'

Mary wist eigenlijk niet waarom ze dat had gevraagd. 'Heb je hem verleden week nog gezien?'

'Ja, twee keer.'

'Hier in het restaurant?'

'Hij kwam hier laat, at wat, en ging dan met me mee naar huis. Zo deden we dat altijd.'

Mary dacht aan Trish' dagboek en de ruzies die ze hadden gehad als hij thuiskwam van Biannetti's. Er had niet één keer iets over Rolli's in gestaan. De conclusie was duidelijk. 'Hij heeft Trish nooit verteld dat hij hier naartoe ging, hè?'

'Natuurlijk niet.'

'Volgens mij zei hij dat hij naar Biannetti's ging, maar hij ging hier naartoe, naar jou.'

'Waarschijnlijk wel.'

Mary hield het in gedachten. 'Heeft hij het erover gehad dat hij Trish op haar verjaardag ten huwelijk zou vragen?'

'Nee.' Latreece dacht even na. 'Maar hij had een pesthumeur. Hij had veel meer gedronken dan anders. Ik kreeg de indruk dat hij nogal veel op zijn bordje had.'

'Heb je het hem gevraagd?'

'Ik dacht dat het over werk ging.'

'Je wist dus dat hij voor de maffia werkte?'

'Maar natuurlijk.' Latreece glimlachte zonder het te menen. 'Ik wist wat voor werk hij deed, maar ik kende hem ook als man en ik veroordeelde hem er niet voor.'

'Maar hij verkocht drugs!'

'Hou toch op. Bobby is niet de enige die ik ken die drugs dealt, en hij zal ook niet de laatste zijn.' Latreece schudde haar hoofd. 'Hij was gewoon, als een klein kind, de weg kwijt. Hij wilde eruit stappen en dat is hem bijna gelukt.'

'Heeft hij het wel eens over vrienden gehad bij de maffia?'

'Hij had geen vrienden bij de maffia.'

'Had hij het wel eens over een man of vrouw genaamd Cadillac?' Mary had haar lesje geleerd.

'Nee.'

'Heeft hij ze wel eens hier mee naartoe genomen?'

'Mooi niet.'

'Goed.' Mary kwam ter zake. 'Ik heb met zijn zus gesproken en hij heeft haar verteld dat hij ergens een huis had, waar hij zich schuil kon houden als hij bij de maffia wegging. Heeft hij het er met jou over gehad?'

'Nee.'

'Zeker weten?'

'Heel zeker.' Latreece knikte. 'Ik weet daar helemaal niets van.'

Mary deed haar best niet ontmoedigd te raken. 'Als hij een huis zou kopen, waar denk je dan dat het zou zijn?'

'Weet ik niet.'

'Toe, doe even je best.'

'Hoezo?'

'Misschien heeft hij Trish daarmee naartoe genomen.'

Latreece schudde weer alleen haar hoofd. 'Ik kan me niet herinneren dat hij het ooit over iets anders heeft gehad dan zijn eigen buurt. Hij ging hier naar school. Hij is nog nooit ergens anders geweest.'

Net als ik. 'Eens kijken. Zijn zus zei dat hij ooit uit de maffia wilde stappen en onder zou duiken.'

'Dat zei hij altijd, maar dat nam ik niet serieus.' Latreece snoof.

'Heeft hij het ooit over een vakantiebestemming gehad waar hij het naar zijn zin had gehad?'

'Nee.'

Mary piekerde zich suf. 'Weet je, als ik ergens een huis zou kopen, dan zou dat in de buurt zijn van iets waar ik graag ben. Bijvoorbeeld, als ik graag vis, dan zou ik een huis bij een meer kopen.'

'Hij hield niet van vissen,' zei Latreece.

'Of zwemmen.'

'Hij kon niet zwemmen. Hoe bestaat het, hè?'

'Stadsjongen. Ik kan ook niet zwemmen.' Mary vroeg: 'Weet je of hij hobby's had?'

Latreece grinnikte.

Mary vroeg: 'Heeft hij het wel eens over uitjes gehad die hij heeft gemaakt? Als hij weer terug was, bijvoorbeeld?'

'Nee.'

'Maar hij moet toch de stad uit zijn geweest om ergens een huis te kopen, en om er daarna af en toe naartoe te gaan?' Mary dacht hardop na. 'Als het onderhoud nodig had, dan moest hij dat doen, of de boel sluiten voor de winter, of hoe dat ook heet.'

'Winterklaar maken.'

'Maakt niet uit.' Mary had er geen verstand van.

'Je moet het water afsluiten, de boiler inpakken, hier en daar vocht-vreters neerzetten, anders groeit de schimmel op de muur.'

'Hoe weet jij dat nu allemaal?'

'Dat weet toch iedereen.'

'Ik niet.' Mary glimlachte.

'Omdat jij een stadskind bent.'

'Jij niet, dan?'

'Mooi niet. Waarom dacht je dat? Omdat ik zwart ben?'

Ja. 'Nee.'

'Ik kom van het platteland. In het noorden, vlak bij de Poconos. Ik ben in Bonnyhart, ten noorden van de Delaware Water Gap, opgegroeid. Ken je dat?'

'Ik heb er wel van gehoord, maar ik ben er nooit geweest.'

'O, het is er echt schitterend, het ligt net voor de grens met New Jersey. Ik kan er uren over doorgaan. Bomen, bossen, en allemaal natuur-lijk. Je kunt kilometers door de bossen lopen. Zalig gewoon.' De glim-lach deed Latreece' gezicht volkomen veranderen. 'De lucht is daar heerlijk fris, en de mensen zijn erg vriendelijk. Mijn dochter is er ook dol op. We gaan er zo vaak mogelijk naartoe, want mijn vader woont daar nog steeds. Wij waren toentertijd het enige zwarte gezin in het stadje, maar omdat we er al zo lang waren, werden we geaccepteerd. En iedereen was hartstikke aardig. We waren er voor elkaar en dat is hier wel wat anders.'

Mary liet de ironie varen. 'Dus daar ben je opgegroeid?'

'Nou en of. We hadden een hutje in het bos. Mijn vader jaagde en ik zorgde voor de kippen en ons varken: Knorretje. We aten gehaktballen van hertenvlees, stoofschotel met hertenvlees, alles van hertenvlees. We leefden praktisch van het land.'

'Ik dacht dat er veel meer bebouwing was in de Poconos. Als je die huwelijksreisaanbiedingen ziet.'

'Maar niet in Bonnyhart, dat is nu zelfs nog zoals vroeger. Er was ge-woon niemand. Je kon dagenlang lopen zonder iemand tegen te komen.'

Latreece' stem werd vrolijker. 'Het is de allermooiste plek op aarde en het ligt gewoon in Pennsylvania.'

Mary dacht razendsnel na. 'Heb je Bobby daar wel eens over verteld?'

'Ja, natuurlijk.' Latreece lachte. 'Ik kon gewoon mijn kop er niet over houden. Mijn dochter ook niet, trouwens. Hij zat me er altijd over te plagen. Dan zei hij: "Als ik elke keer dat jij over Bonnyhart begon tien cent had gekregen, dan kon ik rentenieren."' Haar ogen werden opeens groot. Mary was tot dezelfde conclusie gekomen.

'Misschien heeft hij daar wel een huis gekocht!' Ze voelde een steek van opwinding. 'Kun je me vertellen hoe ik daar kan komen?'

31

Mary hoorde de telefoon drie keer overgaan en kreeg toen Anthony's antwoordapparaat, dus zei ze: 'Sorry dat ik je niet heb teruggebeld. Neem even op als je er bent.' Ze luisterde naar de stilte en draaide toen met haar auto Broad Street in, richting de snelweg. 'Ik laat je geen blauwtje lopen, maar de afspraak liep uit. Sorry. Bel me.'

Ze verbrak de verbinding en vermande zich. Ze had nu geen tijd om zich zorgen te maken over haar liefdesleven, ze moest achter een waardevolle aanwijzing aan. Het zou haar drie uur kosten om in Bonnyhart te komen. Ze legde het mobieltje op de passagiersstoel, voor het geval Anthony terugbelde.

Maar ze had zo het vermoeden dat dat niet zo gauw zou gaan gebeuren.

Drie uur later, na getankt te hebben en twee hotdogs bij een Mobil-station gekocht te hebben, had Anthony nog steeds niet teruggebeld. Mary reed eindelijk Bonnyhart in met links van haar, wat haar niets verwonderde, een gesloten benzinestation. De zon was verzwolgen door dikke donderwolken zodat het al knap donker was, en de regen kwam met bakken tegelijk neer. Haar ruitenwissers deden hun best, maar Mary kon de snelweg die dwars door de bossen sneed amper zien. Er stonden nergens huizen en er was ook geen mens te bekennen, en het was al een kwartier geleden dat ze een auto had gezien. Overal elders was het nu spitsuur. Ze reed over grind en steentjes naar de kant van de weg.

Ze zette de auto in de parkeerstand en keek op haar horloge. Het was bijna vijf uur. Al te laat om in het gemeentehuis het een en ander na te kijken, maar dat hinderde niet, want Bobby zou het huis nooit op zijn eigen naam hebben gezet. Ze nam een slokje koude koffie, en werkte een strategie uit. Ze herinnerde zich opeens dat ze een makelaarskantoor in het dorpje vlakbij had gezien. Daar zou ze het beste kunnen beginnen, en ze moest opschieten, want het was al bijna donker. Ze gaf gas, maakte een U-bocht en reed terug.

Tegen de tijd dat ze bij het huis met het dakspanen dak aankwam, regende het zelfs nog harder. Het pand was verbouwd, zodat het plaats bood aan twee kleine bedrijfjes, een makelaardij en een taxidermist. De lichten brandden, dus Mary zette haar auto op het vrijwel verlaten parkeerterrein vlak bij een met de hand geschreven bord, waarop stond: HERT! BEER! ELAND! ANTILOPE! U ZULT TROTS ZIJN OP UW PERFECT OPGEZETTE TROFEEËN!

Mary was duidelijk niet meer in Zuid-Philadelphia. Ze zette de motor af, pakte haar tas en hield die boven haar hoofd toen ze de regen in stapte. Ze rende langs de taxidermist naar de makelaardij. In het kleine portiekje schudde ze zichzelf uit en bekeek de foto's in de etalage van de te koop staande huizen. Ze kostten tussen de honderdduizend en de tweehonderdduizend dollar, hadden twee of drie slaapkamers en eronder stonden de afgezaagde verkooppraatjes: ALLES EROP EN ERAAN; IDEAAL VOOR DE DOE-HET-ZELVER; KNUS HUIS; UITZICHT OP HET MEER en EEN RUWE DIAMANT. Eén foto ving haar blik, een bruine boerderij waarvan de aanbeveling luidde: VOLKOMEN PRIVÉ.

Perfect. Mary stapte naar binnen. Een belletje rinkelde, zodat men hoorde dat er een klant was. In het kleine kantoor stonden drie metalen bureaus, elk met een verouderde computer erop. Het voorste bureau lag helemaal vol met kleurige knuffelbeesten. Een vrouw van middelbare leeftijd met rood kroeshaar kwam door de achterdeur naar binnen en bracht tijdens het lopen koraalrode lippenstift aan.

'O jee, ik wist niet dat er iemand was,' zei de vrouw met een vriendelijke, maar professionele glimlach.

'Ik wilde u niet laten schrikken.'

'Bent u verdwaald? Zo te zien hoort u hier niet thuis.' De vrouw draaide de lippenstift naar beneden, deed de dop erop en gooide hem in een overvolle make-uptas, die ze in haar handtas stopte. 'Stedelingen raken hier altijd verdwaald.'

Mary glimlachte. 'Hoe weet u dat ik uit de stad kom?'

'Je hebt geen terreinwagen en je draagt geen flanel.' De makelaarster lachte en stak toen haar hand uit. 'Julia O'Connell. Mijn verontschuldigingen voor mijn slechte manieren.'

Mary stelde zichzelf voor. 'Ik ken iemand die hier een tweede huis heeft gekocht, en hij is er helemaal weg van. Hij komt uit Philadelphia en wilde volslagen privacy. Hij heeft me het adres gegeven, maar dat ben ik kwijt, en ik krijg hem niet op zijn mobieltje te pakken. Ik wil graag het huis zien en vroeg me af of u het aan hem hebt verkocht.'

'Ik ben pas vorige maand begonnen en heb nog niets verkocht. Dit is mijn tweede carrière en mijn derde echtgenoot.' Julia lachte onzeker.

'Misschien dat een van de meisjes hem heeft geholpen. Hoe heet hij?'

'Bobby Mancuso.' Mary hield haar adem in en hoopte maar dat ze hier in het achterland niets van de moord af wisten. Of dat hij een andere naam had gebruikt toen hij zijn schuilplaats kocht. Met zijn beroep kon hij moeilijk een hypotheek aanvragen.

'Komt me niet bekend voor,' zei Julia.

'Hij is een beetje excentriek, dus het zou best kunnen dat hij het onder een andere naam heeft gekocht. Misschien hebt u een van de andere makelaars erover horen praten? Het is mogelijk dat hij contant heeft betaald.'

'Contant!' Julia keek enthousiast. 'Daar heb ik niets over gehoord, maar zoals ik al zei, ik werk hier nog maar pas. Mary Alice Raudenbrush, dat is de eigenaresse, weet het vast wel, maar die is al weg en ik val haar thuis liever niet lastig. Kunt u niet wachten tot uw vriend terugbelt?'

Mary dacht even na. 'Zijn er nog meer makelaars werkzaam in Bonnyhart?'

'Een paar. Maar tegenwoordig kan iedereen overal werken. Er zijn natuurlijk internetmakelaars en ook een paar in Philadelphia en in New York, die opdrachten aannemen en dan aan ons doorspelen.'

'Dat zou hij nooit hebben gedaan.' Mary had een andere ingeving. 'Ik vraag het omdat ik graag net zo'n huis als hij heeft wil kopen.'

'Echt waar?' Julia keek blij. 'Uw echtgenoot en u?'

'Nee, alleen ik.' Mary leefde zich in in haar rol. Ze wilde inderdaad een huis kopen en nu kon ze het, in een andere wereld. 'Ik ben single en ik wil een huis met veel privacy.'

'Dan bent u hier op de juiste plek. We verkopen zowel in het district Carbon als Luzerne en we hebben ook wat afgelegen optrekjes in de Poconos. Zal ik een paar bezichtigingen regelen?'

'Ik wil eigenlijk vanavond al gaan kijken.'

'Nu? Maar het stortregent.' Julia draaide haar horloge om haar smalle pols met het uurwerk naar boven en kreunde toen ze zag hoe laat het was. 'Ik wilde net gaan sluiten.'

'Als ik wist welke huizen er in Bonnyhart in de afgelopen twee jaar zijn verkocht, dan kan ik daar zelf gaan kijken om een indruk te krijgen van wat ik graag wil. Ik heb maar weinig tijd. Ik ben alleen vanavond hier in de buurt.'

'Ik heb wel de gegevens van de verkochte huizen in Bonnyhart, maar officieel mag ik u die niet geven. Ik hoor met u mee te gaan.'

'Wat voor gegevens?'

'Hoeveel wooninhoud een huis heeft, hoeveel slaap- en badkamers, hoe groot de tuin is, dat soort dingen.'

'O, mooi, dat lijkt me wel wat.'

'Tja, het mag niet. Als u morgen terugkomt, kunnen we samen rondkijken.'

'Dat red ik niet en bovendien doe ik het liever in mijn eentje.' Mary deed net alsof ze een taaie zakenvrouw was, partner bij Rosato & DiNunzio. Of zelfs DiNunzio & Rosato. 'Als u me de gegevens geeft, dan kijk ik naar de huizen en neem ik weer contact met u op.'

'Zo doen we dat niet.' Julia knipperde met haar van eyeliner voorziene ogen.

'Maar ik wel. Als u tenminste graag uw eerste koop wilt sluiten.'

'Nou, goed dan. Wacht even.' Julia drukte op een toets op de computer, en Mary besefte dat het helemaal niet moeilijk was de taaie tante uit te hangen. Je moest alleen maar zeggen wat je wilde en verder je mond houden. Even later reed ze door de regen met Julia's plattegrond van Bonnyhart en omgeving en twee bladzijden waarop in totaal de gegevens van eenentwintig huizen stonden. Ze reed over kronkelige zandweggetjes, door modderige plassen en over afgevallen boomtakken, die onder haar banden knapten.

De eerste zeven huizen waren bewoond, stonden verscholen in het bos, hadden allemaal een pannen dak of drie slaapkamers, en hadden honderdduizend tot honderdvijftigduizend dollar gekost. Er stond voor geen enkele een zwarte BMW geparkeerd, maar Mary had voor elk huis een tijdje bij de stoep gestaan om in het donker en de regen het huis in de gaten te houden. Overal waren de gordijnen en de jaloezieën open, waarschijnlijk omdat ze zo afgelegen woonden. De eerste twee huizen kon ze meteen al van haar lijst schrappen, want daar waren kinderen.

In het achtste huis zat een ouder echtpaar naast elkaar op een geruite bank tv te kijken, waarbij het licht van de beeldbuis weerkaatste op hun brillenglazen. In het negende huis was niemand aanwezig en er brandde ook geen licht, dus Mary was naar het raam geslopen, met haar tas boven haar hoofd tegen de regen, en had met een zaklantaarn naar binnen geschenen. Vanaf de bank staarden vier katten haar met reflecterende ogen in het donker aan, dus ook dat huis kon ze van haar lijst schrappen.

Mary stapte weer in haar auto en reed naar het volgende huis. Ze vertelde zichzelf dat ze nog even vol moest houden. Het was een goed plan. Het was logisch dat Bobby Trish hier mee naartoe had genomen. Het huis zou de verrassing zijn geweest. Als ze van het dagboek uit kon gaan, dan wist Trish helemaal niets van het huis af. En wat was er toen gebeurd? Had hij haar meegenomen? Had hij haar hier vermoord en was hij vervolgens weer naar de stad teruggegaan? Had hij haar in het huis opgesloten en was toen teruggegaan? Zou ze nog in leven zijn, opgesloten in het huis, net als die schoolmeisjes in de zaak-Dutroux? Of was ze in de achtertuin begraven?

Mary remde af om een bocht te nemen toen ze voor zich een groot hert en twee reekalfjes de weg over zag steken. De kleinste sprong vanaf de weg op een heuveltje. Ze nam nog twee bochten, sloeg toen links af, zoals aangegeven op de plattegrond die ze raadpleegde bij het binnenlichtje, en kwam uit bij de brievenbus van Tehanna Lane 78. Ze zette de auto neer, deed de koplampen uit en keek tussen de bomen door naar de woning.

Er stond nergens een auto, maar er brandde wel licht binnen: een geel vierkantje, omgeven door de bomen in de voortuin, waarvan de bladeren dropen van de regen. Het huis zag er net zo saai uit als de andere en ze knipte haar zaklamp aan om de gegevens te lezen. Twee slaapkamers en anderhalve badkamer, ruim honderdtwintig vierkante meter woonoppervlak, tweeduizend vierkante meter grond, alleen bronwater, en het was een jaar geleden verkocht voor achtennegentigduizend dollar.

Mary deed de zaklamp uit en bleef even in de auto zitten terwijl ze keek of er iemand in het huis aanwezig was. Het huis had een pannendak, maar de pannen waren schijnbaar donker geverfd, want het was nauwelijks te zien. Er was ook een veranda, want ze kon een overkapping onderscheiden boven een groot raam. Uit de goot stroomde water waar takjes en bladeren in zaten. Op de veranda stonden twee stoelen in het donker.

Ze keek weer naar de brievenbus. Die was zwart en er waren geen vishengels of herten op geschilderd. Er zat geen plastic koker onder voor de krant, en er stond ook geen naam op de brievenbus, wat zeer ongebruikelijk was. Bij de andere brievenbussen had er over het algemeen de achternaam van de eigenaar in ouderwetse witte letters of leuk met de hand geschilderde letters gestaan, en de huisjes hadden ook namen gekregen, zoals 'Hernando's schuilplaats'. Maar hier stond geen naam op.

Mary keek naar het huis en haar hart ging sneller kloppen. De regen tikte op het dak van haar auto en stroomde over de voorruit naar beneden. Haar schoenen waren nog steeds nat na haar uitstapje en haar kleding was vochtig. Ze bleef nog even zitten, want ze had bepaald geen haast om weer in de regen rond te rennen, ze bleef liever nog even in de auto zitten. Met een schok besefte ze dat ze al een paar uur niets had gegeten en ze keek op haar horloge, waarvan de wijzerplaat griezelig groen oplichtte. Het was bijna tien uur. Ze was te nerveus om honger te hebben en bleef in haar stoel het huis in de gaten houden.

Er was niets te zien. De weg was verlaten. Ze schudde het spookachtige gevoel van zich af, pakte haar tas en stapte uit de auto. Ze draafde over de glibberige oprijlaan naar de voorkant van het huis. De koude regen sloeg haar in het gezicht en spetterde om haar enkels terwijl ze naar de veranda rende. Ze beklom de houten planken, zag de twee goedkope witte stoelen en hield het raam in de gaten. Zo te zien was er niemand in de zitkamer, dus liep ze met soppende voeten naar de deur. Als ze betrapt werd, kon ze meteen aankloppen.

Door het raam was een kleine zitkamer te zien, waarin een bruine bank en twee stoelen stonden. Er lagen geen tijdschriften of kranten op de salontafel, zoals in andere huizen. Sterker nog, er waren helemaal geen spulletjes te zien. Alsof er niemand woonde. Ze liep naar de voordeur en haar hart ging als een gek tekeer. Ze wilde net aankloppen, toen ze zag dat in de gang een groene porseleinen lamp naast een bruin kleed in scherven op de plankenvloer lag.

Mary was meteen op haar hoede. Waardoor was die lamp gevallen? Zo te zien waren er geen huisdieren. En waarom zou iemand de scherven laten liggen? Waarom waren ze niet opgeruimd? vroeg ze zich af. Ze haalde amper adem en luisterde aandachtig. Ze hoorde alleen maar het geruis van de regen.

Ze klopte aan, wachtte en zei tegen zichzelf dat ze rustig moest worden. Er sloeg geen hond aan binnen, en er knipoogden geen katten naar haar. Puur van de zenuwen klopte ze nog eens aan. Geen reactie. Ze drukte haar oog tegen een kier bij het gordijn voor de deur, waardoor ze een klein stukje van de kleine eetkamer zag die zich achter de zitkamer bevond. Het licht brandde daar ook, maar er was verder niemand te zien, alleen een lange houten tafel met een bruine boodschappentas erop. Er viel Mary iets op aan de boodschappentas. Ze kneep haar ogen samen zodat ze hem beter kon zien, en haar hart sprong haar in de keel. Op de tas stond een dikke kok afgebeeld met een Super Mario-snor die een stomende schotel spaghetti met gehaktballen in zijn handen had. Het logo van Biannetti.

'Trish!' schreeuwde Mary boven de wind en de regen uit. Ze draaide aan de deurknop, maar de deur zat op slot. Ze hamerde op de deur. 'Trish! Ben je daar?' Haar kreet verdronk in het geruis van de regen. Ze had het gevoel dat iemand al haar stroomcircuits had omgezet. Dit moest Bobby's huis zijn. Trish was misschien wel binnen: gevangen, stervend, levend. Het was wellicht nog niet te laat.

'Trish!' riep Mary. Het geluid weergalmde in haar oren. Ze werd bang. Ze kon naar de auto teruggaan en de politie bellen, maar wanneer zouden die op komen dagen? Was er hier überhaupt wel politie? Trish was misschien wel in het huis. Het was een noodgeval. Mary kon zich nu niet aan de regels houden. Ze duwde met haar schouder tegen de deur, deed een paar stappen naar achteren en rende met al haar kracht tegen de deur aan. Die gaf iets mee, maar ging niet open. Haar schouder deed hartstikke zeer.

Ze keek wild om zich heen: de draadstalen stoel op de veranda. Die was zwaar genoeg om de klus te klaren. Ze pakte de stoel, tilde hem hoog op, en sloeg de ruit van de deur in. Het glas brak en viel rinkelend op de grond.

'Trish!' schreeuwde Mary. Er kwam niemand het huis uit rennen of ergens anders vandaan. Daar werd ze nog zenuwachtiger van. Haar mond was droog.

Ze gooide de stoel opzij, stak haar hand tussen het gebroken glas door en voelde naar de deurknop binnenin terwijl ze Trish' naam bleef roepen. Ze raakte langzamerhand in paniek. Ze draaide de knop eerst de ene kant op en toen de andere. Opnieuw pakte ze de deurknop aan de buitenkant beet. Hij ging van het slot af, en Mary wierp de voordeur wijd open, waarna ze naar binnen snelde.

32

'T RISH!' RIEP MARY, TERWIJL ZE de deur achter zich dichtdeed. Ze keek rond in de zitkamer. Die zag er hetzelfde uit als door het raam. Niets raars, behalve de kapotte lamp op de grond. Ze stapte over de scherven van de lamp en het raam heen en liep snel door de eetkamer. Ze wilde geen sporen achterlaten op een plaats delict, maar als Trish nog leefde, dan was het een noodgeval. En als dat niet zo was, dan kon de dader toch niet meer gestraft worden.

Mary riep weer en haar bevende stem weergalmde in het huis. Ze kwam bij de tas van Biannetti en keek erin. Er zat een stapel in aluminium verpakte dozen met witte kartonnen deksels in. Ze voelde eraan: alles was steenkoud. Ze keek de kamer rond. Er stond een nieuwe eettafel met vier stoelen. Aan de muren hing niets en het rook alsof er net geschilderd was. Ze keek naar de roomwitte muren en zag al voor zich dat Bobby Trish haar hier naartoe had genomen om haar het huis te laten zien en haar zelfs uit eten had genomen om het te vieren. Daarna had hij haar ten huwelijk gevraagd en was de hel losgebroken.

Mary draaide zich om en keek weer naar de scherven op de grond. Ze vroeg zich af of hij Trish met de lamp had geslagen. Had hij haar naar de auto gesleept? Haar ergens naartoe gereden? Haar vermoord? Zou ze misschien toch nog leven?

'Trish?' Mary liep de eetkamer uit en naar de keuken en keek daar rond. Het zag er schoon en ongebruikt uit. Er stond een ongeopend six-pack met Budweiser-bier op het aanrecht, naast een fles chianti en drie flessen Smirnoff-wodka, waarvan er eentje halfvol was. Daarnaast stond een witte gebaksdoos van Melrose Diner met muzieknoten op de zijkant. Ze keek door het doorzichtige deksel en wist al wat erin zou zitten: een verjaardagstaart met *gefeliciteerd* in roze geglazuurde letters erop.

'Trish!' Mary haastte zich de keuken uit en liep met bonkend hart de trap op. Als Bobby haar had vermoord, zou hij dat in de slaapkamer hebben gedaan? Zou daar een lijk liggen? Ze zag opeens Trish' moeder weer voor zich, intens verdrietig in het huis van Mary's ouders, en vervolgens de Akelige Meiden die hysterisch tekeergingen op haar werk. Ze zette het van zich af, kwam op de overloop aan en liep de eerste de beste kamer in. Ze hield haar adem in en knipte de zaklamp aan.

Geen dode. Geen levende. Er stond alleen een groot bed met een wit sprei en bijpassende nachtkastjes, net als in het huis in Zuid-Philadelphia. Onbeslapen. Er hing niets aan de muren. Een kleine kast waar de deur van openstond was leeg. Er zaten geen kleren of schoenen en ook niets vreselijks in. Mary keek om zich heen. Er was geen belendende badkamer, dus liep ze ziek van angst de gang weer op. Waar zou Trish zijn?

Mary liep naar de deur naast de slaapkamer, vermande zich en gooide de deur wagenwijd open, deed het licht aan en keek naar binnen. Niets. Een nieuwe, helderwitte badkamer, die zo te zien ook nooit gebruikt was. Ze draaide zich verbaasd om. Er was nog maar één deur in de hal, helemaal achteraan in het donker. Ze slikte moeizaam en liep ernaartoe, en stak toen haar hand om de deur op zoek naar een lichtknopje.

'Trish?' vroeg ze, en ze hoorde de angst in haar eigen stem. Ze kon het lichtknopje maar niet vinden en werd zo nerveus dat ze de muur met haar hand afzocht totdat de lamp ging branden. Niets. Het was ook een slaapkamer. En er stonden alleen een tweepersoonsbed en een nachtkastje. Ze knipperde verward met haar ogen.

'Trish!' riep ze. Ze ging weer terug naar de overloop en rende naar beneden. Ze ging op zoek naar een kelderdeur en ontdekte er een in de keuken. Die was haar niet eerder opgevallen. Ze liet eerst haar hart tot rust komen en hoopte dat haar hersens weer gingen werken. Als Bobby Trish wilde vermoorden, dan zou hij haar lijk toch niet in de kelder laten liggen waar het zo zou worden gevonden? Misschien had hij haar daar opgesloten?

Mary liep de smalle trap af, die geen leuning had. Terwijl ze naar beneden liep kon ze al zien dat er niets mis was met de kelder. De betonnen vloer was schoon en er stonden een nieuwe wasmachine en droger tegen de muur van grijze B2-blokken aan. Aan de muur rechts hing een boiler met daarnaast de gebruikelijke verzameling onidentificeerbare verwarmingsbuizen. Ze kwam bij de trap en keek om zich heen. Geen Trish te bekennen.

Ze liep weer naar boven, met de onverklaarbare angst om levend in de kelder opgesloten te worden, en slaakte een zucht van verlichting toen ze weer in de keuken stond. Ze keek in de laden, maar daar zaten alleen gloednieuwe keukenspullen in. Ze ontdekte een stel gestreepte droogdoeken waar nog steeds een prijsje van Target aan zat. Het was duidelijk dat Bobby bezig was geweest het huis in te richten. Ze trok de laatste la open. Die lag vol met bonnetjes en papieren, met onder andere het logo van het telecommunicatiebedrijf Verizon en PECO. Ze pakte er een paar rekeningen op en zag de naam Marty Slewinsky staan.

Mary kende die naam, van lang geleden. Bobby had zichzelf altijd zo genoemd als hij zich dom voelde. Zij domme alter ego. Hij had moeite met verbuigingen en als zij hem overhoorde en hij het verkeerd had, zei hij altijd dat het door Marty Slewinsky kwam. Ze wist niet of iemand anders die bijnaam kende. Bobby zou vast zijn medegangsters niets over zijn onzekerheden hebben verteld, hij zou dat gemaskeerd hebben met wodka. Ze pakte nog wat papieren en sloeg de bovenste open. Het was een verkoopovereenkomst voor een Ford 150 terreinwagen, die ook op de naam Marty Slewinsky stond. Ze kon zich nog herinneren dat de makelaar had gezegd: geen terreinwagen en geen flanel.

Bobby zou die auto hier in de buurt hard nodig hebben. Dus dit was inderdaad zijn huis. Zijn rekeningen. Zijn nieuwe identiteit, die hij zo kon aannemen als hij weg zou gaan bij de maffia. Maar waar was de auto? Was hij ermee teruggereden naar de stad? En wat behelsde zijn plan eigenlijk? Dat Trish haar moeder, vriendinnen en baan in de steek zou moeten laten voor een hutje midden in het bos? En als hij haar inderdaad een huwelijksaanzoek had gedaan, wat was er toen gebeurd?

Mary herinnerde zich opeens weer de ontrouw, dat Trish lunchte met mevrouw Dinsdag Donderdag. Had Trish hem opgebiecht dat ze hem had belazerd? Was hij erachter gekomen? Wat zou hij dan gedaan hebben als hij het wist? Ze stopte de rekeningen weer in de la en liep naar de gebroken lamp op de grond. Ze bekeek de scherven zonder ze aan te raken en bukte zich om goed te kijken, toen ze roodbruine spetters op het lichte groen van een scherf ontdekte. Ze keek nog eens goed. Het waren opgedroogde druppels bloed.

'Trish,' fluisterde ze.

Mary rende door de regen terug naar haar auto. De aanblik van de bloedspetters had haar zo van streek gemaakt dat ze de koude druppels nauwelijks voelde. Hier was ze bang voor geweest. Ze wilde Trish zo graag zien. Er was niet veel bloed geweest. Het was geen dodelijke verwonding. Misschien leefde ze nog.

Mary gaf gas. Ze zou Brinkley over het huis en het bloed vertellen. Hij zou wel weten wat hij moest doen. Ze zocht onder het rijden naar haar mobieltje, toetste zijn nummer in, reed richting de snelweg, die naar links was, zoals ze zich herinnerde. Ze kreeg verbinding en ze hoorde de telefoon steeds maar weer overgaan.

'Neem nou op, Reg,' zei ze, maar ze kreeg uiteindelijk de voicemail. Ze vloekte, en wachtte tot ze wat in kon spreken. 'Ik heb Bobby's huis in de Poconos gevonden, maar Trish is nergens te bekennen. Bel me zo snel mogelijk terug.'

Ze verbrak de verbinding, nam een bocht in het bos, en nog een. Zou ze het alarmnummer bellen, van de plaatselijke politie? Was dat slim? Misschien wel. Ze toetste het tijdens het rijden in.

'Welke... alarmdienst wilt u bereiken?' vroeg de telefoniste toen de verbinding tot stand was gebracht, maar door de ruis op de lijn en de regen kon Mary haar nauwelijks verstaan.

'Ik kom net van Tehanna Lane 78 in Bonnyhart vandaan en volgens mij is daar een vrouw verwond, en misschien zelfs wel vermoord. Ze wordt al twee dagen vermist en ze heet Trish Gambone.'

'Hebt u... de vrouw... gezien?' vroeg de telefoniste, die steeds weer wegviel.

'Nee, maar ik heb wel bloed van haar gezien.'

'Hoe... u, mevrouw?'

Mary vertelde het haar, maar ze kon niet verstaan wat de telefoniste verder zei. 'Hallo? Hallo?'

'Mevrouw... u moet... mobieltje. U hebt nu het politiekorps van Bruman... New York aan de lijn.'

'Wat zegt u?'

'We zijn waarschijnlijk het dichtstbijzijnde... geen echt noodgeval... de politie van Pennsylvania... Zij kunnen u helpen.' De telefoniste gaf Mary het telefoonnummer door en Mary zei het hardop na, toetste het nummer in en wachtte tot er werd opgenomen.

'Pennsylvania politie,' zei de telefoniste. De verbinding was beter, maar nog steeds niet optimaal. Mary was net met haar verhaal begonnen, toen de vrouw haar onderbrak. 'Sorry, maar door het weer hebben we momenteel maar weinig mankracht, en zo te horen heeft het weinig nut er nu meteen een wagen naartoe te sturen.'

'Juist wel. Ze is misschien nog in de buurt, levend en wel. Misschien is ze ergens opgesloten, of misschien zelfs levend begraven.' Mary had nadat ze het bloed had gezien het ene na het andere gruwelijke scenario voor zichzelf afgespeeld. 'Ik ben bijna zelf op zoek gegaan.'

'Sorry, maar als de politie van Philadelphia de zaak al behandelt, gaan wij er niet tussen zitten.'

'Maar het huis staat hier. Volgens mij heeft hij haar hier mee naartoe genomen en ik krijg in Philadelphia niemand te pakken.'

'Mevrouw, als u ons uw naam en telefoonnummer geeft, dan bellen we u zo snel mogelijk terug.'

'Wanneer dan?' Mary had het gevoel dat het weinig nut had, maar ze probeerde het toch.

'Morgen, tijdens kantooruren. Meer kan ik niet voor u doen, mevrouw.'

'Oké, bedankt.' Mary gaf haar de gegevens door en verbrak toen de verbinding. Ze legde het mobieltje op de passagiersstoel, keek op en besefte dat ze geen idee had waar ze was. Ze remde af voor een kruispunt van twee grindweggetjes en zette de auto aan de kant van de weg. Door de regen en de bomen was ze gedesoriënteerd. Ze deed het binnenlicht aan en haalde de plattegrond van de makelaar tevoorschijn. Ze ging met haar wijsvinger de route na vanaf Bonnyhart en keek toen op of er ergens een bordje stond. De regen tikte tegen de voorruit, en ze kon maar weinig zien. Er stond nergens een straatnaambord. Ze had niets aan een plattegrond als ze niet wist waar ze was.

Ze legde de plattegrond weg, deed het lampje uit en reed door. Ze had het gevoel dat de snelweg die richting uit lag. Ze voerde de straatnaam in haar BlackBerry in, maar had te weinig informatie om een routebeschrijving te krijgen. Uiteindelijk belde ze Judy om haar op de hoogte te brengen en haar om hulp te vragen, maar er werd niet opgenomen en de telefoon had dan weer wel en dan weer geen bereik. Een kwartier later had ze nog steeds geen snelweg gezien. Ze had het dus verkeerd gehad. Ze raakte een beetje in paniek. Waar was ze? Hoe was ze zo verdwaald geraakt? Ze had gedacht dat de snelweg hier zou zijn, dus niet. Ze keek op het dashboardklokje: het was al bijna middernacht.

Brinkley had nog steeds niet teruggebeld. Ze keek naar rechts, en nog eens, toen ze tussen de bomen door plotseling licht zag branden. Ze reed die kant op en beloofde zichzelf een navigatiesysteem te kopen als ze weer in de stad was. Na een halfuur waren de lichtjes vlakbij. Ze bleken van een bedrijf in sneeuwscooters en gebruikte tractors te zijn, maar wat verderop waren nog meer lichtjes.

'Yes!' Mary ging rechtop zitten en gaf gas. Ze was opgelucht toen ze eindelijk een verharde weg op reed, wat duidelijk een verbetering was. In de verte zag ze een garagebedrijf en een winkel met spullen voor de jacht. Ze waren allebei gesloten, maar in elk geval was ze weer in de bewoonde wereld. De lucht voor haar had een grijze gloed, waarschijnlijk van de lichtjes van de stad of van de snelweg. Ze kon wat gemakkelijker ademhalen, gaf gas en toen ze een bocht naar links nam, zag ze opeens een andere auto voor zich, een oude rode jeep.

'*Mirabile dictu*,' zei Mary in het Latijn en ze toeterde om de aandacht van de bestuurder te krijgen. Zij vond het niet vervelend om de weg te vragen, maar de bestuurder had haar waarschijnlijk verkeerd begrepen, want hij ging sneller rijden. Ze toeterde opnieuw, iets korter dit keer, en de chauffeur stak zijn hand uit het raampje en maakte een obsceen gebaar.

Mary bleef richting het licht rijden, dat steeds feller werd. Aan de linkerkant stond een knipperend bord van een goedkoop motelletje, en ze vatte dat op als een teken dat ze op de goede weg zat. Er kwam een andere auto de snelweg op rijden die voor de jeep schoof, en ze werd steeds rustiger toen ze afremden om de auto de kans te geven af te slaan.

Mary keek naar het motel, dat nog uit de jaren zestig stamde en ontroerend zijn best deed er modern uit te zien. Er hing een bord waarop stond dat er AIR COND., K BELTV aanwezig waren in het gebouw. De kamers lagen aan een parkeerterrein, dat bijna vol stond, wat waarschijnlijk kwam door het slechte weer. Het kantoortje bestond bijna geheel uit ramen en er brandde een heel klein lichtje. Mary kneep haar ogen samen en keek naar een van de auto's die bij de ingang stonden geparkeerd. De zeer duidelijk Europese grille viel op tussen alle oudere Amerikaanse SUV's en pick-ups. De auto was een nieuwe zwarte BMW.

Mary veegde de condens van haar raampje en keek nog een keer. De glimmende grille blonk haar vanaf het parkeerterrein tegemoet. Ze had dus gelijk, maar ze wist niet of dat wat uitmaakte. Er reden heel wat zwarte BMW's rond, misschien niet hier in de buurt, maar wel degelijk op de snelweg.

Maar toen de jeep optrok, reed Mary naar het motel.

33

MARY REED HET PARKEERTERREIN OP en zette haar auto naast de BMW. Ze zette de motor af en bekeek de zwarte auto. Die glom duister, het inktzwarte dak nat van de regen. Hij was achteruit de parkeerplek in gereden zodat de grille naar voren wees. Ze keek naar de andere auto's. Die stonden allemaal op de normale manier geparkeerd, dus met de achterbumper naar voren. Zij zou zelf nooit achteruit parkeren want ze was daar heel erg slecht in. Waarom zou iemand op die manier een auto neerzetten? Omdat de kentekenplaat dan niet goed te zien zou zijn.

Ze gluurde door het kijkgat dat ze in haar beslagen raam had gemaakt. Ze kon binnen in de BMW niets zien, want het was donker en het regende. Ze keek om zich heen over het parkeerterrein, dat verlaten was. Er brandden maar een paar lichten in de motelkamers. Het was rustig en de meeste gasten lagen al in bed. Ze pakte haar goeie ouwe zaklantaarn, knipte hem aan en scheen ermee op de stoelen voorin van de BMW en vervolgens achterin. De lichtcirkel gleed over luxe, zware leren bekleding en glimmende chromen knopjes op het dashboard en bleef hangen op de overvolle asbak die gedeeltelijk openstond.

Hmm. Op de sigaretten na was er niets waarmee ze de auto tot Bobby kon herleiden, en er waren meer mensen die rookten. Ze pakte haar mooie Coach-tas, die door de regen bijna helemaal geruïneerd was, keek om zich heen of er iemand keek en stapte uit met de zaklamp in haar hand. Ze deed het portier zachtjes achter zich dicht, sloop naar de achterkant van de BMW, en keek naar de kentekenplaat: FG-938. Het was afgegeven in Pennsylvania, en dat zou kunnen kloppen. Het nummer zei haar verder niets, want de Akelige Meiden wisten niet welk nummer Bobby had. De auto kon wel overal vandaan komen, Pennsylvania is per slot van rekening een grote staat. Ze scheen met haar zaklamp op de achterkant van de auto en zag op het chroom om de kentekenplaat iets staan: De Simone BMW, Marlton, New Jersey.

Rillend in de koude regen dacht Mary er even over na. Marlton lag even buiten Philadelphia bij de brug naar New Jersey. Inwoners van Zuid-Philadelphia deden vaak boodschappen in Marlton en omgeving. Over het algemeen kochten ze hun auto in Zuid-Philadelphia, maar daar was geen dealer van BMW. Het was heel goed mogelijk dat dit de auto van Bobby was. Maar hoe was hij hier beland?

Mary holde naar het kantoortje van het motel, trok de glazen voordeur open waardoor een bordje waar OPEN op stond en dat met een zuignapje aan de deur zat bevestigd, heen en weer schommelde. Het zag er echter niet erg open uit. De smoezelige witte balie stond vol met metalen rekjes met toeristische folders, en er was verder niemand aanwezig. Ze schraapte haar keel, boog zich naar voren en zag toen een kantoortje achter de balie waar een vrouw van middelbare leeftijd in een tuinstoel zat te slapen.

'Hallo?' riep Mary.

De vrouw bewoog en knipperde met haar ogen. 'O, sorry.'

'Hindert niet,' zei Mary meteen, stuiterend van de adrenaline. 'Ik wilde u niet wakker maken, maar ik wil u graag wat vragen.'

'Wat vragen?' De vrouw stond op en rekte zich uit. In een Bon Jovi-sweatshirt en spijkerbroek met wijde pijpen leek ze op een grote zachte teddybeer. Ze had geen oorbellen in en droeg geen make-up, maar door haar lange bruine paardenstaart zag ze er fris en leuk uit. Ze rekte zich nog een keer uit en liep naar de balie, waarbij haar paardenstaart vrolijk zwiepte. 'Wilt u geen kamer?'

'Nee. Ik wil graag iets weten over die zwarte BMW op het parkeerterrein.' Mary wees ernaar, maar de vrouw keek niet eens. 'Ik neem aan dat die van een van de gasten is?'

'Dat zal wel.' De vrouw haalde schaapachtig haar schouders op. 'Ik werk alleen 's avonds. Ik heb vanavond al een paar mensen ingeschreven, en er zullen er nog wel een paar komen als de storm gaat liggen. Ik heb gehoord dat er overstromingen zijn.'

'Kunt u misschien nagaan van wie die auto is?'

'Nee.' De vrouw schudde haar hoofd en haar paardenstaart slingerde net zo heen en weer als het bordje met OPEN erop. 'Ze hoeven van ons het kenteken niet op te schrijven. De meeste mensen blijven hier één nacht en gaan de volgende ochtend weer richting snelweg. Of ze blijven maar een uurtje, als u snapt wat ik bedoel.'

'Zou ik misschien even in het register kunnen kijken als u dat hebt?'

'Nee, dat hebben we niet, en al hadden we er een gehad, dan had u er nog niet in mogen kijken.'

Dat had Mary wel verwacht.

De vrouw die nu helemaal klaarwakker was, keek haar goed aan. Haar kleine bruine ogen glinsterden achterdochtig.

'Waarom wil je weten van wie die auto is?' vroeg ze.

'Mijn ex-vriendje heeft net zo'n BMW, ook van die dealer, en ik vroeg me af of hij soms hier was.' *Dat was bijna de waarheid.*

'Oké, nu snap ik het, maar ik kan je nog steeds niet helpen.' De vrouw glimlachte vermoeid.

'Dan zit er maar één ding op. Kan ik een kamer krijgen die uitkijkt op het parkeerterrein?'

'Een ander uitzicht hebben we niet,' zei de vrouw, en ze moesten allebei lachen.

En dus boekte Mary voor achtenzestig dollar een kamer, met stoelen met olijfgroene bekleding, een bijpassende sprei en een haveloos kleedje op de vloer en een paar huismijten voor de gezelligheid. Ze zette de verwarming die naar brandend haar rook uit, en hield de BMW in de gaten, terwijl ze haar natte schoenen uitschopte en het koffiezetapparaat inschakelde. Toen de koffie klaar was, deed ze de lamp uit en nam ze plaats in een stoel bij het raam, waarna ze door de vitrage het donker in tuurde.

De regen liep in wilde stroompjes langs het raam, en Mary keek tevreden naar het uitzicht. Ze zat op de begane grond, maar zo'n tien meter bij de BMW vandaan, er recht tegenover zodat ze iedereen die naar de auto toe liep meteen zou zien; als ze tenminste wakker kon blijven. Ze hoopte maar dat dit niet het stomste was wat ze ooit had gedaan, maar wellicht was het nog stommer geweest als ze in de storm door was blijven rijden. Haar gsm lag vlakbij, voor het geval Brinkley zou bellen, en ze onderdrukte de neiging om nog een bericht voor hem in te spreken. Ze nam slokjes van de smerige koffie en hield de BMW voortdurend in de gaten alsof het aangenomen werk was.

Twee koppen koffie later kreeg ze onbedaarlijke slaap, maar ze was te paranoïde om de tv aan te zetten. Om zichzelf wakker te houden keek ze naar een auto die het parkeerterrein op kwam rijden. Hij reed langzaam, en Mary vroeg zich af of hij achteruit een parkeerplek in zou draaien. Maar de auto bleef met de motor aan midden op het parkeerterrein staan, terwijl ze met zware ogen en haar kin in haar hand toekeek. Vervolgens stapte er een man uit, die een blauw-witte paraplu openklapte en om de auto heen naar de passagierskant draafde. Hij liet een vrouw uitstappen, wat Mary erg aardig van hem vond. Er waren dus toch nog heren.

Toen keek ze nog eens goed. Mary kon het gezicht van de man of de vrouw door de paraplu niet zien, maar dat jasje van vossenbont, die strakke broek en de laarzen met hoge hakken herkende ze wel.

'Trish?' Mary schoot verbouwereerd overeind. De man en de vrouw kwamen naar haar raam lopen. Op de golfparaplu stond de naam Dean Witter. Ze dook in elkaar, anders hadden ze haar zo zien zitten. Ze liepen pal langs haar raam.

'Shit!' Mary zette vlug haar kopje neer en vloog naar haar voordeur. Ze haalde razendsnel de ketting eraf, trok de deur open en keek naar buiten. De man en Trish liepen dicht naast elkaar naar haar kamer, een paar deuren verderop. Ze bleven even voor de deur onder de paraplu dicht tegen elkaar aan staan, alsof ze elkaar kusten.

Trish leefde dus nog, en dit was de vent met wie ze vreemdging! Maar wat deden ze hier helemaal? Mary werd overspoeld door emoties. Voornamelijk blijdschap dat Trish nog leefde, maar vervolgens woede omdat ze zich zoveel zorgen over haar had gemaakt.

Ze gluurde door de kier van haar deur, terwijl Trish haar kamer in ging en de onbekende man onder de Dean Witter-paraplu naar de auto terugrende, het portier opentrok, op zijn stoel ging zitten en de paraplu dichtklapte. Mary kneep haar ogen tot spleetjes maar ze kon zijn gezicht niet zien en kreeg zelfs geen indruk van zijn postuur. Zelfs het merk van de auto was onherkenbaar in het donker en de regen. Het enige wat ze wist was dat het een zwarte vierdeurs was, een nieuw model, en dat ze hem niet uit het oog wilde verliezen.

De auto reed tussen de geparkeerde auto's door naar de uitgang, en Mary rende naar buiten de regen in. Ze kwam even nadat de auto het parkeerterrein verliet bij de uitgang en kon nog net het kenteken lezen.

'RK-029,' zei Mary hardop, zodat ze het niet zou vergeten, maar dat was niet wat haar het meest was opgevallen. Boven de kentekenplaat zat een embleem dat ze maar al te goed kende: het embleem van Cadillac.

Wat had er ook alweer in Trish' dagboek gestaan? *Cadillac denkt dat hij steelt. Cadillac zei dat mijn horloge een vermogen moet hebben gekost. Cadillac blijft achterdochtig.* De ene vraag na de andere kwam bij haar bovenborrelen. Was Cadillac de onbekende man met de paraplu? Waarom zat Trish hier met een andere man, één dag nadat Bobby was vermoord? Wat was er aan de hand?

Mary draaide zich op haar hakken om en rende doornat naar Trish' kamer.

34

Mary klopte zachtjes aan en dacht dat Trish er waarschijnlijk van uit zou gaan dat de onbekende man terug was gekomen. De deur werd opengetrokken en de uitdrukking op Trish' gezicht veranderde van zalige verwachting in grote schrik. Ze had een strak zwart truitje aan met pailletjes langs de diep uitgesneden V-hals, en haar make-up zag eruit alsof het er net op getatoëerd was. Ze had haar minnaar verwacht en geen advocaat.

'Mary?' vroeg Trish stomverbaasd.

'Wat is er aan de hand?' Mary wrong zich langs haar heen de motelkamer in. Die rook meer naar sigaretten dan naar brandend haar.

'Niet te geloven dat jij hier bent. Hoe heb je me opgespoord?' Trish deed de deur achter hen dicht.

Mary draaide zich naar haar om en deed geen moeite om de woede in haar stem te verbergen. 'Dat doet er niet toe, Trish. Denk je soms dat dit een spelletje is? Ik heb me zo ongerust gemaakt over jou. Ik dacht dat Bobby je had vermoord. En de andere meiden en je moeder dachten dat ook.'

'Mary, rustig aan. Ik weet heel goed waar ik mee bezig ben.'

'Pardon? Waar ben je dan mee bezig? Wist je dat Bobby vermoord is?'

'Ja, dat weet ik.' Trish deinsde achteruit. 'Dat heb ik gehoord.'

'Hoe dan? Van wie heb je dat gehoord? Heeft je vriend je dat soms verteld?' Mary zag dat ze een gevoelige snaar had geraakt, want Trish ging meteen in de verdediging.

'Dat gaat je niets aan.'

'Wie is dat vriendje van je?' Mary spuugde de woorden er bijna uit. 'Was dat die Cadillac uit je dagboek? Of de effectenmakelaar uit de kapsalon?'

'Mijn dagboek? Heb je mijn dagboek gelezen?' Trish' ogen werden groot van verontwaardiging.

'Klaag me maar aan,' kaatste Mary terug. 'En wat doe je hier? Waarom heb je mij en de anderen niet gebeld om te zeggen dat je nog leefde?'

'Ben je niet wijs? Dat kon toch niet. Ik was bang. Bobby is vermoord, en voor hetzelfde geld ben ik nu aan de beurt. Weet je wel hoe erg het voor me is geweest?'

'Voor jóú?' riep Mary. 'Wat denk je van alle anderen? Niet te geloven hoe egoïstisch je bent! De politie zoekt je. Mijn vriend Reg zoekt je. Giulia en de andere meiden zijn al dagen naar je op zoek, en je moeder is ingestort. Waarom ben je verdomme hier? Wat is er op je verjaardag gebeurd?'

'Zeg, doe even normaal. Ik ben geen klein kind hoor, tegen wie je staat te schreeuwen.' Trish leek opeens weer op de Akelige Meid van vroeger, wat Mary nog kwader maakte.

'Als je me niet vertelt wat er is gebeurd, bel ik nu meteen de politie.'

'Goed.' Trish nam een sigaret uit een pakje dat op het nachtkastje lag. 'Hou je kop dan, dan kan ik wat zeggen.'

'Ga je gang.'

'Mooi.'

Trish stak de sigaret op en Mary ging op de stoel bij het bed zitten. De vrouwen hielden even hun mond, als twee boksers die terugliepen naar hun hoek. Trish ging op de olijfgroene sprei zitten, nam nog een flinke trek van haar sigaret en drukte hem toen in de asbak uit.

'Op de avond van mijn verjaardag,' begon ze, 'kwam Bobby thuis en vertelde me dat hij een verrassing voor me had en dat we er met de auto naartoe moesten gaan. Dus reden we hier naartoe en liet hij me dat stomme hutje in het bos zien.' Trish trok haar neus op. 'Hij zei dat het van hem was en dat hij uit de maffia wilde. Dan zouden we hier naartoe verhuizen en een gezin stichten. Hij zei dat ik met hem moest trouwen. Hij vroeg het me niet eens, hij zéí het, alsof ik een hond was of zo. Hij had zo'n lelijke ring voor me gekocht, dat ik helemaal over de rooie ging en die naar zijn hoofd heb gegooid.'

Zo te horen sprak Trish de waarheid, maar toch had Mary zo haar twijfels. Dat ze samen was met die onbekende man was toch wel heel erg vreemd, en ze kon het nog niet helemaal bevatten.

'Hij werd helemaal gek toen ik dat deed. Laaiend was hij, ik heb hem nog nooit zo kwaad gezien. Hij had de hele weg gedronken, dus ik wist dat ik in de problemen zat.' Trish likte langs haar lippen en ging sneller praten. 'Hij wilde me slaan, maar ik rende door de eetkamer en hij brulde dat ik hem bedroog en ik zei dat dat kwam omdat ik wilde dat hij me liet gaan, dat ik nooit met hem zou trouwen en dat ik er een punt achter wilde zetten.' Trish' stem sloeg over van angst, en Mary bekeek haar om erachter te komen of ze echt bang was, maar ze wist het niet.

Ze vertrouwde Trish niet meer, en erger nog, ze vertrouwde haar eigen intuïtie niet meer.

'Goed, en toen?'

'Niemand wist waar ik was, dat ik midden in die stomme bergen zat. Hij kon me zo vermoorden. Dus toen hij me beetpakte, greep ik de lamp en sloeg ik hem ermee op zijn hoofd.'

De lamp. Het bloed. Van Bobby dus, niet van haar.

'Hij viel meteen bewusteloos neer. Ik ben niet dom, dus ik heb zijn autosleutels gepakt en ben ervandoor gegaan.'

'In de BMW?'

'Ja. Hij had daar nog een auto staan, een zwarte pick-up. Dat wist ik eerst niet eens.' Trish schudde walgend haar hoofd. 'Ik wist trouwens nergens iets vanaf. Ik weet niet eens hoe hij erbij kwam om daar iets te kopen.'

Ik wel. 'Ga door.'

'Dus heb ik mijn vriend gebeld en zijn we hier naartoe gegaan om ons te verschuilen.'

'Is Cadillac je vriend?'

'Nee, Cadillac is een betweter die een hekel heeft aan Bobby.'

'Hoe wist je dat Bobby dood was?'

'Dat heeft hij me verteld.'

'Wie?'

'Mijn vriendje.'

'Wie is hij?'

'Zomaar iemand. Getrouwd. Ik heb hem in de kapsalon leren kennen. Hij is zakenman en zit bepaald niet op dit soort onzin te wachten.'

'De effectenmakelaar?'

'Die ja.'

Mary dacht even na. 'Dus híj is mevrouw Dinsdag Donderdag?'

Trish kneep haar ogen tot spleetjes. 'Hoe weet jij dat nou?'

'Waarom stond er niets over hem in je dagboek?'

'Dat durfde ik niet, voor het geval Bobby het dagboek in de auto zou vinden.' Trish keek haar recht in de ogen. 'Mary, ik heb een dagboek bijgehouden om aan te tonen wat hij me aandeed. Voor het geval hij me zou vermoorden. Doe me een lol.'

'Waarom heb je Giulia en je andere vriendinnen niets over je minnaar verteld?'

'Meen je dat nou?' Trish grinnikte. 'Aan die kletsmajoors? Dan had ik het net zo goed meteen op MySpace kunnen zetten.'

'Ik dacht dat jullie hartsvriendinnen waren.'

'Zij wel voor mij, maar ik niet voor hen.' Trish zei dat zo rechttoe rechtaan en eerlijk, dat Mary haar meteen geloofde. Niemand kwam ooit in de buurt van de koningin der bijen, waardoor ze het eenzaamste meisje van de groep was.

'Goed.' Mary liet het wat dat betrof daarbij. 'Terug naar het verhaal. Je belde dus je vriend.'

'Ja, en hij kwam naar me toe en zei dat ik me schuil moest houden tot we uitgevogeld hadden wat we moesten doen.'

'Goede raad.' Toen schoot Mary opeens iets te binnen. 'Wacht even. Wanneer heb je je moeder gebeld?'

'Toen Bobby en ik bij het huis aankwamen. Hij liep de kamer uit en ik zag wat er ging gebeuren en werd bang. Dus belde ik mijn moeder, maar de verbinding was erg slecht en toen heb ik maar een bericht ingesproken. Toen kwam hij weer binnen, hij pakte mijn mobieltje af en keek zo woest, dat ik wist dat hij op het punt stond zijn zelfbeheersing te verliezen. Ik zou op mijn verjaardag sterven.' Trish vertrok haar mond alsof ze pijn had, maar Mary had nog steeds haar twijfels.

'Trish, wees eens eerlijk.'

'Ik bén eerlijk.'

'Wat is er met Bobby gebeurd nadat jij het huis uit bent gerend?'

'Ik heb geen idee.'

'Heb je een vermoeden? Jij hebt hem gekend, zeg het maar.'

Trish zuchtte. 'Ik denk dat hij met de pick-up terug naar huis is gegaan, op zoek naar mij, om me te vermoorden. En toen heeft hij waarschijnlijk een belletje gehad voor zaken en is hij gedood. Misschien was het Cadillac wel of een van de andere mannen, dat zijn allemaal moordenaars. En ze willen allemaal wat de ander heeft.'

Mary dacht na, maar er klopte iets niet. 'Weet je wat ik niet snap? Dat je niemand hebt gebeld. Je had de meiden kunnen bellen, of je moeder, of wie dan ook.'

'Dat zei ik toch al: ik wist dat Bobby hun zou vragen waar ik zat. Misschien had hij ze wel vermoord als ze het wisten. Daarom ben ik niet meteen teruggegaan naar de stad. Als hij op zoek naar me was, dan waren ze allemaal op zoek. En ze hadden me stuk voor stuk zo vermoord. Ik kon zelfs niet naar huis gaan.'

Mary geloofde er niets van. 'Maar je hebt wel je vriendje gebeld. Je hebt het hem wel verteld. Waarom wel aan hem?'

'Omdat niemand iets van hem af wist, stomkop, zelfs de meiden niet, dus hij kon niet worden vermoord. Hij woont in een van de buitenwijken, hij is geen crimineel. Hij was de enige die ik kon bellen.'

'Je had mij kunnen bellen.'

'Jij bent mijn vriendje niet.'

'Bedankt.' Mary moest lachen.

'Sorry, hoor.'

Opeens schoot haar iets te binnen. 'Ik kon je pistool nergens vinden. Waar is dat?'

'Dat heb ik bij me.' Trish gebaarde naar haar zwarte leren tas die op het bed lag. 'Ik heb hem bij me gestoken toen hij wegging. Ik zei toch al dat ik bang was voor wat er te gebeuren stond?'

'Waarom heb je het dan niet gebruikt toen hij je aanviel?'

'Ik kon er niet zo snel bij komen.'

Mary dacht er over na, en het leek logisch. Trish was kapster, geen ninja.

'En vervolgens hoor ik dat Bobby vermoord is.' Trish zuchtte. 'We wisten allebei dat de politie mij ervan zou verdenken.'

Mary kreeg het ijskoud. Zij had dat ook gedacht, maar had het tot op dit moment niet willen toegeven. 'Nou, heb je hem vermoord?'

'Nee, natuurlijk niet. Jij gelooft me toch wel?'

Mary wist niet meer wat ze moest geloven. Ze kon het allemaal niet zo snel verwerken.

'Nou, je wordt bedankt,' zei Trish.

'Sorry, maar ik weet het echt niet.'

'Kan mij het schelen.' Trish wapperde met haar hand alsof Mary een lastige vlieg was. 'Maar goed, mijn vriendje kwam dus hier naartoe en we gingen in een hamburgertent iets eten, want ik was uitgehongerd, en in dit gat is er niet eens een restaurantje. Hij praatte op me in zodat ik weer wat rustiger werd. En toen stond jij opeens voor de deur.' Trish hield haar hoofd schuin. 'Hoe heb je dat trouwens voor elkaar gekregen?'

'Dat vertel ik je op de terugweg wel,' zei Mary, terwijl ze opstond.

'De terugweg?'

'Naar je huis of het Roundhouse, als ik Brinkley eindelijk te pakken kan krijgen.'

'De politie? Lijkt je dat wel een goed plan?' Trish keek bezorgd. 'Mijn vriend zei –'

'Wat hij zei doet er niet toe. Ik ben je advocaat, en je kunt verder geen kant op. We moeten hun de waarheid vertellen.'

'Maar straks arresteren ze me! Stel dat ze denken dat ik het heb gedaan?' Trish bleef op het bed zitten.

'Ze arresteren je niet. Je hebt je hier ingeschreven op de avond dat hij werd vermoord, en dat kunnen we bewijzen.'

'Nee, dat is niet zo. Ik ben hier pas de dag erna gekomen, op de ochtend erna.'

Hè? Mary fronste haar wenkbrauwen. 'Waar was je dan toen Bobby werd vermoord, op dinsdagavond?'

'Weet ik veel. Ik reed rond en ik raakte verdwaald. Ik zag alleen maar bomen en nog meer bomen. Ik ben nog nooit in de bergen geweest. Ik had geen flauw idee waar ik zat.'

Daar kon Mary in meegaan, maar het was geen sterk alibi.

'Er zijn nergens winkels of barretjes hier.' Trish' ogen werden groot van ongeloof. 'Idioot, toch? Belachelijk, dat mensen zo leven!'

'Oké, en wat heb je toen gedaan?'

'Ik was zo overstuur, dat ik niet kon blijven rijden, en Bobby had mijn mobieltje. Ik wist niet meer wat ik moest doen. Er was ook nergens een telefooncel te bekennen. Dus ben ik van de weg af gegaan, het bos in, en heb daar de hele nacht gestaan, uit het zicht.'

'Heb je in de auto geslapen?'

'Ja, en de volgende morgen heb ik net zolang rondgereden tot ik een telefooncel zag. Ik heb mijn vriendje gebeld en hij kwam meteen. Ik ben hier pas sinds woensdag.'

'Nou goed, dan vertellen we dat. Zo is het nu eenmaal.' Mary haalde haar schouders op. 'Kom, we gaan. Er zijn mensen naar je op zoek.'

'Maar ik heb geen alibi, en ik heb een reden om hem te vermoorden. Zoals je al zei: hoe kun je bij de maffia weggaan? Dat kan maar op één manier: als je wordt vermoord.'

'Doe niet zo paranoïde.' Maar Mary kon het zich inderdaad herinneren, en ze werd er nerveus van.

'Weet je, ik lag 's nachts wakker in de hoop dat hij zou worden vermoord, dat een van de jongens hem zou omleggen, of dat hij een auto-ongeluk zou krijgen.' Trish snoof. 'Maar nu het echt is gebeurd, kan ik het gewoon niet geloven. Hij is dood, en ik ben niet degene die hem heeft vermoord.'

'Mooi gezegd, T.' Mary kon geen glimlach opbrengen. De woede kwam weer opzetten. 'Als je me hiermee wilde overtuigen, dan is dat niet gelukt.'

'Ik wil je helemaal niet overtuigen, het is gewoon de waarheid.'

'Nou, sta maar op, we moeten naar de politie. Om iemand aan te klagen voor moord is trouwens meer nodig dan alleen een motief, ook al heb je geen alibi.'

'Wat dan?'

'Bewijs bijvoorbeeld. De ballistische kenmerken zullen niet overeenkomen. Ze kunnen zo zien dat de kogels waarmee hij is vermoord niet uit jouw pistool kwamen. Dat zien ze aan de groeven.'

'Maar de politie kan dan zeggen dat ik een ander pistool heb gebruikt.'

'Waar had je dat dan vandaan moeten halen?'

'Meen je dat nou, waar ik woon? Als jij er een zou willen, dan kan ik dat zo voor je regelen, hoor.'

O, oké. 'Maar je was zelfs niet eens in de stad. Je zat helemaal hier.'

'Nou, en? Ik had tijd genoeg om naar de stad te rijden, naar Bobby toe te gaan op zijn straathoek, hem neer te schieten en weer terug te rijden. Ik weet waar hij werkte. En ik wist dat hij daar zou zijn.'

Mary was in de war en opeens heel moe. 'Waarom zou je dan weer hier naartoe zijn gegaan?'

'Om een alibi te regelen. Om het te laten overkomen dat ik het niet heb gedaan.' Trish trok haar wenkbrauw op. 'Snap je het nou?'

'Nee.' Mary snapte het niet. 'Dit is belachelijk. Je hebt te veel tv gekeken.'

'Wees nou maar eerlijk, ik lijk gewoon schuldig.'

'Ja, maar er is geen direct bewijs. Ze beschuldigen iemand niet zomaar van moord. Jij was het slachtoffer en niet zijn moordenaar. Brinkley heeft het dagboek. Hij kent Bobby's verleden en weet dat hij voor de maffia werkte.' Mary gebaarde dat ze op moest staan en liep naar de deur. 'We gaan hoe dan ook het hele verhaal vertellen en we zien wel wat er gebeurt. Onderweg bel jij je moeder, ik heb me daar nu lang genoeg schuldig over gevoeld.'

'Ik ga niet mee,' zei Trish achter haar, en door de manier waarop ze het zei, draaide Mary zich om.

Ze schrok toen ze Trish daar zag staan, met haar zwarte tas onder haar arm, en een vastberaden blik op haar gezicht. Ze had iets in haar handen wat op Mary was gericht.

Mary kon haar ogen niet geloven: het was een klein zwart pistool.

35

Ho. MARY STAK AUTOMATISCH HAAR handen omhoog en keek naar het pistool dat Trish op haar gericht had. 'Zo móét ik wel denken dat jij het gedaan hebt.'

'Dat is niet zo, maar ik ga mooi niet naar de politie.'

'Als je hem niet hebt vermoord, zul je mij ook niet vermoorden.'

'Ik ben ook niet van plan om je te vermoorden, ik wil je alleen een klein gaatje in je schieten.'

Gedver! 'Is dat soms grappig bedoeld?'

'Ga nu maar uit de weg, zodat ik erdoor kan.' Trish richtte met ge-strekte arm het wapen wat hoger, maar Mary verzette geen stap. Ze hoopte maar dat Trish niet zou schieten, maar ze was niet van plan haar zonder meer de deur uit te laten lopen, niet na alle moeite die ze had gedaan om haar op te sporen.

'Ga weg.' Trish deed een stap naar voren.

'Nee,' zei Mary, die langzaamaan steeds bozer werd. 'Ooit een Ake-lige Meid, altijd een Akelige Meid. Judy zei al dat je me kwaad zou doen, maar ik wilde niet luisteren.'

'Ga aan de kant en laat me erdoor.'

'Wat wil je dan, Trish? Straks ben je alles kwijt. Ben je je hele leven op de vlucht. Kun je nooit meer naar huis. Als je dat inderdaad wilt, had je dat al kunnen doen toen je bij mij op kantoor langskwam.'

'Ga uit de weg. Schiet op!'

'Nee. Ik ben ontslagen omdat ik je wilde helpen. Ik ben cliënten kwijt-geraakt omdat ik je wilde helpen. Ik ben helemaal naar dit gat toe ge-reden om jou te helpen. Ik ga niet zonder jou terug.' Mary liet langzaam haar armen zakken en stak ze uit voordat ze zelfs maar kon nadenken over of het wel zo slim was wat ze deed. 'Geef dat pistool aan mij.'

'Wegwezen.' Trish kwam nog een stap dichterbij, en Mary met haar uitgestoken arm ook.

'Geef nou maar. Ik zal overal voor zorgen, echt.'

'Ik moet dus mijn leven in de waagschaal leggen?'

'Nee, ik wil alleen maar dat je iemand vertrouwt. Mij.'

Trish aarzelde. 'Je hebt zelf gezegd dat de wet mensen als ik laat stik-ken.'

'Dat klopt. Maar ik niet.'

Trish keek haar recht in de ogen, en Mary keek over het pistool terug.

'Ik heb je opgespoord, toch? Geef het nou maar aan mij.'

Trish slaakte opeens een diepe zucht en stopte het pistool zijdelings in Mary's hand.

'Bedankt.' Mary richtte het wapen onmiddellijk op Trish. 'Nu is het mijn beurt.'

'Ben je gek geworden of zo?' Trish deinsde geschrokken achteruit. 'Waar ben je nu weer mee bezig, idioot?'

'Ik wil je een lesje leren.'

'Hè?'

'Bel je moeder.'

Trish snoof. 'Dat meen je toch niet!'

'Nou en of. Bel je moeder.'

'Terwijl jij me onder schot houdt?'

'Als dat de enige manier is: ja. Bel haar.' Mary lachte net zo meedogenloos als Clint Eastwood. 'Toe dan.'

'Ik had haar toch wel gebeld, hoor,' zei Trish, in de verdediging gedrukt.

'Nou, doe het dan. Mijn pistool en ik wachten.'

'Wat ben je toch dom!' Trish sloeg net als een tiener haar ogen ten hemel. Ze liep op hoge poten naar de telefoon naast het bed, pakte de hoorn, en toetste het nummer in.

'Je zou eens een betere dochter en een betere vriendin moeten worden.'

'En jij zou eens je kop moeten houden.' Trish draaide Mary haar rug toe en zei iets in de hoorn. 'Ma? Ja, ma, met mij. Alles is goed. Ik leef nog... Kijk nou uit voor je hart. Ma, doe nou rustig... Mary is hier, Mary DiNunzio. Zij heeft me hier opgespoord... Ja, alles is nu in orde... Zij brengt me thuis... We zijn morgen weer terug.'

Mary liet het pistool zakken en terwijl Trish aan de telefoon in snikken uitbarstte, deed ze net of ze niet stond te luisteren. Haar armen trilden doordat de adrenaline wegebde. Ze had nog wel wat twijfels. Had Trish Bobby vermoord? Het was gewoon eng hoe snel die meid met een verhaal op de proppen was gekomen. En het was ook niet handig van haar dat ze een pistool had getrokken. Door dat soort dingen ging je toch aan iemand twijfelen.

'Oké, ik hou ook van jou.' Trish hing op en draaide zich om.

Mary richtte opnieuw het pistool op haar. 'En nu bel je Giulia.'

'Mary, hou nou op. Door dat pistool word je helemaal gek. Je lijkt wel high.'

'Doe nou maar.'

'Grrr!' Trish draaide zich om en pakte de hoorn weer op.

Mary voelde zich enigszins voldaan. Door haar onder schot te houden, was Trish een beter mens geworden.

Een halfuur later reed Mary de snelweg op. Trish zat naast haar, met haar hoofd naar het raampje gekeerd te mokken. Door de regen was het niet druk op de weg en ze moest om de haverklap afremmen omdat ze anders niets kon zien. De ruitenwissers gingen fanatiek heen en weer, en ze lette goed op de achterlichten voor haar, ontweek de sloten water die vrachtauto's met hun grote banden op deden spatten en zette de verwarming uit, zodat ze niet in slaap zou vallen.

Terwijl ze wachtte tot Trish eindelijk weer normaal zou doen, belde ze Vermiste Personen en gaf door dat Trish weer terecht was. Ze sprak ook een bericht in op Brinkleys antwoordapparaat dat Trish bij haar was. Hij had haar nog niet teruggebeld, wat wel vreemd was. Ze zaten in haar auto en hadden de BMW bij het motel laten staan, omdat ze er niet op kon vertrouwen dat Trish achter haar aan naar de stad zou rijden, niet nadat ze haar zo ongeveer neer had willen schieten.

Mary zette de radio aan voor het nieuws om wakker te blijven, en na het weer en een sportbulletin zei een omroeper: 'Er is opnieuw een moord gepleegd in de zich uitbreidende maffiaoorlog, die afgelopen dinsdag begon met de moord op Robert Mancuso.'

'Lieve god, moet je luisteren.' Mary verstevigde verrast haar greep op het stuur en Trish boog zich naar voren en zette het geluid harder.

'De politie heeft doorgegeven dat Al Barbi, een inwoner van Zuid-Philadelphia en naar men beweert lid van de maffia, is doodgeschoten toen hij zijn huis aan Redstone Street 2910 binnen wilde stappen. De politie heeft momenteel nog geen aanwijzingen over de toedracht. Op vrijdagochtend om tien uur zal er een persconferentie plaatsvinden naar aanleiding van de plotselinge golf van geweld.'

Mary telde een en een bij elkaar op. 'Daarom heeft Brinkley nog niet teruggebeld. Hij heeft het veel te druk.'

'Dat kun je wel zo stellen. Dat was Cadillac.'

Mary verloor bijna de macht over het stuur. 'Meen je dat nou? Die vent die is doodgeschoten, die Al Barbi, dat is Cadillac? Die uit je dagboek?'

'Ja.' Trish knikte nuchter.

'Wat zal dat betekenen?'

'Wat denk je zelf?' Trish zette de radio uit. 'Dat kun je toch zelf wel bedenken?'

Mary wilde dat ze een wapen had. 'Help me een handje, ja? Ik rij hier in een hoosbui, ik heb al drie nachten niet geslapen, en ik ben geen misdadiger dus ik weet helemaal niets van de maffia.'

'Nou en?' Trish keek haar in de donkere auto met glinsterende ogen aan. 'Cadillac wist dat Bobby geld achterhield en hij moest hem altijd hebben. Bovendien was Cadillac jaloers op zijn handel. Dat weet ik. Dus het was vast Cadillac die hem heeft vermoord.'

Er liep een rilling over Mary's rug.

'En nu is iemand boos geworden op Cadillac. Misschien had hij er geen fiat voor gekregen. Dus is hij vermoord omdat hij Bobby heeft neergeknald.'

'Een fiat? Om iemand te vermoorden?'

'Ja, ben jij soms dom of zo?'

Mary voelde zich net een moeder die haar kind naar school reed. Of naar een verbeteringsgesticht.

'Of misschien was er iemand die niet wilde dat Cadillac hogerop kwam.' Trish was even stil. 'Maar daar weet ik verder niets van.'

'Je weet meer dan je loslaat.'

'Ja, maar zoals ik al zei: anders moet ik je vermoorden.'

Mary lachte niet, maar Trish wel.

'Kom op, joh. Het was hun verdiende loon, hoor.' Trish sloeg haar benen over elkaar en zette de naaldhak van haar schoen tegen het dashboard.

'Niet doen.'

'Wat niet?'

'Met je hak daar tegenaan.'

'Waarom niet?'

'Omdat ik de mama ben, daarom niet.'

Trish trok haar bontjasje uit, vouwde het dubbel en stopte het als een kussen onder haar hoofd. 'Kan die stoel naar achteren?'

'Rechts zit een hendel.'

Trish liet de rugleuning naar achteren zakken, draaide zich op haar zij en rolde zich op als een bontballetje. 'Zet de verwarming wat hoger, ja?'

'Nee, daar word ik slaperig van.'

'Dat klopt, en ik wil slapen.'

'Dan slaap je maar niet.'

'Ik heb honger. Kunnen we ergens wat gaan eten?'

'Nog niet.'

Trish keek haar aan. 'Waarom ben je zo chagrijnig, Mary? Alles gaat toch goed? We hebben net hartstikke goed nieuws gehoord.'

'Het is hartstikke goed nieuws als iemand vermoord is?'

'Voor mij wel.'

Mary lachte, maar narcisten snappen nooit de grap.

'Dit is het bewijs dat ik Bobby niet heb vermoord. Cadillac of iemand anders van de maffia heeft het gedaan.'

Mary reed verder door de regen. 'Dat hoeft niet per se. Het zou kunnen dat iemand van de maffia dacht dat Cadillac Bobby had vermoord. Niet dat hij het ook echt heeft gedaan.'

'Maakt niet uit.'

'Toch wel.'

'Hoe dan ook, ik ga vrijuit.'

Mary dacht erover na. De moord op Barbi bewees niets, al leek Trish wel iets minder verdacht. Maar toch klopte er iets niet. Mary zou blijer moeten zijn, nu de onschuldige Trish weer terecht was, maar ze maakte zich zorgen dat Trish helemaal niet zo onschuldig was. Trish zou verdrietiger moeten zijn, want de man van wie ze ooit had gehouden, was vermoord.

'Trish, ben je niet een beetje verdrietig? Eerst wordt Bobby vermoord, en nu weer Cadillac.'

'Van Bobby vind ik het wel een beetje erg,' antwoordde ze, hoewel ze niet erg treurig overkwam. 'Maar Cadillac heb ik nooit gemogen. Hij had zich met zijn eigen zaken moeten bemoeien. Als hij Bobby heeft vermoord, is dat zijn verdiende loon.'

'Maar stel dat hij het niet heeft gedaan?'

'Vast wel. Hij was geen aardige jongen, hoor, Mary. Denk nou eens na. Dit zijn echte bendeleden, geen Tony Soprano's.'

Hè?

Trish draaide Mary weer haar rug toe. Ze reden in stilte een tijdje door en toen zei ze: 'Weet jij wanneer Bobby wordt begraven?'

Er ging een steek door Mary's hart. Ze was zo druk bezig geweest, dat ze daar niet bij had stilgestaan. 'Dat hangt ervan af wanneer de lijkschouwer hem vrijgeeft. Hij werd op dinsdagavond vermoord, dus ik denk zaterdag.'

'Jij gaat toch wel?'

'Daar heb ik nog niet over nagedacht,' antwoordde Mary, maar natuurlijk wilde ze gaan. Hoe vreemd het ook leek, ze kon moeilijk niet gaan.

'Je bent toch mijn advocaat? Als ik ga, dan moet jij ook gaan.'

'Oké, ik pik je wel op dan.'

'Nee, ik zie je daar wel, met mijn moeder en de meiden. Ze mochten hem niet, maar ze zullen wel gaan vanwege die achterlijke familie van hem.'

'Dat zou je misschien een tikje anders kunnen formuleren.'

Trish grinnikte. Ze zat met haar rug naar Mary toe, als een echtgenoot in een tv-serie.

Mary reed weer door in het donker, haar groot licht was van weinig nut meer. De rode achterlichten die ze als baken had gebruikt, waren in de storm opeens verdwenen, en ze reed door een grijze, natte wereld. Na een poosje had ze het gevoel dat Trish en zij de enige mensen waren die ronddobberden op een woeste zee en dat ze hun scheepje naar een veilige haven moest loodsen. Ze was moe en maakte zich vreselijk druk. Het leek wel of de volgende dag nooit aan zou breken.

'Het komt allemaal vast in orde,' zei Trish voldaan.

Maar Mary was daar nog niet zo zeker van.

36

PHILADELPHIA KWAM TOT LEVEN IN de zonsopgang en vertoonde alle tinten grijs, terwijl het gestaag regende. Mary reed door de eenrichtingsstraten, wat veel eenvoudiger was dan de kronkelweggetjes door de bossen in de bergen. Ze was doodop, maar was tijdens de rit wakker gebleven op gruwelijk slechte koffie en hotdogs die ze af en toe bij een benzinestation had gekocht. Tegen de tijd dat ze bij het Roundhouse aankwam was ze vreselijk misselijk.

'Wakker worden, slaapkop.' Mary was al sinds ze de stad binnen waren gereden bezig Trish wakker te krijgen, maar die bleef opgekruld als een zwarte kat op de passagiersstoel slapen. Zwarte krullen lagen op haar mooie gezicht en haar make-up zag eruit alsof die net was aangebracht. Mary gaf haar een harde zet.

'Hè?' Trish' ogen schoten open. Ze fronste geërgerd haar wenkbrauwen en rekte zich uit.

'Je moet wakker worden.' Mary trok de handrem aan en keek op het parkeerterrein om zich heen, waar op dit vroege uur gelukkig geen journalisten aanwezig waren, waarschijnlijk omdat er die ochtend een persconferentie zou zijn. 'We gaan naar Brinkley toe.'

'Gaan we niet eerst naar huis?' Trish kwam met haar stoel overeind en kneep haar ogen dicht tegen het felle grijze licht. De regen tikte luid op het dak, wat prima paste bij Mary's bui.

'Nee. Hij wil je verklaring hebben voordat de pers voor de deur staat.' Mary's vermoeidheid verdween en maakte plaats voor zenuwen. Ze had een kort telefoongesprek met Brinkley gehad en het had haar verrast dat hij hen zo vroeg wilde spreken, al helemaal omdat hij het zo druk had. 'Ik denk dat hij informatie van je wil, dus kom nu maar mee.'

Trish keek geschokt. 'Ik ben geen verklikker, en ik wil nog niet dood.'

'Dat weet ik.'

'Ik ga ook geen dealtje sluiten. Geen immuniteit, niets.'

'Dat heb ik hem gezegd. Je hoeft niet met de FBI te praten. Alleen met Moordzaken.' Mary keek op haar horloge. 'Als alles een beetje meezit, zijn we om negen uur weer klaar.'

'Het is dus zover, hè?' Trish klapte de zonneklep naar beneden en terwijl ze in het spiegeltje keek deed ze met haar vingers haar haar goed.

'Ja. Je hoeft ze alleen maar te vertellen wat je tegen mij gezegd hebt, over wat er in het huis is voorgevallen. Als ik zeg dat je een bepaalde vraag niet hoeft te beantwoorden, doe je dat ook niet.'

Trish wreef met haar vinger over haar tanden.

'Zeg niets uit jezelf.'

Trish pakte haar tas, rommelde erin, haalde er een tube foundation uit, draaide het glimmende zwarte dopje eraf en smeerde routineus een laagje op haar gezicht.

'Trish, heb je me gehoord?'

'Ja, ja, dat weet ik allemaal wel, hoor. Ik kijk ook naar *CSI*.'

Mary liet het erbij. Maar als het allemaal achter de rug was, dan zou ze deze vrouw beslist niet missen. 'Als je iets zegt, dan duurt het verhoor veel langer dan nodig is. Het is voor jou het veiligst als we hier weg zijn voordat de werkdag begint. Als we het goed doen, weet niemand dat we hier zijn geweest.'

Trish verruilde de foundation voor een rozerode lippenstift, die ze opendraaide en op haar lippen aanbracht.

'Je hoeft niet nerveus te zijn.'

'Ben ik ook niet.'

'Mooi.'

'Prima.' Trish stopte de lippenstift weer in de tas, en uit de wirwar van zakdoekjes, sigaretten en moisturizer dook ze de zwarte beretta op, die ze als een kerstboomversiering aan haar wijsvinger liet bungelen. 'Wat moet ik hiermee doen?'

'Sjezus!' Mary duwde Trish' hand naar beneden, ook al was er niemand in de buurt die het kon zien.

'Rustig aan, Mary,' zei Trish, maar dat kon Mary niet. Ze had het gevoel dat ze nooit meer rustig zou kunnen worden en ze had geen idee wat ze met het wapen moest doen. Als Trish Bobby had vermoord, dan was het een moordwapen. Maar voor hetzelfde geld had ze het niet gedaan, of als ze het wel had gedaan, dan niet met dat pistool, zoals ze al had gezegd.

'Laat het pistool hier maar liggen,' zei Mary uiteindelijk, en dat zinnetje kwam haar uitermate bekend voor. Toen schoot het haar opeens weer te binnen, van het etentje met Anthony, wat zijn lievelingszin was. *'Laat het pistool liggen, neem de cannoli.'* Ze had helemaal niet meer aan hem gedacht, daar had ze het veel te druk voor gehad. Ze had hem drie eeuwen geleden terug moeten bellen, maar ze had belangrijker dingen aan haar hoofd, zoals het feit dat ze zo haar twijfels had bij haar eigen cliënt.

'Oké, zullen we?' Trish maakte het dashboardkastje open, legde het wapen erin, sloot het en keek haar verwachtingsvol aan.

'Vooruit met de geit,' zei Mary, zogenaamd enthousiast.

Ze gingen in de verhoorkamer zitten. Brinkley zag er vermoeid uit na de lange nacht, zijn huid glom, wat ongebruikelijk was, en er zaten stoppels op zijn wangen en kin. Toch had hij nog steeds zijn donkere pak aan met een strak geknoopte stropdas. Hij vermande zich toen hij tegenover Trish ging zitten en een opschrijfboekje uit zijn achterzak trok. Kovich zat in een stoel iets achter hem, precies andersom als gebruikelijk.

Brinkley sloeg het opschrijfboekje open en pakte een pen uit zijn binnenzak. 'Oké. Mary, wij willen graag met Trish praten omdat we willen weten wat er met haar is gebeurd, met name omdat op dinsdagavond Mancuso's lijk werd ontdekt.'

'Het lijkt wel eeuwen geleden,' zei Mary.

Brinkley glimlachte wrang. 'Ik weet wat je bedoelt.'

'Maar eerst: heb je al wat aanwijzingen betreffende Mancuso's dood?'

'Nee.'

'Wat is er uit de sectie of de ballistische gegevens gekomen? Met wat voor soort wapen is hij vermoord, bijvoorbeeld? Ik heb al in geen dagen een krant gezien.'

'Dat zul je ook niet in de krant lezen, niet zolang ik de baas ben.'

'Maar wat voor wapen was het nou?'

'We kunnen dat soort dingen maar beter niet bespreken,' antwoordde Brinkley, tot Mary's verrassing op officiële toon.

'We zijn bij de zaak betrokken, en zullen deze informatie vertrouwelijk behandelen, als je je daar soms zorgen over maakt.'

'Ik ken je goed genoeg om je te vertrouwen. Maar, zoals ik al eerder heb gezegd, moeten we dit zakelijk houden. Kom, we gaan door, des te eerder zijn jullie hier weer weg.'

'Nou, goed dan.' Mary ging er verder maar niet op door. 'Maar heeft de patholoog het stoffelijk overschot al vrijgegeven? Ik zou graag willen weten wanneer de begrafenis is.'

'Dat is inderdaad vrijgegeven, en volgens mij wordt hij morgen begraven.'

'Bedankt,' zei Mary met een blik naar Trish, die zonder een spier te vertrekken op de houten stoel zat, haar benen stijf tegen elkaar en haar handen in haar schoot gevouwen. Ze reageerde totaal niet op het nieuws van de begrafenis. Daarvoor al had ze Brinkleys aanbod van een kop koffie afgeslagen en ze had ook niet deelgenomen aan een gesprekje over de storm. Mary wist niet of Trish bang was, een hekel had aan de rechercheurs, of beide.

'Goed, Trish,' zei Brinkley met een piepklein glimlachje. 'Ik ben blij dat je alles zo goed hebt doorstaan.'

Trish knikte, met op elkaar geperste glimmende lippen.

'Je werd sinds dinsdagavond vermist, zo rond zes uur. Klopt dat?'

Trish knikte weer.

'Kun je ons vertellen wat er sindsdien gebeurd is?'

Mary schraapte haar keel. 'Reg, ik wil er even op wijzen dat Trish hier op jouw verzoek aanwezig is. Ze heeft een afschuwelijke en vermoeiende tijd achter de rug en we willen dit gesprek zo snel mogelijk afronden. We gaan het niet hebben over de moord op Mancuso en ook niet op zijn betrokkenheid bij de maffia, want daar weet Trish niets van. Ze was jarenlang het slachtoffer van huiselijk geweld, en ze heeft van de politie en de afdeling Vermiste Personen buitengewoon weinig hulp gekregen.'

'Dat staat genoteerd,' zei Brinkley, en hij wendde zich tot Trish. 'Mijn verontschuldigingen voor hoe je zaak is behandeld. De afdeling Vermiste Personen was, zoals je weet, druk bezig met de zaak-Donchess, en is daar nog steeds druk mee bezig.'

Trish knikte weer, haar lippen nog steeds op elkaar geperst, en Mary zag haar opeens in een ander licht. Buiten haar eigen kringetje, waar haar knappe koppie helemaal niets betekende, was Trish opeens een koningin zonder land.

'Kun je me nu iets over dinsdagavond vertellen, in je eigen woorden, graag?'

'Wat wil je dan weten?' vroeg Trish meteen.

Brinkley was niet onder de indruk. 'Ik heb van Mary gehoord dat het je verjaardag was, en dat je met Mancuso uit eten zou gaan. Je woonde met hem samen, toch?'

'Ja.'

'Kun je me vertellen wat er op de avond van je verjaardag is gebeurd?'

'We zijn weggegaan.'

Mary hield zich erbuiten. Als Trish geen woord kwijt wilde nu, liet ze haar voorlopig haar gang gaan, zolang het niet te lang duurde. Ze kon er schuldig door overkomen, naar Mary's mening.

'Waar zijn jullie naartoe gegaan?' vroeg Brinkley rustig, zoals altijd.

'Naar een huis.'

'Waar stond dat huis?'

'Dat weet ik niet.'

Mary kwam tussenbeide. 'In de buurt van Bonnyhart, in de Poconos.' Brinkley schreef het op.

Mary keek naar Trish die bewust haar blik ontweek. De rest van het verhoor verliep identiek: Brinkley moest elk snippertje informatie als een zeer geduldige tandarts eruit trekken. Trish ontspande geen minuut, maar gaf wel altijd antwoord en werkte net genoeg mee om het hele verhaal te vertellen. Op die manier duurde het wel bijna een halfuur, maar Brinkley behandelde Trish dan ook met fluwelen handschoenen. Als hij haar al van de moord op Bobby verdacht, dan was hij te professioneel om dat te laten merken. Het verhoor was bijna afgelopen, toen hij opeens een plastic bewijszakje uit een map haalde en het omhooghield. Er zat een gouden ring in met een opaal.

'Herken je deze?' vroeg Brinkley.

Trish tuurde naar het zakje, maar raakte het niet aan. 'Ja.'

'Wat is het dan?'

'Een ring.'

'Van jou?'

'Ja.'

Hè? Mary stak haar hand uit. 'Mag ik dat even zien?'

'Natuurlijk.' Brinkley gaf haar het bewijszakje, en Mary bekeek het nauwkeurig.

'Waar heb je dit gevonden, Reg?' vroeg Mary.

'Eh... in het steegje, bij Mancuso's lijk.'

Hallo. Mary gaf het zakje terug, in het besef dat ze het verhoor voor hem had verknald. Als hij Trish al verdacht, dan zou hij haar een paar vragen hebben gesteld voordat hij had verteld waar het was gevonden. Mary was al vaker als verdediger opgetreden, al was het dan per ongeluk.

Brinkley vroeg Trish: 'Had je de ring om op de avond dat Bobby werd vermoord?'

'Ja.'

'Weet je hoe die in het steegje is terechtgekomen?'

Mary keek uitdrukkingsloos voor zich uit. Als Trish Bobby had vermoord, had ze het daar kwijtgeraakt kunnen zijn.

'Hij heeft hem van me afgenomen,' zei Trish.

'Wanneer was dat?'

'Die avond, in het huis in de bossen. Net voordat hij me de verlovingsring liet zien. Hij nam de ring van mijn vinger en stak hem in zijn zak.'

'Goed.' Brinkley schreef iets op, en Kovich ook.

Maar Mary kon zich dat niet voorstellen. Dat was helemaal niets voor Bobby, om de ring zo elegant van Trish' vinger te halen. Het leek wel een of ander sprookjesverhaal over een verloving. Hij zou tegen die tijd ook dronken zijn geweest. Maar als dat niet was gebeurd, hoe was die ring dan in de steeg beland? Mary vermeed Trish' blik terwijl Brinkley nog een bewijszakje uit de map haalde, waarin een zilverkleurige gsm zat met een dikke laag roze rijnsteentjes.

'Is deze ook van jou, Trish?' vroeg Brinkley.

'Ja.'

'Deze had hij ook bij zich.' Brinkley ratelde een telefoonnummer op. 'Dat is het laatste telefoonnummer dat is gebeld. Herken je het?'

'Ja.'

'Van wie is het?'

'Van mijn moeder.'

'Dat was het belletje waar je ons over hebt verteld?'

'Ja.'

'We zijn er bijna, dames.' Brinkley sloeg een onbeschreven bladzijde op van zijn opschrijfboekje. 'Goed, Trish, hoelang heb je met Mancuso samengewoond?'

'Zeven jaar.'

'En in die periode verkocht hij drugs voor de maffia, toch?'

Mary kwam tussenbeide. 'Daar zouden we het niet over hebben, Reg.'

'Jij bent er zelf over begonnen. Toen je me de eerste keer sprak, heb je me verteld dat hij voor de maffia werkte.'

'Toen werd zij vermist, ja, en ik moest zowat op mijn knieën gaan om iemand zover te krijgen dat ze naar haar op zoek gingen.'

'Je hebt ons ook haar dagboek overhandigd.' Brinkley pakte een map van de grond.

Trish draaide haar hoofd om en keek Mary giftig aan. 'Heb je ze mijn dagboek gegeven, Mary?'

'Hou toch op,' zei Mary. Ze wist niet op wie ze kwader was, op Brinkley of haar eigen cliënt.

'Kijk maar, Mary, ze heeft het voortdurend over die Cadillac.' Brinkley wees de betreffende alinea's aan die op een kopietje waren gemarkeerd. 'Volgens ons is dat de bijnaam van Al Barbi, die onlangs is vermoord, en ze heeft wellicht informatie over hem die meer licht kan werpen over ons onderzoek naar die moord.'

Mary schudde haar hoofd. 'Geen vragen over de maffia meer. Ze heeft je alles verteld wat ze over die avond weet, en daar moet het bij blijven.'

'Mary, ik zal eerlijk zijn.' Brinkley boog zich naar voren, zijn ellebogen op zijn bovenbenen. Hij zag er slank uit in zijn geperste broek. 'Wij hebben gehoord dat Mancuso en Barbi voor de misdaadfamilie Guarino werkten. Zij waren de jonge honden, die stonden te trappelen om de boel na Stanfa's overlijden en Merlino's veroordeling over te nemen. Die twee waren maar voetvolk.'

'Wat maakt mij dat nou uit?' vroeg Mary. Trish hield haar mond en keek toe.

'Als zij iets weet over de Guarino-organisatie, dan zou dat een hoop moorden in onze stad kunnen schelen. Wij hebben informatie dat de moord op Barbi nog maar het begin is.'

'Dat begrijp ik, maar ze weet er niets vanaf, en als bekend wordt dat ze er wellicht wel wat van weet, kan dat haar dood betekenen.'

Brinkley fronste zijn wenkbrauwen. 'Ik zeg niets. Dat weet jij ook wel. Er is nog nooit iets uit een van mijn onderzoeken gelekt. Daarom heb je ook niets over het pistool gelezen.'

'Ik wil ook niet beweren dat je lekt, Reg. Maar voor hetzelfde geld houdt de maffia op ditzelfde moment het Roundhouse in de gaten. Ik ben de advocaat van Trish en het enige wat voor mij telt is haar belang. Niet dat van jou en ook niet dat van de stad.'

'Als ze het mij vertelt, dan hoeft ze niet met de FBI te praten. Je weet dat ze haar kunnen dagvaarden.'

'En zij kan haar mond houden.' Mary werd hoe langer hoe bozer. Dus daarom had Brinkley hen zo vroeg willen spreken en was hij zo aardig geweest tegen Trish. 'Dit is niet eerlijk, Reg. De politie trok zich geen reet van haar aan, en ik laat haar niet door hen gebruiken.'

'Dat is niet zo, en ze was pas een dag vermist. Zo snel werken we nu ook weer niet, en al helemaal niet met die kidnapzaak op ons bordje.'

'Evengoed was het een dag te lang. Als ze niet was gevlucht, had ze niet meer geleefd. Ze moest zichzelf beschermen.'

'Trish,' zei Brinkley tegen haar. 'We hebben met de FBI gesproken en als je meewerkt kunnen zij je in hun getuigenbeschermingsprogramma opnemen. Je hoeft je nergens zorgen over te maken. Als wij Barbi's moordenaar oppakken, is dat het einde van de maffiaoorlog. Je kunt zo voorkomen dat een hoop mensen het leven laten.'

'Geen commentaar,' zei Trish, alsof Brinkley een hinderlijke verslag-gever was.

'Sorry.' Mary stond op en hees Trish overeind. 'Ik neem aan dat we nu kunnen gaan?'

'Maar natuurlijk.'

'Bedankt.' Mary wist genoeg. Ze zouden geen aanklacht indienen te-gen Trish, en ze werd ook niet verdacht van Bobby's dood. Mary was enigszins gerustgesteld dat Trish het niet had gedaan, omdat ze op Brinkleys en Kovich' oordeel vertrouwde en zij veel meer informatie had-den dan zij. Zij gingen er duidelijk van uit dat Bobby door de maffia was gedood. Mary trok de deur open. 'Ik zie jullie wel weer. Hopelijk zijn jullie niet boos.'

'Zou je er nog eens over kunnen nadenken?' vroeg Reg zacht.

'Sorry, Reg. Stan.' Mary nam Trish bij de elleboog en dirigeerde haar de deur uit zonder nog een blik achterom te werpen.

Kon ze haar eigen twijfels maar zo gemakkelijk achter zich laten.

37

Mary reed het parkeerterrein af, richting het zuiden. De regen
druppelde naar binnen terwijl Trish haar sigaret uit het passagiersraam-
pje hield. Het verkeer op de snelweg zat vast, zo tegen de ochtendspits,
en Trish werd pas weer rustig toen het Roundhouse ver achter hen lag.

'Zal de fbi langskomen, denk je?' vroeg ze en ze nam een lange trek
van haar sigaret.

'Ja.' Mary zag het nut er niet van in om tegen haar te liegen. 'Ze weten dat je informatie hebt en ze willen die graag uit je zien te krijgen.'

'Wat moet ik nu doen?'

'Dat is een goede vraag.' Mary trapte gefrustreerd het gaspedaal in.
Bennie zou het wel weten, maar het was haar een raadsel hoe dat nu
verder moest. 'Weet je, ik heb nog niet eerder met de fbi te maken gehad. Ik heb geen idee hoe het eraan toegaat. Ik zou eigenlijk een advocaat voor je moeten regelen die meer ervaring met dit soort dingen heeft.'

'Jij niet?'

'Ik niet, nee, maar ik kan je helpen zoeken.'

'Nee.' Trish blies een rookwolk uit die weer terug werd geblazen de
auto in. 'Jij hebt het goed gedaan. Je bent voor me opgekomen. Dus je
hoeft alleen maar voor me op te komen als de fbi opduikt. Zo moeilijk
kan dat toch niet zijn?'

'Bedankt, maar –'

'Wil je me soms laten stikken?' vroeg Trish toonloos.

Mary wist niet zeker of Trish Bobby niet had vermoord, en ze begreep opeens dat ze haar nooit meer zou kunnen vertrouwen.

'Je hebt me wel onder schot gehouden.'

'Dat was niet persoonlijk bedoeld, hoor.'

Mary keek haar vol ongeloof aan, en op dat moment barstte Trish in
lachen uit.

Het regende toen ze bij het huis van Trish' moeder aankwamen. De voordeur van het rijtjeshuis werd onmiddellijk opengegooid en mevrouw
Gambone stond met open armen op de drempel.

'Mijn moeder is helemaal gek.'

'Ze houdt van je.' Mary was opgelucht toen ze zag hoe blij mevrouw

Gambone was. Trish' moeder kwam zonder op de regen te letten snel het trapje af, en achter haar aan kwamen Giulia, Missy, Yolanda en nog een hele horde mensen, allemaal net zo blij alsof ze de lotto hadden gewonnen.

Trish was stomverbaasd. 'Niet te geloven, toch? Het lijkt wel een feestje.'

'Dat is je fanclub, meid. Geniet er maar van. En zeg maar dat je er spijt van hebt dat je hen zo in de piepzak hebt laten zitten.'

'Je hoeft me niet de les te lezen, hoor.'

'Jawel, want je moet nog heel wat leren.' Mary reikte voor haar langs en deed het dashboardkastje open. 'Vergeet je speeltje trouwens niet.'

'Oeps.' Trish lachte, pakte het wapen en stopte het in haar tas. 'Ga je mee naar binnen?'

'Nee, bedankt, ik moet ervandoor. Ik bel je straks wel.'

'Waar moet je naartoe? Je was toch ontslagen?'

'O, ja. Dat is ook zo.' Mary deed net of ze lachte. 'Naar huis dan. Ik ben doodop.'

'Ik bel wel als de FBI contact met me opneemt.'

'Ik zie je op de begrafenis, neem ik aan.'

'O ja, natuurlijk.' Trish omhelsde haar snel. Net op dat moment kwam haar moeder bij de auto en trok ze het portier wijd open.

'Godzijdank! Mijn kindje!' riep mevrouw Gambone blij. Ze pakte haar dochter beet en tilde haar zowat van haar stoel. Trish sloeg haar armen om haar heen.

'Sorry dat ik je zo ongerust heb gemaakt,' zei Trish, terwijl ze Mary nadrukkelijk aankeek.

Maar mevrouw Gambone was zo blij dat ze het niet eens hoorde. 'Je bent weer thuis!' riep ze door haar vreugdetranen heen.

'Bedankt, Mary,' zei ze.

'Graag gedaan.' Mary voelde de schuld van zich afglijden.

Buiten op de stoep was het een en al liefde. Giulia slaakte vreugdekreetjes en sloot Trish en mevrouw Gambone tegelijkertijd in haar armen, terwijl Yolanda en Missy in de regen op en neer sprongen. Overal in de straat werd de deur opengegooid, en alle buren kwamen met een paraplu op naar buiten. Er stonden zelfs auto's stil waarvan de bestuurders voor de lol toeterden.

Mevrouw Gambone en Trish liepen het trapje op, met Yolanda, Missy en de rest van de mensen achter hen aan. Maar Giulia bleef achter, ze draaide zich om en baande zich, struikelend op haar korte zwarte laarsjes en haar haar bedekkend met haar hand, een weg door de menigte naar Mary in de auto.

'Hé, Mary,' riep Giulia.

Mary maakte blij het portier open en stapte de regen in. Ze mocht Giulia wel en die wierp zich nu in Mary's armen.

'Je hebt haar opgespoord, Mary! Het is je gelukt! Ik hou van je!'

'Ik ook van jou, Giulia.' Mary knuffelde haar ook en was niet verrast toen ze merkte dat ze allebei experts waren in omhelzingen. Giulia's haar rook naar mousse en Marlboro's, maar dit keer vond Mary het bijna lekker. Het rook een beetje volwassen. Misschien moest ze maar gaan roken.

'Wat goed van je. Ik wist wel dat je het kon.'

'Jij hebt ook je steentje bijgedragen, meisje.' Mary trok zich terug uit Giulia's omarming.

'Maar niet zoals jij. Ik zal het nooit vergeten. Je gaf het niet op. Je bent een prima vriendin, Mary. Kom je wat eten?'

'Nee, bedankt, ik moet ervandoor.' Mary gaf haar nog snel een knuffel en stapte weer in de auto.

'Zeker weten?' Giulia leunde naar binnen. 'We hebben feest! We hebben de hele nacht op jullie zitten wachten!'

'Ja, ik moet echt weg.' Mary zag Yolanda die Giulia vanuit de voordeur wenkte. 'Ga maar naar binnen, ik bel je straks wel.'

'Oké, tot ziens, lieverd.' Giulia rende snel terug naar het huis.

Mary wilde net de auto starten toen er een wit busje aan kwam rijden en voor haar neus dubbelparkeerde, zodat zij geen kant meer op kon. Ze stapte uit om de chauffeur te vragen door te rijden, en op dat moment ging het zijportier open en stroomde er een lading kinderen naar buiten, die al gillend het huis van de familie Gambone in rende.

'Kijk uit voor de auto's, jongens!' riep hun moeder hen na, terwijl ze uit het busje stapte.

'Pardon, zou u misschien een eindje door kunnen rijden?' vroeg Mary.

'Lieve hemel, ben jij Mary? Ik heb je foto in de krant gezien! Hartstikke bedankt dat je mijn nicht hebt opgespoord!' De vrouw omhelsde haar en Mary beantwoordde dat gebaar.

'Bedankt.' Mary liep terug naar haar auto en zag wat verderop iemand anders dubbelgeparkeerd staan. De eigenaar stond naast zijn auto en klapte net zijn paraplu open die haar bekend voorkwam: blauw en wit.

Mary wachtte tot de paraplu helemaal open was en keek toen nog eens. Het was de blauw-witte golfparaplu waar Dean Witter op stond. De man sloot de auto af met zijn afstandsbediening en ze keek naar de wagen. Het was een zwarte Cadillac. Ze keek verbijsterd toe, terwijl hij met ferme pas naar het huis van de familie Gambone liep. Was het Trish' vriend de effectenmakelaar? Hier? Ze kon daar maar op één manier achter komen. Mary liep tussen de auto's door naar hem toe.

'Pardon, meneer?' zei ze.

'Ja?' De man glimlachte naar haar en als hij haar herkende van het motel, dan liet hij dat niet merken. Hij had een knappe, maar ietwat ordinaire kop en bruine ogen. Zijn zwarte haar zag er een beetje opgekamd en in de mousse gezet uit, en Mary had zo het vermoeden dat hij de paraplu op had gestoken zodat zijn haar niet nat zou worden.

Ze stelde zichzelf voor en wist opeens niet meer wat ze moest zeggen. *Ik ben degene die u achtervolgd hebt in het motel?*

'O, jij bent de advocaat.' De man grijnsde zijn gebleekte tanden bloot. Hij stak een grote hand op een hartelijke manier uit, en Mary drukte hem. Zijn hand was eeltig en sterk. 'Mijn vrouw heeft me over je verteld.'

'Kent je vrouw me?'

'Iedereen kent je inmiddels. Jij bent degene die Trish heeft opgespoord, toch?'

'Ja, bedankt. En jij bent?'

'O, sorry, wat lomp van me. Ik ben Joe. Joe Statio.'

'O oké, dag, Joe. Waar ken je Trish van? Ben je soms familie?' *Wat echt eng zou zijn.*

'Nee hoor, ik ben maar een echtgenoot.'

'Nou, echtgenoten zijn belangrijk.' *Heb ik gehoord.* 'En van wie ben jij de echtgenoot?'

'Van Trish' vriendin Giulia. Giulia Palazzolo.'

Mary schrok. Ging Trish met Giulia's man naar bed? Trish had dus in het motel tegen haar gelogen? Joe Statio was mevrouw Dinsdag Donderdag?

'Je kent G. toch van het Goretti?'

Mary had haar spraakvermogen weer terug. 'Ja, fantastische meid.'

'Dat is ze zeker.'

'En wat doe jij voor werk, Joe?'

'Ik heb een winkel in loodgieterspullen aan Oregon Avenue.'

'Mooi.' Mary grinnikte slecht op haar gemak. *Dus daar had Trish ook al over gelogen. Wat had ze nog meer voor leugens verteld? Dat ze Bobby niet had vermoord?* 'Ik dacht dat je effectenmakelaar was of zo, vanwege dat Dean Witter.'

'Wie?'

'Dat staat op je paraplu: Dean Witter.'

'O, ja?' Joe keek naar boven alsof hij vergeten was dat hij een twee-kleurige tent boven zijn hoofd hield. 'Die is niet van mij. Iemand heeft hem in de winkel laten liggen, en nu gebruik ik hem.' Hij keek naar het huis van mevrouw Gambone. 'Ik ben al te laat, dus ik kan maar beter naar binnen gaan.'

'Ja, oké, tot ziens.'

'Tot ziens.' Joe glimlachte nogmaals zijn tanden bloot en liep snel over de stoep naar het huis.

Mary keek hem na terwijl hij naar binnen ging, deed net of ze iets liet vallen en liep nonchalant om zijn auto heen. Ze wilde de kenteken-plaat zien in de hoop dat ze het mis had. Maar nee, het was dezelfde als bij het motel: RK-029.

In gedachten verzonken keek ze naar het huis, terwijl de regen op haar neer stroomde.

38

MARY KWAM THUIS, LEGDE HAAR tas en jas op de stoel, en zakte neer op de bank in de zitkamer. Het was stil in haar huis, en zelfs op straat was het rustig geweest, zoals wel vaker als het slechte weer aanhield. Niemand ging vrijwillig in dit weer naar buiten en de mensen die werkten zaten al op hun kantoor. Ze had het gevoel dat ze nergens meer bij hoorde en pakte automatisch haar BlackBerry. Ze schreef een korte e-mail naar Judy dat Trish terecht was en dat ze zich over haar geen zorgen hoefde te maken. Vervolgens bekeek ze haar e-mailtjes, die ze al heel lang had laten versloffen, en deed haar best niet aan Trish, Bobby, Giulia of Joe Statio te denken.

Nee, ik ben maar een echtgenoot.

Mary verloor de moed terwijl ze de e-mailtjes bekeek, elk deed een beroep op haar, de ene na de andere wilde dat ze contact opnam en dat ze nog geen antwoord had gestuurd en of ze alsjeblieft iets wilde laten weten. In het wilde weg begon ze er een te beantwoorden, maar het lukte haar niet. Ze kon zich niet meer druk om hen maken. Ze had zelfs geen idee welke cliënten nog van haar waren. Ze gooide de stomme BlackBerry op de bank. Zou ze haar cliënten mee kunnen nemen? Moest ze hen bij Bennie achterlaten? Zou ze ooit weer met Judy en Anne samenwerken? Zou ze een andere baan kunnen krijgen? Wat moest ze doen?

Trish was beide keren mijn bruidsmeisje.

Mary keek hoe laat het was: vijf over tien. Brinkley had haar verteld dat de persconferentie om tien uur zou zijn. Ze zag de afstandsbediening tussen de kussens liggen, richtte hem op de tv en keek glazig naar een reclameboodschap voor SlimFast tot het journaal begon. De hoofdcommissaris van politie, in een donker pak met stropdas, stond voor een lessenaar waar het helderblauwe met gele embleem van de politie van Philadelphia op stond. Brinkley, Kovich en een stel andere mannen in pak stonden achter hem, met aan weerszijden de Amerikaanse vlag en de helderblauwe vlag van de Commonwealth van Pennsylvania.

'Goedemorgen, dames en heren,' zei hij op officiële toon. 'We willen graag een korte verklaring geven over de gewelddadigheden die onlangs binnen de georganiseerde misdaad hebben plaatsgevonden.'

Mary luisterde aandachtig, maar toch viel ze binnen de kortste keren in slaap.

Bzzz! Ze schrok wakker van de intercom. Het was donker in de kamer en ze wist even niet meer dat ze thuis was. Toen schoot het haar weer te binnen: het was vrijdag en ze had geen werk en geen vriend. De tv stond aan en een nieuwslezer had het over de aandelenmarkt die zestig punten was gezakt. *Bzzz!*

'Ik kom eraan.' Mary's mond was droog. Ze stond op en liep slaperig naar de bel naast de voordeur, bijgelicht door de glimlach van de nieuwslezer. Ze drukte op de knop. 'Ja?'

'Doe open,' zei Judy blikachtig door de verouderde intercom.

Mary drukte weer op de knop. 'We hebben niets besteld.'

'Deze is met een dubbele portie kaas en een driedubbele portie saus.'

'Schiet op dan.' Mary knipte het licht in de zitkamer aan en hoorde toen het damesachtige geklos van Dankso-klompen op de trap.

'Sesam, open u!'

Mary trok de deur open en zag haar hartsvriendin aan komen lopen in een wijde broek, een turquoise T-shirt en een spijkerjasje met borduursel erop, vrolijk gekleurde smileybuttons en zilveren sieraden. En daarbij droeg ze als een verwijfde ninja een roze bandana om haar hoofd.

'Hoe was het in de rechtszaal?' vroeg Mary met een glimlach.

'Ja, lekker.' Judy kwam door de deur met een heerlijk ruikende doos met pizza op haar gespreide vingers. 'Druk gehad, niet? Je stond in alle kranten.'

'Heel fijn.' Mary deed de deur dicht en op slot. 'Ik lijk de schone slaapster wel. In welk jaar leven we? Waar is de prins?'

'Goh, wat ben je toch grappig.' Judy kloste meteen door naar de keuken en deed daar het licht aan.

Mary liep als een nukkig kind achter haar aan. 'Ik heb totaal geen zelfvertrouwen meer.'

'Nooit gehad, toch?' Judy zette de doos op tafel. 'Jij bent pas gelukkig als je ongelukkig bent.'

'Dat is helemaal niet waar,' zei Mary ongelukkig. Of gelukkig.

'Je zou hartstikke blij moeten zijn.' Judy pakte twee borden uit de kast en zette ze met een klap neer. De plafondlamp wierp geel licht op de tafel. 'Je hebt je missie volbracht. Je hebt de bitch opgespoord. Sorry, Trish bedoel ik.'

'Nee, ze is weer de bitch, hoor.' Mary pakte twee glazen, deed er een paar ijsblokjes uit de vriezer in en opende de koelkastdeur om twee co-la's light.

'Wat maakt het uit? Ze leeft nog, jij hebt haar opgespoord en de po-litie zit achter de gangster aan die Bobby Mancuso heeft neergeknald.'

'Dan wens ik ze veel succes.' Mary trok een blikje open en schonk het leeg in de glazen. 'Want volgens mij heeft Trish Bobby vermoord.'

'Hè?' Judy fronste haar wenkbrauwen terwijl ze de doos openmaakte en het aroma van warme mozzarella en nat karton opsteeg.

'Je hoorde me wel.' Mary ging zitten. 'Volgens mij heeft zij het ge-daan.'

'Dan zit ze mooi in de problemen.'

'Toch niet. Zoals het er nu naar uitziet, komt ze ermee weg.'

'Echt waar?' Judy's ogen werden zo groot als schoteltjes. Ze ging zit-ten, scheurde een stuk van de pizza af en morste mozzarella op haar bord.

'Wacht dan ook even voor je een hap neemt.'

'Bedankt, ma.' Judy vouwde geroutineerd het stuk dubbel en nam een hap van de punt. De pizza was nog zo heet dat ze haar ogen dichtkneep toen ze haar mond brandde.

'Eerste- of tweedegraads?'

'Mmm. Gewoon verbrand.'

'Je bent ook gek ook.' Mary glimlachte, sneed een stuk van de pizza af en wachtte tot dat afgekoeld was. Je kon een pizza ook elegant eten. 'Niet te geloven toch, dat van ons tweeën ik degene ben die ontslagen is?'

Judy lachte en Mary lachte mee, tot ze de pizza op hun bord moes-ten leggen van het lachen. Toen ze uitgelachen waren, zei Judy: 'Oké, wat is er allemaal gebeurd?'

En Mary bracht haar op de hoogte.

'Wat een verhaal,' zei Judy ernstig, terwijl ze naar de smeltende ijs-blokjes in haar glas keek. Stukjes rand van de pizza lagen als door de zon gebleekte ribben in een woestijn in de nog geopende doos.

'Je kunt op z'n minst Trish op grond van de bewijzen aanklagen.' Mary zette haar bril af die ze droeg nadat ze haar lenzen uit had ge-daan, en wreef in haar ogen. 'Ze had niet alleen een motief, ze had ook de mogelijkheid, en ze heeft zelfs toegegeven dat ze tijd genoeg had ge-had om hem te vermoorden en weer terug naar de Poconos te rijden. Bovendien heeft ze een wapen en lag haar ring in het steegje.'

'Maar waarom zou ze het moordwapen bij zich houden?'

'Daar zeg je zoiets. Misschien om de politie op een dwaalspoor te brengen?'

'Jij bent de enige die twijfelt.'

'Misschien dan om mij op een dwaalspoor te brengen?'

'En het risico lopen dat ze het gaan vergelijken?' Judy schudde haar hoofd. 'Je denkt te diep na, Sherlock. Soms is het antwoord dat voor de hand ligt het juiste antwoord. Mancuso was een crimineel. Dan loop je nu eenmaal de kans vermoord te worden.'

'Maar dat is niet het enige. Ik weet niet waarom ze tegen me liegt. Ik geloofde haar toen ze me vertelde wie haar vriend was, tot ik hem ontmoette. Dus nu heb ik het vermoeden dat ze ook loog toen ze zei dat ze Mancuso niet had vermoord. Nou ja, ik ben er in elk geval niet zo zeker meer van.'

'Je bent de kluts kwijt, Mary.'

'Dat kun je wel zo stellen.'

Judy perste haar lippen op elkaar. 'Mary, jij bent wel Trish' advocaat, hoor.'

Mary wendde haar blik af. Ze wist al waar dit toe zou leiden.

'Je hebt haar tot nu toe prima verdedigd. Ze hebben haar niet aangeklaagd en zo te zien zijn ze dat ook niet van plan. Je hebt het prima afgehandeld door naar Brinkley te stappen. Je hebt je werk gedaan.'

'Als zij hem heeft vermoord, gaat ze wel vrijuit.'

'Dat noemen we dan tegenstrijdige belangen. Heb je daar wel eens van gehoord?'

Mary was misselijk. 'Nou, alles is dus goed afgelopen. Hij wordt morgen begraven en zij loopt vrij rond.'

'Je weet het niet zeker.'

'Ze gaat in elk geval naar bed met de man van haar vriendin.'

'Is dat tegenwoordig strafbaar?'

'Ze is een slecht mens, Judy.'

'Dat wist je van tevoren. Je hebt ze niet voor niets de Akelige Meiden genoemd.'

'Giulia is heel anders, zij is echt een schatje. Haar mag ik graag.'

'Doe me een lol!' Judy zuchtte diep. 'Hoor eens, ik weet dat je helemaal gaat voor rechtvaardigheid en zo, en ik ook, hoor. Maar hier kun je nu eenmaal niets aan doen, niet als haar advocaat. Dat zou onethisch zijn.'

Mary wist dat rechtvaardigheid hier geen rol bij speelde. Het ging er zelfs niet om dat Trish weg zou komen met moord. Het ging erom dat Trish weg zou komen met de moord op hém. Maar ze kon zichzelf nog steeds niet zover krijgen dat ze Judy het hele verhaal vertelde, over Bobby en haar.

'Ik snap niet waarom je opeens zo voor hem opkomt. Hij was degene die haar sloeg, hoor. Hij was de slechterik. Een moordenaar. Zijn vriendin heeft jankend van angst in jouw kantoor gezeten. Ik kan even geen medelijden met hem hebben, oké?'

Dat kwam hard aan. Mary kon wél medelijden met hem hebben, maar ze kon Judy niet vertellen waarom.

'Je bent veel te veel bij die mensen betrokken. Het lijkt wel alsof je je eigen leven bent vergeten. Je hebt een heel ander leven dan zij. Zij horen bij je verleden. Bij school. Zij zijn het verleden.' Judy hief haar handen vertwijfeld op. 'Ik ben naar drie verschillende middelbare scholen gegaan. Ik kan geen een klasgenootje meer bij naam noemen.'

'En ik kan ze niet vergeten.'

'Ik ben dan ook het kind van een militair die steeds weer moest verhuizen en jij bent het meisje dat altijd in dezelfde buurt is blijven wonen.' Judy glimlachte, wat vriendelijker inmiddels. 'Maar je bent naar de universiteit geweest. Je hebt de kans gekregen jezelf te verbeteren en een andere Mary te worden dan die je op de middelbare school was.' Ze zei bedachtzaam: 'De Akelige Meiden hebben die kans nooit gehad, dus zij zullen het ook niet begrijpen. Jij bent niet meer het zielige meisje dat ze zich herinneren. Je bent advocaat geworden. Je hebt een leven.'

Dat was waar, maar Mary kon er niets mee. Diep vanbinnen wist ze dat ze er nooit iets mee zou kunnen tot ze eindelijk de waarheid onder ogen zag, en dat zou pas gebeuren als ze alles eerlijk opbiechtte. Ze had Anthony wel over Bobby verteld. Waarom Judy dan niet?

'Ga als de sodemieter terug naar kantoor en vraag Bennie nederig of je je baan terug mag. Je moet eraan geloven, meid.' Judy boog zich over de tafel heen naar voren. 'Ik heb het er met Bennie niet over gehad, maar ik weet dat ze het helemaal niet leuk vindt zo. Dat zie ik gewoon.'

Mary dacht niet aan haar baan, ze dacht aan het kindje van Bobby en haar. Nu was zowel hij als de baby er niet meer, en ze was het hun verschuldigd om de dader op te sporen. Op dat moment besefte ze waarom het haar zoveel deed.

'Bennies rechtszaak is afgelopen, en de jury doet maandag uitspraak. Als zij wint, dan is ze in een prima bui. Ze zal dan wel naar je willen luisteren.'

'Ik weet niet of ik het wel kan,' zei Mary na een korte stilte, en alleen maar omdat Judy haar zo verwachtingsvol aankeek.

'Dat kun je best. Maak je maar geen zorgen, ik ga met je mee. Ik sta achter je.'

De tranen schoten Mary in de ogen.

'Nou?'

Mary kon even niets zeggen, zo aangedaan was ze.

'Dat had je niet verwacht? Maar natuurlijk doe ik dat voor je, liefje.' Judy stak haar hand uit. Mary slikte moeizaam en pakte hem toen beet.

'Ik moet je iets vertellen. Iets ergs.'

'Wat dan?'

'Ik heb abortus laten plegen,' gooide Mary eruit. Judy bleef even bewegingloos zitten. Mary ook, alsof de zin een betovering over hen had laten neerdalen en hen in een nachtmerrie had bevroren.

'Echt waar?' vroeg Judy stil.

'Ik had op de middelbare school verkering met Bobby, en ik was zo blij dat hij me wilde.' Mary's lippen trilden en het lukte haar niet dat tegen te houden. 'We zaten een keer in de auto te vrijen, en hij wilde zo graag en zei dat hij blauwe ballen had of zo, en toen hebben we... Nou ja, toen hebben we het gedaan, en ik raakte in verwachting. Het was mijn eerste keer.'

'Wat erg,' zei Judy zachtjes.

Mary's hart brak. 'Je zult nu wel niets meer met me te maken willen hebben.' Mary barstte in snikken uit. Haar neus liep als een gek en terwijl ze met het vieze servet haar neus snoot, hoorde ze dat de stoel tegenover haar naar achteren werd geschoven. De klompen kwamen over de houten vloer naar haar toe geklost en voor ze het wist sloeg Judy haar arm om haar heen en knuffelde haar.

'Je zult altijd mijn vriendin zijn, Mary.'

'Echt waar?'

'Ja. Weet je wat ik zo leuk vind aan jou, Mary?'

'Nou?'

En Judy zei: 'Alles.'

39

DE VOLGENDE OCHTEND HING MARY haar beste pakje aan de knop van de kleerkast. Ze was gedeprimeerd en voelde zich ellendig want ze had bijna de hele nacht wakker gelegen. Ze wist niet hoe ze de dag door moest komen. Ze nam een douche, deed haar lenzen in en föhnde voor de gelegenheid haar haar, hoewel ze er liever niet aan wilde denken aan waar ze naartoe moest. Ze haalde het zwarte crêpe jasje van het hangertje en trok het aan. De prachtige zwarte stof gleed koel over haar huid. Anne had erop gestaan dat ze dit getailleerde pakje van Prada kocht, en Mary voelde zich altijd een miljonair als ze het droeg, waarschijnlijk omdat het ook zoveel had gekost.

Ze deed de drie knopen van het jasje dicht, nam de rok van het hangertje en stapte er met blote voeten in. Ze deed de rits aan de zijkant dicht en vroeg zich af wie deze ochtend Bobby aan zou kleden. Ze zag voor zich dat een medewerker van het uitvaartcentrum zijn witte overhemd dicht zou knopen en zijn handen over elkaar zou leggen alsof hij ze gevouwen hield. Vervolgens zou er een rozenkrans tussen zijn vingers worden gelegd. Een met zwarte kralen, speciaal voor mannen.

Ze trok haar zwarte pumps aan, liep naar de wastafel en pakte de tube foundation uit haar make-uptas. Ze draaide de dop eraf en bracht wat aan onder haar ogen en smeerde wat op haar gezicht. Werd hij nu ook opgemaakt? Dat hadden ze bij Mike wel gedaan, wist ze, want toen ze zijn handen voor de laatste keer aanraakte, was er iets aan haar vingers blijven kleven en toen ze ernaar keek, zag ze dat er wat was achtergebleven op haar huid. Ze was in snikken uitgebarsten.

En de afgelopen avond, net voordat ze eindelijk in slaap viel, had ze zelfs voor Bobby gehuild.

Het miezerde buiten nog steeds, de naweeën van de storm, maar dat verklaarde nog niet de opstopping op Broad Street. De taxi kwam steeds dichter bij het uitvaartcentrum en Mary ontdekte dat de file werd veroorzaakt door de begrafenis zelf. De weg ernaartoe stond vol geparkeerde auto's. Agenten in uniform met daarover een lange regenjas dirigeerden toeschouwers en de rest van het verkeer om de opstopping heen. Een begrafenis van de maffia op zaterdag was topentertainment.

'Ik ga er hier wel uit.' Mary gaf de chauffeur een briefje van tien dollar en stapte uit de taxi. Ze stak haar paraplu op en boog haar hoofd tegen de regen. Ze liep op haar pumps snel door de plassen naar de stoep. Vóór haar stond een menigte die al pratend en met opgestoken paraplu's een plaatsje probeerde te bemachtigen.

Zich voortdurend verontschuldigend en met haar paraplu hoog boven haar hoofd baande ze zich een weg door de mensen heen. Toen ze bij de ingang aankwam, lag daar op de trap naar het uitvaartcentrum een dunne rode loper van synthetisch materiaal, alsof het om een filmpremière ging. Een man met een dikke nek nam haar schaamteloos van top tot teen op. Mary haastte zich de treden op, onderdrukte haar zenuwen en liep naar binnen alsof ze daar hoorde: een advocaat tussen de misdadigers.

Als eerste viel haar, en dat had ze ook wel verwacht, de ziekelijke geur van bevroren bloemen op. Vazen vol gladiolen, lelies en rozen stonden op alle tafels langs de muur. Ze was nog nooit in dit uitvaartcentrum geweest. Het was het flitsendste van Broad Street, wat een twijfelachtige eer was. De muren waren met goud bespikkeld en haar pumps zonken weg in het rode tapijt. Ze liep naar de kamer waar hij lag opgebaard en hield haar ogen naar beneden gericht. Af en toe keek ze naar de aanwezigen, maar Trish en de meiden waren nergens te bekennen. De kamer was afgeladen. Voorin stond een gesloten kist van glimmend notenhout, en de baar lag vol enorme boeketten. Links van de kist stonden meneer Po en Ritchie, beiden in zwart gekleed en met een ernstig gezicht.

Mary liep om de rij mensen heen die kwamen condoleren en nam plaats aan de rechterkant, tussen een heleboel mensen, zodat ze niet zou opvallen. Ze wilde niet dat meneer Po of Ritchie haar zag, want ze was er een beetje bang voor hoe ze op haar aanwezigheid zouden reageren. Ze bekeek de mensen, die vreemd genoeg erg rustig waren, zonder de uit de toon vallende maar onvermijdelijke lachbuien en vrolijke omhelzingen van mensen die elkaar al een tijd niet hadden gezien. De vrouwen praatten zachtjes met elkaar, en de mannen keken elkaar snel en vluchtig aan. Vroegen zij zich af wie van hen de moordenaar was? Mary wist het antwoord al: ze waren het allemaal.

Ze boog haar hoofd en prevelde een gebed. De rij bewoog naar voren en toen Mary opkeek, zag ze Trish en mevrouw Gambone met achter hen Giulia en haar man. Ze had medelijden met Giulia, die door haar man en haar beste vriendin werd belazerd. Trish had haar hoofd gebogen en liep arm in arm met haar moeder. Allebei in een donkere jas en allebei ogenschijnlijk met een gebroken hart, maar Mary had zo haar twijfels.

Ze zette het van zich af toen Trish bij de kist aankwam, op het bidstoeltje plaatsnam, en haar moeder achter haar ging staan. Iedereen keek toe. Trish legde haar hand op de kist, en gaf er een kus op. Ze bracht het zo overtuigend, dat Mary zich bijna afvroeg of ze het meende. Toen Trish weer opstond en zich van de kist afwendde, pinkte ze een traantje weg: een beter bewijs voor haar grote verdriet kon er toch niet zijn.

Ritchie kwam naar voren en omhelsde Trish stevig en mevrouw Gambone omarmde meneer Po, en alle aanwezigen knikten en mompelden instemmend. Mary was bij genoeg Italiaanse begrafenissen geweest om het te herkennen als één grote verzoeningsscène, hoewel die over het algemeen plaatsvond tussen mensen die elkaar jaren niet meer hadden gesproken vanwege oud zeer, en niet tussen mensen die elkaar hadden gekidnapt en wilden doden zoals verleden week dus. Maar ach, elke opera was weer anders.

Giulia en haar man Joe volgden hun voorbeeld, en Yolanda en Missy vervolgens ook, en Mary vroeg zich af of iedereen spontaan last had gekregen van geheugenverlies. In het gangpad naast haar, hoorde ze iemand 'hé' en 'kijk eens uit, dame' zeggen en ze zag een aantrekkelijk stel gehaast aan komen lopen. De vrouw stormde naar voren met de man op haar hielen. Haar gezicht was vertrokken van woede en haar rode haar wapperde achter haar aan. Het was Rosaria, Bobby's zus uit Brick.

Mary had kunnen weten dat ze zou komen, maar het was haar helemaal door het hoofd geschoten. De man die achter Rosaria aan liep en een dure zijden stropdas droeg, was vast haar vriend, want hij wilde haar bij de arm pakken toen ze naar voren rende. Haar blik was op de kist gericht en ging toen naar meneer Po en Ritchie, die net Trish en mevrouw Gambone hadden losgelaten.

'Jij! Jij hebt het gedaan!' riep Rosaria, terwijl ze naar de kist toe stormde. Mensen haalden geschokt adem, keken om en een dreigende golf ging door de menigte, maar Rosaria had dat niet door: ze had te veel verdriet en haar ogen stonden vol tranen. 'Jij bent hier verantwoordelijk voor. Jij hebt mijn broer laten vermoorden. Jij!'

'Ho even, Ro,' zei Ritchie met zijn handen omhoog. Trish, die duidelijk geschrokken was, de meiden en Joe gingen allemaal achter meneer Po staan, die zich voor een man van zijn leeftijd verrassend soepel omdraaide.

'Rosie, een beetje respect graag, ja,' zei hij met harde stem.

'Voor jóú?' schreeuwde Rosaria terug. Haar vriend trok haar naar achteren, maar zij was niet meer te houden. 'Hoezo? Jullie zijn misdadigers, ordinaire misdadigers, jullie allebei. Jullie zijn het niet waard mijn broer gekend te hebben, laat staan hem te begraven.'

'Hou je bek!' schreeuwde Ritchie, en de mannen gingen allemaal achter hem staan.

Mary kwam net als de andere aanwezigen overeind en keek toe.

'Jij stelde vergeleken met Bobby geen bal voor, dat weet je best,' gilde Rosaria. 'Jij bent altijd al jaloers op hem geweest. Hij was de topper, niet jij. Iedereen hield van hem, niet van jou. Daarom heb je hem kapotgemaakt!'

'Zo kan hij wel weer,' zei Ritchie tandenknarsend.

Een kleine, oudere geestelijke kwam aanlopen. Hij stak zijn armen in de lucht en ging tussen de Po's en Rosaria en haar vriend staan. 'Hou hier alsjeblieft mee op,' zei de pastoor, zijn stem bibberend van ouderdom en schrik. 'Dit kunt u hier niet maken.'

'Dat hoeft u mij niet te vertellen, meneer pastoor.' Rosaria keek hem aan. 'U kent deze mensen niet. Ze zijn ziek, allebei. Weet u wat hij met mij heeft gedaan, meneer pastoor? Die man die zogenaamd mijn vader was? Moet ik het soms voor u uitspellen?'

'Nee, Rosaria!' riep haar vriend, die haar van achteren beetpakte, zijn armen om haar heen sloeg en haar vasthield terwijl ze flink tegenstribbelde. Ritchie, meneer Po, de pastoor en de mannen bleven staan kijken totdat ze het eindelijk opgaf en in de armen van haar vriend in tranen uitbarstte. Hij begeleidde haar terug over het gangpad. Ze hield hem snikkend vast terwijl de tranen over haar wangen stroomden en liet zich door hem naar buiten brengen.

Meneer Po was inmiddels in gesprek met de geestelijke en Ritchie was bij zijn criminele vriendjes gaan staan. Mevrouw Gambone, Trish en de meiden stonden allemaal bij elkaar, en langzaam keerde de rust terug. De aanwezigen gingen weer zitten en praatten met elkaar. Mary nam ook plaats, maar was helemaal in de war en emotioneel. Ze dacht na over Ritchie en wat Judy had gezegd.

Misschien was het antwoord dat voor de hand lag ook het juiste.

Misschien was Bobby door een gangster vermoord, en misschien was die gangster wel Ritchie. Mary moest weer denken aan de dag toen ze hem bij hem thuis had ontmoet.

Boe.

40

Op zondag was mary bijna weer zichzelf. De zon scheen in de slaapkamer en ze lag in bed in haar te grote Eagles t-shirt lekker te luieren, iets waar ze anders nooit aan toekwam. Op het dekbed lagen allerlei kranten verspreid en *Meet the Press* was op tv, met alle politici in grijs pak, rode stropdas en een reversspeldje in de vorm van de Amerikaanse vlag. Ze keek er af en toe naar en vond Tim Russert wel schattig als je van misdienaartjes hield, maar dat deed haar weer aan Anthony denken, die nog steeds niet had gebeld. Ze was te ouderwets om hem te bellen. Ze wierp een blik op het antwoordapparaat dat naast haar bed stond, maar ze had vijf minuten eerder ook al gekeken, en het lichtje knipperde nog steeds niet. Nou ja, ze was toch nog niet klaar voor een relatie.

Behalve als hij belt, natuurlijk, dan ben ik er wel klaar voor.

Ze zuchtte en hield zichzelf voor dat ze opgelucht moest zijn: ze had nu bijna haar eigen leven weer terug. De vorige avond had ze haar e-mails bijgewerkt en haar cliënten een antwoordmail gestuurd alsof ze nog steeds bij Rosato in dienst was. Ze had Amrita gebeld om te horen hoe het met Dhiren was, en het ging gelukkig wat beter, en ze had zelfs een conclusie voorbereid voor de volgende week. Ze wist nog niet hoe ze Bennie moest aanpakken, maar het was heerlijk om weer aan de slag te zijn en zich druk te maken over lekkages en valpartijen. Er waren tig mails geweest van haar cliënten om haar te feliciteren met het feit dat ze Trish levend en wel had opgespoord. Ze vroeg zich af of die cliënten nu weer bij haar terug zouden komen. Niet dat ze er nu gerust op was, ze had ondertussen steeds aan Trish moeten denken. En aan Bobby.

Mary pakte een krant en keek naar het artikel op de voorpagina. De kop luidde en weer een: barbi vermoord en het hele artikel ging over de geschiedenis van de maffia in Zuid-Philadelphia. De lijst van Italiaanse namen leek wel een menukaart. Mary vond het vreselijk, want ze wist dat de meeste Amerikanen van Italiaanse afkomst slimme, eerlijke en hardwerkende burgers waren, die haar een inkomen bezorgden door op de stoep uit te glijden, tegen iemands bumper aan te rijden en af en toe een zaak over een contract te winnen. Ze bekeek de andere artikelen, die allemaal over de maffiaoorlog gingen, en zag de mensen in Biannetti's weer voor zich, die enthousiast aantekeningen vergeleken en roddels doorvertelden alsof moord een sport was.

Ze sloeg de voorpagina weer op en las in het hoofdartikel dat er nog steeds geen verdachten waren voor de moord op Mancuso en Barbi. Er stond een wazige foto bij van Trish, gemaakt met een mobieltje, en eronder werd vermeld dat de vriendin van de vermoorde met wie hij had samengewoond naar haar ouders was gegaan en niet met de verslaggevers wilde praten. Er werd nergens ook maar gesuggereerd dat Trish als verdachte werd aangemerkt. Brinkleys naam kwam niet in de artikelen voor. De FBI en hij hadden ook geen contact met Trish opgenomen, anders had ze Mary wel gebeld.

Mary keek naar Tim Russert op tv en probeerde zo optimistisch mogelijk te blijven. Ze was advocaat en de verklaring was afgegeven. Judy, de beste vriendin die je je maar kon wensen, had gelijk. Bobby was begraven en dat hoofdstuk in haar leven was afgesloten. Ze moest ermee leren leven. Ze wilde zich graag beter voelen. Ze had er zo genoeg van dat ze zichzelf maar bleef afkraken omdat ze geen werk had en geen vriend. Ze voelde zich verloren en leeg, zo zonder beide.

Dus wist ze precies wat ze moest doen.

'Mam, ik heb honger,' riep Mary bij de deur, maar de herrie en de drukte in de keuken verrasten haar.

'Liefje!' riep haar vader terug, en hij kwam tevoorschijn met een groepje mensen achter hem aan. Ze liepen de eetkamer in en net als verleden keer raakte die langzaam vol. Toen was iedereen kwaad op haar geweest, maar nu was iedereen blij.

'Pap?' vroeg Mary verbijsterd. 'Wat is er aan de hand?'

'De mensen in de kerk waren zo blij dat je Trish had opgespoord, dat ze allemaal op bezoek wilden komen.'

'Mary, wat goed van je.' Mevrouw DaTuno glimlachte naar haar, net als mevrouw D'Onofrio. Beiden waren ze gekleed in hun mooiste japon voor naar de kerk. Iedereen riep 'Goed gedaan' en 'Gefeliciteerd, Mary', waarna ze weer unaniem haar status van meisje uit de buurt dat het had gemaakt terug had.

'Ik ben zo trots op je, ik klap zowat,' zei haar vader zachtjes. Hij gaf Mary een dikke knuffel en drukte haar tegen het pas gestreken witte overhemd dat hij alleen voor de mis droeg, en naar mottenballetjes en gehaktballen rook.

'Dank je, pap. Iedereen, bedankt.' Mary zwaaide als een lid van het koninklijk huis en iedereen barstte los in applaus. Ze slikte de brok in haar keel weg en vroeg zich af of ze nog steeds zo blij zouden zijn als ze wisten dat Trish schuldig was aan moord. Of zouden ze haar vergeven omdat Bobby haar had mishandeld? Ze kon zich beter inhouden. Dus boog ze, maar ze voelde zich lichtelijk een oplichtster.

'Maria,' riep haar moeder met haar armen gespreid. Mary tilde haar op en gaf haar een liefderijke omhelzing. Haar moeder gebaarde naar de vrouwen achter haar, die allemaal een bloemetjesjurk droegen. 'Maria, dit zijn mijn vriendinnen, je weet wel, van de kerk.'

'Dag, dames,' Mary ging naar hen toe en stak haar hand uit.

'Leuk je te ontmoeten,' zei een van hen met een Puerto Ricaans accent. 'Je moeder, zij heeft voor mij babyjurk gemaakt.'

'Voor mij ook,' zei iemand anders lachend, en de vrouw die naast haar stond, knikte eveneens.

'Het was een prachtige jurk. Zo mooi, we vertellen iedereen.'

'Ze is de beste naaister ter wereld,' zei Mary en het viel haar opeens op dat ze haar zakeninstinct geërfd had. Vita DiNunzio was de succesvolste lobbyist in Zuid-Philadelphia en Mary zag tot haar vreugde dat haar moeder straalde.

'Kom kijken, Maria.' Haar moeder pakte haar hand. 'Er is vriend voor je, voor eten.'

'Wie dan?' vroeg Mary. De vrouwen weken uiteen zodat ze Anthony met een afwachtende glimlach op zijn gezicht zag staan. Hij had een lichtbruin sportjasje aan met een kaki broek en een dunne zwarte coltrui en zijn donkere ogen schitterden. Hij gebaarde naar haar moeder.

'Je ouders zagen me in de kerk, en ze stonden erop dat ik meeging voor het eten. Dat vind je toch niet erg, hoop ik?'

Yes! 'Nee hoor, ik vind het prima,' zei Mary, die wilde dat ze haar lenzen in had gedaan.

Toen iedereen weg was, bleven ze met z'n vieren over. Het eten was heerlijk, hoewel Mary wel moeite had dat Mikes stoel nu werd ingenomen door een andere man, al was die, wat haar betrof, helemaal geweldig. Anthony maakte grapjes in het Italiaans met haar moeder en luisterde naar haar vaders verhalen, en toen het eten op was, bood hij zelfs aan de afwas te doen. En dat had hij nu net niet moeten doen.

Mary bleef verstijfd zitten. Haar moeder beschouwde elk aanbod om in de keuken een handje te helpen als een belediging.

'*Grazie mille, Antonio,*' zei haar moeder met een vriendelijke glimlach, die Mary nog nooit na zo'n opmerking had gezien. Ze keek verbijsterd toe terwijl haar moeder langzaam opstond en haar vader bij de arm pakte en zei: 'Kom mee, Mariano.'

'Hè?' vroeg haar vader, die verwonderd opkeek totdat hij de 'deze kinderen moeten even alleen zijn'-blik opving die haar moeder met haar magische ogen op hem overbracht. Mary onderdrukte een lach. Haar moeder had een heel repertoire van speciale blikken, en de populairste waren: niet met je vingers eten, laat dat stukje liggen voor je vader, en die Duitse paus is niet te vertrouwen.

'Zo, dat was gênant,' zei Mary toen haar ouders de keuken uit waren gelopen.

'Nee, juist schattig.' Anthony stond op, pakte de borden en zette ze in de gootsteen. 'Ik was wel af.'

'Nee.' Mary pakte haar eigen bord. 'Jij bent de gast en jij hebt je nette kleren aan.'

'Hè, joh, laat me nou.' Anthony pakte haar moeders gebloemde schort van de ovengreep en bond hem voor. Hij grijnsde: 'Te homoachtig?'

'Totaal niet.' Mary moest lachen. Ze vond het eigenlijk wel leuk staan. Waarom stond een schort bij mannen toch zo leuk? Het was zo huiselijk, en op een bepaalde manier ook wel sexy. Misschien wel omdat het dan leek alsof iemand anders het werk eens deed?

'Nou.' Anthony zette de kraan open. 'Vind je het erg dat ik mee kwam?'

'Nee. Ik wil trouwens nog mijn excuses aanbieden dat ik je niet meteen terug heb gebeld.'

'Je wilde me toch niet dumpen? Dan breek je wel mijn hart, hoor.'

'Ha!' Mary draaide zich om en keek zogenaamd of er nog afwas op de tafel stond, omdat ze niet wilde dat hij zag dat ze lachte. Ze vond zichzelf nogal een malloot en was bang dat er misschien wel vette vlekken van de spaghettisaus op haar bril zaten.

'Ik wist dat je het druk had omdat je de buurt moest redden.'

'Nou, één persoon uit de buurt maar, en ik weet niet eens of die het wel verdiende.'

'Dat wist je van tevoren.'

'Ja, misschien wel,' zei Mary, maar ze ging er verder niet op door. Ze wilde haar twijfel niet aan de grote klok hangen en ook haar goede bui niet kwijtraken. Misschien was dat wel wat doorgaan met je leven inhield, dat wist ze niet. Ze had het nog niet eerder meegemaakt. Ze droeg een paar borden naar het aanrecht en zette ze neer. 'Trouwens, achteraf gezien had ik toch gelijk wat de buurt betreft.'

'Gek genoeg vind ik dat ook.' Anthony waste een bord af waarbij een hele lading saus de gootsteen in ging. 'Je had inderdaad gelijk. Zo hoort een buurt te zijn, dat mensen het voor elkaar opnemen.'

'Echt waar?'

'Dat zei je toch?'

'O, ja?' *Dan was ik zeker dronken.* 'Ja, ja natuurlijk.'

'Weet je wat ik heb gedaan?'

'Nou?' Mary stond naast Anthony, allebei voor de gootsteen, en hun armen raakten elkaar bijna. Het leek net of ze vader en moedertje speelden, vond ze, maar het kwam niet gekunsteld over, het leek heel natuurlijk. Hij scheen het ook wel leuk te vinden. De meeste mannen zouden gauw hun biezen pakken bij zo veel huiselijkheid, maar hij dus niet.

Anthony zei: 'Ik ken een paar mensen bij de afdeling psychologie op school. Zij hebben me doorverwezen naar de voorzitter daarvan, dokter Rhonda Pollero. Zij is gespecialiseerd in tests op jonge kinderen en ze wil Amrita's zoon wel een test afnemen.'

'Meen je dat nou?' Mary was erg blij en Anthony keek haar glimlachend aan.

'Zij is een van de meest vooraanstaande experts in het land, en zodra Dhiren weer beter is, is ze bereid om vanuit New York hierheen te komen.'

'Wat lief van je.' Mary was ontroerd, Anthony had haar diep geraakt. Hij boog zich voorover en kuste haar zachtjes op haar mond, alsof hij het al zijn hele leven had gedaan. Zij moest op haar tenen staan om hem te kussen en toen ze haar ogen opendeed, zag ze zijn lieve glimlach.

'Cara mia,' zei hij zachtjes in het Italiaans.

Wat 'mijn liefste' betekent.

Mary vond het prachtig klinken.

4I

Mary was haar slaapkamer aan het opruimen toen ze op haar mobieltje gebeld werd. Ze herkende het nummer niet en nam op met: 'Ja?'

'Mary, met mij,' zei Trish paniekerig.

'Heeft de FBI gebeld?'

'Ja, ze willen me morgen spreken.'

Gedver! Mary wilde dat ze wat meer ervaring had met de FBI, en ze kon Bennie daar natuurlijk niet over bellen.

'Ik kan niet met ze praten, hoor. Ik weet zeker dat de jongens me in de gaten houden. Als ze ook maar denken dat ik mijn mond voorbij zal praten, ben ik dood.'

'Weet ik, rustig maar. We komen hier wel uit.' *Hoop ik.*

'Jij hebt me overgehaald mee terug te gaan. Jij hebt me overgehaald naar de politie te stappen.'

'Dat moest gewoon, Trish.'

'Jij was zelf in het uitvaartcentrum. Je hebt het gezien. Iedereen is door het dolle heen. Ze zijn allemaal op van de zenuwen. Zo vallen er doden.'

'Waar ben je nu?' onderbrak Mary haar.

'Bij mijn moeder.'

Mary keek op haar horloge. Acht uur. 'Ik kom eraan,' zei ze gespannen. Ze liep naar buiten waar het, en dat verraste haar totaal niet, weer eens regende.

Een halfuur later stond ze in het donker in de regen voor de voordeur van Trish' ouderlijk huis. Mevrouw Gambone deed open. Ze zag er nerveus en mat uit, en droeg een sjofel roze trainingspak en namaak-Uggs. Ze had een lange, bruine sigaret in haar hand waar rook uit kringelde.

'Mary, wat fijn dat je er bent.' Mevrouw Gambone ging Mary voor naar de zitkamer. 'Ik ben zo blij dat je ons wilt helpen.'

'Geen punt.'

'Ze mag niet met de FBI praten, hoor. Dan wordt ze meteen afgemaakt.' Mevrouw Gambone deed haar haar met een oude crunchy van spijkerstof in een paardenstaart. Ze droeg geen make-up en haar ogen waren dik van het huilen.

'Maakt u zich geen zorgen. Waar is ze?'

'Boven, in haar kamer.' Mevrouw Gambone gebaarde met haar sigaret, waarbij ze een rookspoor in de lucht achterliet.

'Oké.' Mary liep door de donkere kamer, die moderner ingericht was dan die van haar ouders. De banken en stoelen waren bekleed met een blauwe stof met een werkje erin en er hing een grote rechthoekige spiegel aan de muur. Ze liep de trap op. Boven in de donkere gang stond een deur open waarvan het licht naar buiten viel. 'Trish?'

'Hier.'

Mary liep de kleine slaapkamer in en het was net of ze weer terug was in de tijd. Er stond een eenpersoonsbed met een roze chenille sprei rechts tegen de muur met allemaal speelgoedbeesten erop. Aan de beddenspijl hing een baret met een lange kwast van school. Er stond een klein houten bureautje en aan de muur hing een prikbord met in zwartfluwelen letters de naam van de school erop en een hele verzameling oude foto's, voornamelijk van Bobby. Mary wendde haar blik af.

'Zo, ben je daar eindelijk?' zei Trish, die overeind kwam. Ze had op het bed een tijdschrift liggen lezen. Op het nachtkastje naast haar bed stond een lampje en in het licht daarvan was goed te zien dat haar ogen net zo dik waren als die van haar moeder. 'Doe de deur dicht.'

Mary deed de deur dicht. 'Hoe gaat het met je?' Ze trok de stoel onder het bureautje vandaan.

'Wat denk je zelf?' Trish snotterde en streek haar donkere haar dat tot op haar schouders viel naar achteren. Ze had een zwart Eagles-sweatshirt aan waarop DIVISION CHAMPIONS stond, en strakke jeans, en ze zag er behoorlijk sexy uit. 'De FBI zit verdorie achter me aan.'

'Ze willen alleen maar even met je praten, zo erg is dat nu ook weer niet.'

'Ja, kun jij makkelijk zeggen.' Trish sloeg haar benen over elkaar. Haar voeten waren bloot en perfect gepedicuurd. 'Jij loopt geen gevaar.'

'Goed, wie had je aan de lijn en wat zei hij?'

'Hij heet Kiesling en hij wilde morgen met me komen praten.'

Mary wist het weer: dat was de FBI-agent die ze die avond in het Roundhouse had ontmoet. 'Wat heb je gezegd?'

'Dat ik dat niet wil. Ik weet helemaal nergens wat van. En toen zei hij dat hij me anders zou dagvaarden. Kan dat?'

'Dat zou best eens kunnen. Zoals ik je al in de auto zei, heb ik hier niet veel ervaring mee. Ik zal morgen eens rondbellen en kijken of ik een andere advocaat voor je kan regelen, een die verstand heeft van dit soort dingen.'

'Je laat me dus barsten?'

'Trish, ik ben gewoon niet de juiste advocaat voor je. Je hebt niets aan mij als –'

'Lekkere vriendin ben jij,' beet Trish haar met een verbeten trek om de mond toe.

Pardon? Mary kon een grijns niet onderdrukken. Ze moest aan Giulia denken, en dat Trish haar bedroog met Joe.

'Wat is er zo grappig?'

'Nee, laat maar.'

'Zeg het dan,' snauwde Trish, die ruzie wilde. 'Waar moest jij om lachen?'

Mary kon zichzelf wel voor haar kop slaan dat ze had gegrijnsd. Het meisje stond onder grote druk.

'Denk je soms dat ik geen goede vriendin ben?' Trish wees met haar spitse kunstnagel op haar borst. 'Ik ben een heel goede vriendin. Heel erg trouw. Ik ben naar jou toe gegaan om hulp omdat ik je nog van school ken.'

En omdat je dacht dat ik je korting zou geven.

'Ik ben al bijna dertig jaar bevriend met G., Yo en Missy. G. is sinds we twee waren mijn hartsvriendin.'

'Goed, joh. Maak je nou niet zo druk.'

'Ik hou er niet van dat jij gaat zitten beweren dat ik geen goede vriendin ben, terwijl jij mij laat barsten.'

'Hoe bedoel je?' Mary kon zich niet meer inhouden. 'Ik heb nota bene een week van mijn leven voor jou opgeofferd.'

'Je hebt me anders nooit iets verteld over Bobby en jou.'

Au. Mary wist even niets te zeggen.

'Ik bedoel maar.' Trish perste haar lippen op elkaar. 'Dat wist je niet, hè, dat ik dat wist?' Ritchie heeft me het gisteren na de begrafenis verteld. Hij zei dat jij en Bobby verkering hebben gehad. Is dat zo?'

Mary kreeg een droge mond. 'Heel even maar, oké?'

'Tuurlijk, joh.'

'Echt waar.'

'En wanneer dan?'

'In het laatste jaar.'

'Ging hij toen al met mij?'

'Nee, jullie waren toen uit elkaar.'

'Ik had hem gedumpt, hoor.'

Mary moest opeens weer denken aan wat Judy had gezegd: jij hebt de kans gekregen jezelf te verbeteren. De Akelige Meiden hebben die kans nooit gehad.

'Nou, waarom heb je me dat nooit verteld?' Trish kneep haar ogen tot spleetjes.

'Wat had dat nou uitgemaakt?'

'Weet ik veel, maar vast wel iets, anders had je me het wel verteld. Als je me het had verteld, dan had ik gedacht dat het niets heeft voorgesteld. Nu ligt dat anders.'

Hmm. 'Trish, het is heel lang geleden. We zaten toen nog op de middelbare school.'

'Ja, maar tot vorige week woonde ik met hem samen, dus voor mij is het wel belangrijk. Waarom heb je het niet verteld? Je zei dat we vriendinnen waren. Ik heb nog nooit dat soort dingen achtergehouden voor een vriendin.'

'Ha.' Mary's mond viel open.

'Wat nou?'

'Jij zou dat soort dingen nooit achterhouden voor een vriendin? En mevrouw Dinsdag Donderdag dan? Hoe zit het met je vriendje?' Mary ging maar door. 'Waarom heb je over hem niets tegen je vriendinnen gezegd?'

'Omdat ik bang was dat ze het Bobby zouden vertellen.'

'Gelul! Ze gingen helemaal niet met Bobby om, dat weet je best.'

Trish keek haar met vlammende ogen aan. 'Noem je mij soms een leugenaar?'

'Ik weet dat je een leugenaar bent. Je loog tegen me over je vriend.'

'Helemaal niet.' Trish werd rood.

Mary kon zichzelf niet meer inhouden: 'Jij bent zo'n goede, trouwe vriendin dat je met de man van Giulia naar bed gaat.'

Trish hapte verbijsterd naar adem.

'Precies, ja.'

'Dat is niet waar.'

'Ach, hou toch op.' Mary hief haar hand vol walging op. 'Hou toch alsjeblieft op, joh. Ik snap niet hoe je het kunt. Giulia is zo lief, en ze is nog wel je hartsvriendin. Ze heeft zo haar best gedaan om je op te sporen. Ze heeft in mijn kantoortje om jou zitten janken. Ze maakte zich zo'n zorgen dat ze niet kon slapen. Wat ben jij een rotvriendin, zeg.'

'Ik ben een heel goede vriendin.'

'Een rotvriendin.'

'Nee, een heel goede. Ik heb haar het leven gered namelijk.'

Mary zei spottend: 'O, ja? Wanneer dan? Tijdens de gymles? Heb je haar je sokken geleend?'

'Nee, stom wijf,' beet Trish terug. 'Jij vindt jezelf toch zo slim? Nou, dan heb ik nieuws voor je. Die ring met de opaal die ze in het steegje hebben gevonden. Mijn ring?'

'Ja, wat is daarmee?'

'Die heb ik twee jaar geleden aan Giulia geleend toen ze hertrouwde. Ze heeft hem alleen nooit meer teruggegeven.'

Mary zakte stomverbaasd onderuit, ze wist niet of ze haar kon geloven.

'Dus als de politie de ring in het steegje heeft gevonden, kan dat alleen als Giulia hem omhad.' Trish keek haar recht in de ogen. 'Bobby is niet door Cadillac of een andere gangster neergeschoten. Het moet Giulia geweest zijn.'

Mary kon het niet bevatten. Het kon gewoon niet.

'Ze dacht natuurlijk dat hij mij had vermoord. En ze heeft hem nooit gemogen. Ze wist dat hij op de hoek van Kennick dealde, en ze is er vast naartoe gegaan en heeft hem doodgeschoten. En ze heeft een pistool.'

Mary schudde haar hoofd. Giulia was een schatje, dit kon niet waar zijn.

'Toen die agent die ring uit dat zakje haalde, wist ik meteen wat Giulia had gedaan. Maar heb ik dat gezegd? Nee, dus.' Trish boog zich naar voren en zei zachtjes: 'Ik heb Giulia beschermd. Ik heb ze laten denken dat ik het heb gedaan, zodat ze niet achter haar aan zouden gaan.'

Mary was sprakeloos. Als Trish de waarheid sprak, had ze helemaal gelijk.

'Nou, wie is er dus de trouwe vriendin?' Trish trok haar wenkbrauw op. 'Ja, ik heb wat met Joe. Nou, en? Dat stelt niets voor. Ik heb haar leven gered, en ik ben zo lief dat ik haar dat niet eens heb verteld. Ik hoef er geen bedankje voor. Zou jij dat doen voor een vriendin? Zou jij zo trouw zijn?'

Opeens hoorden ze wat beneden en toen riep mevrouw Gambone naar boven: 'Trish! Trish!'

'Wat is er, ma?' vroeg Trish geïrriteerd.

'G. is hier. Mag ze boven komen?'

Mary's maag kromp samen. Ze moest uit zien te vogelen welke stappen ze moest ondernemen. Ze had geen idee wat er zou gebeuren. Ze keek Trish aan.

'Laat haar maar boven komen, ma!' riep Trish. Mary en zij luisterden zonder iets te zeggen naar de voetstappen op de trap.

42

'WAT IS ER?' VROEG GIULIA, die meteen somber keek toen ze de slaapkamer in liep.

Mary wist heel even niet wat ze moest zeggen. Ze kon gewoon niet
geloven dat Giulia iemand, laat staan Bobby, had doodgeschoten. Het
meisje zag eruit als een cherubijntje dat haar moeders make-up te pakken had gekregen. Haar bolle wangen waren rood, zelfs onder de dik
aangezette blusher, omdat ze net uit de kou kwam, haar lippen waren
felrood en op haar oogleden zat blauwe glitteroogschaduw.

'Niks,' zei Trish, die deed of ze nergens iets vanaf wist. 'Alles gaat
goed.'

'Zo zie je er anders niet uit.' Giulia deed de deur achter zich dicht.
'Maak je je nog steeds druk om de begrafenis?'

'Ja, dat wel.' Trish fronste met gespeeld verdriet haar wenkbrauwen
en Mary vond het verbijsterend dat ze zo goed kon liegen. Oefening
baarde dus inderdaad kunst.

'En wat heb jij dan, Mary?' vroeg Giulia met haar hoofd schuin.

'Niets.'

Giulia haalde haar opgevulde leren schouders op. 'Oké dan, als jullie
me het niet willen vertellen, dan niet. Ik weet dat ik ben aangekomen,
en daar zaten jullie vast over te kletsen.'

'Nee, joh.' Trish maakte een wegwerpgebaar. 'De FBI heeft gebeld en
daarom ben ik een beetje over de rooie.'

'Echt waar?' Giulia was meteen weer vrolijk en sloeg haar handen ineen. 'Mooi, want ik wilde je meeslepen naar de kroeg, T. Ik dacht al dat
je overstuur was door de begrafenis en wat je allemaal hebt meegemaakt,
dus leek het me een goed idee om te gaan stappen. Dat kon niet toen
die klootzak nog leefde. Maar nu hij er niet meer is, kunnen we lekker
pret maken.'

*Heb je dat nu echt gezegd? Heb je die man doodgeschoten uit vriendschap?
Of had Trish weer een leugen verteld?*

'Ik weet het niet, G.,' zei Trish.

Mary kon er niet meer tegen. Trish had gezegd dat ze Giulia nog niet
had verteld dat de politie de ring had gevonden, dus ze kon dat meteen
nagaan. 'Giulia, mag ik jou wat vragen?'

'Ja hoor, ga je gang.' Giulia glimlachte afwachtend.

'Heeft Trish je ooit een ring met een opaal te leen gegeven?'

'Hè?' Giulia knipperde met haar ogen en bleef stram tegen de deur aan staan. Mary verwachtte al bijna dat ze die open zou trekken en ervandoor zou gaan, maar in plaats daarvan gleed haar blik heel langzaam en bijna angstig naar Trish. 'Het... Sorry, T. Dat had ik niet mogen doen. Daar had ik het recht niet toe.'

Nee. 'Trish heeft hem dus aan jou geleend?'

'Ja, voor mijn huwelijk. Dat moest het geleende voorwerp zijn. Maar ik heb hem alleen nooit teruggegeven.' Giulia wendde zich weer tot Trish en zei zacht: 'Sorry, T. Dat meen ik.'

'Hindert niet, G.,' zei Trish. Ze keek Mary aan en stak haar kin in de lucht. 'Zie je nou wel?'

Niet te geloven. Heeft Giulia het gedaan?

Giulia ging door. 'Ik had hem natuurlijk niet zo lang moeten houden. Ik was hem gewoon vergeten terug te geven. Je krijgt hem zo snel mogelijk terug, T., echt.'

Er liep een rilling over Mary's rug. 'Dat zal niet zo makkelijk gaan, Giulia.'

'Tuurlijk wel. Ik hoef het alleen maar aan Yo te vragen, die heeft hem weer van mij geleend.' Giulia zei tegen Trish: 'Ik had hem uiteraard niet aan haar mogen geven, want hij was niet van mij. Ik had het eerst aan jou moeten vragen, T., maar dat heb ik niet gedaan.'

'Hoe kwam dat?' vroeg Trish met gefronste wenkbrauwen, en Mary's hart maakte een sprongetje.

'Yo was bij mij, vorig jaar was dat, en ze zag jouw ring in mijn sieradenkistje en ze wist dat die van jou was, dus vroeg ze of ze hem mocht lenen. Ik weet niet meer waarvoor.' Ze dacht even na. 'O ja, het was Halloween, en ze ging verkleed als zigeunerin naar dat feestje in de Rock Lobster. Weet je nog dat we daar met z'n allen naartoe zijn gegaan?'

Trish knikte. 'Tuurlijk, we zijn toen nog zo dronken geworden van de appletini's.'

'Ja, en ik zei dat het de perfecte zigeunerinnenring was omdat opalen een beetje op glazen bollen lijken, en dus heb ik hem aan haar gegeven. Zonder het eerst aan jou te vragen.'

Mary moest bijna huilen van opluchting. 'Dus Yolanda heeft hem nu? En niet jij?'

'Ja.' Giulia knikte en haar donkere krullen dansten mee. 'Kunnen we nu gaan stappen? Of ben je boos op me, T.?'

'Ik ben niet boos, lieverd,' zei Trish met een lief lachje.

Yolanda had het dus gedaan. Maar waarom? Vanwege dezelfde reden? Trouw aan een vriendin? Het viel Mary opeens in dat Yolanda altijd zo ongelukkig leek, en ze had ook een wapen.

'We kunnen Yo er zo naar vragen.' Giulia gebaarde achter haar. 'Ze gaat samen met Missy ook naar de kroeg. Ik kwam alleen, want Joe en ik zijn uit eten geweest.'

Op dat moment hoorden ze iemand zingen op de gang. De deur ging open en Yolanda keek met een zwiep van haar lange haar en een ondeugende grijns naar binnen. 'Zijn jullie aangekleed?' vroeg ze brullend van het lachen, en ze kwam wankelend de kamer in in een superkort zwart jurkje met bijpassende suède laarzen en een leren jas die het jurkje maar net bedekte.

Giulia sloeg haar ogen ten hemel. 'Heb je al gedronken?'

'Ja, oké, ik heb al wat op.' Yolanda grijnsde. 'Maar maak je geen zorgen, Missy rijdt. Ze is nog buiten, moest de auto parkeren.'

'Yo.' Giulia raakte haar arm aan. 'Kun je me horen?'

'Doe even normaal, zo lazarus ben ik nu ook weer niet.'

'Kun jij je die opalen ring nog herinneren?'

'Welke ovale ring?'

'De opálen ring die ik je heb geleend, die van Trish. Je had hem toen om naar dat feestje voor Halloween.'

'In de Rock Lobster? Toen ik als zigeunerin ging?'

'Ja.'

'Zie je nou wel dat ik nog niet lazarus ben?'

'Jij je zin. Trish wil die ring terug.'

Yolanda knipperde verward met haar ogen.

'Heb jij hem nog?'

'Nee.'

'Je bent hem toch niet kwijtgeraakt, idioot?'

'Nee.'

'Waar is hij dan?'

'Ik zit na te denken, ja?' Yolanda piekerde zich suf. 'Dat was met die appletini's, toch, en dat het buiten zo koud was, en we allemaal daarna hier naartoe zijn gegaan?'

Giulia knikte. 'Dat klopt, Yo. We zijn hier naartoe gegaan omdat we te veel gedronken hadden en we hebben hier in T.'s kamer geslapen. We zijn niet naar T.'s huis gegaan omdat Bobby uit zijn dak zou zijn gegaan.' Ze zei tegen Trish: 'Weet je dat nog, T.? Jij, Missy en ik hebben op de grond geslapen en Yo mocht in bed omdat ze in slaap was gevallen en we haar niet meer van het bed konden krijgen.'

Trish fronste nog steeds haar wenkbrauwen. 'Ja, dat zou kunnen. Maar hoe zit het met mijn ring, Yo?'

'Die heb ik hier afgedaan,' antwoordde Yolanda en ze gebaarde naar het nachtkastje. 'Ik heb hem daar gelegd, onder de lamp. Ik ging ervan uit dat je die de volgende morgen wel zou zien. Niet dus?'

Mary werd niet goed toen ze bedacht wat dat kon betekenen.

Trish werd ijskoud. 'Dat is niet waar, dat heb je helemaal niet gedaan.'

'Wel, hoor,' zei Yolanda.

'Hoe weet je dat nou nog, je bent hartstikke dronken?'

'Ik ben helemaal niet zo dronken, en ik kan me dat nog heel goed herinneren.' Yolanda wees weer naar het nachtkastje. 'Ik heb hem daar neergelegd. Ik dacht dat je hem wel zou zien. Iedereen die hier naar binnen zou stappen had hem gezien. Vraag maar aan je moeder, die heeft hem vast gezien.'

Giulia knikte. 'Ja, T., je moeder heeft hem waarschijnlijk gevonden. Die heeft hem vast nog.'

Trish zag er aangeslagen uit, en Mary wist even niet wat ze moest zeggen. Opeens stak Missy haar hoofd om de hoek van de deur en ze riep: 'Kom op, we gaan lekker stappen!'

Trish kwam van het bed af en zei: 'Ga alsjeblieft weg, allemaal. Ik ga helemaal niet stappen. Ik voel me niet lekker. Ik wil gewoon alleen zijn.'

Nee. Mary stond ook op en keek haar aan. Ze was niet van plan weg te gaan. 'Zo gemakkelijk gaat dat niet.'

'Dat hoef je mij niet te vertellen,' zei Trish nerveus. Ze keek naar de meiden. 'Ga nu maar weg, ja.'

'Wat is er aan de hand?' vroeg Missy die de slaapkamer in kwam.

'Eruit!' schreeuwde Trish.

Giulia deinsde achteruit en vroeg: 'Wat heb je, T.?'

Yolanda schudde beneveld haar hoofd. 'Mooi niet, meisje. Wij gaan lekker uit.'

'En nu allemaal oprotten!' viel Trish uit. De meiden schrokken zich naar, en verward rende Missy naar buiten, met Yolanda op haar hielen.

'Jeetje, T.,' zei Giulia verbaasd. 'Is dit nou vanwege die ring? Sorry dat ik hem niet heb teruggegeven.'

'Ga nu maar, G. Jij ook, Mary, ga alsjeblieft weg.' Trish kwam plotseling naar voren en gaf haar een duw.

'Zeg, wat –' Giulia struikelde ontdaan achteruit.

'Wegwezen!' gilde Trish en Giulia's zwart omlijnde ogen werden groot.

'Giulia, ga nu maar.' Mary knikte naar haar, en Giulia liep door de deur de gang op.

Trish wendde zich tot Mary. 'Jij ook. Wegwezen.'

'Nee, Trish.' Mary stak haar kin naar voren. 'Ik ga niet. We gaan dit eens en voor altijd oplossen.'

'Ga weg.' Trish duwde Mary tegen het bureau. Mary verloor haar evenwicht en met zwaaiende armen knalde ze tegen het prikbord aan de muur, dat met een klap op de grond viel.

'Trish?' riep mevrouw Gambone van beneden. 'Wat zijn jullie daar aan het doen?'

'Ma, niet naar boven komen!' riep Trish, maar Mary pakte haar bij de arm.

'Ze praat met mij of ik ga ermee naar de politie. Jij mag het zeggen.'

'Dat doe je toch niet,' beet Trish haar met opeengeklemde kaken toe.

'Kom maar naar boven, mevrouw Gambone,' riep Mary, en ze liep met Trish achter zich aan naar de deur.

43

'WAT GEBEURT ER ALLEMAAL?' MEVROUW Gambone stond in de deuropening. Ze zag het prikbord op de grond liggen en keek Trish en
Mary verbaasd aan. 'Zijn jullie aan het vechten?'

'Niets zeggen, ma,' zei Trish, over haar toeren. 'Je mag niets zeggen.'

Mary lette niet op haar. 'Mevrouw Gambone,' zei ze, 'waar is Trish'
ring met de opaal? U had hem en de politie heeft hem in het steegje gevonden, pal naast Bobby's –'

'Nee, ma, dat is niet waar, hoor,' kwam Trish tussenbeide, maar mevrouw Gambone knipperde alleen maar met haar ogen.

Mary zei: 'Het is wel waar, mevrouw Gambone. Kunt u me vertellen
hoe de ring daar is terechtgekomen?'

'Nee, ma!' jammerde Trish en ze sloeg haar armen om haar moeder
heen. Maar mevrouw Gambone bleef rustig staan, haar gerimpelde gezicht een ondoorgrondelijk masker, tot opeens haar wenkbrauwen en
oogleden en haar dunne lippen zakten.

'Ik moet even gaan zitten,' zei ze vermoeid. Trish liet haar los en ze
liep naar het bed.

'Wat is er gebeurd?' Mary trok de bureaustoel erbij en mevrouw Gambone liet zich als een oude vrouw op de rand van het bed zakken. Ze
vouwde haar handen in haar schoot en haar schouders zakten naar voren, zodat haar borst in het roze sweatshirt bijna hol leek.

Trish ging naast haar zitten en sloeg haar armen om haar heen. 'Ma, je
hoeft helemaal niets te zeggen, dat weet je toch? Ze hebben geen bewijs.'

'Dat hebben ze wel.' Mary knikte naar mevrouw Gambone. 'Ze hebben de ring. En de meiden weten dat Trish die niet meer had. Vroeg of
laat komt de waarheid toch boven tafel.'

'Nee, ma –' zei Trish, maar haar moeder maande haar tot stilte.

'Ik wil graag... Ik weet alleen niet waar ik moet beginnen.'

'Bij het begin,' zei Mary met bonkend hart. 'De avond van Trish' verjaardag.'

'Nee, dat is niet het begin.' Mevrouw Gambone schudde haar hoofd
en Trish zat stil naast haar. 'Het begin is heel lang geleden, Trish moest
het al heel lang ontgelden. Bobby schreeuwde tegen haar en maakte haar
ongelukkig, sloeg haar. Toen is het begonnen.'

'Oké.'

'Ik kon er niets aan doen. Trish kon er niets aan doen.' Mevrouw Gambone keek haar dochter liefdevol aan, en streek een lok van Trish' voorhoofd. 'Hè, liefje?'

Trish schudde haar hoofd. De tranen stonden in haar ogen. 'Alles is nu in orde. Hij is er niet meer.'

Mary kreeg kippenvel.

Mevrouw Gambone keek haar weer aan, en ging door alsof ze gewoon een praatje aan het maken was. 'Ze was duidelijk doodongelukkig, maar ze klaagde er nooit over. Trish was trouwens nooit zo'n klager. Ze was een echte taaie tante, een sterke meid, net als ik. Ik had niemand nodig. Kon het allemaal wel alleen af. Ik heb nooit een vent gehad die me onderhield, en daar ben ik trots op.'

'En terecht,' zei Mary gemeend.

'Trish' vader was net als Bobby. Heel lief en aardig in het begin, tot ze je in hun macht hebben en dan laten ze hun ware aard zien. Hij ging vreemd, dronk, en toen ging hij me slaan. Dat pikte ik niet. Dat kon ik niet. Ik ben niet zo'n jankerd die je op tv wel eens ziet. Ik heb hem er meteen uit gegooid. Ik verdien mijn eigen geld in de winkel. Ik heb zijn geld niet nodig.'

'Dat snap ik.' Mary snapte het echt. Dat mevrouw Gambone een zwaar leven had gehad, was haar aan te zien.

'Bij Trish was dat anders. Ze kon Bobby er niet uit gooien, hij zat bij de maffia. Ze zat in de val, en dat wist ze. En ik ook.' Mevrouw Gambone keek Mary recht aan, de kraaienpootjes waren duidelijk zichtbaar. 'Kun je je voorstellen hoe dat is? Dat je als moeder weet dat je kindje elke dag een beetje sterft? Dag na dag?'

Mary kon er niet op antwoorden. Ze had het recht niet haar te veroordelen. Heel even dacht ze aan een ander kindje.

'Dus die avond, haar verjaardag, vertelde ze me waar ze bang voor was, en ik was daar ook bang voor. Ik had de hele week al op de toppen van mijn zenuwen geleefd en me zorgen gemaakt om haar, doodsbang dat een stuk tuig als hij mijn dochter iets aan zou doen, haar misschien wel zou vermoorden, op dezelfde dag dat ik haar op aarde heb gezet. Ik haatte hem daarom, ik haatte hem uit de grond van mijn hart.' Mevrouw Gambones ogen werden hard. 'Die avond zou Trish me bellen als alles in orde was. Ik wachtte en wachtte op dat belletje, maar de telefoon ging maar niet. Toen ik eindelijk haar bericht kreeg, werd ik bang, want ik hoorde er maar een gedeelte van. De verbinding was erg slecht. Ik wist zelfs niet waar ze was.'

Mary wist het. Haar gsm had het in de Poconos ook niet gedaan. 'Ik ken haar stem, de manier waarop ze iets zegt, sinds ze een baby was. Een moeder weet dat soort dingen gewoon. Ze was bang, doodsbang dat ze zou sterven. In het bericht zei ze dat Bobby net even de kamer uit was gegaan en dat hij zo weer terug zou zijn en dat ze het vermoeden had dat hij haar ging vermoorden. En vervolgens hoorde ik niets meer. De verbinding werd verbroken en ik schreeuwde het uit. Ik schreeuwde maar door, ik kon er niet mee ophouden. Mijn vriendinnen, die allemaal hier waren, konden me niet stil krijgen. Ik dacht dat hij mijn kindje had vermoord.'

Mary slikte moeizaam en moest weer denken aan die avond bij haar ouders thuis, aan de rauwe angst van mevrouw Gambone.

'Ik heb de politie gebeld, de afdeling Vermiste Personen, ik heb alles gedaan wat ik kon doen. Daarna ging ik naar je ouders, ik was verschrikkelijk van streek.'

Trish nam haar moeders handen in de hare.

'Toen ik weer thuis was, zei ik tegen iedereen dat ze konden vertrekken, dat ik wilde gaan slapen, dat ik alleen wilde zijn. Ik heb ze naar huis gestuurd, en toen was ik weer alleen. Ik was alleen, helemaal alleen, want Trish was er niet meer.' Mevrouw Gambone keek weer met een intens droeve glimlach naar haar dochter. Haar ogen waren droog, maar die van Trish niet. Nuchter ging ze verder met haar verhaal. 'Ik ging naar haar slaapkamer en heb daar heel lang gezeten. Hierzo. Ik keek naar haar bureau, naar de planken en de pluchen beesten en de foto's op het prikbord. Ik zag alle dingen waar ze zo van hield.'

Mevrouw Gambone was even stil en met een bijna gelukzalige blik keek ze om zich heen. Mary zag dat ze elk detail, alle dingetjes van een klein meisje, die alleen een moeder zich nog kon herinneren, in zich opnam.

Mevrouw Gambone ging door: 'Toen zag ik de ring. Hij lag op de grond naast het nachtkastje. Ik had hem haar voor haar eenentwintigste verjaardag gegeven. Daar lag hij, als een teken. Ik pakte hem op en hield hem vast, en ik kon bijna mijn kindje weer voelen, levend en wel. Ik zag hem voor me aan haar vinger. Ik zag haar hand. Ik kon zelfs haar gezicht zien toen ik hem aan haar gaf, hoe blij ze ermee was. En nu was ze er niet meer. Ze had zo'n akelig leven gehad, en dat had ik laten gebeuren. Ik stond erbij en ik keek ernaar.'

'Nee, ma,' fluisterde Trish, maar mevrouw Gambone schudde haar hoofd.

'Toch wel. Ik heb niet voor je gezorgd. Ik ben hier op aarde om voor je te zorgen, en ik heb je al die tijd laten stikken. Hij mag je dan die avond niet hebben vermoord, maar hij heeft je al lang geleden gedood. Jij bent niet meer het meisje van vroeger, dat vrolijk en blij was vanbinnen, dat weet je ook wel en ik ook. En ik keek alleen maar toe. Je eigen moeder keek alleen maar toe. Ik deed de ring aan mijn vinger, omdat ik iets van je bij me wilde dragen.'

Er biggelde een traan over Trish' wang en mevrouw Gambone slaakte een zucht.

'Ik ging naar mijn eigen kamer en pakte mijn pistool, het wapen dat Trish me heeft gegeven. Zij had het van hém gekregen, van Bobby. Dat vond ik mooi. Ik wist dat hij op de hoek van Kennick dealde en ik wist dat hij daar vroeg of laat weer zou staan om geld te verdienen.' Mevrouw Gambone keek naar Trish. 'Ik wist niet dat hij in de Poconos zat. Maar ik had geluk, want hij kwam terug naar de stad. God zorgde voor me. Ik weet dat dat vreemd klinkt, dat God me zou helpen bij zo'n daad, maar toch is het zo.'

Trish veegde de traan weg, maar zei niets.

'Dus stapte ik in mijn auto en reed naar Kennick en binnen de kortste keren zag ik een pick-up op de hoek parkeren. Hij viel me op omdat die niet van een aannemer was, en als je geen aannemer bent, dan heb je in Zuid-Philadelphia niets aan zo'n grote truck.' Mevrouw Gambone glimlachte heel even. 'En vervolgens zie ik hém uitstappen. Ik heb geen idee hoe hij aan die pick-up kwam, maar ik herkende hem meteen. En Trish was niet bij hem, dus ik nam aan dat hij haar had vermoord. Dat moest toch ook wel? We maakten ons allemaal zorgen over wat er zou gebeuren als ze hem vertelde dat ze niet met hem wilde trouwen, en na dat telefoontje dacht ik dat ik de laatste woorden van mijn kindje had gehoord.'

Mary knipperde met haar ogen. Het was een vreselijke vergissing, een gruwelijke vergissing, maar ze zag wel in hoe mevrouw Gambone dat had kunnen denken.

'Dus ben ik hem gevolgd, en toen hij me zag, was hij verbaasd. We gingen een eindje het steegje in. Ik vroeg hem: "Waar is mijn dochter, vuile klootzak?" en hij moest lachen en zei: "Ze is weg, de stomme trut", en hij lachte weer, en toen had ik het gehad.' Mevrouw Gambones ogen flitsten. 'Zodra hij zich had omgekeerd, trok ik het pistool uit mijn zak en schoot hem gewoon in zijn hoofd. Ik hoefde er niet eens over na te denken. Het was net alsof iemand anders het deed. Ik ben het steegje uit gerend, in de auto gestapt en naar huis gereden. Ik kan me niets meer herinneren van de ring. Daar heb ik nooit meer bij stilgestaan. Hij is vast van mijn vinger af gegleden. En toen hoorde ik dat mijn kindje nog leefde.'

Mevrouw Gambones gezicht kwam tot leven, alsof ze wakker schoot uit een nachtmerrie, en ze leek verrast toen Trish in snikken uitbarstte. Ze zei zachtjes: 'Huil maar niet, kindje. Het was zijn verdiende loon, en ik had het al veel eerder moeten doen. Ik heb wat ik wilde, mijn gebeden zijn verhoord: jij leeft en hij is dood.'

Er ging een rilling over Mary's rug toen ze zag dat mevrouw Gambone Trish teder tegen haar trui drukte. Haar dochter snikte rauw en hees, het kwam vanuit haar tenen. Mary had diep medelijden met hen, ondanks wat mevrouw Gambone had gedaan. Dat was niet goed natuurlijk, maar wel menselijk: een moeder die haar kind beschermt.

Dat heb ik niet gedaan.

Mary bloosde van schaamte. Zij had het recht niet om mevrouw Gambone te veroordelen. Ze keek toe terwijl ze haar dochter troostte. Toen viel haar opeens iets in. Mevrouw Gambone had door haar verdriet en schuldgevoel haar eigen leven verziekt, en dat gold ook voor Mary. Als ze het niet los kon laten, zou het haar leven vergallen. Ze moest het verleden achter zich laten.

'Wat nu, ma?' zei Trish huilend. 'Wat gebeurt er nu met jou?'

'Dat weet ik niet, kindje.' Mevrouw Gambone wiegde Trish in haar armen. 'Dat weet ik niet.' Ze keek Mary aan. 'Jij bent advocaat. Wat moet ik nu doen?'

'Er zijn een paar mogelijkheden,' antwoordde Mary, weer bij de les. 'U kunt uzelf aangeven en de verantwoording nemen voor de moord, en dan kunt u vervolgens schuld bekennen en een deal sluiten, of u kunt voor de rechter verschijnen en hen laten bewijzen dat u het hebt gedaan.'

Mevrouw Gambone zuchtte weer, maar Trish hief haar hoofd op uit haar moeders omhelzing, haar wangen nat van de tranen en haar ogen vol hoop.

'Hoezo, Mary? Waarom zou ze iets zeggen? Waarom zou ze zichzelf aan moeten geven? Ze hoeft de politie toch niets te vertellen? Ze kan toch gewoon haar mond houden?'

Mevrouw Gambone keek Mary aan en die knipperde met haar ogen. Er viel plotseling een samenzweerderige stilte. Ze had er zelfs niet bij stilgestaan dat mevrouw Gambone het geheim zou houden.

Trish kwam opeens overeind, ze veegde haar ogen af en keek naar haar moeder. 'Je moet niets zeggen, ma. De politie weet helemaal niets van je af. De meiden weten het zelfs niet en als ze het al wisten, dan zouden ze hun mond houden.'

Mary keek van dochter naar moeder en weer terug, en besefte dat ze erg naïef was geweest en buitengewoon onprofessioneel. Ze had gewild dat mevrouw Gambone zich zou aangeven, maar die zag dat natuurlijk niet zitten. Volgens de wet zou ze wel moeten, maar het was geen gerechtigheid. Mary stond voor een ethisch dilemma, terwijl mevrouw Gambone en Trish haar aankeken.

'Mary, jij moet de politie over me vertellen, zeker?' vroeg mevrouw Gambone. 'Omdat je advocaat bent en zo.'

Trish zat even verward naast haar. 'Nee, jij mag het de politie helemaal niet vertellen, hè, Mary? Omdat mijn moeder jouw cliënt is en dit vertrouwelijk is, toch?'

'Rustig aan, dames.' Mary stak haar handen omhoog en vroeg zich af hoe ze zich hieruit kon redden. Ze had gedacht dat het moeilijk zou zijn om de dader op te sporen, maar dit was nog veel moeilijker. 'Wettelijk gezien ben ik niet verplicht de politie door te geven wat u net hebt verteld. Maar wat mijzelf betreft ligt het anders.' Ze was even stil, overmand door emoties. 'Mevrouw Gambone, ik snap waarom u het hebt gedaan, maar ik geloof heilig in de wet, en ik vind niet dat u het recht in eigen hand kunt nemen.'

Trish snakte naar adem. 'Maar Bobby wilde me vermoorden, Mary.'

'Maar niet daar. Niet in het steegje. Hij was een afschuwelijk mens, maar nog steeds een mens.' In plaats van aan Bobby moest Mary opeens aan Rosaria denken die zo veel verdriet had gehad. 'Ik weet zeker dat je moeder er strafvermindering door kan krijgen, en misschien wordt de aanklacht van moord in doodslag veranderd. Ze is nog niet eerder veroordeeld en ze werd gewoon gek omdat ze dacht dat Bobby jou had vermoord. Het lijkt een beetje op tijdelijke verstandsverbijstering, en voor doodslag zou ze misschien maar vijf jaar krijgen. Het is zelfs mogelijk dat de jury haar vrijspreekt. Dat is wel eerder gebeurd.'

Mevrouw Gambone zei niets. Het leek alsof ze het accepteerde, maar Mary zag dat ze erover zat na te denken.

'Ik kan niet voor u spreken, mevrouw Gambone, en ik wil u ook niet veroordelen. Ik kan dit niet wegstoppen of net doen of ik nergens vanaf weet, en dus kan ik niet voor u als uw advocaat optreden. Ik ben niet meer onbevooroordeeld in deze zaak, dus u moet een andere advocaat zoeken.'

Mevrouw Gambone fronste haar wenkbrauwen, en Trish keek Mary verbijsterd en geschokt aan, zoals ze ook die dag in het kantoor naar Mary had gekeken.

'Ik kan dit gewoon niet geloven van je, Mary.'

'Er zit niets anders op. Er zijn ook tegenstrijdige belangen, Trish. Ik ben jouw advocaat momenteel, en we weten allebei dat je nog niet geheel en al veilig bent. Er zijn nog veel meer bewijzen, die gebroken lamp bijvoorbeeld, waar Bobby's bloed op zit. Stel dat jij daardoor verdacht wordt?'

Trish' woede zakte.

'Je snapt wat ik bedoel, dus.'

'Je laat mijn moeder dus zitten?'

'Nee, natuurlijk niet.' Mary stond op, tot haar verrassing met knikkende knieën. 'Mevrouw Gambone, ik zorg dat u de beste advocaat krijgt die ik ken. Daarna, als u uitgebreid advies hebt gekregen, mag u zelf uitmaken wat u gaat doen. Wacht even.' Ze liep naar de deur, glipte de gang op en pakte haar mobieltje uit haar tas. Ze deed de deur achter zich dicht, ging boven aan de trap zitten en toetste het nummer in, terwijl ze haar zenuwen de baas probeerde te worden. Toen er werd opgenomen, zei ze: 'Bennie?'

'DiNunzio. Hè, hè, ik dacht dat je nooit zou bellen. Kom je morgen je kantoor uitruimen?'

Ai. 'Nee, eh... Daar bel ik niet voor.'

'Wat dan?'

'Ik... weet zo gauw niemand anders. Er heeft net iemand een moord bekend.'

Het was even stil, toen vroeg Bennie: 'Meen je dat nou?'

'Kun je hier naartoe komen?'

'Zeg maar waar je zit,' zei Bennie, en door de onverwachte hartelijkheid in haar stem moest Mary bijna huilen.

44

Mary, bennie en trish verlieten het Roundhouse pas tegen middernacht. De drie vrouwen liepen stil naast elkaar over het parkeerterrein. Dat er iemand was achtergebleven, was duidelijk. Het miezerde nog steeds en de lucht was zwaar en benauwd. Door de vochtigheid had zich om de straatlantaarns een halo gevormd. Het was druk op het parkeerterrein, maar niet met opdringerige journalisten, maar met de normale handel en wandel van moord en misdaad.

Mary leidde hen naar haar auto. Ze had zich nog nooit zo bezwaard gevoeld, haar hart leek wel van steen. Ze begreep nu dat in het leven niet altijd alles goed afliep, iets wat ze tot nu toe niet onder ogen had gezien.

'Ik pak wel een taxi,' zei Bennie opeens, en Mary keek haar verbaasd aan. In het licht van het gebouw leek het gezicht van haar baas bijna uitdrukkingsloos. Ze hadden nog geen woord tegen elkaar gezegd, als een echtpaar dat ruzie had gehad voor een feestje en net deed of alles koek en ei was.

'Ik kan je wel thuis afzetten,' zei Mary. Ze waren met zijn allen naar het Roundhouse gegaan en ze vond het geen prettig idee om Bennie alleen weg te laten gaan. Het leek wel alsof ze haar in de steek liet. Ze vroeg zich af of ze ooit weer samen zouden werken, of ze haar ooit weer zou zien.

'Duidelijk, maar ik neem een taxi.' Bennies blonde knot kroesde door de vochtigheid en haar regenjas hing open. Ze gaf Trish een hand. 'Prettig kennis met je te maken. Maak je maar geen zorgen over je moeder.'

'Bedankt, Bennie.' Trish glimlachte mat. 'Ik had het je natuurlijk eerder moeten zeggen, maar ik weet niet wanneer ik je kan betalen. Misschien kunnen we afspreken dat het in gedeelten −'

'Maak je maar geen zorgen,' zei Bennie meteen terwijl ze zich omdraaide. 'Dit doe ik voor DiNunzio.'

'Echt waar?' Trish klonk net zo ongelovig als Mary zich voelde.

Hè? 'Dat hoeft echt niet, Bennie.'

'Laat nou maar. Trish, het beste. Ik hou je op de hoogte.'

'Bedankt,' riep Trish haar na.

Maar Mary wist niet wat ze moest zeggen. 'Bennie, kan ik je even spreken?' vroeg ze. 'Morgenochtend misschien?'

'Dinsdag komt me beter uit, om negen uur,' antwoordde Bennie, en ze liep met haar regenjas achter haar aan fladderend snel naar de straat.

'Wat lief dat ze niet betaald wil worden,' zei Trish zachtjes.

'Zeker weten.' Mary knikte en keek Bennie na. Ze dacht na over wat Judy had gezegd over dat Bennies cliënten niet betaalden. Misschien kwam dat doordat Bennie dat soort dingen deed.

Ze stapten in de auto, deden de portieren dicht, en Mary draaide het sleuteltje om, terwijl de gebeurtenissen van die avond zich als een videofilm voor haar geestesoog afspeelden. Mevrouw Gambone had bekend, en Bennie had voorgesteld voor strafvermindering te gaan, waardoor de aanklacht doodslag zou worden, wat een gevangenisstraf van twee tot vier jaar zou betekenen. Ze wees erop dat de moord was gepleegd door een liefhebbende moeder die geen andere uitweg zag voor het huiselijk geweld, en dat mevrouw Gambone een bedankje verdiende omdat ze zich vrijwillig aan kwam geven en zodoende een maffiaoorlog voorkwam. De jonge hulpofficier van justitie zou het met zijn baas bespreken, maar zelfs hij scheen met mevrouw Gambone mee te voelen. Die was de hele tijd stoïcijns en wat trillerig gebleven, maar Trish had vreselijk gehuild.

Mary reed door de regen en dacht vooruit. Ze was al dingen aan het bedenken om de zaak te helpen, zoals lekken naar de pers, zodat het verhaal ten gunste van mevrouw Gambone zou worden verteld. Ze kon zelfs vrouwengroepen en organisaties ter voorkoming van huiselijk geweld ervan op de hoogte brengen. Die zouden achter mevrouw Gambone kunnen gaan staan. De mensen in de buurt zouden er sowieso bij betrokken raken, en Mary wilde in elk geval de plaatselijke krantjes zoals *South Philly Rowhome* en de grote kranten aanschrijven.

Mary stond stil voor een rood licht en wierp bezorgd een blik op Trish. Die had haar hoofd naar het raampje gedraaid en zat er verslagen bij.

'Gaat het wel?' vroeg ze.

'Ja.' Trish' stem was hees.

'Het was een heel mooie afspraak.'

'Weet ik.'

'Vier jaar, als ze al zo lang krijgt, valt best mee. Misschien hoeft ze zelfs niet de volledige tijd uit te zitten.'

'Weet ik.'

'Je moeder moest wel. Er was geen andere mogelijkheid.'

'Zal wel.'

'Brinkley en Kovich zullen goed voor haar zorgen. Geloof me, ze vinden het helemaal niet prettig om iemand op te sluiten die hun eigen moeder had kunnen zijn.'

'Dat zag ik.'

Mary gaf het op. Trish voelde zich vast rot omdat zij verantwoordelijk was voor de problemen waar haar moeder zich nu in bevond, en zelfs voor de moord op Bobby. Het zou haar leven veranderen. Het zou alles veranderen. Ze reden Zuid-Philadelphia in, en Mary bevond zich weer in haar oude buurt. De meeste huizen waren donker op dit uur, en Mary bedacht opeens hoe erg het de volgende dag voor Trish zou zijn, als iedereen wist wat er gebeurd was.

'Nog iets,' zei Mary, en Trish draaide zich om. Ze reden onder de halo's van de straatlantaarns door en de schaduwen schoven over haar gezicht.

'Wat dan?'

'Misschien moeten we Giulia en de meiden bellen. Vragen of ze even langskomen. Wat vind je ervan?'

'Nee.'

'Waarom niet?' vroeg Mary, en Trish wendde zich weer van haar af en keek door het beregende raampje.

'Wat voor nut zou het hebben?'

'Ze kunnen toch helpen?'

'Hoe dan?'

'Door je hartsvriendinnen te zijn. Door je bij te staan. Je hand vast te houden. Je troosten als je huilt.'

'Hou toch op.' Trish pakte haar tasje, want Mary stond op het punt haar straat in te draaien.

'Ik vind niet dat je vanavond alleen moet zijn.'

'Het gaat prima met me.'

'Het zou toch prettig zijn als er iemand bij je was? Wie wil er nu in zijn eentje in een leeg huis zitten?'

'Daar zal ik maar aan moeten wennen, hè?'

Mary zei niets, ze zette de auto voor het huis van mevrouw Gambone neer en trok de handrem aan. 'Ik hoop dat je niet boos op me wordt, maar de meiden zitten binnen op je te wachten.'

Trish draaide zich verrast om. 'Welke meiden? Wie dan?'

'G., Missy en Yo. Ik heb Giulia gebeld toen jij met je moeder in het Roundhouse was.'

Op dat moment ging de voordeur open, zodat er een streep warm geel licht het donker in scheen. Op de drempel waren drie weelderige silhouetten met krullenkopjes te zien. Vervolgens stormden de meiden door de regen naar de auto.

'Nou ja, je hebt wel eens slechtere ideeën gehad,' zei Trish met een brok in haar keel. Ze keek Mary met tranen in haar ogen aan. 'Trouwens, dat met Joe is afgelopen.'

'Mooi,' zei Mary opgelucht. Voordat ze afscheid kon nemen, stapte Trish al uit de auto. Ze sloeg het portier dicht, en de meiden kwamen om haar heen staan, waarna ze met z'n allen naar binnen gingen. De deur werd dichtgeslagen en de straat was opeens weer in donker gehuld.

Mary zat alleen in de auto met draaiende motor. Ze had zich de hele avond groot gehouden met het professionele masker op dat hoorde bij de rechtenbul. Nu hoefde ze niet meer te doen alsof en de waarheid kwam hard aan. Ze bleef even in de auto zitten en keek naar de regendruppels die over het raam stroomden, toen gaf ze gas en reed de verlaten straat uit. Ze reed op de automatische piloot richting Center City en zag opeens zichzelf voor zich, in haar bed, onder haar dekbed, met haar Eagles-sweater aan.

Wie wil er nu in zijn eentje in een leeg huis zitten?

Zonder erbij na te denken sloeg ze twee keer achter elkaar links af en reed terug. Ze kende het adres, ze kon het zich nog herinneren. Ze wist niet of ze er klaar voor was, maar ze ging toch. Ze zou er wel achter komen als ze er was, en anders misschien over een halfjaar.

Voor ze het wist stond ze voor het huis waar Anthony woonde en keek ze omhoog naar de eerste verdieping, waar het licht nog brandde. Door het raam zag ze zijn hoofd en schouders. Hij zat ijverig aan zijn laptop te werken en de monitor verlichtte zijn knappe profiel en hij tikte ijverig iets in. Mary zette de motor af, pakte haar BlackBerry uit haar tas en stuurde hem een sms'je:

Kijk eens naar buiten.

Ze drukte op SEND en wachtte met bonkend hart. Ze was niet zo'n geëmancipeerd meisje. Ze had zelfs nog nooit iemand uit gevraagd. Ze wist niet of ze gek was geworden en of ze niet op de zaken vooruitliep, zowel voor zichzelf als voor hem, maar het kon haar niets schelen. Ze dacht niet na over het eindpunt, of het doel, of zelfs het waarom, aan de toekomst of het verleden. Ze dacht alleen aan het heden en ze wist dat wat ze nu deed juist was.

Anthony sprong van zijn stoel, liep naar het raam, en ging toen snel weg. Mary stapte uit de auto, haastte zich naar zijn deur, en kwam daar net aan toen hij die openwierp. Ze zei niets omdat ze in tranen was, en Anthony nam haar in zijn armen en trok haar naar binnen.

Eindelijk uit de regen.

45

De zon scheen door het raam en wierp een citroengeel parallello-gram op het dekbed bij Mary's voeten, die er lekker warm door werden. Het was die ochtend in dat huis stiller dan in Center City, en de slaap-kamer was ook groter. De muren waren donkerder blauw dan die van haar, het dressoir was een stuk netter en het rook naar veel betere koffie.

Er lag niemand naast haar, alleen een slordig wit dekbed, een dun kus-sen en de herinnering aan wat er was voorgevallen, deden haar denken aan haar vrijpartij met Anthony. Ze kronkelde tevreden en naakt onder het dekbed, en keek op de wekker op het nachtkastje hoe laat het was. In dusdanig grote cijfers dat ze zelfs zonder lenzen, die tijdens de vrij-partij zoek waren geraakt, kon zien dat het tien voor halftien was.

'Ah, je bent al wakker.' Anthony stond in de deuropening, met een mok in zijn ene en een krant in zijn andere hand. Hij was blootsvoets, maar had wel een spijkerbroek en een openhangend wit overhemd aan. Zijn donkere haar was nog nat van de douche, en hij stapte met een bre-de glimlach de kamer in. 'Ik heb je laten slapen. Je had het hard nodig.'

'Bedankt.' Mary trok het dekbed verlegen omhoog. Ze wist niet of haar lichaam het daglicht wel kon verdragen, hoewel ze de vorige avond wel zo verstandig was geweest zich daar geen zorgen over te maken. Anthony kwam naar haar toe, zette de mok koffie op het nachtkastje en legde de krant op bed. Toen boog hij zich voorover om haar een zach-te kus te geven. Mary deed haar mond stijf dicht. 'Hou op. Dat kun je beter niet doen. Als je mijn adem ruikt, val je dood neer.'

'Dat zal wel meevallen.'

'Geef me eerst maar die mok koffie, dan zien we wel weer.'

'Doe niet zo raar.' Anthony gaf haar de mok, en Mary nam snel een hete, zoete en heerlijke slok.

'Oké, nu mag het.'

'Mooi.' Anthony boog zich weer voorover en gaf een nog zachtere en langzamere kus, die smaakte naar Colgate, en Mary reageerde net zo na-tuurlijk als de avond ervoor. Hij glimlachte en streek het haar uit haar ogen. 'Lekker.'

'Dat dacht ik nou ook net.'

'Je zoent heerlijk.'

'Ik ben dol op zoenen.'

'Anthony zoende haar weer. 'Wat ben ik blij dat je gisteravond langs-kwam.'

'Anders ik wel.'

'Ik heb opeens zo'n trek in paprika en eieren. En jij?'

Mary glimlachte. 'Droom ik nog?'

Anthony glimlachte terug. 'Heb je nog tijd voordat je naar je werk moet?'

'Ik hoef pas op dinsdag te werken, dus ja. Is dat een krant?'

'Ja, en het is goed nieuws.' Anthony sloeg de krant open en gaf hem aan haar met de kop naar boven. Die luidde MOEDER NEEMT HET RECHT IN EIGEN HAND. Mary hield haar adem in tot ze de bladzijde had om-gedraaid en het artikel had gelezen waarin stond dat mevrouw Gambo-ne naar verluidt de moord op de gangster die haar dochter al jaren had mishandeld, had toegegeven.

'Ze staan aan haar kant.' Mary begreep dat Bennie het verhaal al had gelekt voordat zij de kans had gekregen. 'Als het publiek ook achter me-vrouw Gambone staat, zal het OM eerder een deal met haar sluiten.'

'Zeker weten, en wie zou daar tegen kunnen zijn? Ritchie en zijn va-der soms? Zal de maffia er tegenin gaan?'

'Precies, maar hij heeft natuurlijk wel een zus.' Mary las het artikel weer door, maar er stonden geen citaten in van Rosaria. 'Maar uiteraard zal mevrouw Gambone wel voor een tijd de gevangenis in gaan.'

'En dus gestraft worden, wat niet meer dan eerlijk is.'

'Dat is zo.' Mary's oog viel op een ander artikel. 'De buurt zal vast achter haar staan.'

'Dat klopt, mijn moeder heeft vanochtend gebeld.'

'Wat zei ze?'

'Wat je al dacht: ze staan helemaal achter mevrouw Gambone. Er is niets ergers dan een Italiaanse moeder, en deze heeft het zelfs opgeno-men tegen iemand van de maffia.' Anthony aarzelde even, en Mary zag de twijfel in zijn ogen.

'Wat is er?'

'Niets.'

'Zeg het nou maar.'

Anthony keek haar recht in de ogen. 'Er wordt over jou geroddeld.'

'Nee, hè?' zei Mary ontmoedigd. Ze legde de krant neer. 'Wat nu weer?'

'Het is gewoon geroddel.'

'Vertel op.'

Anthony liep naar het bed en legde zijn warme hand op haar arm. 'Er wordt gezegd dat jij mevrouw Gambone aan hebt gegeven.'

'Dat zou ik inderdaad gedaan hebben. Nou, en? Wat willen ze daarmee zeggen?'

'Dat het niet eerlijk was, dat het niet zo hoorde. Dat je nooit iemand uit de buurt had mogen verraden.'

'Dat meen je toch niet?' Mary nam een grote slok koffie. 'Niet te geloven toch, die lui. Ze zijn nooit tevreden. Als Trish zoek is, dan heb ik het gedaan. Als ik haar opspoor ben ik weer hun lievelingetje. En als ik haar moeder aanbreng, dan ben ik weer de kwaaie pier.' De cafeïne trof doel en Mary werd nog kwader. 'Ze zijn immoreel.'

'Dat klopt.'

'Emotioneel.'

'Juist.'

'Ze weten lang niet alles.'

'In de verste verte zelfs niet.'

'En bovendien zijn het leken. Zij zijn geen advocaten. Ze hebben er geen verstand van.'

'Nee, dat is helemaal waar.' Anthony hield zijn hoofd schuin en glimlachte haar lief toe. 'Waarom doet het je dan wat?'

'Wie zegt dat?' vroeg Mary jammerend, en ze hoorde zichzelf opeens. 'Nou goed, het doet me inderdaad wat, maar daar kan ik niets aan doen.'

'Natuurlijk kun je er iets aan doen. Je weet toch wie het zegt?'

'Ja, mijn cliënten.'

Anthony schimpte: 'Maar daar gaat het jou niet om. Je weet best dat je je cliënten uit je oude buurt zult houden. Jij bent een van ons.'

'Dat weet ik zo net nog niet.'

'Volgens mij wil je dat ze van je houden. Je wilt hun goedkeuring.'

Dat kwam hard aan. 'Oké, je hebt gelijk. Ik ben schuldig.'

Anthony keek haar met zijn bruine ogen vriendelijk aan. 'Je moet je niet schuldig voelen, en je moet begrijpen dat jouw mening en niet die van hen ertoe doet. Van niemand trouwens, ook niet die van mij.'

Mary luisterde naar hem en Anthony zei het zo aardig dat ze hem geen klap verkocht.

'Ben je trots op wat je hebt gedaan, schat?'

Schat? Mary wilde zich niet laten afleiden door herinneringen. 'Ja.'

'En denk je dat je gelijk had?'

'Ja.'

'Laat het dan los, laat het allemaal los. Er zullen altijd mensen zijn die het met je eens zijn en mensen die het niet met je eens zijn. Jij moet je houden aan de mensen die ertoe doen.'

Mary dacht erover na, en Anthony boog zich naar voren en gaf haar een kusje op haar wang.

'Ik ben het trouwens met je eens, en ik blijf bij je. Als dat tenminste mag. Mag het?'

Mary keek hem ontroerd aan. Hij bleef bij haar. En ze was daar erg blij om. Ze twijfelde geen moment toen ze hem een kus teruggaf. Een lange.

En na nog een kus pakte Anthony de mok uit haar hand en zette die op het nachtkastje.

46

Mary en anthony gingen bij haar ouders langs voor een rustig etentje, maar ze hadden meteen door dat er iets aan de hand was toen ze de
voordeur opendeden en muziek hoorden. Ze liepen naar binnen en waren verbijsterd toen ze zagen dat er in de huiskamer allemaal mensen
van in de tachtig waren. Overal zagen ze grijze en kale hoofden op en
neer deinen terwijl ze de foxtrot dansten of met elkaar stonden te praten, te lachen en bier te drinken. Mary was geschokt. Het ging er hoe
langer hoe gekker aan toe bij haar ouders thuis, en ze had zo'n vermoeden dat er een ouderenorganisatie achter zat.

'Wat is er aan de hand?' vroeg Mary, maar het scheen niemand op te
vallen dat zij er waren. De eetkamer zat ook vol, hoewel die normaal gesproken alleen met Kerstmis, Pasen en op andere keren dat er iets bijzonders met Jezus Christus was gebeurd, werd gebruikt.

'Ma?' vroeg Anthony, en midden in de menigte draaide Elvira Rotunno zich opeens stralend naar hem om. Ze droeg een mooie blauwe
jurk, eens een keer geen schort, en ze dronk uit een groen flesje Rolling
Rock-bier.

'Anth! Wat doe jij nu hier?'

'Maria!' Mary's moeder dook met gespreide armen op. 'Maria, ik had
zo zorgen.'

'Lieverd!' Mary's vader, gekleed in zijn goede pak, kwam naast haar
moeder staan. 'Wat ben ik blij dat je er bent.'

Ze sloegen beiden hun armen om haar heen en tegen de tijd dat ze
elkaar loslieten, stond iedereen lachend naar hen te kijken. Mary zag de
rode haardos van Tony uit dezelfde straat, de donkere bril van Tony Twee
Voeten Pensiera, en het kleine, zongebruinde hoofd van Tony de Duif.
Tot haar verbazing zag ze ook Bernice Foglia, die een fles bier omhooghield. Op de achtergrond zette Frank Sinatra net 'Just in Time' in.

'Wat vind je van ons feestje?' Haar vader keek stralend om zich heen
en omvatte de ruimte met een handgebaar. 'Het zijn de Sinatra Social
Society en de Dean Martin Fanclub tezamen. We hebben het onderling
geregeld.'

'Dat meen je niet!' Mary lachte verrukt. 'Hoe heb je dat voor elkaar
gekregen?'

'Nou, jij had het hartstikke druk met Trish Gambone en zo, dus heb ik maar de telefoon gepakt en mevrouw Foglia gebeld.' Haar vader grinnikte, en achter hem kwam mevrouw Foglia samen met Tony uit de dezelfde straat naar hen toe. Je hoefde geen detective te zijn om te zien dat die twee elkaar leuk vonden.

'Kijk, het zit zo,' zei mevrouw Foglia, zwaaiend met haar vinger. 'Tony zei tegen mij en Frank dat het hem speet, en dat vond ik voldoende.'

Tony uit de dezelfde straat knikte. 'Toen verontschuldigde zij zich voor wat ze over Dean had gezegd. Nu is alles weer kits.'

Mevrouw Foglia keek hem scherp aan. 'Jij hebt als eerste je verontschuldigingen aangeboden. Daarna ik.'

Mary onderbrak haar voor de goede vrede werd verbroken. 'Dat is prachtig. Geen proces meer, geen geruzie meer. Liever vrede dan oorlog, en de liefde kwam net op tijd.'

'Goed gedaan, hè, Mary?' vroeg haar vader grinnikend, en ze knuffelde hem even.

'Ik hou van je, pap,' zei Mary terwijl ze hem weer omhelsde, vervolgens haar moeder, en net toen ze dacht dat er genoeg geknuffeld was, sloeg Anthony zijn armen om haar heen en gaf haar een dikke kus.

'Je bent fantastisch,' zei hij, terwijl hij haar met zijn donkere ogen aankeek. Iemand snakte naar adem. Elvira Rotunno stond ontzet toe te kijken, haar voorhoofd gerimpeld en haar ogen gericht op haar zoon.

'Anthony, schatje? Waar ben jij nu mee bezig, dat je Mary zo'n zoen geeft?'

Mary begreep het even niet, maar toen wist ze het weer.

Anthony glimlachte. 'Ma, ik moet je iets vertellen.'

Iedereen was opeens stil, behalve Frank Sinatra dan, en hield zijn adem in.

'Ma, ik ben geen homo. Ik ben nooit homo geweest en ik zal ook nooit homo zijn.'

'Anth, het hindert niet. Ik weet best dat je homo bent, en ik hou evengoed van je.' Elvira gebaarde naar de mensen om hen heen. 'We weten het allemaal. Ik heb het iedereen verteld. Rock Hudson was ook zo. We vinden het geen van allen erg, toch, mensen?'

Er werd bevestigend gemompeld, maar het viel Mary op dat twee leden van de Dean Martin Fanclub achter in de menigte elkaar veelzeggend aankeken. Liefde was prachtig, zolang het maar om een jongetje en een meisje ging.

'Mam, nee.' Anthony lachte. 'Ik ben echt geen homo. Ik ben alleen maar dol op boeken en wijn en de opera.'

'Dat is niet waar, jongen. Je hoeft er niet om te liegen. Ik vind het prima dat je homo bent, dat maakt mij heel bijzonder.'

'Hoor nou eens, ik ben hetero. Daar kan ik niets aan doen, zo ben ik nu eenmaal geboren.'

'Het zou kunnen, Elvira.' Mary's vader keek haar met een scheve glimlach aan, maar mevrouw Rotunno geloofde er niets van.

'Nee, onmogelijk. En Celine Dion dan? Meer bewijs is er niet nodig!'

Mary greep de kans schoon om haar overstag te laten gaan. 'Elvira, hij was homo, maar ik heb hem bekeerd, en als ik zo doorga, dan zal hij voor altijd hetero blijven.'

'Dat klopt, ma. Ik had alleen maar de liefde van een goede vrouw nodig.' Anthony sloeg zijn arm om Mary heen en drukte haar tegen zich aan. 'Van deze vrouw.'

Mary's ouders straalden en Elvira keek van Anthony naar Mary en weer terug. Opeens brak er een glimlach door.

'Dat kan ik begrijpen,' zei ze eindelijk.

47

EEN BLEEK GEEL ZONNETJE STOND aan de wolkeloze hemel, en de planten op het Rittenhouse Square zaten in knop, nu de kou van maart uit de lucht was. In de heg om het park zaten al wat heldergroene bladeren en het gras, dat onlangs was ingezaaid en afgezet met katoenen draden, tierde welig. Mensen liepen door het park met koffertjes en sporttassen, vol energie en cafeïne, op weg naar het werk. Mary zat samen met Judy op een houten bank. Ze had een kaki pakje, een witte blouse, bruine pumps en haar eerste trenchcoat aan. Ze hoopte dat ze haar baan terug kon krijgen als ze zich net zo kleedde als Bennie Rosato.

'Ze neemt je heus wel weer aan, dat weet ik zeker,' zei Judy. 'Je moet alleen maar haar kantoor binnen stappen, op de stoel gaan zitten en zeggen dat het je spijt.'

'En waar heb ik ook alweer spijt van?' Dat vergat Mary nou steeds.

'Dat je die dag de deur uit bent gelopen.'

'Maar daar heb ik geen spijt van. Ik heb er spijt van dat ik mijn baan ben kwijtgeraakt. Telt dat ook?'

'Nee. Als jij je baan terug wilt, zul je toch echt moeten zeggen dat het je spijt.' Judy zag er bezorgd uit, wat nog niet meeviel in een spijkerjasje en een kersenrode mini-jurk, een zwart-wit gestreepte legging en gele laarzen van Dr. Martens.

'Misschien wil ze me helemaal niet terug. Ze heeft in het Roundhouse nauwelijks iets tegen me gezegd.'

'Maak je maar geen zorgen. Ze draait wel bij. Ze was vorige week behoorlijk ontdaan toen ze uit de rechtbank terugkwam. Ze had net de zaak gewonnen maar was nog steeds niet gelukkig.' Judy zette grote ogen op. 'Dat is nog nooit gebeurd.'

'Dat is zo.'

'Echt raar.' Judy knikte.

'Maar ze gaf me geen andere mogelijkheid dan op te stappen,' zei Mary. 'Weet je, ik zou het weer zo doen.'

'Maar dat ga je niet tegen haar zeggen.' Judy streek een lok uit haar ogen. 'Ik vind er niets meer aan om daar zonder jou te werken, en dat heeft Anne ook. We willen dat je terugkomt.'

'Ik wil ook terugkomen. Ik hoor daar gewoon.'

'Mooi. Doe het dan voor mij. Zeg de toverwoorden, dan zal Bennie je excuus kunnen accepteren. Ook al zou ze nog kwaad op je zijn, voor de zaak is het veel beter als je terugkomt.'

'Ik ben wel een paar cliënten kwijtgeraakt.'

'Die komen wel weer terug, en nog veel meer ook. Dat ben ik je trouwens vergeten te vertellen, maar Nunez belde vanochtend, en die wil je weer aannemen.'

'Te gek.' Mary werd er blij van.

'Dat is nog maar het begin. Bennie zal je heus wel terug nemen. Ze wil gewoon geen gezichtsverlies lijden en daarom moet jij je verontschuldigingen aanbieden.' Judy wees naar haar. 'Zeg het maar. Ik ben Mary en het spijt me.'

'Ik ben spijt Mary.'

'Hou je op?'

'Ik zal op mijn knietjes naar binnen gaan.'

'Dat is een goed idee.'

'Ja, ja.' Mary dacht opeens aan mevrouw Foglia en Tony uit dezelfde straat. 'Weet je, Bennie zou zich bij mij moeten verontschuldigen.'

'Doe niet zo kinderachtig.'

'Ik bedoel maar. Ik heb helemaal niets fout gedaan en ik heb wel de slechterik te pakken gekregen. Ook al was dat niet mijn werk en was die slechterik iemands moeder.' Mary voelde zich opeens niet meer zo'n taaie tante. Ze zat zichzelf te ondermijnen. Ze moest nodig haar mond houden. 'Ik heb nu wel een vriend.'

'Precies, en hij lijkt me enig.'

'Dat is hij ook.' Mary had Judy alles uitgebreid verteld. Twee keer. Dat zou ze natuurlijk nooit aan Anthony vertellen, maar die hoefde ook niet alles te weten.

'Maar nu heb je werk nodig.'

'Niet te geloven, toch? Ik heb de hele tijd een baan gehad maar geen vriend. Nu heb ik een vriend en geen baan. Kun je die twee ook tegelijk hebben?'

'Kom op, we gaan.' Judy stond op. Ze strekte zich in haar volle lengte van één meter vijfentachtig uit en keek op haar belachelijk grote Swatch-horloge met babyhoofdjes. 'Het gesprek is over een kwartier.'

'Oké, ik ben er klaar voor.' Mary stond met een zelfverzekerdheid die ze niet voelde op, en Judy stak haar hand op voor een high five.

'Sla dan.'

'Nee, jij doet het veel te hard.'

'Schiet nou op.'

Mary sloeg en Judy sloeg ook, maar veel te hard, wat ze dus al ver-wacht had. 'Judy, au!'

'Sorry.' Judy sloeg haar arm om Mary heen en samen voegden ze zich tussen de mensen, die een baan hadden en hetzelfde pad in het park volgden als zij. 'Dit is nog niets vergeleken met wat Bennie met je gaat doen.'

'Bedankt.'

'Grapje. Het komt allemaal goed.'

'Kom je me redden als ik gil?'

'Natuurlijk, joh,' zei Judy.

48

MARY BLEEF IN DE DEUROPENING van Bennies kantoor staan terwijl haar baas zoals altijd staande de krant doorbladerde. Zelfs op de kop kon Mary haar eigen foto onder de vouw in de krant zien staan, en ze moest meteen weer denken aan alles wat er de afgelopen week was gebeurd. Om de een of andere reden verloor ze opeens haar geduld.

'Bennie, je wilde me spreken?' vroeg Mary op zelfverzekerde toon, hoewel zij zelf ook best wist dat ze niet zo was.

'DiNunzio.' Bennie keek haar vriendelijk aan en wenkte haar de kamer in. Ze droeg een marineblauw pakje met een witte blouse, en haar krullenbos zat in een lage, verwarde paardenstaart. 'Ga zitten.'

'Nog gefeliciteerd dat je de zaak hebt gewonnen. Dat was ik vergeten te doen.'

'Dank je,' zei Bennie met een glimlach. Ze ging in haar bureaustoel zitten terwijl Mary plaatsnam op een stoel voor het bureau en dacht aan wat Judy had gezegd.

Ze wil gewoon geen gezichtsverlies lijden en daarom moet jij je verontschuldigingen aanbieden.

'Ik ben blij met het verhaal in de krant, jij ook?' vroeg Bennie. 'De media-aandacht kan alleen maar goed zijn voor Trish' moeder. De druk wordt op deze manier opgevoerd, zeker als er geen maffiamoorden meer plaatsvinden. Voorlopig gaat dus alles naar wens.'

Bied je verontschuldigingen aan. 'Dat vond ik ook al.'

'Het gaat tegen mijn natuur in dat ik haar laat bekennen, maar het was inderdaad het beste voor de cliënt en het algemeen belang.'

'Dat klopt. Fijn dat je wilde helpen.' Mary glimlachte dankbaar. Bennie mocht dan laaiend geweest zijn, ze had wel alles uit haar handen laten vallen en was hen zonder iets te vragen te hulp geschoten. 'Ik was zo onder de indruk van haar bekentenis, dat ik niet weet wat ik zonder jou had moeten doen.'

'Graag gedaan.' Bennie maakte een wegwerpgebaar. 'Hoe ging het daarna met Trish? Ze was erg overstuur.'

'Ze komt er wel overheen. Haar vriendinnen staan achter haar.' *Schiet op. Zeg het nu maar.* 'Het spijt me dat ik toen weg ben gelopen.'

Bennie keek haar met samengetrokken mond even aan en Mary kreeg het gevoel dat ze wachtte tot ze nog meer door het stof ging.

'Ik zou als het enigszins mogelijk is heel graag mijn baan terug krijgen.'

'Wacht even.' Bennie legde haar armen op de armleuningen van haar stoel. 'Bedankt voor je verontschuldiging, maar ik ben jou die ook schuldig.'

'O, ja?' *Ik bedoel natuurlijk: jazeker.*

'Ik ben inmiddels meer bij de zaak betrokken en ik zie nu waar je mee te maken had. Ik snap waarom je zo je best deed om Trish op te sporen, en het spijt me dat ik je een ultimatum heb gesteld.'

Wauw! 'Bedankt,' zei Mary verbouwereerd.

'Weet je, ik zat toen je binnenkwam net te denken aan die ochtend, nog niet eens zo lang geleden, dat je me vroeg om iemand aan te nemen.'

'Ja.'

'Je had wel een beetje gelijk. Het afgelopen jaar heb je heel wat geld binnengehaald voor de firma. De afgelopen twee jaar zelfs.'

Judy had het dus bij het rechte eind.

'Niet dat de zaken waar ik op zit niets opbrengen, maar dat druppelt maar langzaam binnen. Ze zijn groter, en je weet dat veel van mijn honorarium afhankelijk is van wat de rechter beslist. Daardoor hebben we chronisch geldgebrek.'

Dat had Judy ook al gezegd.

'Maar als je naar het hele plaatje kijkt, dan heeft de firma een gigantische hoeveelheid geld. Doordat we de gewone man vertegenwoordigen hebben we miljoenen dollars. Ik zit eraan te denken om te gaan verhuizen.'

'Daar had je het al eerder over.'

'Ja, maar wat ik je toen niet vertelde, is dat ik een pand wil kopen en niet meer wil huren.' Bennie keek haar met haar blauwe ogen strak aan en zei ernstig: 'Daar is veel geld, organisatie en coördinatie voor nodig, het is geen simpele verhuizing.'

'Daar kan ik inkomen.' Dat had Mary niet geweten.

Bennie grijnsde opgetogen. 'Het is nu de goede tijd ervoor, en ik ben er klaar voor, maar dat is dus de reden waarom ik er niemand bij wilde halen. Ik ben bezig met een pand en ik hoop dat de zaak aan het eind van de volgende maand is afgerond.'

'Fantastisch gewoon.' *Maar zal ik daar dan werken?*

'Verder is nog van belang dat ik na de verhuizing jou partner wilde maken in de firma. Je bent in de afgelopen twee jaar erg gegroeid en je inkomsten bevestigen dat.'

Slik. Mary kon haar oren niet geloven.

'Waar het op neerkomt, is dat ik heel graag wil dat je weer terugkomt. Dat verdien je ook, je bent een fantastische advocaat en medewerker.'

'Dank je,' zei Mary. Opeens betrok Bennies gezicht, en Mary hield haar hart vast.

'Ik moet je alleen wel vertellen dat ik het, na wat je hebt uitgehaald, niet meer zie zitten om je partner te maken. Ik ben er niet meer zo zeker van dat je een fantastische partner zult zijn.' Bennies blauwe ogen werden ijskoud. 'Je hebt me in de steek gelaten toen ik je hard nodig had en dat kan niet bij een partner, mijn enige partner. Hopelijk begrijp je dat.'

Verrassend genoeg snapte Mary dat inderdaad. Maar daarom vond ze het nog niet leuk. Ze verschoof op de stoel. Door het raam viel een zonnestraal precies op een kristallen bokaal die weerkaatste in het hele kantoor.

'Ik heb een zeer succesvol advocatenkantoor, DiNunzio. Daar zijn planning, professionaliteit en een sterke geest voor nodig. Jij wordt tot op zekere hoogte nog door je emoties geleid. Je bent als advocaat of zakenvrouw nog niet volwassen genoeg. Je bent te impulsief.'

In Mary's borst laaide de verontwaardiging op.

'Je identificeert je met je cliënten, en daarom zijn ze ook zo dol op je. Zuid-Philadelphia werpt zich aan je voeten vanwege je trouw aan hen. Maar die sterke kant kan ook een zwakke kant zijn in een partner. Jouw trouw moet allereerst aan het kantoor in zijn geheel gewijd zijn en vervolgens aan mij.' Bennie keek wat minder kil. 'Je kunt geen stampei gaan maken, ook niet voor een cliënt als Trish. Als je ooit een partner wilt worden, als je mijn partner wilt worden, dan zul je me moeten laten zien dat je dat snapt.'

Heel even zei geen van beiden iets. Bennies lippen waren op elkaar geperst en Mary had het gevoel dat zij er hetzelfde uitzag, alleen dan in een pakje met een kleinere maat.

Bennie verbrak als eerste de stilte. 'Heb ik je hiermee gekwetst?'

'Nee, nee hoor,' zei Mary, hoewel ze wel degelijk gekwetst was. Ze had het altijd heerlijk gevonden om er te werken, maar ze vond het niet leuk om te horen dat ze geen partner kon zijn. Ze bedacht dat, hoewel een kantoor uit vele cliënten bestond, sommige zaken uiteraard dringender waren dan andere.

'En, DiNunzio.' Bennie vouwde haar handen. 'Wil je weer aan de slag gaan?'

'Nee,' zei Mary opeens. Ze wilde het liefst nu meteen haar baan er-aan geven, maar dat zou impulsief gedrag zijn, en dat wilde ze juist niet tonen. En ze had de baan nodig om eindelijk een huis te kunnen ko-pen.

'Pardon?' Bennie knipperde met haar ogen.

'Ik wil niet terugkomen als ik nooit partner zal kunnen worden.'

'Oké,' zei Bennie langzaam.

'Als ik terugkom, dan wil ik dat we het er over een halfjaar weer over hebben.'

'Is dat zo?'

'Ik vind dat ik dat verdien, kijk maar naar alle zaken die we dankzij mij binnenhalen.' Mary verzon het ter plekke, maar ze vond het over-tuigend genoeg. 'We werken in verschillende kringen, maar dat is juist goed. Omdat jij het niet eens bent met de manier waarop ik iets heb ge-daan, wil dat nog niet zeggen dat ik niet volwassen ben.'

Bennie keek haar zonder iets te zeggen geïrriteerd of waarderend aan. Mary kon niet uitmaken wat het nu was.

'Wat vind je ervan?'

'Nee,' zei Bennie kortaf.

'Nee?'

'Een halfjaar is te kort. Over een jaar.'

'Zullen we het verschil delen?' vroeg Mary opgelucht. Ze had gedacht dat ze weer ontslagen zou worden. 'Over negen maanden.'

Bennie knikte en dacht erover na. 'En als ik na negen maanden vind dat je nog steeds niet goed genoeg bent? Ga je dan weg of blijf je?'

'Dat zien we dan wel weer. Ik kan dat nu niet zeggen, dat zou impul-sief zijn.'

'En jij neemt nooit impulsieve beslissingen.'

'Nee, nooit.' Mary glimlachte en Bennie ook.

'Goed, daar ga ik mee akkoord.'

Yes! 'Mooi.' Mary stond op en stak haar hand uit. Bennie stond ook op en drukte die stevig.

'Aan het werk, DiNunzio, en snel een beetje.'

'Je bent mijn baas niet, hoor.' Mary draaide zich glimlachend om.

'Ik ben nog zeker negen maanden je baas.'

'Er zal het een en ander gaan veranderen... Rosato.'

'En nou wegwezen,' zei Bennie grinnikend.

En Mary ging er als een speer vandoor.

Dankwoord

IK WIL JULLIE, LEZERS, BEDANKEN dat jullie dit boek hebben opgepakt, en met name diegenen die de vrouwen van het Rosato-kantoor herinneren uit mijn vroegere boeken. Dat is inmiddels alweer vijf jaar geleden en ik weet dat sommigen van jullie ze graag terugzagen, dus ik wil even uitleggen waarom ze zo lang weg zijn geweest. Misschien weten jullie nog dat *Dodelijke glimlach* het laatste boek over Mary DiNunzio was, en dat had ik geschreven voordat mijn vader Frank Scottoline aan kanker stierf. Toen ik weer over de familie DiNunzio ging schrijven, besefte ik pas dat meneer DiNunzio erg op mijn vader leek. Het was gewoon te moeilijk om over de DiNunzio's te schrijven, en het was vreemd genoeg pas toen ik *Op de hielen* schreef dat ik de geest weer kreeg. Dus, de meisjes van Rosato zullen af en toe weer opduiken, want ik heb ze ook gemist. Bedankt dat jullie me de kans gaven nieuwe personages te verzinnen. Ik maak graag nieuwe vrienden, maar ik wil mijn oude vrienden ook behouden.

Wat dat betreft bedank ik het fantastische team bij HarperCollins dat nu al vijftien jaar mijn boeken uitgeeft: CEO Jane Friedman, Brian Murray, Michael Morrison, Jonathan Burnham, Kathy Schneider, Christine Boyd, Liate Stehlik, Tina Andreadis, Heather Drucker, Adrienne DiPietro, Ana Maria Allessi, Wendy Lee, en mijn uitstekende redacteur Carolyn Marino. De uiterst getalenteerde mensen zoals Virginia Stanley bedankt, alsook een paar van de beste verkopers ter wereld: Gabe Barillas, Jeff Rogart, Ian Doherty, Brian Grogan, Brian McSharry, Stefanie Lindner, Nina Olmsted, Carla Parker en de wereldberoemde John Zeck.

Mijn fantastische agent en goede vriendin Molly Friedrich, en ook Paul Cirone en inmiddels Jacobia Dahm bij de Friedrich Agency: bedankt. Ik ben gek op jullie en jullie beseffen niet hoezeer ik jullie waardeer. Lou Pitt, bedankt aan de Westkust. Een bedankje en een omhelzing voor mijn assistente en inwonend genie Laura Leonard.

Zoals gebruikelijk heb ik heel wat experts geconsulteerd, maar als er toch iets fout in dit boek staat, dan is het mijn schuld. Ten eerste dank aan Carolyn Romano, al twintig jaar mijn vriendin, die me allerlei dingen vertelde en mijn manuscript nauwgezet en met plezier heeft nagekeken. Bedankt, Franca Palumbo, al dertig jaar (nee, hè?) mijn harts-vriendin, die me alles uitlegde over bijzonder onderwijs en zelf elke dag dat soort kinderen lesgeeft. Mijn nicht Elaine Corrado bedank ik har-telijk voor de tip over Carlo Tresca. Er zal vast ooit iemand een boek over hem schrijven. Heel erg bedankt, mijn favoriete legale adviseur mr. Lawrence J. Fox, die ik zeer bewonder. En zoals altijd mr. Glenn Gil-man en rechercheur Art Mee bedankt. Zij zijn de experts die me altijd op het goede pad houden. Dit keer had ik ook hulp van special agent Jerri Williams van de FBI, door wie ik een menselijk gezicht kon geven aan het bureau dat altijd zozeer zijn best doet voor ons. En een dikke kus voor rector Patricia Sticco en Dorothy Longo van de pr-afdeling voor de Neumann-Goretti High School van Zuid-Philadelphia, en alle fantastische leraren, assistenten en nonnen die me zo goed geholpen hebben met dit boek en ook zoveel voor de gemeenschap betekenen.

Zoals jullie misschien weten, mogen een paar goede doelen een vei-ling houden zodat de bieders hun naam vermeld krijgen in mijn boek. Dat zijn dit keer Joe, Dawn en Bethann Coradino (Dawn, heel erg be-dankt, zij steunde het YMCA in Philadelphia), Mary Alice Raudenbush (het Walnut Street-theater), Jimmy Kiesling (hockyclub Downingtown East), Elka Tobman (aangeboden door haar zoon Alan Tobman, voor de Key to the Cure), Rhonda Pollero (Detectivefestival), Theodora Landgren (Center for Literacy), Jo-Ann Heilferty (fonds voor de rich-ting rechten aan de universiteit van Pennsylvania, gekocht door mijn vriendin rector Jo-Ann Verrier voor haar moeder), mr. Marc Robert Steinberg (Child Advocacy Center), Carolyn Edgar (St. Dominic-school in Brick, New Jersey), dr. Sharon Satterfield (Howard Center in Burlington, VT), Sue Ciorletti, Julia O'Connell, die acht jaar is en gek op honden, gekocht door haar grootvader en buitengewoon advocaat Tom Morris, voor Women's Way.

En als laatste veel kussen en knuffels voor mijn gezin, want zij zijn alles voor mij.

LISA SCOTTOLINE
OP DE HIELEN

LEES OOK VAN LISA SCOTTOLINE:

Op de hielen

Ze wordt achtervolgd door de wet die ze zelf moet handhaven

Natalie Greco is dol op haar baan als universitair docent rechten, al luisteren haar studenten niet naar haar en komen ze nauwelijks naar haar colleges. Wanneer haar collega Angus Holt haar overhaalt een gastcollege te geven in de gevangenis, breekt er tijdens hun bezoek een gewelddadige opstand uit. In de chaos die ontstaat hurkt Natalie bij een zwaargewonde bewaker. Vlak voor hij sterft stamelt hij de cryptische woorden: 'Zeg tegen mijn vrouw dat het onder de vloer ligt...' Met deze bekentenis verandert Natalies leven in een nachtmerrie. Opeens is ze hoofdverdachte van een gruwelijke moord en wordt ze zelf met de dood bedreigd.

Nu haar leven en carrière op het spel staan, moet Natalie als nooit tevoren vertrouwen op haar intuïtie, haar intelligentie en haar moed. Ze moet de laatste woorden van de bewaker zien te ontcijferen, anders is ze ten dode opgeschreven.

Deze thriller is weer een onvervalste Lisa Scottoline: een plot boordevol onverwachte wendingen, een heldin van vlees en bloed en de Amerikaanse justitiële wereld als decor. *Op de hielen* leest als een wilde rit in een achtbaan en is net als alle thrillers van Scottoline gevaarlijk verslavend.

'Een uiterst onderhoudende thriller met een razend tempo.' *Entertainment Weekly*

'Het ene adembenemende hoofdstuk na het andere.' *Bookreporter*

ISBN 978 90 261 2476 1
288 blz.